影游融合
Convergence of
Film and Game
研 究 丛 书
陈旭光 总主编

影游融合下的
IP互化与改编研究

范志忠 张李锐 著

2018年度国家社会科学基金艺术学重大招标课题"影视剧与游戏融合发展及审美趋势研究"（项目编号：18ZD13）优秀结项成果

中国国际广播出版社

影游融合研究丛书编委会

总 主 编：

陈旭光

主　　编：

范志忠　聂　伟　彭　锋　肖永亮　戴　清　王晓冰

编　　委：（按姓氏拼音排序）

陈旭光　戴　清　杜　梁　范志忠　高　原　李典峰　李黎明
李诗语　李雨谏　刘胜眉　聂　伟　彭　锋　肖永亮　张李锐

撰 写 者：（按姓氏拼音排序）

白云昭　车　琳　陈焕庆　陈葳洁　陈旭光　程欣雨　杜　梁
杜友君　范志忠　高　原　高含默　高永杰　耿游子民　郭登攀
郭圣群　黄嘉莹　蒋道平　金玲吉　李　卉　李典峰　李黎明
李诗语　李雨谏　刘胜眉　刘姝媛　刘婉瑶　刘学华　倪苗苗
聂　伟　潘国辉　齐　伟　仇　璜　盛　勤　宋丹丹　孙笑非
汤雨晴　童晓康　汪杉杉　魏安东　徐艳萍　徐子涵　薛精华
杨　赫　于欣平　喻文轩　张　蕾　张李锐　张立娜　张明浩
张文毓　赵　宜　赵立诺　赵世城　赵逸伦

课题助理：

晏　然　周　红　薛精华　张明浩　刘婉瑶

总　序

伴随着21世纪的到来，艺术、媒介、文化、观念等均在我们这个时代发生了剧烈变化。互联网不仅成为我们的生活现实，成为我们身体的延伸，更成为我们的"大脑模拟器"和"脑神经"，还不断构造我们无所不在的"神经网络""元宇宙"。在一个"互联网+"态势急剧加速的新媒介时空中，广义的"游戏"也被具身化为数码化的"电子游戏"，使得作为精神生产、符号消费和文化娱乐活动的"游戏"，成为一种新兴的数字媒体、电子媒介和文化产业或"第九艺术"。

随着媒体融合成为一种当下的生存现实和文化日常，电子游戏的影响力与日俱增，尤其在人工智能高新技术加速发展的当下，数字技术、游戏产业与互联网文化迅猛发展，"影游融合"亦凸显为一种重要的文化现象与产业业态，成为当下媒介融合发展的重要表现。

"影游融合"不仅生成影像艺术的新语言、新思维和新美学，也以巨大的艺术与产业潜能成为"大电影"产业。一方面，高度智能化的游戏，与有着一百多年历史仍然生机勃勃的电影融合发展，正越来越展现出奇妙开阔的前景。可以说，影游融合正在形构互联网生态环境下新的影视文化产业业态和"元宇宙"发展趋势，成为人工智能时代"电影工业美学"与"想象力消费"理论"接着讲"的绝佳案例。另一方面，影游融合类电影兼顾观众与玩家的双重身份群体，往往具有超现实性、后假定性、后人类主义等美学与文化特质，以玄幻、科幻、魔幻、游戏改编等题材或类型为主，亦成为当代影视视听艺术"想象力消费"的重要表征。因此，影游融合也催生了"游生代"观众和导演的崛起，满足了人们日益增长的"想象力消费"需求。除此之外，近年来虚拟现实与元宇宙相关技术的发展，也给影游融合增添了新的可能性空间。影游融合无疑是当下元宇宙空间生产的重要构成。

正是在此背景下，2018年度国家社会科学基金艺术学重大招标课题"影视剧与游戏融合发展及审美趋势研究"（项目编号：18ZD13）立项。此后，经过40余位课题组成员五年的携手努力，至2023年，该国家重大招标课题以"优秀"的成绩获准结项，并获得2024年度国家出版基金的支持。

现在，五卷本沉甸甸厚重的学术成果由中国国际广播出版社出版：《影游融合下的IP互化与改编研究》《影游融合管理机制与传播业态研究》《影游融合下的交互影像与受众影响研究》《新技术、新媒介、新业态——影游融合的技术与产业研究》《新媒介、新思维、新话语——影游融合的新美学研究》。

回想立项之时，我们设定的影游融合课题研究的宗旨，一是为国家文化"软实力"建设提供理论依据、顶层设计和实践总结；二是推动影视业与游戏业这两大核心性、"朝阳型"产业强强联手、互动融合、双赢共赢，为"影游融合"或"影游联动"提供创作、生产、运营、传播、管理的理论阐释和指导；三是填补国内影视与游戏融合发展研究的空白，初步形成具有中国特色的学术话语理论体系，服务于国家、学界与业界。

由此，影游融合研究的意义正在于三个方面。

其一，在国家层面，助力中国影视业与游戏业的"价值共享、融合共赢"，研究"影游融合成为新型国家文化软实力核心力量"的方法与路径，为影视剧与游戏融合的形态、路径、产业价值和文化意义提供具有学理性和可实践性的顶层设计与论证。

其二，在学术层面，搭建起一整套影游融合理论研究的体系框架，填补学术空白，为媒介融合及影视新媒介研究提供系统、科学的学术成果，以及自觉的方法论总结与理论模型。

其三，在产业和创作生产层面，对影游融合的创作生产，为相关产业的管理机制、产业运作、生产传播等提供指导性理论与可操作性策略。

本着上述宗旨，全体课题组成员潜心研究完成的课题主要回答了如下问题：一是影视与游戏如何进行互文创作暨"影视的游戏化"与"游戏的影视化"；二是如何提高我国影游原创与自研能力；三是如何提高"影游生产力"；四是如何以影游融合而成的影视新媒体为载体，进行国际传播，获得国际话语权；五是如何提升"影游文化力"；六是系统研究并通过政策策略、商业策略、内容策略、技术策略、人才策略等维度，为中国影游融合产业的发展提供高瞻远瞩的顶层设计和全方位的战略对接；七是为影视理论开辟新的研究领域，建构开放的、与时俱进的、具有包容力的影游融合新美学理论体系——包括影游融合的叙事美学、影游融合影像的形式美学、影游融合的沉浸或"消失"的美学、影游融合的工业美学、想象力美学与想象力消费理论等内容。

相比该项目开展初期国内影游融合研究理论相对空白的情况，课题组成员潜心孤诣、孜孜以求，努力探索建构了一套较为完整的影游融合研究理论、方法论范式、学术体系和新美学范型。我们不仅深入国内游戏、影视公司一线调研，广泛搜集国内外相关材料，总结现状、发现问题，提出顶层设计与合理化可行性建议，还在理论层面提出影游融合助推电影工业美学升级换代，"想象力消费"理论深化，以及"混合美学""游生代""消失的美学"等思考，力图推动互联网新媒介或人工智能时代的电影美学研究、理论扩容和学术体系建构，并为中国影游融合的产业发展、中国电影的跨媒介高质量发展、中国电影"走出去"等提供宏观战略层面和微观运作层面的策略和建议。

毋庸讳言，在该课题立项之后的研究与成果转化过程中，影游融合或影游联动，已经与电影工业美学、想象力消费、游生代等理论术语一样，在学术界、业界和大众话语圈都逐渐得到了共鸣与认同。

自不必说当下 ChatGPT、Sora 等大语言模型人工智能的发展，它们正在走入电影的生产流程；而游戏是最早智能化的娱乐媒介，引领了人工智能的发端。可以想见，这些看似"游戏"的人工智能，进入电影之后，也可能正如同深蓝、阿尔法狗战胜人类顶尖象棋、围棋大师一样，影响电影语言、美学与范式。无疑，这种智能优势会大大推动电影工业的升级、想象力的拓展和产业的繁荣。

显然，该课题成果以系列丛书的形式出版只是一个阶段的小结，更是一个新历程的开启，影游融合前景开阔高远。

我相信，这一次国家重大招标课题的研究成果必将成为中国电影迈向光影未来的路程上一块重要的界碑，它铭刻了一次具有现实意义、开拓精神和创新价值的研究。

大家知道，电影工业美学最早在 2017 年提出，"想象力消费"理论则萌芽于 2016 年，但系统阐释则在 2020 年。从提出电影工业美学到 2018 年影游融合研究得到国家重大招标课题的支持，到想象力消费理论的系统阐发，这几者之间互动互促的关系颇为明显。

毫无疑问，游戏本身既是依托智能化的娱乐媒体——需要想象力和想象力消费的"第九艺术"——更是产能巨大的文化工业。电影工业美学理论强调的是各个环节的融合与协同，探讨如何在最短的时间和最低的成本下，获得最大的效益。在我最初思考电影工业美学时，更多考虑的是技术、人员、资金较为密集，工业化程度相对高，较为"重型"的电影工业，视电影工业为大工业的一部分，那时的电影工业代表着大投入、庞大的设备和大型的拍摄场地等。但随着科技的飞速发展，电影工业因为越来越智能化似乎越来越"轻"了，许多复杂的电影生产环节现在可能只需简单的操作，可能是"拇指一按"，通过人机协调就能完成。而电影工业美学所强调的效益最大化，其实也是某种程度上的"以人为本"。这促使我们开始思考一个新的命题：在人工智能时代，电影工业美学应该如何发展，我们的电影理论和中国电影学派应该如何扩容，如何应对这样的技术美学潮流。

我们虽然需要反思和警惕，但首先必须面对这些挑战。如果不面对，不相互拥抱，不了解"对手"，不能知己知彼，我们的理论就会故步自封，成为空中楼阁。因此，在人工智能飞速发展的背景下，电影理论建设面临巨大的冲击。人工智能背景对电影制作的各个环节的影响越来越大，引发的技术革命以及人的思维革命，包括人机关系等伦理问题，都需要我们去面对。

毋庸讳言，"影游融合"研究暨"影视剧与游戏融合发展及审美趋势研究"作为国家重大招标课题，系立足影视、艺术学本位，主要从研究电影出发去研究游戏对电影的影响，进而研究电影应该如何吸收游戏从而推动电影产业的发展。2024年中国电影发展遭遇瓶颈，暑期档、十一国庆档遇冷，票房下降，业界都在忧虑电影的未来发展。而恰在此时《黑神话：悟空》的横空出世、火爆热烈给我们电影人带来了非常多的思考和启迪。从"影游融合"的角度说，作为典型的电影化3A游戏的《黑神话：悟空》的巨大成功，正是有力地证明了"影游融合"艺术形态和产业业态的巨大文化力和生产力。

总之，影游融合的艺术、文化、产业、工业的生产实践一直在路上，并随着高新科技的迭代而发展，越来越呈现出蓬勃快速之势。学术界同仁对影游融合的研究也一直在路上。我们相信，经过披荆斩棘、筚路蓝缕的第一步、第二步之后，思路会越来越清晰，前景会越来越开阔。影游融合的美学建构或理论体系建设必将会不断走向新的高度。同时，理论也可以是一种生产力。理论批评对产业的发展也会产生越来越大的推动力。

现在呈现在读者面前的五本影游融合最新研究成果，汇聚了全体课题组成员多年的学术积累和深厚的学术功力。衷心感谢一路走来鼓励、支持该课题的相关部门领导、学界业界的同仁朋友，以及刊发前期成果的刊物、新媒体公号等。

谨以此求教于广大读者，影视学界、业界，游戏学界、业界和管理界，敬请方家批评指正。

陈旭光

2024年7月13日

总主编简介

陈旭光 北京大学艺术学院教授，北京大学影视戏剧研究中心主任，教育部"长江学者"特聘教授，全国广播电视和网络视听行业"领军人才"，中国高校影视学会副会长，中国高等教育学会影视传媒专业委员会常务副会长，中国电影家协会理论委员会副会长。主编义务教育教科书《艺术 影视（含数字媒体艺术）》、"中国影视年度蓝皮书"（2018—　），主持国家社科基金艺术学重大招标课题"影视剧与游戏融合发展及审美趋势研究"，重点课题"人工智能时代电影理论创新与发展研究"等。著有《当代中国影视文化研究》《影像当代中国：艺术批评与文化研究》《艺术的本体与维度》《中国艺术批评通史·现代卷》《电影工业美学研究》《新世纪中国电影史2000—2022》等。

引　言

　　影视与游戏的跨界融合正在成为文化娱乐产业响应国家主管部门号召的供给侧改革趋势，而影视与游戏 IP 互化的可行性仍饱受质疑。在这样的背景下，本书旨在剖析中国影游融合在 IP 改编、转化上存在的问题，通过总结成果案例尤其是国外影游融合 IP 转换的成功经验，为中国影游融合的内容产业发展提供借鉴与指导。

　　本书从内容层面出发，探求影游 IP 在文本、形式与结构上的转化关系。基于"游戏 IP 转化"和"影视 IP 转化"的双向视角筛选出国内外如《哈利·波特》《波斯王子》《愤怒的小鸟》《仙剑奇侠传》《穿越火线》《极品飞车》等 11 部具有代表性的作品，分别从故事世界、世界观、价值观、技术支撑、市场驱动、效果评估等不同维度剖析比较，进行国内外影游 IP 互化的对比研究，总结影游融合 IP 转化的机制和规律。

　　本书首先从"媒介"与"改编"分别代表的传播学与电影学的双重视野出发，提出究竟是"跨文本改编"还是"跨媒介叙事"的核心问题，审视"影游改编"这一概念的内涵与外延，从而树立起对影游 IP 互化的客观认识。

　　本书按照文本忠实程度和故事世界拓展范围，将影游改编策略分成"复刻、转置、拓展、改动"四个层次，分别结合经典案例进行研究。结合改编效果进行改编策略的分析与评估，并从类型、世界观模型、叙事转码等维度对比国内外影游IP互化的特点。本书在比较中国与世界其他国家之间影游IP互化的优势和差距的基础上，指出中国影游IP互化存在IP透支与价值浪费、游戏类型单一、创作思路赢利导向等现实问题，并从内容创作、形态衍生、品牌传播、产权管理四个维度为中国影视行业与游戏行业提供新发展策略。

本书提炼总结了影游IP互化的机制和规律，指出"游转影"的关键在于感官层、规则层和价值层的世界观转化拆解，"影转游"要做好在化身系统的设置和社交系统的建构，此外也要注重视听的转化。另外，本书从传播学视角建构了影游IP互化的信息传播通路，用编解码的对称性解释了当前影游改编成败的深层次原因。

本书兼顾了研究对象的影视媒介与游戏媒介双重特性，兼容影视研究与游戏研究的双向互动，弥补了国内影游IP互化"重影轻游"的研究现状。研究所得的互化机制、规律及成败经验能够建构起影游IP互化的理论与实践策略，以期为中国影游融合的内容产业提供借鉴与指导。

目 录

导　论　影游融合：中国电影工业美学的新维度　| 001

第一章　"跨文本改编"还是"跨媒介叙事" | 014

第二章　影视 IP 互化的跨媒介叙事　| 018
　　第一节　影游文本的媒介转码　| 018
　　第二节　叙事与互动的有机融合　| 020
　　第三节　跨媒介叙事的互文架构　| 021

第三章　影游 IP 互化的策略　| 026
　　第一节　影游 IP 互化的复刻策略　| 027
　　第二节　影游 IP 互化的转置策略　| 087
　　第三节　影游 IP 互化的拓展策略　| 155
　　第四节　影游 IP 互化的改动策略　| 210

第四章　影游 IP 互化的机制与规律　| 261
　　第一节　游戏世界观的转化机制　| 261
　　第二节　影视改编游戏的策略选择　| 265

001

第五章　影游 IP 互化的复合传播系统　| 273

第一节　文本编解码：游戏开发者、玩家（电影创作者）
　　　　到观众的编解码　| 273

第二节　主体编解码：玩家与影视创作者的编解码　| 278

第三节　衍生编解码：游戏与影视营销的信息绑定与传达　| 279

第六章　国内外影游 IP 互化案例对比、问题指示与经验借鉴　| 283

第一节　国内外影游 IP 互化案例对比　| 283

第二节　中国影游 IP 互化的优势与困境　| 294

第三节　中国影游 IP 互化发展的经验借鉴　| 298

附　录　游戏改编影视剧简表　| 306

参考文献　| 311

后　记　| 325

导 论

影游融合：中国电影工业美学的新维度

毋庸置疑，就电影工业生产而言，中国电影在产业化以来历经高速发展之后，正不可避免地遭遇增长的瓶颈。一方面，中国电影的银幕数自从2017年以4.9万块高居世界第一之后，虽然继续保持增长态势，但是单影院与单银幕的票房产出却都在下滑。据报道，2019年一季度，中国电影总票房186亿元，再次超越北美而成为全球第一，然而却面临票房和人次下滑，虽然影院的总场次同比增加超过20%，但是场均人次也下滑到了近几年的一个最低点，平均单厅收益也降到了近年来的低点[①]。另一方面，中国电影票房虽然2018年历史性地突破600亿元大关，但年度增幅却停留在个位数上，而且这种个位数的增长，业已成为中国电影的新常态。中国电影产业化曾经长期保持的每年高达20%以上的增幅，无可避免地成为历史。

与中国电影产业开始进入了增长的极限区间相比，中国的游戏业却依然保持突飞猛进的发展态势。据统计，2018年中国游戏市场实际销售收入达2144.4亿元，三年内涨幅高达29.6%[②]。2022年全年，《王者荣耀》全

[①] 鹏翔，师烨东.一季度票房同比下滑8% 今年票房不如去年怎么办？[EB/OL].（2019-04-03）[2024-05-06]. https://new.qq.com/rain/a/20190403A0MZOL?pc.

[②] 鞭牛士.2018中国游戏行业报告：总收入2144亿元，占全球23.6%[EB/OL].（2019-01-05）[2024-05-06]. http://www.sohu.com/a/286780766_115060.

球总收入高达22.23亿美元，达到了游戏的巅峰。因此，在媒介融合时代，电子游戏与电影工业如何相互渗透与融合，进而开拓电影工业审美的新维度，给人们提供了更多的想象和实践空间。

一、影游融合1.0：改编与调和

波德莱尔在《哲学的艺术》一书中指出，"若干世纪以来，在艺术史上已经出现了越来越明显的权利分化，有些主题属于绘画，有些主题属于雕塑，有些则属于文学。今天，每一种艺术都表现出侵犯邻居艺术的欲望"[1]。杰伊·大卫·博尔特（Jay David Bolter）将这种"侵犯"与"被侵犯"的关系视为一种"调和"，"调和"使"媒体之间的裂隙变窄了，促进了各媒体之间在故事讲述技巧、制作实践、技术手段和商业发展方面的互相影响和启发"[2]。在这个意义上，电影与游戏要实现跨媒介融合，"调和"就成了不可或缺的美学策略。

纵观电影工业的发展史，其实就是在各种媒介竞争和挑战的语境中不断自我调整乃至调和的历史。1894年，卢米埃尔兄弟制成了活动电影视镜——世界上第一架比较完善的电影放映机。1895年12月28日，在巴黎卡普辛路14号大咖啡馆的地下室，卢米埃尔兄弟公开售票，放映了自己制作的《工厂大门》《火车进站》等电影，宣告了电影艺术的诞生。20世纪50年代，彩色显像的电视对电影文化及其经济地位产生了史无前例的冲击，好莱坞工业系统不得不采取战略性调整，采用增强的色彩技术和宽屏投影格式来强化电影声音和画面的感染力，以达到电视所不能企及的真实性。可以说，在电视的威胁下，好莱坞电影工业力图通过技术层面强化的视听的艺术魅力，通过打造影像奇观而诱导观众重新走进影院观看电影。

---

[1] 波德莱尔.1846年的沙龙：波德莱尔美学论文选［M］.郭宏安，译.桂林：广西师范大学出版社，2002：154.

[2] BOLTER J D. Digital media and the future of filmic narrative［M］// ROBERT K. The Oxford handbook of film and media studies. Oxford：Oxford University Press，2008.

导　论　影游融合：中国电影工业美学的新维度

与此同时，在新自由主义经济盛行和经济全球化趋势下，好莱坞电影工业的组织结构也在20世纪80年代进行了整合与调配。从纵向来看，其主要表现为好莱坞电影公司的并购与重组的风潮。在面对新兴媒体对于电影的冲击的同时，通货膨胀压力的上升使得电影业成本迅猛增加，电影公司急需寻求上下游的利益优化。从横向来看，许多独立制作商被好莱坞电影公司相继收入囊中，如被华特迪士尼公司收购的米拉麦克斯影业公司（Miramax Films）和被时代华纳公司收购的新线电影公司（New Line Cinema），对独立制作商的收购增强了好莱坞电影制作公司的生产制作能力，并成为其全球扩张中的关键资源。

电子游戏（Electronic Games）是指依托于电子设备平台而运行的交互游戏。20世纪80年代以来，在任天堂（Nintendo）和世嘉（SEGA）的带领下，电子游戏进入产业发展的辉煌时期，成为日本、美国以及欧洲发达国家人们休闲娱乐生活的重要部分。1993年，全球电脑游戏的收入首次超过全球影院的收入，于是一部影片的"游戏能力"，成为评估影片获利能力的又一个重要方面[①]。商业效应的吸引力，使得电影和游戏两个新旧媒体主动从彼此竞争转向相互合作的"调和"：一方面，电影工业在近30年间以迅猛的姿态不断发展，为新旧媒介的"调和"创造了技术支持，并且激发了人们对奇幻视听的审美想象；另一方面，好莱坞电影业看到了跨媒介经营的时机，影视公司与游戏公司的商业合作随即应运而生。电影巨头时代华纳公司重金收购游戏公司雅达利，索尼公司先后收购哥伦比亚电影公司与Bend Studio游戏开发公司，卢卡斯电影公司与华特迪士尼公司分别建立专注于游戏业务的互动娱乐部门。显然，电子游戏正在努力地"调和"电影，最直接的表现形式就是好莱坞将游戏中的角色和故事情节在电影中"再利用"。游戏以"特许经营权"（Franchise）的形式正式与电影联结起来。自1993年首部改编自同名电子游戏的电影《超级马里奥兄弟》（*Super*

---

① 麦特白.好莱坞电影：美国电影工业发展史［M］.吴菁，何建平，刘辉，译.北京：华夏出版社，2011：181.

Mario Bros）上映以来，数十个游戏IP被改编成电影搬上大屏幕，既包括《古墓丽影》(Tomb Raider)、《寂静岭》(Silent Hill)、《生化危机》(Resident Evil)、《刺客信条》(Assassin's Creed)在内的成功案例，也有《超级马里奥兄弟》、《孤单义侠》(Alone in the Dark)等口碑票房双失利的影片。

虽然游戏改编电影的可行性一直饱受质疑，电影市场中雷声大雨点小的现象也屡见不鲜。相较于好莱坞对游戏改编电影的狂热，中国电影市场则显得更为谨慎。我们认为，这主要基于以下两个原因：首先，与游戏率先联姻的并非电影而是电视剧，2005年由同名单机游戏改编的古装仙侠玄幻剧《仙剑奇侠传》播映后广受好评，与乘势而生的《古剑奇谭》《轩辕剑之天之痕》一并被认为是游戏改编电视剧的经典，这两种高速扩容的娱乐产业形态，在资本的"焊接"下开始进行尝试性接轨。

其次，改编自游戏的好莱坞电影，都具有鲜明的类型化特征，20世纪90年代的大多是动作片，21世纪初冒险恐怖题材上位，此后犯罪题材、探险题材、科幻题材接踵而来，这意味着被改编成电影的游戏IP具有丰富的题材与类型。中国的游戏产业无论是单机游戏还是网络游戏，大多被局限在仙侠题材，与之对应的古装类型电影，则因为工业化生产过程中高昂的成本和不尽如人意的票房成绩成为风险极高的买卖，因此，在中国市场中游戏与电影的碰撞在类型上形成一种结构性错位。更重要的是，在公众视野中，电子游戏往往被视为"电子海洛因"而不登大雅之堂。作为现代工业文明产物的电影除了"把与自己临近的各门艺术加工积累了几百年的丰富资源归为己有"[1]之外，还作为一个艺术门类，"被赋予一定的立场、观点、选择取舍及意识形态，理性电影是整个思想体系和概念体系的直接表现"[2]。因此，有人甚至认为，中国电影对游戏的拒绝是艺术与商业化的殊死较量，唯恐电子游戏的感官美学和欲望化价值观冲击和解构经典电影的审美体验。

---

① 巴赞.电影是什么？[M].崔君衍，译.北京：中国电影出版社，1987：108.
② 西顿.爱森斯坦评传[M].史敏徒，译.北京：中国电影出版社，1983：171.

虽然中国电影与游戏的改编面临诸多障碍，但时代的发展为电影与游戏融合的产业升级创造了可能。从产业环境来看，中国正处于经济转型和结构性改革的重要阶段，电影与游戏的跨界融合正是文化娱乐产业响应国家主管部门号召的供给侧改革，电影公司对游戏公司的跨界收购行为被定义为"更高层面、更广范围的泛娱乐产业布局"。同时，自2014年国家主管部门通过了《关于推动传统媒体和新兴媒体融合发展的指导意见》（2014年也因此被称作"媒介融合年"）后，电影与游戏作为IP产业链上的重要节点，二者的联动开发将IP价值最大化，实现经济效益的同时弥补IP短缺的困境。从市场层面来看，影游融合的支撑条件有二。其一，党的十八大以来，中国电影产业取得了举世瞩目的成绩，与之相伴的是电影基础设施建设的突飞猛进，2018年全国银幕总数已突破6万块，位列世界第一，并在世界范围内率先全面实现数字化放映。更重要的是，数字技术在电影工业中普及之后，显而易见地降低了电影的制作成本，这意味着电影从此走下神坛，与电子游戏有了合作的可能。其二，中国游戏市场的表现同样抢眼，2018年中国游戏市场实际销售收入达2144.12亿元，占全球游戏市场实际销售收入的23.6%，远超同年中国电影总票房收入。

结合国际影游结合发展路径和中国电影面临的困境与机遇，中国电影的影游融合有以下三种新的可能。其一，丰富中国的电影工业渠道，将互联网作为电影与游戏结合的主战场。一方面，网络大电影播出平台可以实现海量播出，且近年网络影视产品日渐主流化，网络流媒体平台甚至有赶超传统媒体之势。另一方面，网络电影与电子游戏的受众具有天然的重合，都是诞生于网络、依赖网络生存的"网生代"。其二，呼唤"制片人中心制"，影游改编这类商业属性极强的电影类型，不但需要制片人把控市场定位、制约导演、协调全局，更重要的是与游戏方持续洽谈与沟通，制片人应该成为统筹游戏、电影的创作者、投资方等多方关系的职业经理人。其三，影游改编还需提升中国电影的文化传播功能与意识形态属性。在国家"一带一路"倡议的背景下，中国电影产业完全可以借鉴好莱坞电影工业与日本游戏工业结合的成功案例，精心筛选国内外优质的游戏 IP 进行电影改编，并寻求机遇将这种兼具国际话语和本土意识形态的新型电影输出海外。

二、影游融合 2.0：互动与渗透

综观西方发达国家一般遵循的工业化发展模式，基本沿着从轻工业到重工业，再到第三产业的轨迹递次演进。作为工业文明的产物，电影自诞生起就携有"工业"基因，标准化、流程化与制度化的工业系统和商业运作自然成为电影工业化的目标。中国电影在工业化初级阶段曾提出"主流商业大片""高概念电影""中式主流大片""新主流电影大片"等诸多概念，大多停留在商业诉求和技术唯一论的语境中，因此，不难理解有学者认为"中国电影的当前征候在于艺术美学与商业美学的和谐共存及其调和之艰难"[①]，亦不难理解主张"服膺于'制片人中心制'但又兼顾电影创作艺术追求，最大限度地平衡电影艺术性/商业性，体制性/作者性的关系，追求电影美学效益和经济效益的统一"[②]，"在强调工业意识觉醒的同时，更呼唤着美学品格的坚守和艺术质量的提升"[③]的"电影工业美学"的理论建构引起了学界极大的反响和争鸣热议。因此，游戏对电影的渗透可以成为丰富电影产品形态的策略之一，即电影使用自己的媒介手段来"模仿、唤起"游戏的元素与结构，主要表现为游戏叙事、游戏视听、游戏机制以及游戏世界观在电影中的运用，从依靠"运动—影像逻辑"的传统电影的审美表达，转向依靠"时间—影像逻辑"的"现代性"电影的审美体验。

D. N. 罗德威克（D. N. Rodowick）认为，"就数字技术而言，电影正在

[①] 王一川.艺术美学穷困与商业美学丰盈及二者之调和：2015 年度国产片美学景观[J].当代电影，2016（3）：19-25.

[②] 陈旭光.新时代新力量新美学：当下"新力量"导演群体及其"工业美学"建构[J].当代电影，2018（1）：30-38.

[③] 陈旭光.论"电影工业美学"的现实由来、理论资源与体系建构[J].上海大学学报（社会科学版），2019，36（1）：32-43.

导　论　影游融合：中国电影工业美学的新维度

重塑自我，就像它在以前的技术转型期完成的一样，通过产生风格创新，同时尊重叙事的连续性"。无论电影在数字技术时代受到其他艺术形式怎样的冲击，电影依然是电影，并且他认可法国后现代主义哲学家吉尔·德勒兹（Gilles Deleuze）提出的以遵循"绵延"时间逻辑的"现代性"电影取代以"感知—情感—冲动—行动"为逻辑的线性古典电影的观点，提出"视听行为取代了图像的链接运动，纯粹的描述取代了指涉锚定（referential anchoring）"[1]。电子游戏文本叙事中的"根茎叙事、迷宫叙事、建立沉浸式代入"[2]的特性与现代性电影"弥散性的情境、有意弱化的（事件或空间）链条、旅行形式、对俗套的意识、对情节的抵制"的特征有着某种程度的契合[3]。电子游戏率先在20世纪90年代借鉴电影的叙事语言，从镜头角度、视角、音效和叙事创造新的动态游戏体验；而电影对电子游戏叙事结构和视觉符码的借鉴，则是从21世纪开始的，由此生成的全新内容表现形式，可以说为中国电影的审美体验拓展了新的维度。

电子游戏元素对电影的渗透，最初表现为电影采用计算机视觉特效生成的可识别视觉元素，即使用数位影像成像技术（CGI）更加忠实地再现现实。《创：战纪》（*TRON: Legacy*）中角色、车辆和环境中的光带和线框模拟了当时的街机游戏和大型计算机主机中的电路板，其中矢量图形视觉化地反映了计算机在当时青少年中的认知，与之相似的还有模拟电脑环境的《天才除草人》（*The Lawnmower Man*）、表述特定时代的《侏罗纪公园》（*Jurassic Park*）以及完全由计算机生成的《玩具总动员》（*Toy Story*），目的都是尽可能地接近"真实"世界的审美。这种重视觉风格的再现式呈现也逐渐被中国电影采用，如《捉妖记》之所以能被认为是中国"重工业"

---

① RODOWICK D N. Gilles Deleuze's time machine [M]. Durham: Duke University Press, 1997: 12-13.
② MURRAY J H. Hamlet on the holodeck: the future of narrative in cyberspace [M]. Cambridge: The MIT Press, 1997.
③ 胡新宇.德勒兹与巴迪欧电影理论比较研究：以文德斯《虚假的运动》为例[J].文艺理论研究，2015，35(6)：201-207.

电影的开端，最重要的原因是其电影制作流程的标准化，简单来说就是"可复制性"。《捉妖记》由专业特效团队精耕每个CG角色的标准模型，使之能在往后的续集和衍生片中持续地利用，从而实现产品内容的连贯性与序列性，以降低未来成本。从局部看，当前创意型人才的匮乏是掣肘中国电影工业化发展的重要因素，如在产业前端的特效、动画、美术等环节，均存在人才短缺的问题。在当前行业急功近利的浮躁之风下，影视行业从业人员要么是"揠苗助长"而来的新手，要么热衷跨界执导或当演员，严重分流现象凸显技术型岗位的萧条，中国电影工业急需各环节的人才"输血"，既要重视本国人才培养，同时也要注重国际性人才的吸引。从全局来看，项目启动之初就应将视野放至未来进行长远考虑，以此对相关环节进行重点布局，注重品牌化运营、系列化构思和标准化创作，建立成熟的可持续商业开发系统。

影游渗透还体现在电影借用电子游戏复杂的游戏机制与叙事结构。杰夫·戈尔迪尼尔（Jeff Gordinier）认为，21世纪导演是"PlayStation游戏机一代"，他们"以崭新的方式打乱叙事……打乱时间、空间，打乱故事的性质和结构"，并且"将电子游戏和网络的拼贴感带入自己的电影中"[①]。电子游戏中关于死亡与重生意味的"将角色重复带回相同场景"的叙事形式在电影中体现为"嵌套"的时空组合。如《罗拉快跑》（Run Lola Run）中以时间为向度的封闭式环形轨迹，《盗梦空间》（Inception）中关于过去、现在、未来的套层结构，《恐怖游轮》（Triangle）中以谜题为驱动的迷宫叙事。许多电影也采用了独特的叙事手法以模仿电子游戏的特定元素，如《黑客帝国》（The Matrix）中角色墨菲斯（Morpheus）描述的用来"加载程序"的白色房间就是模拟游戏的等待环节——由于电子游戏的数据内容巨大，在进入下一关或级别时玩家通常需要等待数据被硬件内存读取，这一等待间隙被黑客帝国概念化为一个"预备"空间。又如《感官

[①] 布鲁克尔.数字眼，CG眼：电子游戏与"电影化"[J].于帆，译.世界电影，2011（1）：39.

游戏》(eXistenZ)、《生化危机：启示录》(Resident Evil: Revelations)等冒险类电影被设立了明显的目标概念，整个故事被分为若干个动作段落，在每个段落和终极结局中放置明确的目标任务，只有解决任务才能进入下一环节，反之"现实"叙述不会推进。这种打怪闯关的关卡式结构，也被广泛运用于当前的宫斗剧和玄幻剧中，如《延禧攻略》《琅琊榜》《花千骨》，观众则伴随主角从"新手村"在配角（游戏中的非玩家角色，Non-Player Character，简称NPC）的帮助下，战胜若干个大大小小的对手（游戏中的Boss），从而获得个人成长和等级晋升，在快节奏的受困与解脱的过程中获得"爽感"的审美体验。从工业美学而言，游戏叙事在电影中的呈现拓展了类型化和商业化的叙述形式，要求电影从业人员要对流行的叙述模式具有敏锐的嗅觉，时时紧抓吸引中国观众"配方"中的变量，既符合年轻化观众的审美期待，又给予观众出乎意料的惊喜。电影语言符合受众的视听生理习惯的同时也要对受众的审美习惯进行某种程度的形塑，协调艺术美学和商业美学的平衡关系，构建中国电影工业美学体系。

除此之外，还有一种更深层次的渗透发生于电影对游戏世界的审美"拟真"。贡萨洛·弗雷斯卡（Gonzalo Frasca）认为，"拟真是通过相对简化的系统B对系统A的建模行为，它保留了A的一些原始特征"，电影除了"拟真"电子游戏的动态系统，还要"把一个额外的理解层添加进游戏互动性中"[1]。这种额外的理解和约定即电影观众的文化认知必须与当下的数字逻辑保持同步，在《头号玩家》《无敌破坏王2：大闹互联网》《拜见宫主大人2》中表现为游戏符号和大众文化符号在电影中重新编码。其中，《头号玩家》呈现了20世纪80年代的各种文化符号，包括诸多经典游戏中的事件符号、器物符号、音乐符号和人物符号，甚至电子游戏独有的"彩蛋"形式也成为推进电影叙事发展的终极目标。《无敌破坏王2：大闹互联网》结合现代语境，将迪士尼公主角色的形象重新进行编解码，"开辟了

---

[1] FRASCA G. Simulation versus narrative: introduction to ludology [M] //WOLF M J P, PERRON B. The video game theory reader. London, New York: Routledge, 2003.

另一种具有商业特质的符号拼接式怀旧模式"[1]。这种的游戏符号电影化编写，很大程度上得益于好莱坞高度集中的IP管理体系和规范的知识产权保护环境。《头号玩家》中的多数IP源自出品方华纳兄弟公司麾下，其余或由华纳代理或归属于环球影业、皮克斯等大型电影公司与工作室，完善的知识产权法和高度严谨的知识产权保护环境，为这种大规模的IP聚合创造了客观条件。这种高度规范化的产业秩序、法律环境和契约精神应该是中国电影工业体系核心，是生产工业化和管理工业化的前提条件。同时，加强中国本体化IP的管理与再创作将输出属于东方的民族价值文化体系，为中国电影撬动世界市场提供制度保障和审美创作的新维度。

三、影游融合3.0：重构与共生

让-米歇尔·弗罗东（Jean-Michel Frodon）曾在《电影的不纯性》中将游戏与电影的关系归纳为评述、改编、引用与结合四种形态，认为无论是影游改编还是影游渗透，都停留在前三种形态，纵使电影表面上看起来更像游戏了，但远未达到改变电影本体属性的程度。而影游融合的"结合"形态，则旨在保持电影独立存在的状态下重新调整电影的定义，虚拟现实技术（VR）和游戏引擎技术的介入，真正促进了电影本体形式的进化。

早在20世纪90年代，VR最初被投产并广泛施用于电子游戏领域，Virtuality的VR街机和任天堂的Virtual Boy游戏机曾掀起一阵VR热潮。近年来，通过个人可穿戴式设备和影音"拟真"播放系统迅速走入公众视野，电影也成为"VR+"版图中的重要一环。视听和触觉是当前大部分虚拟现实技术的呈现方式，前者通过VR眼镜或头显等视媒技术，将体验者置于沉浸式的虚拟空间中，而更高级别的体感背心、嗅觉模拟器、体感手套为体验者传达了触觉信息。VR技术将电影从视听的框架中解放出来，形成集聚"视、听、触、嗅、交互"的全感官艺术，以此颠覆了传统电影的语

---

[1] 赵瑜，范静涵.怀旧影片中集体记忆的呈现与建构[J].当代电影，2019（5）：112-115.

言系统,在虚拟与真实之间提供超越式的沉浸体验。

在追求透明呈现(transparent representation)的整个电影史中,人们努力的两个方向就是"感知沉浸"和"引人入胜的叙事"[①]。相较于传统电影,VR电影的全景画面将视距与视界拓展到720°,电影空间从屏幕中解放出来。观众凝结的视点有了更加自由的运动轨迹,打破电影传统叙事的视角,呈现共识叙事的可能性。自主视角选择和情感的主动投入,使得VR电影叙事获得了构想性的多元视角,故事走向的可选择性赋予观众更丰沛的体验。"拟真生态"创造的互动环境与机制,促发个人运动的反应,观众伴随着强烈的感官刺激和控制感从"隐身的在场"到"主动的参与",诠释虚拟现实系统"沉浸—交互—构想"(immersion-interaction-imagination)的特征。

与VR广泛运用于电子游戏相比,当前国内外VR电影尚处于起步阶段,国外有*ABE VR*、《亲爱的安杰丽卡》(*Dear Angelica*)、《遇见怪物》等VR电影,中国也产生了诸如《窗》《拾梦老人》《自游》《家在兰若寺》等VR短片。必须指出的是,目前VR与电影结合的形式并不明朗,甚至有学者断言"VR不是电影艺术的未来";但是,恰如当年卓别林极力否认有声电影的艺术魅力,却依然无法阻挡有声电影的崛起。因此,我们可以预见,VR这一高新科技产业的发展已是大势所趋,即便VR电影难成下一代电影,也必将成为拓展VR有所作为的发展空间。有别于中国"轻工业"电影的互联网语境和中国"重工业"电影的产业化语境,科技创新已成为当前驱动世界经济高速增长的推力,并为越来越多的产业赋能并掀起了新一轮的革命浪潮。"高科技工业"电影将完全有可能成为中国电影工业化的下一个节点,在这个意义上,中国电影产业急需预测"高科技工业"的定位、机会与挑战。

[①] BOLTER J D. Digital media and the future of filmic narrative [M] //ROBERT K. The Oxford handbook of film and media studies. Oxford:Oxford University Press,2008.

正如游戏设计师席德梅尔认为"游戏就是一系列有趣的选择","互动性"是游戏媒介最显著的特征,"互动叙事"自然被纳入影游融合的叙述渗透麾下。互联网技术和数字技术的发展成为新旧媒介融合的前线,区别于胶片电影创作中的被动观看的视觉凝视机制,数字电影结合了游戏艺术的互动性特征[①]。最直观的表现方法即近年来时兴的"交互式影视",强化形式主义的"交互"体验使观众获得决定剧情的参与感。如国外的《黑镜:潘达斯奈基》(*Black Mirror: Bandersnatch*)和《马赛克》(*Mosaic*),国内的《全明星探案》《忘忧镇》《古董局中局之佛头起源》,"交互式影视"每每掀起热议但始终难成气候的背后是技术层面、内容层面和受众体验多方面的限制。当前"交互式影视"的播放渠道基本为流媒体平台,"人机交互"的构成情景较为单一,叙事走向的多线性对内容生产的质和量也提出了更高的挑战。一方面,内容容量的翻倍意味着生产成本的骤升;另一方面,繁复嵌套的情节走向考验编剧的剧情"编织"能力与互动意识。从受众体验来看,叙事互动造成了行为主体的身心分离,精神还沉浸在故事情节中,身体却不得不抽离出来进行操作,造成观看体验的强行中断。综上所述,游戏叙事与游戏互动性在电影中的呈现对中国电影的工业化发展有以下若干启示:从技术层面而言,需要为电影从业者配备内容生产辅助系统以面对不断涌现的新兴电影表现形式,如网飞(Netflix)已为编剧配备了自定义脚本编写工具"Branch Manager",可以协助编剧编制复杂叙述的分支与循环结构,直观呈现发散和交织的路径,并计划将该工具施用于未来所有的交互式项目,这种辅助技术将提升中国电影的生产效率,划定内容生产标准,为中国电影从"轻工业"转向"重工业"提供得以升级换代的技术装备。

本书认为,电影高科技工业化将加深科技对电影全工业系统的融合,在"重工业电影"强调"高技术"特点的基础上对工业生产流程、管理运

---

① 陈亦水.降维之域:"影像3.0时代"下的游戏电影改编[J].电影艺术,2019(1):79-87.

营机制、全产业链生态布局等节点进行全面科技化，运用理性的、高效的、高投入的科技工业逻辑，创作生产出感性的、艺术的、商业的"高科技工业"电影。与此同时，面对电影与包括游戏在内的高科技不断升级的重构与共生，观众对电影内容与形式的多样性有了更广泛的期待，传统电影工种或被拆分，例如，编剧分工被细化为"互动编剧"和"故事编剧"，影视的创作和生产将具备多种可能性。值得注意的是，《罗拉快跑》曾引进了游戏的叙事逻辑，影片呈现出三种不同结果的结局，女主人公可以通过不断改写剧情的要素而影响剧情的最终结果。但是，在《罗拉快跑》中，剧情的设计和结局只是女主人公的自我选择。因此，影片虽然有三种结局，但这三种结局并没有对观众开放，因而客观上仍然是一种封闭的叙事。《黑镜：潘达斯奈基》设计了12种不同结局，《古董局中局之佛头起源》包含了三种结局，《他的微笑》则在剧情设计上有21个选择节点、17种结局。很显然，当前影视创作的这种互动式叙事，与传统的改写式叙事的区别，不仅在于其结局的量上有较大幅度的增加；更重要的是，互动式叙事打破了经典影视的封闭式叙事，在互动式叙事中，每一个选择节点的选择权都交给了观众。观众在观赏影视的历程中所获得的快感业已逼近了游戏的交互性审美快感。

当然，就影视创作而言，与游戏的融合目前可以说还处于探索阶段。可以设想，随着5G的来临、互联网技术的纵深发展，影游融合的审美创作将会有多种可能，呈现出更为丰富的发展态势。

第一章 "跨文本改编"还是"跨媒介叙事"

在当前影游改编话语中,"改编"的提法始终占据主流,但在媒介融合的商业实践和新媒介环境中叙述形态的转型下,"跨媒介叙事"(Transmedia Storytelling)提法的频频出现则让人困惑,这种困惑的产生既因为我们能清晰感受到聚焦"忠于文本"的改编关系,与"跨媒介叙事"提法所强调的关于"媒介"的复杂框架所形成鲜明的系统性差异,又因为长久以来我们对"改编"的丰富经验影响着我们的判断,两者有相当一部分所谓的"跨媒介叙事"作品仍然符合(甚至是完全符合)传统意义上对于"改编"的定义。[①]因此,我们先要将两者的概念加以区分。

改编研究又被称为"银幕上的文学"(literature on the screen)研究,从本质上来说是文学文本的视觉改编,关注文学文本的视觉化叙事与表征方式。苏珊·巴斯奈特(Susan Bassnett)曾将改编比作"翻译",认为两者具有相似的策略:重新定义了"忠实"和"等值",突出翻译者的存在以及将翻译视为创造性的重写行为,[②]这一观点首先重申了改编对"忠实性"的固执强调,其次突出了对原文本和载体的转换与阐释。即便"改编"抑或"翻译"具有跨媒介属性,但始终局限于原文本与改编文本"一对一"

[①] 李诗语.从跨文本改编到跨媒介叙事:互文性视角下的故事世界建构[J].北京电影学院学报,2016(6):26-32.

[②] BASSNETT S. Translation studies[M]. 3rd ed. London:Routledge,2002:6.

对应关系，以及偏向单个叙事和专注于语言而非视觉或美学的考量，这一聚焦于"跨文本"的狭义"改编"概念之外延在后现代主义理论观照下得以被拓宽。哈琴认为"改编"的对象并非"仅仅是电影、电视、广播和各种电子媒体，当然，也有主题公园，历史重演和虚拟现实实验，改编无处不在。这就是如果只考虑小说和电影，我们不能理解改编的吸引力甚至性质的原因"[1]，这些被纳入"改编"范畴的媒介编织了一张信息解构与重构的网，"跨媒介叙事"成为这张网的织法结构。

如果说"跨文本改编"是"公认的其他一部作品或一些作品的变换；一种创造性和解释性的挪用/重铸；一种和被改编作品间延伸的互文性契约"[2]，那么"跨媒介叙事"则是后结构主义下将信息区块串联在一起的"超文本"网状结构，具有非线性、互动性和多媒介的特点，两者存在结构性的差异。前者是原文本与改编文本的单线对应关系，而后者则是若干相关文本节点共同建构故事世界时呈现出的"交叉"网状结构，或同一文本与多个不同故事世界发生的联系。"跨媒体叙事并非连载，它不是叙述一个故事，而是叙述涵盖着多种文本且自发的故事，或一系列事件……人们乐意在不同的文本中或各种媒介间寻找线索。"[3] 玛丽-劳尔·瑞安（Marie-Laure Ryan）由此将"跨媒介叙事"进一步概括为"跨媒介的世界建构"（Transmedia World-building）。

"跨文本改编"与"跨媒介叙事"的区别还在于对加深理解所贡献的程度。玛丽-劳尔·瑞安认为，"改编（无论是成功的还是失败的）都意在于不同的媒介中讲述同一个故事，而跨媒介叙事则是围绕一个给定的故事

---

[1] HUTCHEON L, O'FLYNN S. A theory of adaptation[M]. 2nd ed. London and New York: Routledge, 2012: 8.
[2] HUTCHEON L, O'FLYNN S. A theory of adaptation[M]. 2nd ed. London and New York: Routledge, 2012: 8.
[3] 瑞安.跨媒体叙事：行业新词还是新叙事体验？[J].赵香田，程丽蓉，译.北京电影学院学报，2019(4): 13-20.

世界讲述不同的故事"①，尽管改编对前文本的增加和重新解释从理论上扩大了我们对核心故事的理解，甚至这些变化会被"原文本中心主义"思想视为"不忠"，但这种将内容从一种媒介简单地转移到另一种媒介的方式与对核心叙述或虚构宇宙的"扩展"显然不同。"跨媒介叙事"对文本扩张的贡献直接体现于亨利·詹金斯（Henry Jenkins）为其做出的定义："通过多重媒介平台呈现一则跨媒介故事，每个新文本都对故事整体贡献了独特价值，跨媒体叙事最理想的形式，就是每种媒介都尽其所长。"②

正如哈琴对改编的双重界定：改编既作为过程，也是产品，从产品范畴上来看，对其他作品的映射或简短的呼应、剽窃、续集与前传以及同人小说都不能被称为改编。跨媒介叙事则恰恰相反，包括由"跨世界同一性"牵连出的"跨虚构性"（transfictionality）的三种形式：转置（保留原型世界的设计和主要故事，但将其设置在一个不同的时间或空间背景中）、拓展（通过填补空白、建构史前史或后历史等手段扩大原型世界的规模）、改动（建构原型世界的根本不同的版本，重新设计其结构、重新塑造其故事）。③

传统改编研究在文学批评语境中根深蒂固的"忠实性"追求决定了改编文本作为前文本"二流衍生物"的地位，尽管哈琴呼吁"将改编当作改编来看待"，但改编文本作为前文本"附庸"的不平等关系尚未破除。"跨媒介叙事"旗下的各产品则相对独立且竞争激烈：一方面，跨媒介叙事中的每个新文本都对整个世界做出了独特而有价值的贡献，彼此间无止境地借用增强了受众的"认知癖"（epistemophilia），形成配合默契的线索矩阵；另一方面，跨媒介叙事背后强烈的经济动机要求各产品避免使用重复的故

---

① 瑞安.跨媒体叙事：行业新词还是新叙事体验？[J].赵香田，程丽蓉，译.北京电影学院学报，2019（4）：13-20.
② JENKINS H. Convergence culture：where old and new media collide [M]. New York：New York Unviersity Press，2006：2.
③ 张新军.数字时代的叙事学：玛丽-劳尔·瑞安叙事理论研究[M].成都：四川大学出版社，2017：74.

事情节和元素以避免冗余的内容使粉丝的兴趣消耗殆尽，各产品由此形成资源和创意的博弈。

因此，本书认为，当前的"影游改编"话语不仅局限于互文的"跨文本改编"，还应包括"可能世界"基础上具有跨虚构性的"跨媒介叙事"。

第二章　影视 IP 互化的跨媒介叙事

第一节　影游文本的媒介转码

从文本的角度看影视与游戏之间的转码，主要体现在"纯与非纯"的忠实性问题上，安德烈·巴赞曾专门写文章为戏剧到电影的改编工作辩护，因为有人指责改编导致电影的"不纯"。从叙事学的角度出发，如果将改编问题纳入"话语—故事"（Discourse-Story）这一经典分析框架下，就会发现，作为改编研究核心概念的"忠实性"问题，实际上是在内容的文本转换过程中出现的话语层面的差异性和故事层面的相关性之间的矛盾。[①]

"忠实"话语追问的是如何对情节、人物、场景、世界观等进行转码的关键问题。当我们说某部作品"不忠于原著"时，表达了一种强烈的"背叛感"，认为改编未能抓住原著的根本特征。2021 年，网易发行的手游《哈利·波特：魔法觉醒》在初始剧情过后，玩家开始发现一些与原著世界观相悖的设定，游戏中严重的 OOC（Out Of Character，同人作品中角色扭曲违背原有设定）倾向让原著粉、电影迷颇有怨言，刚入学的一年级新生就能使用高级咒语乃至黑魔法，氪金到位就能得到"阿瓦达索命咒"——三大不可饶恕咒之一，此咒杀死了原著中多位重要角色，使用此咒意味着在

[①] 李诗语.从跨文本改编到跨媒介叙事：互文性视角下的故事世界建构［J］.北京电影学院学报，2016（6）：26-32.

阿兹卡班的终身监禁，这反映出忠实问题的普遍性与国内影游改编存在的问题。

回到游戏主要剧情，《哈利·波特：魔法觉醒》发生在原著结局霍格沃茨大战之后，魔法世界恢复了和平，玩家作为霍格沃茨新生的一员，在这里学习、成长、探索魔法世界，而原著中的角色以学校的老师、传说中的"知名校友"出现。另一个例子是天象互动、PPS游戏发行的《花千骨》手游，相比于小说、影视剧通过故事引起观众共情，它更强调玩家自主参与去感受故事世界，因而整体淡化叙事文本，撤去部分角色的情感部分，强调花千骨打怪升级的修仙之路。可以看出，国内的影视改编游戏（尤其是手机游戏）的一大特点在于，弱化游戏中叙事的存在感，仅仅借用简单的视觉符号和世界观设定。

另外，美国艺电公司发行的《哈利·波特与死亡圣器》（Harry Potter and the Deathly Hallows）作为故事的最终章，游戏变成一款TPS（第三人称射击）线性流程作品，在剧情编排上与电影大致相同，同样得到了许多关于游戏枯燥无聊的评价。

显然，出于一种类似于"原文本中心主义"的预设，改编往往更注重叙事层面的还原性，而尽可能排斥话语层面的差异性，更注重讨论文本之间的亲缘关系而将文本所属不同媒介之间的差异视为阻碍。然而，随着改编过程中媒介差异的日益凸显，以及改编者在创作中对于原文本内容的不断调整和再创造，都使得"忠实性"这一评价基石遭到动摇。[1]"跨媒介叙事"将这种文本转换从"改编"所关注的忠实性问题中解放出来，代之以共建意义的"互文性"作为讨论的基准，不同的文本相互关联、互不冲突，又各司其职共同创造出新的含义。

---

[1] 李诗语. 从跨文本改编到跨媒介叙事：互文性视角下的故事世界建构[J]. 北京电影学院学报，2016(6)：26-32.

第二节 叙事与互动的有机融合

互动性（interactivity）可能是电子游戏与其他媒介和文化形式（比如视觉艺术、电影、文学）相区别的最根本特征。由于影视剧与游戏这两种媒介的核心行为不同，影像的核心行为是看，而游戏的核心行为是玩，于是在叙事体验中会造成排异效果。这种媒介差异带来的排异性，正是影视IP改游戏在创作和实践中的首要考虑的问题。如果不对融合叙事的问题进行更细致的讨论，立场的分裂便是在所难免的。

对这种排异性进行深入探讨，可以回顾一场被称作"叙事与互动之争"的论争：叙事学（Narratology）和游戏学（Ludology）之间的辩论。以杰斯珀·尤尔（Jesper Juul）为首的游戏学者认为，游戏和叙事有本质上的绝对差异。[①]诚然，这场论争的宗旨在于新兴的游戏产业试图为自己的独立地位"正名"，但其对待传统叙事媒介的态度却在逐渐发生改变。一开始，学者们认为，游戏除了游戏机制（mechanics）的一切都与其美学模式无关，但这种观点忽视了部分游戏类型如角色扮演游戏，将叙事作为自身游戏机制不可或缺的核心成分，而这种类型是影视IP改游戏的主要方式。

而在互娱行业与跨媒介营销的趋势之下，游戏借鉴其他媒介（尤其是电影）的叙事范式势在必行，但游戏是消极被动地承载影视的叙事形式，还是能够将既有叙事与游戏独特的媒介形态结合？正如同一个故事，依托不同的媒介会呈现出截然不同的讲法，叙事不能是游离于媒介之外的独立形式，而必然要内化于媒介之中，根据不同媒介的特性来进行表达。对于影视改编游戏来说，就是游戏机制与影视叙事的融合。

托马斯·格瑞普（Thomas Grip）曾介绍一种在游戏叙事设计的四层方

[①] JUUL J. Half-real: video games between real rules and fictional worlds [M]. Cambridge, Massachusetts: The MIT Press, 2005.

法。该方法主要用于构建一个工作流程，确保叙事和游戏机制有机结合，其最终目标是创作互动与叙事效果更好的游戏，对于影视改编游戏在游戏机制层面上的设计具有很好的参考价值。

从最根本的层面上讲，游戏叙事包括游戏玩法、对白、文本、设定、画面等，可以说是玩家在游戏中的所有主观旅程。玩游戏时玩家会很快地觉察到游戏的核心机制，然后逐渐接触游戏的具体策略和关卡，但在意识到叙事的时间反应上会比较长，通常以小时为单位。狭义的游戏设计集中在前两个较低层次，即核心机制和策略，叙事通常作为副产品出现，通过在机制和策略留下的缝隙而勉强创造出连贯的叙事感。但在影视改编游戏中必须给予叙事应有的关注，使机制、策略和叙事能够有机结合。具体来说，影视IP改游戏的叙事应具有以下五个核心要求：第一，叙事是重点，主要目标应当是让玩家体验特定的故事；第二，玩家大部分时间是在"玩"的，而不是被阅读文本、看过场动画占据游戏世界；第三，设计的交互具有叙事意义，这意味着交互需要推动故事情节发展，帮助玩家了解角色，且与叙事没有割裂感；第四，没有重复性太高的游戏模式；第五，没有太困难的阻碍，最后两点是为了让玩家的注意力放在叙事上。从以上要求可以发现大量影视改编游戏存在两个问题：一是玩法不够丰富，大部分玩法与叙事无关，这就造成了上述叙事与互动分裂的局面；二是换皮游戏无法征服IP改编游戏市场，针对性设计仍然是IP改编游戏能够脱颖而出的胜利之道。

第三节　跨媒介叙事的互文架构

目前，亨利·詹金斯对于"跨媒介叙事"所给出的定义仍旧是最广为引用的："一个跨媒体故事横跨多种媒体平台展现出来，其中每一个新文本都对整个故事做出了独特而有价值的贡献。跨媒介叙事最理想的形式，就是每一种媒体出色地各司其职、各尽其责。"[①]正如前文所述，改编研究对应的是"忠实性"与否，而与跨媒介叙事对应的是对"互文性"的关注。

互文性也称文本间性或互文本性，指的是"任何文本（text）都是由引语的镶嵌品构成的，任何文本都是对另一文本的吸收和改编"[②]。互文性理论认为，任何文本都不是独立存在的，文本之间必然相互参照牵扯，形成一个连接时间与空间的可供延伸的符号网。下面将从故事核、世界延展、受众参与的角度，聚焦跨媒介叙事的互文架构，探讨互文性是如何促成跨媒介叙事的文本产出、传播以及接受的。

一、故事核

叙事学家玛丽-劳拉·瑞安继承前人的精粹进一步发展和总结了"故事世界"的概念：故事世界就是随着事件不断向前推进的一个想象的整体，要理解故事，跟上故事发展的节奏，就意味着我们需要利用文本提供的线索，在心理上模拟演练故事世界里发生的变化。[③]

故事世界首先需要一个故事核，这个故事核由两部分组成：一是核心世界观；二是核心文本即元故事。核心世界观是故事世界运行的一系列价值与规则，包括价值观、时空设定、因果逻辑、运行法则等。美国漫威漫画公司旗下拥有众多漫画角色和团队，他们的故事出自不同领域的作者之手，在漫画、电影、游戏等媒介上延展，叙事者自由创作的前提是要遵循统一的故事世界观，这样既能保持创作的连贯性，又使内容的交叉与分离维持在一个可控制的水平。问题在于，观众进入故事世界需要一个入口与理解的支点，那么故事核到底由哪些作品或者创作者来界定呢？这个问题界定的复杂性

---

① 瑞安.跨媒体叙事：行业新词还是新叙事体验？[J].赵香田，程丽蓉，译.北京电影学院学报，2019（4）：13-20.
② KRISTEVA J. Word, dialogue and novel [M]. Oxford: Blackwell, 1986: 36.
③ 瑞安.文本、世界、故事：作为认知和本体概念的故事世界[M]//唐伟胜.叙事理论与批评的纵深之路：第四届叙事学国际会议暨第六届全国叙事学研讨会论文集.上海：上海外语教育出版社，2015：32-43.

来源于创作者自上而下建构与接受者自下而上选择的双向动态过程。更多时候，故事核形成的结果来源于接受者群体性质的自发选择，兼具必然性与偶然性，但我们可以从市场的灵敏反应窥见故事核诞生的契机，即某些作品为IP建立了足够的声望，抑或为故事世界结构的搭建做出了可观的贡献。

虽然接受理论与后结构主义一样，讲究破除语义核（semantic core）的概念，认为文本是"无中心的系统"，只是在勉力寻找文本的未尽之言或者关注其结构性空白，然而在跨媒介叙事实践中，清晰的秩序和明确的核心有利于接受者在文本互文繁殖而庞大迷乱的故事世界中畅游，如漫威将旗下的作品赋予616宇宙、终极宇宙（1610宇宙）等编号。

二、世界延展

在故事核逐渐明晰之后，故事世界会以跨越不同形态的方式进行延展。玛丽-劳拉·瑞安曾提出叙事作品的三个维度：世界性、情节性、媒介运用，对应故事世界的延展、叙事层面的延展、媒介的延展，故事世界的延展是跨媒介叙事的最终目的，以后两者为基础。

首先是媒介运用上的延展，过场动画是游戏借鉴电影手法的产物，一般指游戏的片头、片尾以及场景、关卡之间用于衔接以及陈述游戏情节的CG片段（有的由真人扮演），游戏进程中也常用它来介绍新的角色和场景。随着3D游戏引擎功能日益强大，终端机器算力上升，游戏画面越来越接近电影品质，开发者意识到可以利用游戏引擎实时渲染，这样可以节省大量的人力、物力及时间成本。而游戏对电影的渗透，体现在电影使用自己的媒介手段来模仿、唤起游戏的元素与结构，主要表现为游戏叙事、游戏视听、游戏机制以及游戏世界观在电影中的运用，从依靠"运动—影像逻辑"的传统电影的审美表达，转向依靠"时间—影像逻辑"的"现代性"电影的审美体验，[1]这在《头号玩家》《失控玩家》中都有体现。然而，詹

---

[1] 范志忠，张李锐.影游融合：中国电影工业美学的新维度[J].艺术评论，2019（7）：25-35.

金斯认为，跨媒介叙事最理想的形态是"每一种媒体各司其职"，从这个层面上说，跨媒介叙事的结果不应该止步于对源媒介的继承与模仿，而是立足于媒介特色发挥媒介形态独有的叙事优势与逻辑。

在内容情节性延展上，跨媒介改编可以从主题、人物、行动、价值等方面衍生出更多插曲与补充，任何文本都不是一座孤岛，这种故事世界之内跨时空的互文性构建出的巨大张力吸引受众不断参与到叙事中，有助于粉丝黏性的形成，但目前中国跨媒介改编游戏中很难做到叙事延展，"花千骨"等IP中不存在文本互涉，严格意义上只能算跨文本改编。在跨媒介叙事中，不同文本之间的竞争不亚于合作，在内容情节性上的保留必须把握得恰到好处，若重复元素过多会让玩家失去挖掘其他文本的动力，但重复元素过少则不能满足玩家的审美期待，因此，需要满足詹森·米特尔（Jason Mittell）提出的跨媒介叙事的核心要求：奖励消费这些文本的受众，而不能惩罚没有消费的受众。

在此基础上的故事世界的延展，在保留原有故事核的基础上，回答了前文本留下的问题，或是提出了新的建设性的召唤结构，最后要实现的就是詹金斯的描绘中对故事世界独特而有价值的贡献。

三、受众参与

跨媒介叙事的受众参与区别于传统叙事中单向被动接受的方式，也不像现代营销所倡导的"沉浸式"，而是表现为一种基于粉丝社群的"集体智慧"（collective intelligence）。[1]这种集体智慧是文本本身与受众的结合，受众用自己的模式去填补和想象，在互文中完成文本的接受。受众通常在网络社区形成自己的"知识型社群"，因达成共识的故事核聚在一起，收集、破译文本内外的密码。另外，虽然"特许经营权"可以在程序上裁定作品在故事世界中的归属，但受众却拥有心理合法性，在故事核形成的动

---

[1] JENKINS H. Convergence culture：where old and new media collide [M]. New York：New York University Press，2006：2-23.

态过程中甚至发挥出反作用于版权合法性的强大力量，凸显出受众自下而上的选择。

不可否认，故事世界创造了用户社区，该社区由知识型社群积极参与共同建设，但需要注意的一点是，受众的参与与跨媒介性之间没有必然联系，以《星球大战》为例，其被称为跨媒介叙事的原因在于它的电影拥有卢卡斯艺术公司官方授权的小说、漫画、电子游戏的辅助，是一种自上而下的制作，而不在于众多粉丝的参与。作为消费者，受众掌握的话语权是一种选择权，对于跨媒介故事世界建构的影响是间接的。

虽然跨媒介对受众参与性没有系统性的要求，但詹金斯却强调了用户参与的重要性。跨媒介叙事为用户提供的互动任务与形式具有三种子类型：一是外部互动，表现为用户提供自由选择的文本；二是内部互动，例如电子游戏中玩家在扮演角色或达成目标时做出的个性差异行为，但不会留下任何轨迹；三是生产型互动，在体系内留下双轨迹，其他用户可以得知并且利用之前用户的贡献，例如，游戏《死亡搁浅》中玩家建设并共享的关键点位的桥梁和公路，以及游戏模组（modification）为源游戏提供的补充及增强内容，但是这些部分鲜少涉及叙事，即便涉及叙事也只有在体系内拥有众多的独立故事而非一条主叙事链情况下，集体创作才具有可行性，这种个人创作还具有破坏叙事完整度与逻辑的风险。

综上所述，尽管受众参与在故事世界建构中起到重要的作用，但跨媒介叙事对自下而上的创作并没有产生特别的兴趣。

第三章　影游 IP 互化的策略

长期以来，基于文学的改编模式主导了影游改编实现的认知视野和范式，旧媒介时代由纸张文学出发的"文字—图像"表意系统和美学特征在"媒介融合"社会被瓦解，海德格尔口中"被把握为图像"的世界成为扩散结构的中心，并由此进化出一套围绕"被视觉化的一切"（影视、游戏甚至视听文字）的"图像—图像"改编逻辑。这一逻辑同时追随了消费时代粉丝经济向社群融合裂变的趋势：第一阶段是粉丝经济时代，"某个故事非常受欢迎，或者在文化上如此突出，以至于它自然而然地出现了，产生各种相同或跨媒体的前传、续集、粉丝小说和改编作品"[1]，主张围绕同一文本的重述、图解和改编；第二阶段被称为"协作叙事"时代，IP 内容由"故事"变为"故事世界"，自上而下的授权方式被扁平化的"共同创造"所替代，所有产品被打包成一个项目从始初就被统一规划，依靠 IP 矩阵将一对多的粉丝结构变成多对多的社群结构。显而易见，由商业模式变迁导致的改编策略调整是一个历时探索的过程，下文按照文本忠实程度和故事世界拓展范围，将影游改编策略分成复刻、转置、拓展、改动四个层次（见图 3-1）。

---

[1] RYAN M L. Transmedia storytelling and transfictionality[J]. Potics today, 2013, 34(3): 361-388.

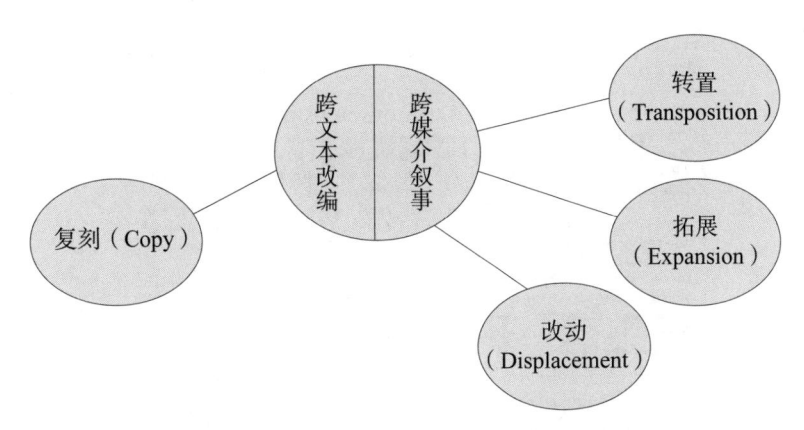

图 3-1　影游改编的话语结构及其策略结构图

第一节　影游 IP 互化的复刻策略

复刻（Copy）是忠实依照故事主线的一种力求"翻译"的改编模式，从本质上来说沿用了以文本为中心的叙述模式，追求文学性的线性思维，执着于复刻被认为是"本真"和"权威"的起始文本。作为影游改编的最早尝试，复刻模式大多运用于早期ACT（动作游戏）、AVG（冒险/解谜游戏）和RPG（角色扮演类游戏，Role-playing game），既包括《超级马里奥兄弟》《双龙奇兵》《街头霸王》为主的主机类游戏［通过游戏手册（instruction booklet）或游戏导言陈述故事主线］，也包括《古墓丽影》《仙剑奇侠传》等PC类游戏（通过过场画面、文本交互、游戏内手段进行过程叙事），两类游戏的共性在于极强的叙事性（见图 3-2）。影游改编的复刻模式力求忠实翻译游戏故事主线、人物和行动设定，或择选原游戏文本的支线情节或设定新的副线故事使剧情丰满。然而，囿于文学思维下的改编观念对不忠实原作的"背叛感"，以及影视平铺直叙复刻已知的故事叙述顺序并放弃影视结构和技法的运用，这两者造成了游戏操纵感和影视悬念感的双缺席。尽管对游戏文本的亦步亦趋并未为大部分影视带来可观票房，但作为一种探索性尝试，是中外影游改编的起点。

> Thank you for selecting the Nintendo® Entertainment System™ Super Mario Bros.™ Pak.
>
> **OBJECT OF THE GAME/GAME DESCRIPTION**
> One day the kingdom of the peaceful mushroom people was invaded by the Koopa, a tribe of turtles famous for their black magic. The quiet, peace-loving Mushroom People were turned into mere stones, bricks and even field horse-hair plants, and the Mushroom Kingdom fell into ruin.
> The only one who can undo the magic spell on the Mushroom People and return them to their normal selves is the Princess Toadstool, the daughter of the Mushroom King. Unfortunately, she is presently in the hands of the great Koopa turtle king.
> Mario, the hero of the story (maybe) hears about the Mushroom People's plight and sets out on a quest to free the Mushroom Princess from the evil Koopa and restore the fallen kingdom of the Mushroom People.
> You are Mario! It's up to you to save the Mushroom People from the black magic of the Koopa!
>
> Please read this instruction booklet to ensure proper handling of your new game, and then save the booklet for future reference.
>
> ©1985 Nintendo

图 3-2 《超级马里奥兄弟》(1985) 游戏手册

一、电影《波斯王子》：突出英雄成长过程，重构增添叙事主题意义

（一）"波斯王子"系列游戏研究

1. "波斯王子"系列游戏概述

"波斯王子"系列游戏主要分为两个团队制作：一是以"波斯王子之父"乔丹·麦其纳（Jordan Mechner）为首的制作团队 Broderhund Software，二是法国游戏开发商育碧公司（Ubisoft）。

乔丹·麦其纳在1989年推出"波斯王子"系列游戏的第一部《波斯王子》（*Prince of Persia*），这款游戏主要以跳跃打斗和解密为主。在第一部《波斯王子》获得成功后，1993年乔丹·麦其纳继续推出续作《波斯王子：影与火》（*Prince of Persia: The Shadow and the Flame*），这一版本在画面、色彩、谜题设计等方面有了空前的提升。1999年 Red Orb Entertainment 推出"波斯王子"系列第三部《波斯王子3D》（*Prince of Persia 3D*），这部游戏是"波斯王子"系列游戏发展的一个转折点，由2D卷轴游戏转变为3D游戏，创作了新的故事情节，画面风格融入浓郁的中东阿拉伯风情，更加透

彻地表达爱与冒险的战斗精神。尽管这部游戏不再是以乔丹·麦其纳为首的 Broderhund Software 主创发行，但乔丹·麦其纳仍是撰写了《波斯王子3D》的故事大纲，力求其与"波斯王子"系列的前两部保持风格一致。

法国育碧公司于2003年开始推出"波斯王子时之沙"系列三部曲——《波斯王子：时之沙》（*Prince of Persia: The Sands of Time*）、《波斯王子：武者之心》（*Prince of Persia: Warrior Within*）、《波斯王子：王者无双》（*Prince of Persia: The Two Thrones*），分别在游戏世界观、视觉画面、谜题设计、人物动作等方面进一步升级，成为"波斯王子"系列游戏的巅峰之作。

2008年，为寻求大突破，育碧公司推出《新波斯王子》（*Prince of Persia*），游戏采用了2007年《刺客信条》使用的弯刀引擎，同时在画面上采用了卡通渲染，人物角色已经将波斯王子变成了沙漠中的一个平凡人，《新波斯王子》讲述了一个平凡人在冒险中成长为英雄的故事。

2010年，育碧公司推出《波斯王子：遗忘之沙》（*Prince of Persia: The Forgotten Sands*），与迪士尼公司改编的电影《波斯王子：时之刃》（也译作"波斯王子：时之沙"）相互造势，该游戏在人物造型、建筑设计等方面采用了写实风格，继续延续波斯王子的灵活性，攀爬跑跳是人物的主要操作方式，解密方式也和前作相同，其游戏背景设定延续了"波斯王子时之沙"系列的经典风格。

2.游戏"波斯王子"系列的基本世界观

（1）西方文明"冒险精神"

起源于海洋文明的西方文明，使得西方人形成了"独立、顽强、冒险的民族性格"，西方人对于外面的世界充满了探索欲望和斗争精神。[1]因此，这款诞生于西方国家的动作冒险类游戏《波斯王子》，本身就具有其基本的"探索冒险"精神。以《波斯王子：时之沙》为例，面临着整个国家被"时之沙"毁灭，每个人都会变成"沙怪"的危机，波斯王子并没有选择苟且

---

[1] 曹利涛.东西方家园意识在电影中的差异化表现：以影片《流浪地球》和《星际穿越》为例［J］.声屏世界，2020（9）：125-126.

偷生，而是独自前往已经被"时之沙"笼罩的皇宫，去寻找拯救人类的方法。波斯王子，这个人物身份设定为波斯帝国的一位骁勇善战、野心勃勃的王子。在游戏一开始的剧情插片中，波斯帝国的国王萨鲁曼与印度国的法师维瑟尔里应外合，攻打印度国。当法师维瑟尔指明印度国藏宝室的位置之时，波斯王子直接孤身一人前往，毫不畏惧。这展现了波斯王子这个人物本身就喜欢冒险，并具有很强的好奇心，正是由于这种开拓进取的精神，才使得他勇于前往未知的世界去奋斗、探索。

在"波斯王子时之沙"系列第二部《波斯王子：武者之心》中，整体的游戏风格转变为暗黑、血腥的风格，波斯王子也成长为独立、坚忍的领导者。波斯王子因为使用了"时之刃"改变了时间的平衡，出现了一个杀手"达哈卡"，每天如影随形地追杀他。面对被诅咒的命运，波斯王子没有自怨自艾，而是积极寻找解决措施，他带领一群战士，出海前往未知的时之岛，于是冒险的旅程又开始了。

"波斯王子"系列游戏作为一款主打冒险动作的类型游戏，其"冒险精神"就是游戏本身基本的世界观，以游戏中波斯王子面对未知世界的好奇与探索精神去激励玩家，使得玩家在现实世界也依旧带有这种精神不断地创新与提升自己。

（2）个人英雄主义

在"波斯王子"这个系列游戏中，《波斯王子》《波斯王子：影与火》《波斯王子 3D》这三部游戏其主要叙事情节还只是单纯地集中在波斯王子为了营救被困的公主而展开的冒险与复仇之路。但是"波斯王子时之沙"系列在王子与公主的爱情叙事中，增加了复杂而庞大的国家精神。在《波斯王子：时之沙》中，公主并不是前作中一位被动地等待营救的非玩家角色，而是一位为了拯救国家与人类的命运，与"仇人"波斯王子并肩作战的非玩家角色。在这部游戏中，公主法拉的这个角色有了一定的性格与思想，最后在自己个人生命与整个人类之间选择放弃自己的生命，让波斯王子能够把匕首插进沙漏，得以逆转时间拯救世界。

波斯王子是典型的个人英雄主义人物形象，在游戏中波斯王子独自闯入印度皇宫的藏宝室，去抢夺"时之刃"战利品。而在法师维瑟尔释放了匕首中的"时之沙"之后，整个世界被沙子吞噬，他也选择独自一人去拯救世界。这种个人英雄主义的角色设定是符合玩家的心理情感需求的，个人英雄主义的表现方法能够唤醒人们内心深处的自我英雄主义的满足，玩家在操纵波斯王子闯关的过程中，其自我情感代入游戏角色中，会体会到在现实世界中体会不到的英雄情怀。波斯王子这个人物在其个人英雄之外，也增加了一定的家国情怀。当他的父王也就是波斯帝国的国王萨鲁曼变成"沙怪"之后，王子在闯关的过程中，面对父亲个人生命与世界人类的生命的选择之时，王子选择拯救世界，杀死父亲。这种伦理矛盾点的设置，让波斯王子这个人物角色更加丰满，也展现了一种拯救天下的情怀。

（3）时间的复杂性与单向性

在"波斯王子时之沙"系列游戏中，时间作为游戏的重要角色出现。首先，玩家操控的波斯王子在"死亡"之后，游戏不会直接结束，而是会重新回到王子死亡之前的关卡，让玩家从"死亡"的地方继续闯关。其次，在游戏后半程中，游戏中的"控制时间"系统会开启，玩家可以操作波斯王子让整体环境的时间变慢，而王子本人可以手持"时之刃"杀掉变成沙怪的敌人。

游戏中，时间最重要的作用在于参与了游戏的叙事，游戏中"时之刃"具有使时间倒流的强大功能，据说拥有的人可以长生不老、称霸世界。在"波斯王子时之沙"系列的第一部游戏中，波斯王子为了拯救被沙子吞噬的国家，只能去寻找"时之沙漏"，只有将匕首插在沙漏上，时间才会重新逆转，所有的一切将会得到拯救，时间在这部游戏中充当的是"救世主"的角色。而在第二部《波斯王子：武者之心》中，因为波斯王子擅自打破了时间的平衡性，所以出现了时间守护者"达哈卡"这个黑衣杀手不断地追杀他，王子的命运被诅咒，他不断通过时间的倒流试图改变自己的命运，而每次改变都犹如"蝴蝶效应"般继续重复着命运的悲剧性。在第三部《波斯王子：勇者无双》中，一切历史重回原点，原本已经被王子杀掉的法师维瑟尔（第一部《波斯王子：时之沙》中的游戏人物）复活。历史改变了，但是没有改变维瑟尔邪恶的贪欲，他杀死了印度国的国王，囚禁了印度公主法拉，操纵着印度军队攻打波斯王国。在这一部游戏中，维瑟尔也利用"时之刃"如愿以偿地变成了一个长生不老的金色怪物。波斯王子为了拯救国家和人民，毅然决然地再次独自踏上战场，杀掉了维瑟尔，最终"时之刃""时之沙"这些具有时间特异功能的东西都消失了，一切都归于原始状态。

在这三部游戏的叙事中，时间是一个非常重要的元素符号，虽然在第一部中"时间"作为"救世主"拯救了国家和人民，但是在后面两部的游戏叙事中，传达出非常强烈的世界观——时间是单向的，不可逆转。正如游戏一开始说的："时间像一条河流，永远朝着一个方向前进。"虽然在波斯王子的第一人称叙述中，他认为"时间就像是暴风雪中不可预测的海洋"，但是笔者认为两句话并不冲突，恰恰也是证明了时间的复杂性与不可逆转性。

3.《波斯王子》的游戏叙事

正如玛丽-劳尔·瑞安所说："不能用文学叙事学来解释游戏经验并不意味着我们应该抛弃游戏学中的叙事学概念；相反，这意味着我们需要通过添加专为游戏设计的现象学类别来扩展叙事模式的目录，而不仅仅局限于故事和戏剧。"[①] 当前，我们所现有的叙事学体系还无法真正触及游戏的叙事内核，但是电子游戏也包含剧情插片、人物角色对话这些与文学、戏剧、电影相同的叙事元素，所以笔者试图从这些相同的叙事元素中进行相关的叙事分析。

（1）同步叙事：创作者与接受者保持信息同步

"电子游戏是针对玩家/读者行为进行即时反馈的超文本"[②]，其叙事都

[①] RYAN M L. Narrtive as virtual reality: immersion and interactivity in literature and electronic media [M]. Baltimore: Johns Hopkins University Press, 2003.

[②] 熊超琨.电子游戏超文本叙事研究[D].武汉：华中师范大学，2020.

是在玩家操控人物进行闯关，当玩家产生了某方面的行为（例如，闯关成功或是闯关失败）或者当玩家走到某个故事触发地的时候游戏会经过一系列数据计算与事件判断后，播放剧情插片或者游戏NPC，抛出一定的线索。例如在《波斯王子：武者之心》中，王子终于闯进了"时之女皇"的王宫之后，无缝对接出现了剧情插片，原来一直帮助王子的红衣女人凯琳娜就是"时之女皇"，女皇看到未来自己会被王子杀掉的命运，所以她也在试图改变自己的命运，谁知波斯王子通过了所有的关卡，最后只能女皇自己亲手去杀王子。当剧情插片播放完毕，玩家就可以操控波斯王子与女皇进行对决。在战斗过程中，当玩家与女皇对战了几个回合后，游戏就会经过数据计算，又播出了一个剧情插片，女皇就会和王子进行对话，对话结束之后继续战斗。

所以在"波斯王子时之沙"三部曲中，游戏采用了同步叙事的方式，游戏创作者制作的剧情插片或者NPC的对话与玩家的行为保持即时同步，保证叙事的连续性与完整性，给予玩家更好的游戏交互性与体验感。

（2）线性叙事：按照时间向度或因果逻辑组织叙事材料

"波斯王子"系列作为一部非专门叙事的游戏，其叙事方式主要是通过游戏制作者提前制作好的特效CG动画以及人物之间的对白和王子自己的内心独白展开的。虽然"波斯王子时之沙"系列的游戏版权由法国育碧公司所购买，但是其游戏的剧本大纲还是基本由"波斯王子之父"乔丹·麦其纳撰写。乔丹·麦其纳认为，游戏要尽可能减少剧情插片，剧情是服务于游戏本身的，不应该脱离游戏而做无意义的剧情堆叠。所以"波斯王子时之沙"系列的游戏，其叙事方式都采用了传统的线性叙事方式，大致经历了"开端—发展—高潮—结束"这四个阶段，让玩家专注于剧情之外的游戏体验。

游戏叙事，其实就是游戏创作者提前设定游戏世界的既定规则、行动路线、剧情发展，玩家必须要遵循其游戏法则。以《波斯王子：时之沙》为例，波斯王子的父亲萨鲁曼，因为释放的"时之沙"变成了一个"沙怪"，波斯王子在闯关中必须要亲手杀死自己的父亲，游戏没有给玩家选择的权利，只有杀死包括父亲在内的所有沙怪，公主法拉才会帮助波斯王子打开这一关的铁门，从而进入下一关。游戏的叙事给予了玩家一定的限制性，为玩家的行动划定边界和范围，遵守游戏规则才能继续前行。

（二）《波斯王子：时之刃》电影研究

1.电影《波斯王子：时之刃》概述

电影《波斯王子：时之刃》是由迪士尼公司根据游戏《波斯王子：时之沙》为蓝本改编而成的，由迈克·内威尔（Mike Newell）执导，"波斯王子之父"乔丹·麦其纳担任编剧，好莱坞制作人杰瑞·布鲁克海默（Jerry Bruckheimer）制作以及众多好莱坞明星如杰克·吉伦哈尔（Jake Gyllenhaal）、杰玛·阿特登（Gemma Arterton）、本·金斯利（Ben Kingsley）等演员出演，于2010年在美国上映。

电影《波斯王子：时之刃》制片人杰瑞·布鲁克海默说："我们希望把观众带入一个全新的从未体验过的世界中去。古代波斯就是这样一个世界，它让人有梦幻般的想象空间，我们努力在电影《波斯王子：时之刃》中向大家展现这一切。一直以来我们倾力制作史诗电影，从《世界末日》到《加勒比海盗》再到《波斯王子：时之刃》，都是这种有着无限想象力、壮阔场景和精彩动作表现的影片。"

其影片制作成本约2亿美元，特效成本为1.5亿美元左右，最终票房成绩为3亿美元左右。其影片场面宏大，复杂特效镜头高达1200个，采用真人结合CG特效的制作方式。《波斯王子：时之刃》这部影片的特效工作基本由4家特效公司共同制作完成：MPC（Moving Picture Company）、Double Negative（DNeg）、Framestore和Cinesite。Double Negative运用"事件捕捉"系统，安装了9台Arri集团Arriflex 435胶卷相机，以每秒48帧的速度拍摄演员动作，推动了当时"事件捕捉"系统的发展进程。Framestore创造了影片中"毒蛇"的形象，影片最后用大量特效"沙子"填满了一个大的陷阱室。MPC建立了一个巨大的神话城市——阿拉穆特，并派出数字军队在沙丘上成群结队。Cinesite将实景演员与另外两个数字城市和增强的景观相结合。[①]

2.《波斯王子：时之刃》的跨媒介叙事

"跨媒介叙事表示这样一个过程，即一个故事的各个有机组成部分穿越于多个媒介传播渠道，系统构建出一种协作合一的娱乐体验。在理想情况下，每一种媒介对于故事的展开具有自己独特的贡献。"[②]游戏和电影作为两种不同的媒介，其叙事必然存在着既相互联系又互相区别之处，但在其融合的过程中，游戏改编电影是"用不同的媒介特点对故事特点进行共同创作"[③]。《波斯王子：时之刃》作为一部游戏IP改编电影，其跨媒介叙事主要体现在以下两个方面。

（1）英雄人物的成长重构

在原版游戏《波斯王子：时之沙》中，波斯王子是被法师维瑟尔诱惑之后，自己主动按下了"时之刃"上的开关，释放了"时之沙"，把包括自己父亲在内的整个国家的人民都变成了沙怪，为了弥补自己的错误，他主动踏上了冒险的道路，去解救国家和人民。在游戏中，波斯王子这个人物的英雄特性是游戏创作者已经设定好的，玩家在进入游戏后，只需要控制"英雄"去闯关即可，游戏的过程体验是核心，并不注重人物心理的成长蜕变。所以游戏媒介中的人物心理世界的建构缺失，通过电影媒介的二次创作，"构建出一种协作合一的娱乐体验"[④]。

克里斯蒂安·麦茨（Christian Metz）认为："没有戏剧性，没有虚构，

---

① ROBERTSON B. Against the grains[J]. Computer graphics world，2010，33（6）：10-16.
② 詹金斯.融合文化：新媒体和旧媒体的冲突地带[M].杜永明，译.北京：商务印书馆，2012：157.
③ 路雅丽.从漫画到电影的跨媒介叙事：以《阿丽塔：战斗天使》为例[J].今古文创，2020（29）：67-68.
④ 詹金斯.融合文化：新媒体和旧媒体的冲突地带[M].杜永明，译.北京：商务印书馆，2012：157.

没有故事，就没有影片。"① 相比游戏，电影的改编使得波斯王子这个冒险的过程更加具有戏剧性和可看性。波斯王子在整个电影中展现其内心世界的成长与蜕变。在冒险的前半部分，王子对于公主塔米娜的劝说毫不在意，全部的注意力都放在"如何洗清嫌疑"上；在他亲身体验了"时之刃"可以倒流时光的功能后，他对"时之刃"抱有一种"抢夺占有"的目的；而当他知道杀害父王的凶手是其叔叔尼扎姆时，进而明白尼扎姆妄想回到过去改变历史，他选择归还"时之刃"；在最后和尼扎姆的决战中，塔米娜选择牺牲自己，波斯王子完成了自我成长，抛弃了一切顾虑，将"时之刃"插进沙漏，时光倒流，拥有记忆的达斯坦阻止了国家军队攻打阿拉穆特国，并且斩杀了尼扎姆。其"英雄"的形成是有其成长过程的，观众在观影的过程中，能够陪伴见证波斯王子不断地成长，从而引起观众情感认同，产生一定的共鸣感。

（2）叙事主题的意义重构

游戏《波斯王子：时之沙》主要阐释一种"时间单向性"的主题意义。而在电影《波斯王子：时之沙》中，时间这个主题只是其中的一个叙事元素，影片主题扩展为更为宏大的古波斯帝国的人文精神。

第一，在波斯王子的人物身份设定上，影片将他设定为了波斯国王的养子，上面有两位哥哥，所以在电影中，波斯王子不再单指一个人，继而以"兄弟齐心，其利断金"的精神贯穿整部影片。相较于游戏中波斯王子的个人英雄主义，电影中增加了团结、合作、包容这些人文精神，增加了其故事的内容深度与广度。

第二，在电影中增加了配角的副线情节。例如本·金斯利饰演的国王的弟弟尼扎姆，这个人物是电影中大反派角色，也就是游戏中的法师维瑟尔的人物角色替代。在游戏中，法师维瑟尔是因为自己得了重病而去妄图抢夺"时之刃"，他在游戏中只是单一性的反派而已。但是在电影中，尼

---

① 麦茨.现代电影与叙事性：上[J].李恒基，王蔚，译.世界电影，1986（2）：4-28.

扎姆这个人物得到多面性展现。尼扎姆在人前是和蔼可亲、具有包容心的国家功臣；背地里却是一个贪图权力、阴狠狡诈、心狠手辣的反面人物。两种相对的性格体现在同一个人物身上，显示出人性的复杂，从而从侧面去突出波斯王子的正义与正直。影片还设置了西科·阿玛这个奴隶谷头领的配角人物，其前期对于政府的不信任、苛责国家沉重的赋税等的情节设置，与影片最后为了拯救世界配合达斯坦抢回"时之刃"进行对比，显示出人物的本性善良品质。

第三，游戏中被公主法拉所在的印度国是在"时之岛"掠夺了"时之刃"，他们本质上也属于掠夺者。但是在电影中，公主塔米娜所在的阿拉穆特国则是"时之刃"的守护国，守护着世界以及生物的生命之本。相较游戏，电影赋予了公主守护世界的责任与使命，没有任何物质利益的掺杂，其纯粹的守护奉献精神增加了故事情节的思想厚度。

（三）改编效果评估与策略分析

齐格弗里德·克拉考尔（Siegfried Kracauer）将电影改编分为"自由的改编"和"忠实的改编"，前者极少注意原著的精神，后者则体现保全原著的基本内容和重点的努力。[①]电影《波斯王子：时之刃》则是后者"忠实的改编"，忠实型的改编策略有其优势，但也会有一定局限性，笔者将以电影《波斯王子：时之刃》为例，具体分析"忠实改编"的双面性。

1.《波斯王子：时之刃》的改编效果评估

（1）《波斯王子：时之刃》的优点分析

巴赞认为："改编最终不再是肆意改动原作，而是尊重原作。"[②]电影《波斯王子：时之刃》在人物角色、道具、人物动作等方面贴合原版游戏，将

[①] 克拉考尔.电影的本性：物质现实的复原[M].邵牧君，译.北京：中国电影出版社，1981：305.

[②] 巴赞.电影是什么？[M].崔君衍，译.北京：中国电影出版社，1987：100.

游戏中的诸多元素融合其中,"通过电影形式,构造一部次生的作品"[①]。

第一,在人物选角方面,波斯王子选用了犹太人血脉的演员杰克·吉伦哈尔来饰演,他信仰犹太教,继承了其母亲家族的犹太文化,所以,他对于电影中的中东文化有着自己独特的理解与感受,能够更好地还原原版游戏中的波斯王子的气质。

第二,在道具方面,电影中继续沿用游戏中的"时之刃",其造型结构还原度极高,并且在电影中"时之刃"的功能也和游戏中的一样,即按下匕首上的按钮,释放"时之沙",能够倒流时间。

第三,在场景方面,为了能够还原游戏中的宏大场面,电影运用了CG特效加真人的方式,利用"事件捕捉"系统,将特效沙子包括其中的光效粒子都融合于人物、场景之中,"把沙子当作一个有生命的角色"[②]。电影还利用特效CG打造了阿拉穆特王国,剧组在摩洛哥布景并且搭建了9个摄影棚,后期特效在其基础上建造了一个巨大的圣城"阿拉穆特",利用3D制作扩充了摄影棚内的城市街道、人群、各种宫殿建筑,并且在波斯王子攻打阿拉穆特的场景中,MPC创建了18000名"数字士兵",恐慌的市民、冲锋的军队和破败的城墙都是由后期特效制作完成,完美还原了游戏中的场景,给观众以震撼的视听感官刺激。

第四,在人物动作方面,游戏中的波斯王子主要是通过攀爬、跳跃来闯关的,这一游戏中的动作设计也被融入电影中。电影中的波斯王子达斯坦在众多逃亡的情节中,都利用了各种跑酷的动作,还将原版游戏中独特的"360转体"杂技动作也应用到电影中,让一部分游戏粉丝在观看电影的时候,感受到游戏的本然趣味。

(2)《波斯王子:时之刃》的缺陷阐释

第一,内容同质化,创新力不足。

---

① 巴赞.电影是什么?[M].崔君衍,译.北京:中国电影出版社,1987:129.

② ROBERTSON B. Against the grains[J]. Computer graphics world,2010,33(6):10-16.

第三章　影游IP互化的策略

《波斯王子：时之刃》的"忠实的改编",有其"距离性"和"狭隘性"[①]。《波斯王子：时之刃》的叙事结构与原版游戏基本一致,都是在讲述波斯王子为了拯救国家和人民冒险护送"时之刃"的过程。该电影在叙事上没有特别突出的创新点,仅改变了该事件的发生时间,游戏中该事件是发生在"时之沙吞噬国家"之后,而电影则是发生在"时之沙吞噬国家"之前。仅仅时间的改变,并没有给影片带来任何新鲜感,反而产生了距离感。因为在电影中公主塔米娜所说的"时之沙"带给世界和生命的毁灭场景仅存在于她的话语中,这种"将来时"的事件,会给观众带来一定的距离感。

在影片中存在过多照搬原作的剧情内容,例如,公主主动牺牲。在游戏中,公主也是在宫殿中某一楼层,因意外跌落,戏剧性的是公主的一只手抓住了楼层边缘,波斯王子想要拉公主上来,公主却含泪主动跳下楼,把守护"时之刃"的使命交给了波斯王子。游戏改编电影后,直接照搬了游戏中的情节,公主在"时之沙漏"的宫殿中,也是由于意外跌落,主动放弃自己的生命,将拯救世界的使命托付给波斯王子。这两段剧情,忽略场景的不同,剧情本身就是完整的"复制"和"照搬"。忠于原著不代表照搬原著,如果把忠于原著理解为内容的复制,那就是改编的狭隘性与浅薄性。

"改编的电影作品的好坏不是由与'忠实'原著与否,而在于改编片本身的创造(亦所谓'再创造')问题。以'不忠实'的理由否定一部电影作品,是无视电影创作的特殊性和电影创作者主体意识的粗暴教条行为。"[②]

第二,IP过度开发,"光晕"消逝。

电影《波斯王子：时之刃》的基本情节与原版《波斯王子：时之沙》相似度极高,在一定程度上可算作"复制品","即便是最完美的复制品也

[①] 毛攀云.中国电影改编理论研究[D].吉首：吉首大学,2010.
[②] 章明.猜测电影创作的本质对电影改编原则的不同看法[J].电影艺术,1988(12)：44-48.

不具备艺术作品的此时此刻"①，也就是其"本真性"。"一部真正的艺术作品，只有当它不可避免地表现为秘密时，才可能被把握……美的神性存在的基础就在于秘密。"②所以，游戏改编电影的最大问题在于"光晕"的减少或缺失。例如，在游戏媒介中，游戏的叙事其实是有两部分组成的，即游戏创作者和接受者。电子游戏的互动性赋予了接受者行为选择的权利，从而使其以个性化的要素构建不同的叙事文本。虽然按照游戏的线性叙事，游戏创作者设定了既定游戏规则，但是每个关卡的通关方式是多样的，在游戏中，创作者和接受者两者将合作完成"串珠式"的叙事③。

在电影媒介中，受众是被动的信息接受者，电影的信息是以单向传播的方式传达给受众，所以在游戏改编电影《波斯王子：时之刃》中，游戏中"互动性"的"光晕"也就消失了，即依靠接受者想象力和创造性的"串珠式"叙事的"光晕"也消失殆尽，留下只是游戏中些许表面的情节而已。

2.从《波斯王子：时之刃》看游戏"IP"改编策略

（1）内容为王，增强"可看性"

贝拉·巴拉兹认为："一个真正名副其实的影片制作者在着手改编一部小说时，就会把原著仅仅当成是未经加工的素材，从自己的艺术形式的特殊角度来对这段未经加工的现实生活进行观察，而根本不注意素材所以具有的形式。"④游戏改编电影要以打造优质内容为主，游戏本身就具有"可玩性"和"可看性"两种功能，相较于游戏的两个功能，电影仅具有"可看性"功能，当游戏改编的电影仅是对原作游戏剧情的还原时，其电影所具有的"可看性"功能就大大降低，那么其本身也就没有任何的创造性，势必会让游戏改编后的电影只是游戏的"复制品"而已。所以在影游IP融

---

① 本雅明.评歌德的《亲合力》[M].王炳钧，杨劲，译.天津：百花文艺出版社，1999：226.
② 本雅明.评歌德的《亲合力》[M].王炳钧，刘晓，译.北京：北京师范大学出版社，2016：110.
③ 熊超琨.电子游戏超文本叙事研究[D].武汉：华中师范大学，2020.
④ 巴拉兹.电影美学[M].何力，译.北京：中国电影出版社，1979：280.

合之下，游戏改编电影要在保留游戏基本元素的基础上，其内容必须有一定的创新。创造性改编者并不特别关注改编是否完全符合原作的思想、风格，而是更倾心于对原作故事框架的开掘，从中发现新的意蕴[1]。例如，影片《寂静岭》就是打碎了原作游戏的叙事结构和叙事时空，重新创作主干情节，塑造各种逻辑因果关系，通过剧情内容的层级递进，使得影片本身与观众的心理进行交互，把被动、强加的电影背景转化为银幕内外人物共同主动探索的情节，促使观众的外部感官系统和内部的心理系统都能得到最大限度的刺激体验。

"电影，只有当它不再是一种简单的复制品和杂凑的混合物，不再是文学的图解或戏剧的再现，而是依靠自己的材料，运用自己的手段，创造出唯它独有的银幕综合艺术形象，具体自己独特的审美价值时，才能享有第七种艺术的独特光荣。"[2]《波斯王子：时之刃》在内容上就是过于"照搬"原著，其主干情节没有创新之处。原版游戏是依靠其游戏互动体验以及游戏闯关的趣味性取胜的，当它改编成电影后，这些游戏的长处由于搭载媒介的改变其本身的优势性都会减弱，所以如果游戏改编后的电影必须要坚持"内容为王"，运用电影本身的艺术手段，创作出更优质的内容，吸引玩家观众以及更大数量占比的非玩家观众，成功实现影游IP的互化。

（2）利用粉丝，增强"互动性"

优质游戏IP改编电影的优势在于拥有强大的粉丝受众群体，他们既是"基础消费者"，也是其营销过程中的"信息传播者"，并且在互联网时代背景之下，他们同样也是"文化在生产的参与者"，从而形成"作为创作者意志代表的主导性文本和粉丝介入的参与性文化模式"[3]。例如，在《波斯王子：时之刃》中，波斯王子完成各种在正常世界不可能完成的跑酷动

---

[1] 邹红.如何对待名著的改编[J].戏剧文学，1998（2）：4-7.
[2] 王忠全.改编贵在创造：兼评影片《人到中年》的改编[J].电影艺术，1983（12）：18-23.
[3] 贾舒.粉丝文化视角下的电影改编策略研究：以漫威和DC系列电影为例[J].电影文学，2020（22）：142-145.

作,并且还经常展示杂技动作"360°转体"。这些情节在正常的非玩家观众看来,是比较夸张的,并且充满了戏剧性,非玩家观众观看过后对此会产生质疑。但是站在玩家观众(游戏粉丝)的角度来看,他们对于这种杂技跑酷的动作设计持有一种"狂欢式"的态度。但是游戏改编电影仅依靠以原生粉丝为代表的小众群体的"自娱自乐式"的狂欢是远远不够的,必须要进行二次创作,使其能在更大范围的大众群体中进行交流与传播。

由于游戏IP的受众被分成了大众与原作粉丝,所以在进行改编时,必须把控好创作者、大众、粉丝三者之间的平衡。例如《寂静岭》,该片导演克里斯托弗·甘斯(Christophe Gans)以及编剧罗杰·艾瓦里(Roger Avary)都是该片原版同名游戏的狂热粉丝,他们在影片中吸收了原版游戏的恐怖风格以及基本的世界观,将原版游戏中就存在的"表世界"和"里世界"通过电影的艺术手段完整地展现出来,迎合了其原生粉丝的观影需要。同时导演也考虑到了非玩家观众的大众群体的观影偏好,影片聚焦在一个母亲解救自己孩子的故事上,让"人性"这个宏大的主题更加具体化,能够引起大众群体(玩家观众和非玩家观众)共同的情感共鸣。

(3)深耕用户领域,增强黏性

西奥多·阿多诺(Theodor Wiesengrund Adorno)强调艺术的两极分化:自律的伟大艺术之审美场域和市场法则决定一切文化产业。随着互联网的兴起和移动智能终端的普及,以青少年为主的"网生代"成为电影的核心受众群体,所以游戏IP改编电影必须要深耕网生代群体,垂直细分,精准定位用户需求,以便进行更精确、更优质化的内容生产,增强受众的黏性,提高游戏IP开发的持久性。例如,《波斯王子:时之刃》中各种跑酷追逐情节、王子复仇、凶手悬念、并肩作战的爱情以及场面宏大的特效CG,这些都是青少年群体所喜闻乐见的类型元素,所以当代大众文化场域之维的电影改编,必须顺应大众文化消费化、世俗化、娱乐化、时尚化、产业化、图像化、感性化等特征。[1]

---

[1] 毛攀云.中国电影改编理论研究[D].吉首:吉首大学,2010.

但如果只基于互联网的生活冲动的"越来越偏爱和寻求平面化或浅薄化的生活趣味",势必会造成影片思想的空洞与内容的缺失,所以在"无所不能和无所不知的基于互联网生活本身"当中分离出来另外一种力量,"力图挣脱互联网模式的束缚而向往有限度的公民个体自由,即无网的自由"[1],以这种驱动力量为核心的受众群体,更加渴望一种娱乐性与艺术性达到平衡的审美体验。

游戏IP改编电影,必须要努力达到艺术性与娱乐性的平衡。例如影片《寂静岭》,其影片本身的悬疑惊悚的类型、时空交错的叙事结构以及复仇元素都迎合了以青少年群体为核心的"网生代"的审美需要。影片中对于人性本身的思考与探究、对于僵化教条的批判与痛斥等都扩展了其叙事内容的思想深度与广度,从而达到了游戏IP改编电影的娱乐性与艺术性的平衡。

(4)打造超级IP,增强品牌影响力

"波斯王子"作为一个优质的品牌IP,其本身的品牌影响力是很强大的。但是仅仅依靠游戏本身的品牌影响力依然不够,例如,"波斯王子"游戏在"波斯王子时之沙"系列结束后,后面推出的《新波斯王子》《波斯王子:遗忘之沙》都反响平平。所以在2010年《波斯王子:遗忘之沙》上线后,同年游戏IP改编电影《波斯王子:时之刃》上映,游戏与电影相互造势,互为营销。

纵观"波斯王子"游戏IP的发展历程,其前期的发展势头非常迅猛,它新颖的玩法、完整的叙事以及优质的画面效果,使得"波斯王子"成为动作冒险类游戏的标杆品牌。但是后期由于品牌影响力有所下降,包括其风格的转变、其他相似风格游戏的市场抢占等原因,使得"波斯王子"游戏逐渐退出了历史舞台。"波斯王子"不适合深耕单一领域的IP开发,必须联合产业上下游,尽可能涉及多个领域,形成全产业链,将其打造成

---

[1] 王一川.艺术公赏力:艺术公共性研究[M].北京:北京大学出版社,2016:572.

"超级IP",才能真正地互相营销,吸引更多用户,从而保证跨媒介文化产品的成功。

（5）坚持精心选角,增加契合度

游戏IP改编电影,可以适当利用明星效应吸引粉丝观众,例如,《波斯王子：时之刃》就邀请了众多好莱坞明星：杰玛·阿特登、本·金斯利等。这些好莱坞明星本身就能吸引他们自己的粉丝来观看电影。但是资本逐利和"唯点击量"的出现,使得有些影片为了获利,不顾剧情内容以及演员契合度,只邀请流量明星,导致电影角色与演员本人脱节,从而影响观众的观感。

当前游戏IP的开发还处于一个较为混乱、原始的时代,为了保持影片的整体质感与效果,必须要"坚持在跨媒介转换中使用稳定形象"[1],要选择与角色本身契合度较高的演员,在此基础上在利用一定的"明星效应"。例如,《波斯王子：时之刃》的波斯王子达斯坦的饰演者杰克·吉伦哈尔,他本身来自母亲犹太血统,使得他的面庞具有一定的中东气质,与原作游戏的波斯王子古波斯帝国的身份相契合,观众在观看影片时能够有代入感和想象空间。

结　语

在当今时代,跨媒介现象已经成为文化发展的潮流,电子游戏与影视的"跨媒介互动",成为多维媒体的新景观。[2]影游IP互化的发展道阻且长,同时也未来可期。

本书以《波斯王子：时之刃》为例,首先分析了其原版游戏IP"波斯王子",其次分析游戏改编电影《波斯王子：时之刃》,进而具体分析了影

---

[1] 李炜.从游戏到动漫影视及其它：跨媒介文化现象论析[J].中国电视,2012（2）：87-91.

[2] 李炜.从游戏到动漫影视及其它：跨媒介文化现象论析[J].中国电视,2012（2）：87-91.

游 IP 互化中的问题以及发展策略。

一方面，当前游戏 IP 开发出现了各种乱象，逐渐"泛娱乐化"，必须予以重视，资本方、创作者、接受者等群体联动合作，创造出优秀的游戏 IP 开发产品。

另一方面，游戏媒介的强大的互动性与自由性，对于影视作品本身具有一定的借鉴意义。同时影视作品中的叙事结构、视听语言也会对游戏产生相应的影响。影游 IP 互化，首先对于游戏本身来说，能够增加其品牌影响力；其次对于影视作品来说，利用原作 IP 元素，能够降低创作风险，实现双赢。

二、电视剧《仙剑奇侠传》：视听模拟仙侠世界，叙事闭环加深戏剧冲突

（一）《仙剑奇侠传》游戏案例研究

1.世界观：三皇六界五灵的"盘古创世说"

仙剑奇侠传世界观，是游戏《仙剑奇侠传》中的游戏人物对其所存在空间的基本看法与观点，《仙剑奇侠传》作为一部曾带起"仙剑"风潮的著名单机游戏，其游戏中构建的虚拟世界借助一个中国传统神话故事来展开，即盘古开天地的传说。传说中，天地处于"混沌"状态，有"盘古"生于其间。盘古身体不断成长，原来的混沌状态不能容纳其身体而分裂，"清气"上升为天，"浊气"沉降为地，在盘古死后，其精、气、神分化成三位大神，分别为伏羲、神农、女娲，被称为"三皇"，而剩余没有成型的灵为水、火、雷、风、土，散于天地之间，变为五灵珠。盘古之心悬于天地之间成为连接天地的纽带，并与天界清气所钟之地连接，因清浊交汇而生"神树"，成为天界生命之源。

因天地间生灵太少，三皇分别以不同形式创造生灵，其中伏羲以神树果为体注入精力造"神"、神农以大地土石草木为体灌注自身气力造"兽"、

女娲以土水混合附以自身血液和灵力造"人"。后因神农暴毙之后，兽类的统御者蚩尤向人族进攻失败后开启异界，其残部在其中修炼成"魔"。而其他兽类可以通过修炼，激发自身继承的神农力量可以成为"妖"，人类可以通过修炼，激发自身继承的女娲灵力，修炼成"仙"。著名的修仙门派就有位居"盘古之心"蜀山的蜀山派。因此，三族生出六界：神、仙、人、鬼、妖、魔，其中魔界作为人、兽等生灵的轮回中转之所而存在。[①]六界更像是对三种种族的分层，不同种族划定各自的生活区域，彼此区隔，形成一种较为稳定的世界结构。

水、火、风、雷、土，五灵可以说是"仙剑奇侠传"系列游戏法术的基础，也是此部游戏最大的特色所在，在游戏设置中与"五灵"相对应有水灵珠、火灵珠、风灵珠、雷灵珠和土灵珠。《仙剑奇侠传一》中的五灵珠介绍为：女娲大神聚天地灵气，炼成五珠以镇群魔。

《仙剑奇侠传一》的主要故事背景发生在人界，苗疆之地中南诏国生活着黑苗族，大理城生活着白苗族，黑苗白苗两族水火不容、交战不断，而女娲族后人、白苗族大祭司的林青儿与南诏国黑苗族王子相爱结为连理，后黑苗族王子继位成为苗疆南诏国国王和黑苗族的巫王，林青儿也成为南诏国的王后和黑苗族的巫后，由此化解两族恩怨，二人还诞有一女为仙剑奇侠传的主角之一赵灵儿。

2. 游戏叙事

《仙剑奇侠传一》是"仙剑奇侠传"系列的第一部作品，主题是"宿命"，于1995年7月发行。该游戏讲述了平凡的客栈小伙计李逍遥因为机缘巧合结识了女娲族后裔赵灵儿。赵灵儿所居之仙灵岛意外遭人袭击，李逍遥遂担任起护送灵儿往苗疆寻母的重任。在旅程中，李逍遥先后结识了林月如、阿奴。在赵灵儿帮助苗人祈雨解旱、惩奸除恶的过程之中，赵灵儿的身世之谜以及她母亲的下落也终究水落石出。此时，拜月教主的阴谋

---

① 大宇资讯股份有限公司.仙剑奇侠传世界观介绍[EB/OL].[2024-05-06]. http://pal.joypark.com.tw/pal3/info_world.asp.

摆在众人的眼前，李逍遥、赵灵儿等人却不知这与拜月教主一战，将会铸成一段永恒的悲剧。

整个游戏的叙事结构可以分为两类：客观展示叙事和主观触发叙事。客观展示叙事指的是游戏画面呈现客观且不以玩家操作而改变的连续动画和已设置好的对话展示剧情，一般适用于不需要玩家主动触发的和既定的剧情展示，游戏仙剑奇侠传的开头是由李逍遥的一个大侠梦而揭开整个游戏的面纱，游戏对这段梦的展现是通过一段客观的线性的剧情动画，动画中李逍遥想要斩妖除魔，见妖魔逃走后御剑飞行尾随妖魔而去却不慎掉入妖魔窟中，遇见了罗刹鬼婆准备愤慨就义随即就被婶婶给敲醒，随即展开了和婶婶的对话，开启了一系列任务。在镇妖塔解救赵灵儿事件中，林月如为救李逍遥和赵灵儿用身体抵挡坍塌的砖石，画面一片黑暗后就进入了李逍遥的梦，这段梦在一片漆黑中，林月如问李逍遥是否愿意随她回去见她母亲，李逍遥以疲惫为由拒绝了林月如，随即林月如无奈便往后退消失在黑暗中，李逍遥醒来便发现林月如已经去世。这两段梦以一种客观展现的剧情动画插入在游戏中，显示出一种不受玩家控制的客观叙事走向，不仅强化了叙事的完整性更为增添了故事不可逆转的悲剧性，在体现仙剑奇侠传这款剧情RPG游戏中剧情元素的偏向性的同时用这种叙事强调刺激玩家的感性体验。

相较于文字叙事，游戏中的主动触发叙事更加深入剧情层面与故事融为一体，这种触发的叙事一般为对话叙事。对话叙事在印刷文本中表现为人物角色间的对话，在电影中表现为角色的台词，而在游戏当中这种叙事方式则通过任务对话进行呈现。游戏中常常会设置人物的对话，这常常是模拟玩家与游戏中的非玩家角色之间的台词。仙剑奇侠传的游戏主要是要求玩家通过操纵主角李逍遥的身体移动来进入不同的场景获得不同的道具和遇见不同的非玩家人物NPC，与他们对话来触发叙事机制，从对话中获取现阶段的任务和目标指向。在游戏最初，在李逍遥被婶婶训斥游手好闲让他出来帮忙招呼客人这段客观连续对话的剧情展示之后，主角李逍遥人物就处于自由移动状态，此时玩家需要通过前后左右四个按钮控制李逍遥出房间进入客栈的走廊遇见婶婶和苗族头领，经过对话后获得道具500文钱。此上两种叙事在游戏中并非有完全区别，而是融合密切，高度的剧情完整性和恰当的游戏互动时机使得《仙剑奇侠传一》这款游戏广受好评，并以凝练的文字对话和高度文学性树立了"仙剑奇侠传"系列文学性游戏的风格。

"仙剑奇侠传"系列游戏在叙事时空上内部采用升级结构，决定了游戏主要采用线性叙事，游戏外部存读档的设定突出了叙事时间线的可回溯性。游戏中主角李逍遥对游戏中故事任务的完成，是一级一级进行的，因此，故事也是逐渐展开的，很难随意地倒错。只有游戏在设计中本身携带的故事框架可以进行时间顺序的倒错，例如，游戏中主角李逍遥在大理城对神殿祭拜时却被吸入巫后的神像中，由巫后用回魂仙梦法术将李逍遥送回到了过去触发十年前南诏国拜月教主教唆巫王杀巫后的叙事情节，并通过拿回水灵珠完成他的使命。

"仙剑奇侠传"系列游戏的设计者在叙事空间上采用大量的中国古代传统地区元素，地跨江南和苗疆区域，从李逍遥少年成长的余杭县、初遇赵灵儿的仙灵岛、结识林月如的苏州、见证彩依以千年道行换夫君十年阳寿的扬州、红颜林月如香消玉殒的蜀山、白苗族安居之地大理城以及打败拜月教主的南诏国宫殿，在各地城镇地区中又设计有蛇窟、将军冢地下迷宫、锁妖塔和麒麟洞等具有志怪色彩的地点作为主角一行人行侠冒险的各个成长之地，突出了"仙剑奇侠传"系列游戏中的"奇侠"元素。

3.游戏玩法

"仙剑奇侠传"系列是由台湾大宇资讯股份有限公司开发，并于1995年7月出品的单机中文电子角色扮演游戏。角色扮演类游戏，即RPG，是游戏类型的一种。"仙剑奇侠传"系列属于剧情类RPG，剧情类RPG泛指以内容丰富的剧情故事推进游戏进程的一种RPG游戏。玩家操纵游戏角色，在一个写实或虚构世界中活动和历险，通过不断触发事件和完成战斗任务来推进游戏剧情的发展。在"仙剑奇侠传"系列中，玩家负责扮演一个名为"李逍遥"的角色，在剧情指引和游戏设定下通过一些行动令"李逍遥"经历人世间的情爱与战斗来收获成长。

除去单线程历险成长式剧情体验，游戏玩法体验中以全动态回合制战斗为主，辅以走迷宫、偷窃、投掷、合击、收妖炼丹、变身及武器属性等的玩法令游戏内容更富变化。

在回合战斗中，玩家可以通过调整人物状态来影响战斗输出，决定战斗结果。人物状态中包含经验值、修行、体力、真气、武术、灵力、防御、身法、吉运，以及人物装备：头戴之物、披挂之物、身穿之衣、手持武器、脚穿之鞋、佩戴之物。人物装备可以通过经验升级和装备物品的属性给角色的各项能力进行加持。下面表3-1中所列出的就是与李逍遥两把剑有关的道具属性等信息。

表3-1 "仙剑奇侠传"系列游戏中李逍遥的木剑与无尘剑的相关信息

物品名称	物品信息	属性	获得处	获得时间点
木剑	用木材雕刻的剑，小孩玩具	武术+2 身法+3	余杭镇客栈的客栈柴房	游戏初始
无尘剑	上古神剑，指天天崩、划地地裂	武术+200 防御+20 身法+77 吉运+33	试炼窟最深处女娲遗迹的宝箱	游戏后半段处为救在锁妖塔重伤的赵灵儿，李逍遥出发寻找水灵珠

除了实体物品，人物还可以经过获得武术招式习得技能，游戏中婶婶交给李逍遥的包袱中就含有李逍遥父亲的飞龙探云手和冰心诀的口诀，飞龙探云手就是指在回合战斗中可以被使用偷取战斗对方物品的技能，这样的技能设计就与游戏偷窃的玩法以及人物状态中吉运的模块设定有所关联，形成逻辑链。

（二）电视剧《仙剑奇侠传》案例研究

1.叙事结构

电视剧《仙剑奇侠传》与游戏的叙事顺序相比，采用了倒叙手法，将李逍遥穿越回十年前的南诏国的经历作为电视剧的开篇进行叙事，设置了剧情最大的悬念，吸引观众眼球[①]，而这种关键情节前置引出仙剑奇侠传故事中的一种奇特的闭环叙事结构。《仙剑奇侠传》存在一种"莫比乌斯环"式的叙事闭环，让原本身处不同时空的个体产生融合和交集，且互为因果。在为救赵灵儿寻找水灵珠的过程中，李逍遥被吸入巫后的神像中被巫后送回到十年前去拯救她的女儿赵灵儿，李逍遥成功救下赵灵儿一行人并用自己从小带到大的木剑和十年前的自己交换了水灵珠，这样穿越回去改变历史的行为也促使未来的改变，因为赵灵儿的离开，巫王和拜月教主要找到赵灵儿将她带回南诏国，这样的动机促使他们利用李逍遥之力攻入仙灵岛却让赵灵儿成为无依之人，而当李逍遥进入仙灵岛时，赵灵儿因为他是救命恩人所以将仙丹给他并与他成亲，当赵灵儿成为无依之人，李逍遥虽然失忆不再认识赵灵儿但依旧心怀责任感带她走上回乡的历险旅程，之后经历种种，当赵灵儿重伤需要水灵珠时，李逍遥再次回到了故事的最初的起点，在电视剧中李逍遥想要避免赵灵儿的悲剧故意躲开东边的仙灵岛往西行将赵灵儿和姥姥安置在一个无名小岛，但回到十年后发现一切都未改变，原来那个无名之岛就是后来的仙灵岛，这种无法挣脱的宿命感体现在剧中的每个人物身上，六界中各个人物的不同性格、身份职责使得每个人都做出符合自我认知的决定，拜月所坚持认为的人间无爱，女娲后人的有爱无类，剑圣的得道无为盘根错节，人物各个行为决定中不可调和的矛盾互相交织就形成了互为因果的剧情，不仅加深了戏剧冲突，更展现了《仙剑奇侠传》中宿命的悲壮感。

2.音乐功能

电视剧音乐已经逐渐成为一个相对独立的艺术门类，且音乐在电视剧中的表现力越发鲜明。音乐作为电视剧中的重要组成部分，加入电视剧中，便可以以视听结合的方式更加直观的表达情感。仙剑奇侠传中的音乐

[①] 林煜圻.游戏改编电视剧《仙剑奇侠传》系列的叙事策略研究：基于热奈特的叙事理论[J].新闻研究导刊，2019，10(11)：110-112.

主要具有两个功能。

一是阐释主题思想，主题曲《杀破狼》以辗转跌宕的曲风将《仙剑奇侠传》中的主题思想展示得淋漓尽致——所谓武是手段，爱才是永恒的追求，无论是女娲后人一代代不惜牺牲自我来追求保护子民的大爱，还是李逍遥、赵灵儿和林月如三人之间的男女之爱，或是最终才对爱大彻大悟的拜月教主，都体现了剧中人对爱的追求。而且整首歌曲大气磅礴、高潮叠复，浓重的凄凉恣意疯长，古战场的壮阔苍凉、凄清孤绝一览无余，渲染了一种宿命不可逃脱的悲凉感。

二是烘托人物设定，在电视剧中，人物是推动剧情发展的关键，同时人物形象本身也很重要，如何刻画人物形象显得尤为重要。同时在剧中，最难表达的便是人物的内心情感，观众仅从演员的表情和形体表演中，很难将所刻画的人物的内心情感表现出来，音乐作为一种听觉艺术，可以巧妙地将人物的内心情感更有力表达出来。从而使剧中的人物形象更加丰满。[①]插曲《一直很安静》是一首用沙哑的嗓音忧伤地唱着的歌曲，是《仙剑奇侠传》剧中女主角林月如的人物曲，在锁妖塔中李逍遥想起与赵灵儿的点点滴滴后，林月如终于意识到自己才是那个第三者，此时镜头从李逍遥和赵灵儿中间穿过望向有些无措的林月如时，这首歌缓缓响起："明明是三个人的电影，我却始终不能有姓名。"歌词和画面中一个人的林月如形成映照，再一次书写了林月如对李逍遥默默的爱，为她最后的牺牲结局奠定了悲伤的基调。

3.视效设计

电视剧视效是在电视剧总导演的总体构思下，将各个部门捏合在一起共同作用，相互配合来表现剧中造型和画面风格的，其中主要包括前期的美工师、灯光师、摄影师、音响师、演员以及影视后期的特效师和调色师等。

---

① 刘鑫.论音乐舞蹈在电视剧中的重要性：以电视剧《仙剑奇侠传三》为例[J].黄河之声，2017(24):111-112.

在前期的场景设计、服装设计、道具设计以及后期特效技术等方面制作出与电视剧主题吻合且突出鲜明主题特色的艺术表现风格。

第一，电视剧的服装和化妆设计，一般需符合剧中人物的形象特点，包括性格、背景、身份等，是主题基调下的人物角色重新塑造。[①] 电视剧《仙剑奇侠传》中赵灵儿刚出场时，由于隐居在仙灵岛上自小养成的天真烂漫性格，赵灵儿的服装是一身淡绿的衣裙，裙上点点红色和黄色应和了仙灵岛上的朵朵桃花，袖口衣襟处长条状的衣带以及两个小双鬟发型垂下的丝丝条条随着赵灵儿的动作飘逸在空中，凸显出赵灵儿"仙女"的气质，而赵灵儿和李逍遥大婚的服饰和她回到南诏国后的公主装扮中都带有大量的苗疆元素，婚服帽上一排小银铃和公主发髻上的银树花簪都彰显着赵灵儿真实的身份来源，再到最后赵灵儿显出女娲蛇身拯救子民时，黑色的额饰配上白衣裙和灰粗纱衬托出赵灵儿的成熟，暗示她承担起女娲后人的职责。

第二，电视剧的场景美工非常重要，场景设计作为仙侠电视剧烘托人物情感的重要的元素之一，可以提供直观动态的空间让观众明确感受到剧中人物的身世背景以及身处其中的人物情绪。仙灵岛的设计借鉴了中国古代传说"桃花源记"中的元素，大片的桃树林为观众展现了与世隔绝的人间仙境，仙境中充满蓬勃的朝气和怡人的花香，为赵灵儿天真烂漫的人物性格做场景铺垫。

第三，仙侠电视剧的道具造型设计和特效设计往往密不可分，道具造型是指电视剧在创作过程中场景和人物设计时所利用的外在物品，因此，两种设计在仙侠电视剧中都常常起到渲染仙侠意境、体现角色特征和抒发主题情感的作用。仙侠电视剧中最重要的道具应属主角带有标志性的法宝。法宝的设计是呈现人物特色的关键方式，好的法宝道具设计可以给人物和剧情增添很多光彩。电视剧《仙剑奇侠传》跳出游戏设定原创了一个阴阳人面玉坠的道具，拥有阴阳两个玉坠的人需要寻找彼此以完整自己，

---

① 吴茜.浅析古装电视剧中的服装设计[J].当代电视，2015(3): 66-67.

且这对玉坠被神仙眷侣祝福过，不仅代表着矢志不渝的爱可以到达的天涯海角，也可以实现二人共同的愿望。在故事最终，阿奴和唐钰小宝凭借心中对彼此和苍生强大的爱念，借助玉坠的力量化作比翼鸟恢复了大地之力，不仅让观众看到了爱的力量，也点醒了拜月教主对爱畸形的解读。在仙侠电视剧画面中，特效往往从仙侠世界观出发，聚焦于一些武功招式和法术施展外化的效果展现，李逍遥武功大涨后挥剑时脚底缭绕的白色烟雾特效凸显了他轻盈的身法和上乘的天资，赋予他"仙"的气质，而最后李逍遥带着死在怀里的赵灵儿回乡时，漫天的桃花瓣飘零特效用一种以乐景衬哀情的手法悼念那个曾经初遇于桃花林中，最终逝去于零落桃花中的赵灵儿。

视效作为电视剧主旨内涵的集中外在表现，以不同的手段展现出电视剧基本样貌，《仙剑奇侠传》以其与主题高度一致、创新却又不失细节的视效风貌开启了国产仙侠电视剧的黄金时代，并以其突出的视效美工设计为之后的国产仙侠电视剧留下许多值得借鉴的元素和设定。

（三）改编效果评估与策略分析

2005年第一部国产游戏改编剧《仙剑奇侠传》的问世，开启了中国电子游戏改编电视剧的新浪潮。作为第一部电子游戏改编的电视剧，它获得不小的成功。2005年1月24日《仙剑奇侠传》在台湾中视播出的首日就获得2.77点的惊人收视。2005年，该剧在地方台播出后获得了11.3%的平均收视率。[①] 2006年4月29日第2届电视剧风云盛典公布了以AGB尼尔森收视率反馈数据为根据的年度电视剧收视排名，《仙剑奇侠传》以总收视率5.775%位列第12位，作为一部初出茅庐的仙侠电视剧能在2005年国内众多历史正剧（如《大宋提刑官》）和古装偶像剧（如《小鱼儿与花无缺》）等拥有固定受众群的类型剧中脱颖而出足以证明了其自身的实力。2008年，该剧在河北卫视上星播出后，以最高4.6%、平均

---

① 张元欢.游戏和电视剧的互动与共赢［J］.中国电视，2011(2)：68-71.

3.8%的收视份额，超越往常收视近130%，并在两个月内于同一黄金时间段重复播放三次。

在该剧播出期间，不少网友重新开始玩《仙剑奇侠传》的单机游戏，并在一些论坛留言表示："可能游戏已经过时，但李逍遥和灵儿的那段'善恶在人心，姻缘由天定'的爱情故事却仍然存在。"在论坛中，还有网友针对胡歌以及刘亦菲等人的表演评价说："电视和我们想象的人物相差不远，尤其胡歌扮演的李逍遥，就完全是游戏中的感觉，不过结局比我们想象的更悲剧一些。"当时光流转15年，截至2020年12月29日，豆瓣近20万人给电视剧《仙剑奇侠传》打出平均8.9分的高分，58.6%的用户给出了五星满分的评价，《仙剑奇侠传》当年在青少年群体中引起了较大反响，如今成为青中年的一代仙侠回忆。

制片人裘立新说："由于'仙剑'情节并不复杂，如果单纯地只是复制游戏，那么只够拍电视剧两三集，所以我们在忠于原著的基础上，将原来的游戏予以丰富。'仙剑'游戏中打斗的内容已足够精彩，我们要做的就是丰富情感线索。"因此，《仙剑奇侠传》作为国内首部改编自单机游戏的电视剧，在剧情内容方面比较忠于原游戏的内容和思想，对于主线剧情没有进行大幅的删改，在原作较为单薄的剧情骨架中加入了原创剧情，一定程度上弥补了原著单线剧情的不足；电视剧也继承了原作的宿命主题和悲伤的情感基调，以悲润色和以情动人，并用电视剧独特的视听语言拓宽了游戏叙事的可能性，以生动的画面和音乐为一代人留下不可磨灭的青春记忆。

1.承旧迎新的剧作神韵

在电脑游戏到电视剧的改编中，电视剧《仙剑奇侠传》在继承了游戏"宿命"和"爱"的主题以及"悲情"的基调上，又注入了后现代主义的时代精神和道家的哲理意蕴。不同于游戏中不时战斗塑造的间离感和粗糙不变的画质带来的弱叙事感，电视剧本身作为一种被动观看和真实生动的艺术形式，其重点在于流畅地展示情节和人物，将游戏《仙剑奇侠传》的情节注入电视剧中呈现给观众一种不可抗拒的宿命感，观众只能再次在电视机前重新和主角一起再经历一遍人世之悲。无论是电视剧开篇就呈现了游戏后半部分巫后被残害的情节，还是电视剧中李逍遥穿越回去拼命西行试图从源头避免赵灵儿的悲剧却发现命运依旧无法改变的无奈感，都使得故事走向结局成为一种不可抗争的宿命，增添了"悲"的情感基调。

电视剧把"爱"这个主题发挥至极，甚至将游戏中的"绝对恶者"拜月教主塑造成一个由于小时候失去爱的滋润才成长为一个绝情无爱之人，补充了游戏反派拜月教主作恶的动机，使其成为一个"圆形人物"，并在剧情设计上让他最后因为领悟到人间之爱而陨灭，将"爱"这个主题贯穿始终。除此之外，《仙剑奇侠传》改编为剧作的时间与游戏原作相距近十年，因此在电视剧改编的过程中不免融合当时流行的时代精神，仔细分析不难发现剧作中含有大量后现代主义的元素。后现代主义的人物塑造一反现代主义对英雄人物的歌颂，将主角设定为普通人，甚至拥有比普通人更多的缺点。电视剧人物李逍遥的塑造上继承了游戏设定中的"平凡"，但在剧集开头甚至表现出一副游手好闲、左搂右抱的混混痞子形象，这为后期他转性护送赵灵儿回苗疆的成长形成对比。电视剧《仙剑奇侠传》在音乐风格、语言风格和服装造型方面没有遵循符合原作叙事的古典神话风格，反而呈现出一种拼贴、杂糅和无厘头化的风格，在配乐方面剧作将《杀破狼》《一直很安静》这种流行风格的主题曲和《淌血的心》《仙剑奇缘》等古风配乐相结合，诠释幽默外壳下的悲剧。

优秀的电脑游戏改编电视剧需要从游戏中提炼出一种哲学意味，此处所说的哲学意味其实是指一种人生哲理思考，是现实生活中处世的道理。游戏《仙剑奇侠传》中一部分剧情发生地在蜀山，蜀山派作为仙剑世界观中的修仙一派，在电视剧中却被改编为蕴含着深刻的道家思想，游戏中的剑圣被赋予了新的名字——殷若拙。殷若拙作为剑圣，认为天道循环，世间一切自有规律。身为剧情设定中唯一可以与拜月教主相抗衡的人，殷若拙亲眼见证亲朋好友的逝去却依旧无为来维持他心中的道，这种设定无疑和主题宿命形成了一种"不能为"和"不可为"的悲痛感。

2.化零为整的剧本架构

电视剧《仙剑奇侠传》在剧本上对游戏结构的调整体现在线索调整、人物增减和情节填补三个方面。不同于游戏单一线性的闯关解锁剧情相比，电视剧天然在蒙太奇上的优势使得电视剧的剧情可以多线并进，这就使得主副线的存在成为必要。电视剧在以李逍遥、赵灵儿、林月如三人情感纠葛的剧情作为主线之外，还不断穿插拜月教主寻求真理最后走火入魔以及南诏国国王不断在内心徘徊的戏，使原本一明一暗的线索变成两条明线，另外还增加了阿奴这条支线情节，并在加入一个角色唐钰小宝的情况下使其之间的感情成为电视剧的副线。电视剧还大胆地将阿奴的身世和圣姑与酒剑仙莫一兮的往事做了串联，并在电视剧后期用两三集的时长展现前尘往事中个人抉择对李逍遥一代人的影响。

人物的浓淡着墨和轮廓书写也成为仙剑改编的一大特点。刘晋元在游戏中只是作为支线角色出现，电视剧中不仅将其和主角李逍遥的关系升华为兄弟之情，并为其增添了忍辱负重投靠拜月教主最后背叛的情节突出了人物的悲剧性。电视剧还删减去了镇狱明王和天鬼皇等反面人物，将反派的力量集结于拜月教主一人。

电视剧对于人物形象也达到了一定的丰满程度，剧中的赵灵儿拥有一定的人世观察力。在和李逍遥一起出发离开余杭镇时，她主动承认和李逍遥是义兄义妹，不仅宽慰了李逍遥的女性朋友也放松了李逍遥的心态。电视剧中林月如对待父亲和刘晋元的态度突出了林月如的刁蛮任性，但在寻找赵灵儿一事上又显得侠气非凡，使得她的人物性格在短时间内就丰满挺立，而阿奴的形象在游戏中是最为模糊的，电视剧通过对她和反派拜月的多次对话以及她和唐钰小宝之间打闹的描写，使得其单纯善良又调皮的机灵鬼形象脱颖而出，这也为她最后被拜月教主利用砍去爱人唐钰小宝的双臂的悲剧埋下伏笔。

3.如幻似梦的视听设计

电视剧《仙剑奇侠传》用真实的演员和生动的表情来演绎电脑游戏中虚拟的游戏人物和文字中模糊的人物状态，用实景拍摄加电脑图像合成替代了游戏中的地图呈现，将游戏中营造意境的诗歌文字转换成音乐和画面结合的镜头，以饱含感情的人声字取代冰冷的文字，为观众模拟出一个真实存在的仙剑奇侠的世界。

视觉效果里的灯光烘托出人物的情感基调以及内心色彩。由于不同光线会造成不同阴影，而光线的运用可以为观众提供适当的心理补偿，体现出人物细微的情感关系。灯光的设计还可以通过不同的排列组合实现新的变化，通过这种改变来描绘人物的内心情感，以及周围环境的感情基调。《仙剑奇侠传》的最后一幕，怀抱着孩子的李逍遥满脸胡楂儿在众人都牺牲后用空洞的眼神问了剑圣殿若拙一句"你明白吗"，在图片场景中，主光作为侧光打亮李逍遥的右半张脸，使其在周遭一片暗沉中凸显出来吸引观众视线，脸部的两边一明一暗对比明显，突出了李逍遥凌厉的脸部线条和脸部凹陷的沧桑感，体现出人物既有希望又绝望的内心状态。

电视剧《仙剑奇侠传》的改编并非尽善尽美，原本游戏中主人公们与敌人战斗时所采用的战略战术所因循的是中国传统的"五行相生相克"的原理，如在游戏《仙剑奇侠传一》中，李逍遥等一行人在锁妖塔与不同属性的镇狱神龙战斗，若想轻易战胜象征着"火属性"的金色神龙就需要使用"水属性"的战斗技能，但在电视剧中却没有沿袭这样的世界观和设定，并且《仙剑奇侠传》在打斗场面的缺陷确实为一些游戏玩家所不喜。

结　语

作为国产第一部改编自游戏的影视作品，电视剧《仙剑奇侠传》以其原作的高热度和自身作品的过硬素质吸引了除广大游戏玩家外的其他玩家，为游戏做出了一次史无前例的品牌宣传，使得游戏和电视剧之间形成了互动和共赢，一定程度上在促进游戏被主流文化接受的过程中走出了第一步[①]，也成为国内早期影游融合的标杆案例。与需要高级特效技术还原奇观化游戏场面的视觉类影视作品如《生化危机》《古墓丽影》等不同[②]，《仙剑奇侠传》以其流畅游玩体验和动人故事情节的两大特性拥抱了电视剧形式，显示了RPG游戏形式和电视剧形式的高兼容性，并为后期电视剧衍生同款手游的行业热潮埋下种子。

2015年改编自Fresh果果同名网络小说的《花千骨》在湖南卫视周播剧场播出后，便创下全国网1.18%的收视率，播出期间一直稳居收视榜榜首，全国网单集最高收视3.83%。《花千骨》手游上线初期日新增用户超100万，活跃用户早已突破千万级，月流水达2亿元左右。电视剧改编成游戏的《花千骨》取得成功的原因就是吸取原作精髓，在保留原作的核心精华后，依据游戏的不同媒介与艺术属性进行相应的改编和丰富，电视剧与游戏两个文本之间的相互映照吸引着电视剧观众和游戏玩家的身份迁移。[③]当媒介的边界逐渐消失，影游融合的趋势一直在前进，无论是从游戏改编成电视剧，还是电视剧改编为游戏，电视剧和游戏的联姻在"影游融合"的探索道路上向前迈进了重要的一步，为影视制片方和游戏厂商提供了更多的经验借鉴和反思方向。国产剧与电子游戏之间的良性互动，势必为市场和观众提供优质电视剧产品和游戏产品。

---

① 黄梦阮.论游戏与电视传播相结合的价值：以《仙剑奇侠传》为例［J］.电视研究，2006（1）：76-77.
② 晏晓东.混淆的边界：游戏与影视融合之路［J］.南方电视学刊，2017（3）：67-71.
③ 张斌，莫茵.国产剧与电子游戏：从文本改编到产业联动——以《古剑奇谭》与《花千骨》为例的讨论［J］.中国电视，2017（10）：55-60.

三、游戏《哈利·波特》：延续粉丝观影快感，打造强交互性"互动仪式链"

（一）"哈利·波特"IP研究

1997年，英国作家J.K.罗琳（J. K. Rowling）创作了"哈利·波特"（*Harry Potter*）系列小说第一部《哈利·波特与魔法石》，从此为我们开启了一个充满想象力的魔法世界。在1997—2007年，J. K.罗琳共创作了七部《哈利·波特》小说，分别是《哈利·波特与魔法石》《哈利·波特与密室》《哈利·波特与阿兹卡班的囚徒》《哈利·波特与火焰杯》《哈利·波特与凤凰社》《哈利·波特与混血王子》《哈利·波特与死亡圣器》。这七部小说讲述了一个"大难不死的男孩"哈利·波特如何与同伴们一起经历重重磨难、共同成长，并最终战胜了伏地魔的故事，构筑了一个有着天马行空的想象力，但同时又逻辑严密且充满真实感的魔法世界。

以小说文本为中心，"哈利·波特"系列逐步向电影、游戏，以及实体产业中的衍生商品、主题乐园等拓展，形成了一个完整的IP产业链，风靡世界。其中，尤以"小说—电影—游戏"这一路径受众辐射面最广，受到了广泛的关注。

1. "哈利·波特"IP发展历程

（1）小说—电影：文学的影视化创作

在《哈利·波特与魔法石》出版后，小说中父母双亡、寄人篱下的"灰姑娘"式的小男孩哈利·波特受到了读者的广泛同情，同时，其基于现实世界却又化于英国传统的巫术文化与哥特文化，这种"把我们熟悉的东西进行奇幻化变形"的"归化式幻想"[①]的独特美学特征，不仅吸引了与主

---

① ŠARIĆ J. A defense of Potter, or when religion is not religion: an analysis of the censoring of the Harry Potter Books [J]. Canadian children's literature, 2001 (1033): 7. 转引自奚梦予. "哈利·波特"的沉浸传播初探 [D]. 南宁：广西大学，2018.

角哈利·波特处于同样年龄阶段的儿童和青少年，也让许多成年人沉浸其中并从中获得抚慰的力量，因此第一部小说出版后即取得了不错的销量和口碑。

华纳兄弟电影公司在第一部小说出版后，便看中了"哈利·波特"系列小说跨越年龄与阶层的影响力，一举买下了"哈利·波特"系列前四本小说的改编权以及后三本小说的优先权和所有衍生品的商品化经营权，对其进行影视化创作。2001年11月4日，第一部电影《哈利·波特与魔法石》在伦敦举行了电影首映礼，并且以6610万英镑的英国总票房成为当时英国影史上票房第二高的电影。从此，《哈利·波特》就不再只是小说，而成为一个IP进行传播和商品化经营。随后，"哈利·波特"系列均被改编为同名电影，其中第七部小说被分为上下两部电影，这八部电影每一部都取得了不俗的票房成绩，均跻身于全球电影总票房的TOP100（见表3-2），成为最为卖座的系列电影。

表3-2 "哈利·波特"系列小说、电影出版时间、票房[①]

作品	小说出版时间	电影上映时间	全球电影总票房（亿美元）	全球电影总票房排名
《哈利·波特与魔法石》	1997-06-26	2001-11-04	10.09	47
《哈利·波特与密室》	1998-07-02	2002-11-03	8.8	68
《哈利·波特与阿兹卡班的囚徒》	1999-09-08	2004-05-31	7.97	90
《哈利·波特与火焰杯》	2000-07-08	2005-11-06	8.97	63
《哈利·波特与凤凰社》	2003-06-21	2007-07-03	9.42	57
《哈利·波特与混血王子》	2005-07-16	2009-07-06	9.34	59
《哈利·波特与死亡圣器（上）》	2007-07-21	2010-11-19	9.77	49
《哈利·波特与死亡圣器（下）》	2007-07-21	2011-07-07	13.42	13

---

① 票房及票房排名数据来源：Box Office Mojo by IMDbPro，"Top Lifetime Grosses for worldwide"［EB/OL］.（2021-10-01）［2024-05-06］. https://www.boxofficemojo.com/chart/ww_top_lifetime_gross/?area=XWW&ref_=bo_cso_ac.

第三章 影游 IP 互化的策略

对于文字改编电影，陈犀禾将其分为三类：第一类是忠实于原著的文字，尽可能地保留原著中的精华；第二类是仅改编原著的故事情节，这是最常见的一类；第三类是不忠实于原著，只取其"意念"[①]。由于 J. K. 罗琳本人在改编过程中所处的中心地位，"哈利·波特"系列电影对小说的改编极大程度上遵循了原著中的精华部分，将奇幻的魔法世界、以"爱"为核心的主题、哈利的成长都进行了充分的视听展现，而这无疑是属于第一类改编，而正是因为电影对原著的忠实呈现，产生了巨大的煽情作用，使原著读者在阅读时的想象力得到了满足，同时也吸引了大量非原著读者，扩大了整个 IP 的影响力。

（2）小说—电影—游戏：影像媒介的拓展

在华纳公司获得了"哈利·波特"系列的改编权和开发权后，便将游戏研发权授权给了曾推出过《极品飞车》(*Need for Speed*)、《模拟人生》(*The Sims*)的美国艺电公司（Electronic Arts，简称EA），每一部"哈利·波特"电影的上映前后，EA 公司都会同步推出同名游戏，与电影进行联合营销。在"哈利·波特"系列电影上映结束之后，由于这一IP 在全世界范围内的巨大影响力，仍有不少游戏开发商重拾这一 IP，以期能从中获取利润。随着互联网、VR、AR 等新虚拟技术的出现，游戏产业也得到了新发展，2012 年微软在Xbox 体感周边外设Kinect 上打造了专为Kinect 玩家设计的《哈利·波特Kinect》(*Harry Potter for Kinect*)，并且将全新的体感游戏体验作为核心亮点，玩家能够在Xbox 上用身体去亲身体验挥舞魔杖的感受。2018 年的《哈利·波特：巫师联盟》(*Harry Potter: Wizards Unite*)更是将用增强现实技术，让手机中的游戏画面与现实世界进行融合，让"哈利·波特"这一IP 在AR 游戏方向进行了新尝试，从而让游戏玩家获得更多的新鲜感。2021 年网易全新推出的《哈利·波特：魔法觉醒》更是靠其对玩法的升级和强社交属性带来的新奇体验获得了大量关注。

---

① 陈犀禾.电影改编理论问题[M].北京：中国电影出版社，1988: 1-2.

2. "哈利·波特" IP 故事世界

"世界观"一词原本是一个哲学上的术语,指的是"人们对整个世界以及人与世界关系的总的看法和根本观点"。然而随着"叙事逐渐成为一门构建世界的艺术"[①],"世界观"一词的词义发生了变化,如今其更多指的是创作者通过单一媒介或多种媒介所构筑的一个完整的、逻辑自洽的故事世界,就如同"指环王"系列所构建的"中土世界"以及其中所包含的有关"种族""魔戒"的全部设定。而"哈利·波特"系列所构建的世界观的独特之处在于,虽然它创造了一个与"麻瓜世界"截然不同的魔法世界,但魔法世界并不是处于一种完全架空的状态,而是对现实世界的奇幻化变形和突破,在不同的面向折射了现实世界,让我们在沉迷于魔法世界的同时,也能够探知到魔法背后属于"麻瓜世界"的现实,这也是它能够以一个超级 IP 在全世界流行的原因。

（1）对现实世界的映射

"哈利·波特"系列在文本上虽然是一个虚构的魔幻故事,但其宣扬的仍然是"正义终将战胜邪恶""爱与成长""责任与勇气"等核心价值观。这种对"爱"的描绘和赞扬贯穿于小说和电影的始终,在故事最开始是哈利·波特的母亲的爱,让哈利成为唯一从"阿瓦达索命"咒语下活下来的人,而在故事的最后,哈利用"除你武器"战胜不可饶恕咒"阿瓦达索命"来达成弥赛亚式救赎,这样的结局表达了全人类文明社会所宣扬的邪恶最终会被爱和正义打倒的价值观,同时也迎合了大众对以一己之力拯救众生的个人英雄主义的情结。

在哈利·波特的魔法世界中,似乎一切都有现实世界的影子,但是却又不同,如魁地奇比赛与棒球、足球比赛等球类运动十分相似,但是选手们却是骑着扫帚、飞在空中打球;"魔法部"这一机构的设置也与现实

---

① 詹金斯.融合文化:新媒体和旧媒体的冲突地带[M].杜永明,译.北京:商务印书馆,2012:182.

中的政府机构一样有着分明的层级结构，按照规范化的法律法规进行内部管理。

在"哈利·波特"系列中，不仅有各种奇思妙想，还涵盖了许多现实世界中存在的社会问题，伏地魔和哈利·波特之间的对抗，不仅是正邪之间的对抗，同时也是追求"纯血统论"的巫师和捍卫各种血统和谐共存的巫师之间的对抗，在某种程度上，伏地魔的形象指涉的是纳粹法西斯，伏地魔的荒诞行径是法西斯对犹太人所犯的种族灭绝之罪的镜像版；对家养小精灵的描述映射的是西方世界长期存在的奴隶制度。在此之外，"哈利·波特"系列对阶级差异、少数族裔问题、贫富差距问题等主题进行了表达，映射了现实世界。

（2）对现实世界的突破

"哈利·波特"系列讲了一个在精神分析上弗洛伊德所描述过的"家庭罗曼史"（Family Romances）的现象：随着儿童个体的成长和智识的增长，他们会不自觉地将自己的父母与他人的父母做比较，并对自己平凡的家庭和无聊的父母产生某种不满和失落情绪，这种对现实的不满成为幻想产生的动力[1]，于是儿童以一种自己是贵族成员或有着拯救世界使命的英雄的白日梦来达到对现实生活的修正[2]。

"哈利·波特"系列中的哈利·波特正是一个实现了这种"家庭罗曼史"幻想的"灰姑娘"式的男孩。他从小便失去了父母，在姨父家里受尽冷落，不仅只能睡在橱柜里，而且还要受表哥达力的欺负，但是这一切都因他11岁时收到了一封来自霍格沃茨魔法学校的入学通知书而发生了改变。他知道了自己并不只是一个平凡、可怜的孩子，而是大名鼎鼎的"大难不死的男孩"，肩负着保护魔法世界的英雄使命。因此，不论是青少年

---

[1] 弗洛伊德.达·芬奇与白日梦：弗洛伊德论美［M］.张唤民，陈伟奇，译.上海：上海译文出版社，2020：31.

[2] 冉红.《哈利·波特》现象与受众文化心理研究［J］.当代电影，2005（3）：101-104.

还是成年人，都能够轻易进入"哈利·波特"系列的文本，特别是在观看电影时，在影像构筑的世界里，观众在"凝视"中某种程度上逃离了想象秩序，在双重的在场和双重的缺席中，既投射自己的欲望，又保持一种"窥视"[①]。

在现代社会中，经济和科技飞速发展，现代科学的发展让人从超验的世界中脱离了出来，然而，工业化、商业化、城市化带来了人与社会的脱嵌，生产的高度分工在带来高效率的同时，也带来了现代人的非个人化、信仰缺失、拜金主义兴起。被按下了快进键的现代化进程将大众的精神文化远远地抛在身后，现代人的信仰和价值无处栖居。"'物'的极度膨胀给人造成了现实中的'非现实'之感。"[②]然而，在哈利·波特的魔法世界中，我们能毫无压力地将自己在强大的社会压力下、长久的焦虑中内心想要爆发和反击的欲望投射到虚构的魔法世界中，突破了现实世界带来的负面情绪，沉浸又抽离地享受着欲望达成带来的快乐。

3.文本的衍生

虽然"哈利·波特"系列的七部小说已经完结，但只要其世界观依旧存在，各种不同的文本便能够持续性地产生。如创造了超人、蝙蝠侠等超级英雄的DC漫画公司（Detective Comics）为了能够进行源源不断的创作，开创了众多平行宇宙，在2014年的《天地大重奏》中还推出了无限多元宇宙的概念。J.K.罗琳在七部小说结束后，还创作了《神奇动物在哪里》《神奇的魁地奇球》《诗翁彼豆故事集》《哈利·波特前传》等衍生文本（见图3-3），将"哈利·波特"这一IP不断向外拓展。

---

① 戴锦华.电影理论与批评［M］.北京：北京大学出版社，2007：160-161.
② 李闻思.没有假正经，只有散德行：第二次世界大战后欧美与华语邪典电影探析［J］.文化研究，2012（0）：221-236.

第三章　影游 IP 互化的策略

	正典	
"哈利·波特"系列小说	《哈利·波特与魔法石》《哈利·波特与密室》《哈利·波特与阿兹卡班的囚徒》《哈利·波特与火焰杯》《哈利·波特与凤凰社》《哈利·波特与混血王子》《哈利·波特与死亡圣器》	
《神奇动物》剧本	《神奇动物在哪里》《格林德沃之罪》《邓布利多之谜》	
周边写作	《神奇动物在哪里》《神奇的魁地奇球》《诗翁彼豆故事集》《哈利·波特前传》《巧克力蛙画片》《〈预言家日报〉时事通讯》	
短作品集	《霍格沃茨：不完全不靠谱指南》《霍格沃茨短篇故事集：权力、政治与讨厌的恶作剧精灵》《霍格沃茨短篇故事集：英雄主义、艰难险阻与危险嗜好》	
网站	Pottermore、魔法世界网、J.K. 罗琳的官方网站、J.K. 罗琳的推特账号	
其他作品	《魔法书：咒语之书》《魔法书：魔药之书》	
	非正典	
"哈利·波特"系列	《哈利·波特与魔法石》	电影、电影原声、游戏、游戏原声
	《哈利·波特与密室》	电影、电影原声、游戏、游戏原声
	《哈利·波特与阿兹卡班的囚徒》	电影、电影原声、游戏、游戏原声
	《哈利·波特与火焰杯》	电影、电影原声、游戏、游戏原声
	《哈利·波特与凤凰社》	电影、电影原声、游戏、游戏原声
	《哈利·波特与混血王子》	电影、电影原声、游戏、游戏原声
	《哈利·波特与死亡圣器（上）》	电影、电影原声、游戏、游戏原声
	《哈利·波特与死亡圣器（下）》	电影、电影原声、游戏、游戏原声
	《哈利·波特与被诅咒的孩子》	舞台剧
"神奇动物"系列	《神奇动物在哪里》	电影、电影原声
	《格林德沃之罪》	电影、电影原声
	《邓布利多之谜》	电影、电影原声
"乐高"系列	哈利·波特套装、神奇动物套装、方头仔 乐高开天辟地、乐高开天辟地2、乐高哈利·波特：第1—4年/第5—7年、乐高象限 《乐高哈利·波特：魔法世界人物》《乐高哈利·波特：建造魔法世界》	
"门钥匙游戏"系列	《霍格沃茨之谜》《巫师联盟》《解谜魔咒》《魔法觉醒》《霍格沃茨：遗产》	
其他游戏	集换式卡牌游戏、魁地奇世界杯（游戏原声）、寻找斑斑、摩托车逃亡、巫师的挑战、神奇动物：探奇 DVD游戏、《霍格沃茨的挑战/魔法世界》、《哈利·波特：符咒》、《哈利·波特Kinect》	
周边书籍	《魔法立体书》《电影魔法书》《从文字到荧幕》 《神奇生物宝库》《电影中的魔法地点》《角色宝库》《艺术品宝库》《平面艺术设计迷你书》《魔杖收藏手册》	
其他作品	女王的手提包	

图 3-3　"哈利·波特"系列及衍生作品一览

（二）"哈利·波特"IP 的影游改编案例研究

"电影是关于人的艺术，而身体是人之主体性的重要载体。"[①] 早在 1924 年，电影理论家贝拉·巴拉兹就预言般地提出了"视觉文化"的概念，认为电影这一种不仅仅依赖于语言的媒介形式，使得人的躯体、面部这些人

---

① 曾胜，王娟萍. 身体意象：电影影像中的空间认同与主体建构[J]. 理论观察，2012(4)：70-71.

类最原始的传情达意的语言得以重新焕发自己的光彩,通过"完全可见的人"直观地传达"非理性的、不可捉摸的内心体验",从而帮助人类打破巴别塔的禁锢,在语言之外辨别自我①,这是语言朝着画面前进的一大步。在电影这种视觉机制中,"看与被看"始终是一组核心关系,但是随着新媒介的发展,人们不再满足于给定的视点"凝视"屏幕,而渴望与客体进行交互,因此,"互动"变得越来越重要。

20世纪40年代,计算机的诞生给电子游戏的出现提供了科技支撑,随后在20世纪60年代史蒂夫·拉塞尔制作了第一部电子游戏《太空侵略者》后②,游戏产业便蓬勃发展起来。以互动文本形式构建的游戏带着可玩性、不确定性等特点,吸引了大众特别是年轻人的注意力,在游戏中,玩家能够以能动性积极地参与其中,而不是仅作为一个被动的观看者,有学者表示,在游戏中,观众作为演员走上了舞台③。

与电影一样,电子游戏同样也是一种基于"屏幕"的媒介,通过视听来传达意义和情感,这似乎为"电影+游戏"的搭售提供了一种合理的前提和良好的解释④。同时,在"小说—电影—游戏"的跨媒介过程中,通常是电影占据着对游戏的评价标准的位置,而不是小说。

"哈利·波特"作为一个超级IP,自2001年第一部电影上映之时起,其游戏也借着电影的热度不断推出,至今已有十余款游戏陆续发行。根据游戏和电影之间的关系,本书将"哈利·波特"系列游戏分为"哈利·波特时代"和"后哈利·波特时代"两个时间段进行研究:"哈利·波特时代"指的是与电影同名的《哈利·波特与魔法石》到《哈利·波特与死亡圣器

---

① 贝拉.可见的人:电影文化、电影精神[M].安利,译.北京:中国电影出版社,2000:12-17.
② 卡尔,白金汉,伯恩,等.电脑游戏:文本、叙事与游戏[M].丛治辰,译.袁长庚,审校.北京:北京大学出版社,2015:4.
③ 卡尔,白金汉,伯恩,等.电脑游戏:文本、叙事与游戏[M].丛治辰,译.袁长庚,审校.北京:北京大学出版社,2015:110.
④ 布朗,克里兹温斯卡.电影—游戏与游戏—电影:走向一种跨媒介的美学[J].范倍,译.电影艺术,2011(3):100-107.

（下）》游戏发行期间；"后哈利·波特时代"则是最后一部与电影同名的游戏《哈利·波特与死亡圣器（下）》发行之后。

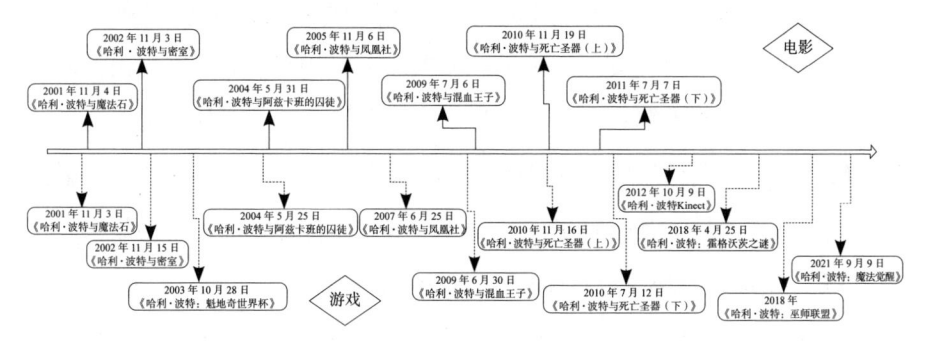

图3-4 "哈利·波特"系列电影—游戏作品（部分）时间线梳理

洛宾·亨尼克（Robin Hunicke）、马特·勒布朗（Marc LeBlanc）和罗伯特·祖贝克（Robert Zubek）在2004年的游戏开发者大会（Game Developers Conference，简称GDC）上提出了用以解构游戏的MDA框架（MDA Framework），即机制（Mechanism）、动态（Dynamic）与美学（Aesthetics）。机制指的是游戏的特定组成部分（the particular components of the game），也就是游戏规则；动态指的是游戏的即时运作对玩家的输入和相互间输出的影响（the run-time behavior of the mechanics acting on player inputs and each others' outputs over time），也就是玩家和游戏之间的交互；美学指的是玩家和游戏在交互时所产生的情感（the desirable emotional responses evoked in the player, when she interacts with the game system），通俗来说就是游戏体验，而这种体验是整合机制和动态之后期望达成的结果，包括但不限于感受（Sensation）、幻想（Fantasy）、叙事（Narrative）、挑战（Challenge）、社交（Fellowship）、探索（Discovery）、表达（Expression）、任务的完成（Submission）[①]。基于MDA框架，本书

---

① HUNICKE R, LEBLANC M, ZUBEK R. MDA: a formal approach to game design and game research [J]. Proceedings of the AAAI workshop on challenges in game AI, 2004, 4(1).

将对历时性地对"哈利·波特时代"和"后哈利·波特时代"的游戏进行分析。

1. "哈利·波特时代"发行游戏：以八部电影同名游戏PC版为例

从1981年的《夺宝奇兵》开始，游戏与电影相互借势共同推出，便成为一系列商业巨制电影在宣传发行、获取最大经济利益上的标配，这样不仅能够产生一种话题效应，同时还能降低风险。"哈利·波特"系列电影在每部电影上映前后，都会推出同名游戏，以形成影游联动的营销效果，且会在PC、GBC、GBA、PlayStation、Xbox等多个平台发行，以覆盖尽可能多的游戏用户，因游戏平台特性差异，各款游戏在不同平台上也存在较大差异，本书则以PC版本为例。

（1）以机制引发"心流"体验

在机制上，这八部"哈利·波特"电影同名游戏均为动作冒险类游戏，将动作和冒险相结合，以每一部电影的情节为游戏主线，玩家通过电影中的人物，绝大部分时候是主人公哈利·波特来采取行动并攻克各个包括学习新魔法、进行魁地奇运动、制作魔药、与伏地魔和食死徒战斗在内的游戏关卡，并在这个过程中通过收集巧克力蛙、比比多味豆、巫师卡等道具，来进行探索未知、解决谜题等情节化的互动，从而弥补玩家在看小说或者电影时的一些遗憾。

道格拉斯和哈格顿以图式理论（Schema Theory）对"沉浸"和"卷入"进行了表述，他们认为，图式是人对于这个世界已有的认知和理解。当游戏的故事背景、视听设计等保持统一的图式时，玩家就很大程度上能维持沉浸状态；"卷入"的快感，则来自对多种矛盾的图式的思考，当人被抛入一个差异化的图式时，在探索与碰撞中，快感由此产生[①]。

在"哈利·波特"系列游戏中，不断的前进跳跃、熟练之后咒语和飞行的重复进行等元素都使人能够沉浸其中，而对"哈利·波特"系列已有

---

① 卡尔，白金汉，伯恩，等. 电脑游戏：文本、叙事与游戏[M]. 丛治辰，译. 袁长庚，审校. 北京：北京大学出版社，2015：74-75.

文本和"哈利·波特"系列电影视听的熟悉，让玩家在游戏的过程中因接触熟悉图式而得到沉浸体验，同时，"哈利·波特"系列游戏以"迷阵"（maze）为空间导航的模式，这种线性的关卡设计也让整个游戏更加稳定，加深了玩家的沉浸感。与此同时，学习全新的咒语、学习魁地奇运动、穿隐形斗篷、制作魔药等的初体验，收集到新的巫师卡，以及对霍格沃茨魔法学校进行深入探索等都能带给玩家新鲜感，从而让玩家卷入游戏之中。

随着玩家对游戏的深入了解，进行常规操作逐渐成为下意识的动作，"沉浸"和"卷入"的状态也会发生相应的改变，"卷入"的状态将逐渐转向"沉浸"，因此，为了使二者平衡以达到更好的游戏体验，游戏关卡的难度也会逐渐提高。同时，每一部游戏在剧情背景变换之外，在游戏机制上也会做出一定的调整与改变（见表3-3），让玩家总能得到全新的挑战和体验，从而达到美国心理学家米哈里·契克森米哈赖（Mihaly Csikszentmihalyi）提出的"心流"体验，获得全情投入某件事情后带来的高度充实感和成就感[1]。

表3-3 "哈利·波特"系列电影同名游戏概况

游戏名称	游戏类型	发行日期	发行商	模式	游戏中可控制的角色	游戏特点
《哈利·波特与魔法石》	第三人称动作冒险类	2001-11-03	EA	单人	哈利·波特	玩家在课堂上学习咒语通过各种剧情关卡、有魁地奇系统
《哈利·波特与密室》	第三人称动作冒险类	2002-11-15	EA	单人	哈利·波特	增加了魔药制作
《哈利·波特与阿兹卡班的囚徒》	第三人称动作冒险类	2004-06-02	EA	单人	哈利·波特、赫敏·格兰杰、罗恩·韦斯莱	可操作哈利、罗恩或赫敏，且不同角色技能不同，如哈利是唯一可以跳跃的角色

---

[1] 刘衍泽.电子游戏艺术的交互性表达及其启示［J］.中国文艺评论，2021（4）：105-113.

续表

游戏名称	游戏类型	发行日期	发行商	模式	游戏中可控制的角色	游戏特点
《哈利·波特与火焰杯》	第三人称动作冒险类	2005-11-11	EA	单人、多人	哈利·波特、赫敏·格兰杰、罗恩·韦斯莱	玩家可以和朋友组队进行游戏；全关卡游戏，少剧情
《哈利·波特与凤凰社》	第三人称动作冒险类	2007-06-25	EA	单人	哈利·波特、邓不利多和小天狼星布莱克等	可以对城堡进行探索；可以和物品、鬼魂、肖像互动，对电影场景进行忠实呈现
《哈利·波特与混血王子》	第三人称动作冒险类	2009-06-30	EA	单人	哈利·波特	增加了一些探索区域；多剧情
《哈利·波特与死亡圣器（上）》	第三人称动作冒险类	2010-11-16	EA	单人	哈利·波特	用魔杖进行战斗，通过掩体、隐形斗篷掩藏，通过获得经验来升级魔法
《哈利·波特与死亡圣器（下）》	第三人称动作冒险类	2011-07-15	EA	单人、多人	哈利·波特、赫敏·格兰杰、罗恩·韦斯莱、麦格教授等	可使用"幻影移形"；游戏中随着剧情可扮演不同的角色解开相应的魔咒

（2）以交互鼓励"幻想"

"互动性"在游戏中有着不可比拟的重要意义，是影响玩家能够获得怎样的游戏体验的关键性元素，弗里德里甚至将"互动性"称为游戏设计的"圣杯"和"所有问题的答案"[1]。克里斯蒂安·麦茨认为，电影是一种"想象的能指"，在观影过程中，人在某种程度上进入了6—18个月时的"镜像

---

[1] 弗里德里.在线游戏互动性理论［M］.陈宗斌，译.北京：清华大学出版社，2006：40.

阶段",在混淆了真实与虚构的"双重误识"中,我们得以避开象征秩序,通过将自我投射于影片中,得到一种想象性满足[①],而游戏则通过玩家和游戏之间的交互来鼓励和期望唤起更强烈的认同。

"哈利·波特"系列游戏通过过场动画和第三人称的旁白来提供背景故事,在此之外,游戏的任务,也就是玩家需要完成的挑战则是伪装为叙事进行的,此时,游戏中的非玩家角色,也就是游戏中的其他角色,如海格、霍琦夫人等,则会以第二人称与"你"进行对话,这个"你"既是指虚拟的游戏人物,同时也是玩家本人,通过游戏中的人物,玩家进入了游戏文本之中,并建立起一种联系。当玩家操作电脑的鼠标和键盘的同时,玩家所操纵的人物也随之进行跳跃、攀爬等动作,而当人物掉入需跳跃而过的地面间的空隙时,画面也会变为黑暗。玩家既是游戏中的人物,但同时又不是游戏中的人物,这构成了游戏体验的核心[②],一方面,玩家能够参与整个游戏的文本,并进行一定的操控;另一方面,这种操控同时又是有限的,因为这都是被预先设定的。虚拟和真实就在玩家操纵游戏人物、通过游戏人物进行探索之中交汇、混合,而这种混淆给予了玩家一种"在场"的幻觉。

"在电子游戏发展过程中,从电影里借鉴最多的要数视觉画面技巧的运用。"[③]"哈利·波特"系列游戏中借鉴电影对场面的调度给了玩家更多的代入感,如第一部《哈利·波特与魔法石》中的飞行课,在NPC霍琦夫人与"你"在对话时,画面以第三人称视点呈现,而当游戏开始时,机位调度到哈利·波特的身后,以贴近第一人称视点的角度来拉近玩家和操纵角色之间的距离,从而给玩家提供更直接有效的幻想途径。

(3)在故事文本改编上忠实于原作

从故事文本本身来看,"哈利·波特时代"所发行的游戏在改编上继

---

① 戴锦华.电影理论与批评[M].北京:北京大学出版社,2007:154-160.
② 卡尔,白金汉,伯恩,等.电脑游戏:文本、叙事与游戏[M].丛治辰,译.袁长庚,审校.北京:北京大学出版社,2015:109.
③ 曹渊杰.电影与电子游戏的融合[D].上海:上海交通大学,2008.

承了原作文本，每一部游戏的叙事都与电影中的故事线相贴合，如第一部《哈利·波特与魔法石》游戏将电影中的黑魔法防御课、飞行课、符咒课、草药课都改编进了游戏中，而电影中最为经典的情节也就是最后哈利与奇洛教授的对决，也在游戏中进行了高还原度的呈现。而哈利的人物本身以及其成长也与电影的故事文本密切联系，如第一部《哈利·波特与魔法石》中的哈利·波特就是一个刚刚进入魔法学校的小巫师，和电影一样，要在霍格沃茨魔法学校中学习最基础的魔法。而随着情节的发展，与电影中一样，哈利也不再需要学习咒语，转而进行更复杂的任务。而在最后一部，哈利·波特走出学校，与伏地魔一派进行斗争。

作为电影改编的游戏，原始叙事文本为其叙事提供了良好基础，难点在于如何在叙事中加入游戏性的元素，但同时又要保持其叙事性，因为"读者是玩家的一部分，但是玩家不仅仅是读者而已"[1]，从而达到让联动营销的效果。游戏的线性的叙事探索模式，让玩家能够在空间上对霍格沃茨魔法学校进行一定的探索，并且玩家能够通过收集比比多味豆、巫师卡等来进行经验的累积和奖励的获取，带给了玩家新奇的游戏体验。

对于原作IP的粉丝来说，忠实于原作的改编能够让他们延续观影时的快感，以主人公的身份再经历一次他们原本只能作为观众"观看"的故事情节，从而填补遗憾；而对于本身没有接触过或者是没有深入了解过原作故事文本的纯玩家，玩家在被游戏的叙事性和可玩性吸引之后，也能通过游戏引流至电影或者小说，从而达到联合营销的效果。

2."后哈利·波特时代"发行游戏：以《哈利·波特：魔法觉醒》为例

随着智能手机的蓬勃发展和移动互联网时代的来临，移动游戏快速扩张，且逐渐在整个游戏市场中占据主要份额，2021年上半年，移动游戏的

---

[1] MORTENSEN T. Playing with players: potential methodologies for MUDs'[J]. Game studies, 2002, 2(1): 2. 转引自卡尔, 白金汉, 伯恩, 等. 电脑游戏: 文本、叙事与游戏[M]. 丛治辰, 译. 袁长庚, 审校. 北京: 北京大学出版社, 2015: 43.

实际销售收入占据了整个中国游戏市场总收入的76.26%，而客户端游戏占据19.86%，网页游戏占2.01%[①]。

随着时代的发展，"哈利·波特"系列游戏的阵地也逐渐向移动端转移。2016年，移动游戏《哈利·波特：巫师联盟》在澳大利亚、新西兰区域首发，这是一款冒险类的AR游戏，通过将GPS地理定位和AR技术相结合，"哈利·波特"系列电影中那些奇幻的事物将会出现在现实里玩家所熟悉的场景中，当地的公园和地标，在游戏中可能会变成商店，鹰头马身有翼兽将会出现在小区的花园里，通过游戏，现实与虚拟将会重叠，但是这款游戏目前只在少数国家、地区发行。2018年，《哈利·波特：霍格沃茨的秘密》（*Harry Potter: Hogwarts Mystery*）推出，这是一款角色扮演游戏，故事背景设置在从哈利·波特出生到他收到信件、进入霍格沃茨魔法学校的这段时间，玩家可以作为新生，进入霍格沃茨魔法学校，参加分院帽仪式、体验属于自己的魔法世界生活，虽然玩家不是哈利·波特，但却拥有和哈利·波特类似的身世，因为有一个被霍格沃茨开除的哥哥而受到争议。在学校里，玩家可以在学校里上麦格教授、斯内普教授的课，以一个霍格沃茨魔法学校的学生身份感受在看"哈利·波特"系列小说和电影中所幻想的一切。

2021年9月9日，网易发行了一款全新的以RPG为核心，融合CCG（Collectible Card Game，卡牌游戏）、MOBA（Multiplayer Online Battle Arena，多人在线战术竞技游戏）等多种游戏类型的手游——《哈利·波特：魔法觉醒》。上线当天，便有578万玩家下载，在各个社交平台上刷屏，与游戏相关的话题如"你收到霍格沃茨的电话吗""格兰芬多现任院长是纳威"等霸屏微博热搜榜。本书将以《哈利·波特：魔法觉醒》为例，来对"后哈利·波特时代"发行的游戏加以分析。

[①] 伽马数据.2021游戏产业半年度报告首发：市场收入1505亿，同比增7.9%[EB/OL].（2021-07-29）[2024-05-06]. https://mp.weixin.qq.com/s/WoMYX__B_b_eB0_GWD1d9Q.

（1）以机制的流动性唤醒探索和表达

珍妮特·穆瑞（Janet Murray）曾用"迷阵"和"根茎"表述了互动文本中空间导航的两种模式：迷阵指的是在探索中有且只有唯一的出口，玩家只能朝着那个方向有条件地前行；而根茎指的是有多个方向可以前进，并且每个方向都有其独特的优势和劣势。穆瑞觉得，迷阵的预定性和根茎的结构不确定性都对玩家在游戏中获得快感不利，因此，游戏的空间导航应处于迷阵和根茎之间，将两者的特性相结合，既能让玩家有一定的方向，又让玩家能够自由地探索，从而获得不同的游戏体验[①]。

《哈利·波特：魔法觉醒》的空间导航模式偏向于一种根茎模式，但同时也有推动因素存在。《哈利·波特：魔法觉醒》游戏将多种的游戏类型如卡牌游戏、换装游戏、音乐游戏等融为一体，玩家可以根据自己的喜好在游戏中自由探索，找到属于自己的玩法，同时也有各种活动、作业、课堂、学年挑战、魔咒和回响的收集等来推动玩家不断向前探索。《哈利·波特：魔法觉醒》游戏的"禁林"模块应用了一种叫Roguelike的游戏类型，这是RPG游戏的一个子类型，其诞生是由于一款游戏 *Rogue* 的流行，在那之后，与 *Rogue* 拥有相似机制的游戏都被称为Roguelike游戏类型，2008年国际Roguelike发展会议讨论出的"柏林诠释"（The Berlin Interpretation）将随机性（Random environment generation）、永久死亡性（Permadeath）、回合制（Turn-based）、基于地图（Grid-based）、复杂性（Complexity）等作为Roguelike游戏类型的特征。在禁林中，玩家可以自己选择想要走的道路，如选择战斗、探索、采集、休息等，在每条道路里面也能够选择，比如说当遇到一只嗅嗅在找东西时，玩家可以前去帮助它，也可以在旁边围观，但是每个选择并没有绝对的好坏，并且这是不可以挽回的，当玩家进

---

① MURRAY J H. Hamlet on the holodeck: the future of narrative in cyberspace [M]. 3rd ed. Cambridge, Mass: The MIT Press, 1998. 转引自卡尔, 白金汉, 伯恩, 等. 电脑游戏：文本、叙事与游戏 [M]. 丛治辰, 译. 袁长庚, 审校. 北京：北京大学出版社, 2015: 84-85.

行选择之后，就不能返回进行重新选择。这种根茎的空间导航模式，让玩家能够得到充分的新鲜感，从而鼓励玩家进一步进行探索。与此同时，这种自由也不是无限度的，比如说虽然一个线索下的事件很多，但毕竟是有限的，有限的选项在某种情况下也是一种引导，并且当玩家探索完每一个事件之后，每条线索都会有一个最终的大结局，这种大结局可以说是某种彩蛋式的存在，进一步激发玩家进行探索。由于事件的多样性和复杂性，得到大结局具有一定困难，所以当大结局最终被玩家探索出来时，能够极大地激发玩家的表达欲和分享欲。

这种"迷阵"和"根茎"相结合的机制的流动性瓦解了叙事的唯一性，从而唤醒玩家的探索和表达。

（2）以强交互性觉醒社交魔法

有些学者认为，游戏是一种"反社交"的媒介，如跨学科游戏理论家布莱恩·萨顿-史密斯（Brian Sutton-Smith）在电子游戏逐渐取代传统的游戏时曾提出，游戏逐渐从一种社交的集体形式转为私人的个体形式[1]。然而，电子游戏是一种私人的游戏形式的观点被大量学者反对。《哈利·波特：魔法觉醒》便是一款有着强社交属性的RPG游戏，通过对交互的强化，来让玩家获得社交的游戏体验。而这种交互，可以分为游戏与玩家之间的交互和玩家互相之间的交互。

美国社会学家兰德尔·柯林斯（Randall Collins）提出了互动仪式链理论，该理论认为"互动是社会动力的来源，而情感力量是人们进行交流互动的核心要素"[2]。而互动仪式链的形成有四个核心要素：第一，两个或两个以上的人聚集在一个相同的场所；第二，聚集的人群形成一个封闭的圈，从而形成"局内人"和"局外人"；第三，某个共同的对象或者是活

---

[1] 卡尔，白金汉，伯恩，等.电脑游戏：文本、叙事与游戏［M］.丛治辰，译.袁长庚，审校.北京：北京大学出版社，2015：157.
[2] 潘曙雅，张煜祺.虚拟在场：网络粉丝社群的互动仪式链［J］.国际新闻界，2014，36（9）：35-46.

动吸引了人们的注意力；第四，人们会共享情绪，形成共同的情感体验，通过这种人际传播，又会加深对某一主要核心的认知[①]。

在《哈利·波特：魔法觉醒》游戏的开端，游戏就以剧情和玩家之间的交互调动出了玩家的情感。在游戏的开始，玩家成为霍格沃茨魔法学校的新生，海格亲自送来了录取通知书，带玩家去对角巷买魔法袍、挑选魔杖，并且送了玩家一只猫头鹰，在开学当天，就如同哈利·波特第一天上学时，韦斯莱一家人教哈利·波特如何前往九又四分之三站台那样，玩家会在那里遇到哈利·波特，电影中的场景被一一复现。看过"哈利·波特"系列电影的玩家，与电影相关的剧情以及熟悉的视听语言会很容易触动玩家的情感，玩家会不自觉地被代入其中；对于没有看过"哈利·波特"系列电影的玩家来说，富有吸引力的剧情和精致的画面，也能够使玩家产生共鸣。

基于学校的背景，《哈利·波特：魔法觉醒》将用户和用户之间的交互设计分为四个维度：学校、社团、学院、寝室，并且根据不同的维度设计了相对应的情感动机。在学校维度，其设定上，和电影中一样，霍格沃茨魔法学校是一个不为麻瓜所知的世界，巫师们聚集在一起，形成自己的封闭圈，且通过"校内网"来进行交流，在这里，学生们可以在各个话题下发表自己的观点，对作业、找攻略、分享自己过关的喜悦，形成一个与"麻瓜世界"区分开的完全内部的一站式平台。在社团维度，游戏中的社团就如同现实中的社团一样，需要到达一定的人数才能成立，而且有考察期，社团的类型也是多种多样，玩家可以通过社团找到自己志同道合的好友，甚至可以发展为现实中的朋友。在学院维度，和"哈利·波特"系列电影一样，游戏中也分为四个学院，且每个学院学生的特征都各不相同，这种标签化就形成了一个个差异化的社群，且每天在不同的时间段里，都会开展活动来形成学院间的良性比拼，在某种程度上加强了学院同学之间的集体荣誉感。在寝室维度，玩家可以邀请朋友与自己住到同一个宿舍

---

① 吴迪，严三九.网络亚文化群体的互动仪式链模型探究[J].现代传播（中国传媒大学学报），2016，38（3）：17-20.

中，寝室的设置也尽量还原现实，比如玩家可以装饰自己的床铺、养植物、偶尔打扫卫生，还可以共同制作照片墙和回忆录、分享自己的魔药，这不仅让同一个寝室中的人能够获得共同的情感体验，从而得到更多的情感力量，提高游戏留存率，同时也能够刺激玩家去主动分享和传播，如在微博话题"四年后又成了室友"下面，许多网友纷纷分享自己和现实中的室友在游戏寝室中的合影。

通过用户和用户之间的交互，用户之间能够产生一定的情感连接，这种情感连接又同时驱动交互的进一步深入，形成仪式的再循环，从而让一个社群更为稳固，产生一种群体性情感，当这种群体性的情感能量积累到一定的程度，将会产生集体兴奋，激发个体的参与激情。

（3）延伸原作故事文本来打造新魔法时代

《哈利·波特：魔法觉醒》在叙事上并没有完全遵循"哈利·波特"系列电影的故事线，而是将故事设置在电影文本的时代之后，将"哈利·波特"系列电影以及其衍生文本（如《神奇动物在哪里》）等作为其叙事基础，通过延伸原作的故事文本来打造全新的游戏文本。

在《哈利·波特：魔法觉醒》的故事中，哈利·波特已经打败了伏地魔，麦格教授成为霍格沃茨魔法学校的校长，而纳威成为格兰芬多的现任院长。玩家则作为霍格沃茨魔法学院的新生进入学校，拥有自己的同学和朋友，虽然这些NPC都是全新的人物，但是在他们的身上，玩家却总是能找到熟悉的属于原作人物的味道，如斯莱特林学院的卡珊德拉，她总是觉得她在地位上高于其他的同学，她认为所有的巫师并非生而平等，在她的个性中，我们能看到原作中马尔福以及伏地魔的影子。而我们所熟悉的那些原作中的人物，根据原作的剧情，在游戏中拥有不同的功能，比如像麦格教授、海格那样在"哈利·波特"系列原作主线故事文本之后仍然留在霍格沃茨魔法学校的人物，在游戏中会作为NPC出现，与玩家进行互动，而像哈利·波特、赫敏那样已经离开学校的人物，则会作为游戏中的一张卡牌出现，或者是出现在回忆剧情中。

在游戏《哈利·波特：魔法觉醒》中，玩家既可以通过"无名之书"等任务环节，来亲身经历原作中的人物所经历的奇幻故事（如为了阻止魔法石被偷，通过三头犬、巫师棋挑战，以及与奇洛教授对战），也可以在游戏中上魔法史课、保护神奇动物课等一系列课程，以及参加舞会、打魁地奇、探索禁林等，做在原作中主人公所做的事情。但与此同时，这些又是在全新故事背景中属于玩家自身的行为，而这些行为带来的是玩家社交的进行、经验的获取、等级的提升等。

游戏《哈利·波特：魔法觉醒》在"可玩性"也作出了一定的努力，其对各种游戏类型的融合和规则的流动性，让各种玩家都能够找到适合自己的游戏模式，获得多样的游戏体验。对角巷、禁林、魁地球场、图书馆等地点的功能化、情景化设计，让不同情景承担不同功能，这不仅能够将复杂的"哈利·波特"世界观呈现给玩家，让玩家沉浸于独特的魔法世界中，同时这种功能化也简化了庞大的世界观，方便玩家理解和认同其要表达的世界观。

（三）改编效果评估与策略分析

"哈利·波特"作为一个世界级的IP，迄今为止已有十余款游戏陆续发行，本书作为案例的"哈利·波特时代"与《哈利·波特》电影同名的八部游戏和"后哈利·波特时代"的《哈利·波特：魔法觉醒》，这九部游戏基本都在口碑及格线之上，但是有两个方面的现象值得关注：一个现象是在"哈利·波特时代"的八部游戏中，《哈利·波特与火焰杯》《哈利·波特与死亡圣器（上）》《哈利·波特与死亡圣器（下）》这三部游戏不论是豆瓣评分还是IMDb（Internet Movie Database）评分，相比起其他五部都略低；另一个现象是《哈利·波特：魔法觉醒》游戏热度和口碑的错位，作为一部上线一个月的游戏，《哈利·波特：魔法觉醒》在超话的游戏榜单中高居第三位，第一、二位分别是《王者荣耀》和《原神》，但是其在豆瓣上和TapTap（一个游戏社区）的评分却只有6.3分（截至2021年10月10日）。在这些现象背后，不同游戏在内容改编、机制、营销发行策略上的差异，值得我们去思考和分析。

第三章 影游 IP 互化的策略

表 3-4 "哈利·波特"系列游戏评分[①]

游戏名称	发行日期	豆瓣评分	豆瓣评价人数	IMDb 评分	IMDb 评价人数
《哈利·波特与魔法石》	2001-11-03	8	568	7.3	1269
《哈利·波特与密室》	2002-11-15	8.7	459	7.4	2820
《哈利·波特与阿兹卡班的囚徒》	2004-06-02	8.4	256	7.5	1418
《哈利·波特与火焰杯》	2005-11-11	6.9	132	6.3	1252
《哈利·波特与凤凰社》	2007-06-25	7.4	110	7.5	2085
《哈利·波特与混血王子》	2009-06-30	7.6	74	7.3	919
《哈利·波特与死亡圣器（上）》	2010-11-16	6.7	50	6	621
《哈利·波特与死亡圣器（下）》	2011-07-15	5.7	58	7.1	793
《哈利·波特：魔法觉醒》	2021-09-09	6.3	1612	无	无

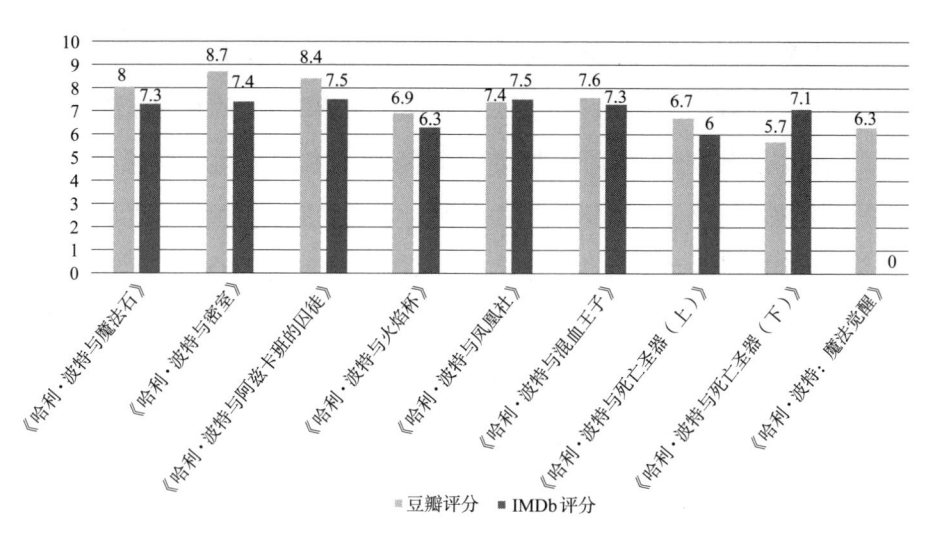

图 3-5 "哈利·波特"系列游戏评分柱状图

① 数据来源于豆瓣 App 和 IMDb 网站，时间截止到 2021 年 10 月 10 日 15:00。

079

1.内容改编策略:"忠实性"是改编关键

在接受美学中,"期待视野"是指读者原有的由各种审美经验、审美素养所形成的一种对作品的欣赏期待和思维定式,对于一部新作品,读者和作品之间应当有一定的审美距离,既要能够超越读者的期待视野,带给读者一定的新鲜感,同时这种超越要适度,不能带给读者完全陌生的感受①。

对于由电影文本改编而来的游戏,其对于原始文本的忠实度,一直是玩家高度关注的问题。与此同时,在改编的过程中,游戏也需要在内容或者主题层面上创造一些全新的内容。因此,如何满足和超越玩家的期待视野,成为如何将电影改编为游戏的关键因素。

对于以电影为原始叙事文本的游戏来说,电影通常会是评价游戏的重要标准,大部分玩家之所以下载、进入这个游戏,甚至为游戏氪金,真正达到游戏发行商的赢利目的,很大程度上就是因为"哈利·波特"这一IP,玩家们是抱着能在游戏中作为主人公体验电影中的情节来的,就如同游戏设计师克里斯·克劳福德(Chris Crawford)所说:"没有人因为游戏本身的创造性而购买宽肩大汉鲍勃游戏……他们不想要创造性,他们只想要大汉鲍勃。②"所以"忠实性"可以说是电影改编游戏的基础和关键之处。

之所以"哈利·波特时代"与电影同步发行的"哈利·波特"系列电影的同名游戏的评分大部分都高于《哈利·波特:魔法觉醒》,很大程度上就是因为其游戏在内容改编上忠实于原作。在"哈利·波特时代"发行游戏中,由于其贴合了原作的情节,玩家会根据上学的年份一步步地学习新魔法,从一个"小巫师"变成一个"大巫师",并且和原作中一样,需要在现实世界中混进魔法部,与伏地魔一派进行对抗等。

---

① 彭吉象.艺术学概论[M].北京:高等教育出版社,2006:359-360.
② CRAWFORD C. Chris Crawford on game design [M]. Boston:New Riders,2003:172.转引自布朗,克里兹温斯卡.电影—游戏与游戏—电影:走向一种跨媒介的美学[J].范倍,译.电影艺术,2011(3):100-107.

虽然其基于游戏的"可玩性"进行了一定的改编，如省去了哈利的身世背景、弱化了哈利与其姨父一家的故事线，以"那是一个星光满天的夜晚，像是有什么奇怪或神秘的事即将发生"的旁白作为开头，将其描绘为一个奇幻的童话故事，通过简化背景来使游戏尽快进入"玩"的部分。但这些内容都不是原作的核心内容，进行一些删减反而能够让核心部分更加突出。虽然由于时代技术的限制，当时的游戏在画面上并没有太多出彩之处，游戏人物的建模也很粗糙，但是其对于原作核心要素的还原达到了让玩家延续观影时的快感、填补遗憾，满足了玩家的期待视野，进而达到与电影联合营销的效果。

《哈利·波特：魔法觉醒》之所以会出现游戏的口碑一路直跌的现象，很大程度上就是因为其缺失了对原作核心点的"忠实度"。

在视听上，《哈利·波特：魔法觉醒》最大限度地还原了哈利·波特的魔法世界，电影中的经典视听元素也融入游戏世界中。一进入游戏，《海德薇变奏曲》便来迎接玩家进入魔法世界，对角巷中倾斜的房屋、霍格沃茨魔法学校中不断移动的楼梯都在游戏中得到了高度还原。一些经典情节也在游戏中得到一一复现，如在入学前需要先到对角巷购买魔杖、衣服和猫头鹰，需要坐船进入霍格沃茨魔法学校以及入学后的分院仪式，等等。

虽然，在视听和细节的还原上，《哈利·波特：魔法觉醒》游戏优于以往的游戏，但是却缺少了对哈利·波特IP世界核心要素的"忠实度"。首先是哈利·波特IP世界的独特之处，也就是魔法世界之外的现实维度，在《哈利·波特：魔法觉醒》中几乎完全消失，玩家只在魔法世界中进行一系列的活动。其次，原作中"爱与正义"的核心价值观在游戏中消失殆尽，哪怕是刚刚入学的玩家，只要愿意氪金或者是运气够好，就能够拿到高级咒语甚至是阿瓦达索命、钻心剜骨等不可饶恕咒，在对决场里对自己的同学甚至哈利、赫敏等伙伴使用，且游戏赋予了这类原作中的邪恶能力很强的功能性力量，这又吸引了大批玩家去拥有和使用，因此，邪恶就被掩盖在游戏这一媒介下。这带给了原作粉丝强烈的原设定不符之感，也使游戏角色缺少了"人物弧光",让玩家丧失了养成的可能性和乐趣。《哈利·波特:魔法觉醒》为了"可玩度"牺牲了原作"正义终将战胜邪恶""爱与成长""责任与勇气"的核心价值观以及原作中魔法世界和现实世界相结合的世界观的独特性,这种对"忠实度"的欠缺伤害了原作粉丝的情感,导致了热度和口碑错位的情况。

由此可见,"忠实度"在游戏对电影的改编方面具有极其重要的意义。

2.机制策略

游戏与其他文本最大的差异在于,游戏是用来"玩"的,因此"可玩性"在评估游戏的标准中同样占据着重要位置。从2001年"哈利·波特"首款游戏发布至今,已经有十余款游戏陆续推出,在各款游戏里面,游戏发行商们尝试了多种游戏机制,以寻求适合"哈利·波特"这一IP的最优机制。

早期"哈利·波特时代"所发行的八款游戏均采用"动作冒险",以"哈利·波特"的原始故事为核心,融入大量动作元素,搭配上探险、探索、解密,玩家能够操纵《哈利·波特》中他们所熟悉的人物,如哈利·波特、罗恩、赫敏等,来完成关卡,体验所有的剧情。"后哈利·波特时代"发行的《哈利·波特:巫师联盟》同样也是一款动作冒险类游戏,其创意点在于用AR技术将虚拟和现实融合,但是其机制核心依旧是动作冒险。

《哈利·波特:霍格沃茨的秘密》则是一款RPG游戏,玩家通过扮演霍格沃茨魔法学校的新生,来体验在魔法学校里面的生活。而《哈利·波特:魔法觉醒》则以"RPG+CCG+MOBA"的形式,打破了游戏类型的界限,同时还结合了音乐类游戏、跑酷类游戏、答题类游戏等多种游戏类型的机制,给玩家多样的游戏体验。

那么,究竟哪种机制最适合于"哈利·波特"这一IP呢?首先我们需要明确"哈利·波特"这一IP是属于"世界型IP"还是"角色型IP",这就决定了在游戏的设计时,是更需要偏重于对整体世界的构造还是塑造角色。对于"哈利·波特"这样一个拥有宏大世界观的IP来说,还原和塑造魔法世界显然是一个更好的选择。因此,对霍格沃茨魔法学校、对角巷等地理位置的空间设计，扫帚、魔杖、咒语、小精灵、神奇生物等元素的还原，对哈利·波特、赫敏·格兰杰、罗恩·韦斯莱等众多核心人物的设计都是需要考虑的问题。

综观"哈利·波特时代"的八部游戏，虽然采用的都是"动作冒险"这一游戏类型，但是口碑却有很大的差别，主要的差异在于"探索性"和"自由度"。虽然八部游戏均是根据剧情进行线性冒险，但是在前三部的"哈利·波特"系列游戏中，玩家能够在空间上对霍格沃茨魔法学校进行一定的探索，并在学校的各处收集比比多味豆和巫师卡，还能够通过用鼠标画出咒语的施法手势来施咒，让玩家感受使用咒语的快乐，这两点也是饱受玩家好评的部分。然而，第四部游戏《哈利·波特与火焰杯》口碑骤跌，其舍去学校地图的选关模式弱化了"探索"元素，而强化了游戏的"动作性"，但是高度的动作重复性在游戏后期不免让玩家感到乏味，与此同时，虽然这一部游戏在画面上更好地还原了魔法世界，但由于其游戏视角转向为上帝视角，削弱了玩家对游戏人物的代入感，使得这部游戏更像是套了《哈利·波特》电影剧情的皮的动作类游戏，无法达到玩家的期待视野。而《哈利·波特与死亡圣器（上）》《哈利·波特与死亡圣器（下）》因其纯线性的流程、交互的缺失和动作的单一，被认为是枯燥无聊的射击游戏而广受诟病。

虽然"哈利·波特时代"的游戏前三部在探索上给了玩家一定的自由度，但是由于其"动作冒险"的机制设定，这种自由度是有限的，游戏的重点在于让玩家通过奔跑、跳跃等动作保持自己的生存，通过一个个的关卡直至最后通关，因此对世界观的展现很有限，玩家的留存度也不高。

《哈利·波特：魔法觉醒》在大设定上采用了RPG的游戏机制，玩家扮演一个霍格沃茨魔法学校的新生，在魔法世界中探险，这种机制很好地展现了"哈利·波特"宏大的IP世界。在空间设计上，《哈利·波特：魔法觉醒》意识到了"哈利·波特"作为一个"世界型IP"在"自由探索"上的重要性，在空间上对霍格沃茨魔法学校和对角巷等地理空间进行了还原，让玩家能够在其中进行自由探索，玩家还可以和城堡里面的NPC以及墙上的画对话，通过探索甚至还能发现一些隐藏内容。除了像活动楼梯这样的经典元素，一些微小细节上的还原带给了玩家更大的惊喜，如原作中的有求必应屋也在游戏中得到了还原，但是就如同原作中的有求必应屋只在一个人真正需要它的时候才会出现，游戏中的有求必应屋也不会轻易出现，因此，现在仍然有很多玩家为了能够找到有求必应屋，在城堡里四处游荡。

但是RPG机制只是一个大设定，其自由度是有限的，在具体的玩法上，《哈利·波特：魔法觉醒》则是引入了CCG机制，并将其作为核心的玩法，"哈利·波特"IP世界中的经典元素和人物都被设计为卡牌，除去舞会、魔法史课、占卜课、魁地奇球场等少量娱乐玩法，大部分玩法都采用了CCG机制，且融合了MOBA元素，卡牌的自由释放、移动卡的存在，让卡牌竞技始终都处于一种紧张刺激中，使其可玩性大幅提升。在手游对性能、操作度限制的前提下，CCG机制很好地将"哈利·波特"IP的元素和人物融合在了游戏中，且在CCG机制中，玩家为了获得卡牌对战的胜利，对于获取更多的卡牌或者提升卡牌的等级有极高的渴望，因此，该机制在商业上也有极大的潜力。但是CCG机制也存在一定的问题，就如同《王者荣耀》将程咬金、李白等历史人物作为游戏角色一样，这种设计将其人物本身功能化，但是却丧失了其原始人物的丰满度和玩家与人物之间情感的建立。

因此，从还原"哈利·波特"这一IP宏大世界观来说，RPG是最为合适的游戏机制，通过建立一个自由世界，在玩家自由探索世界的过程中，通过学习咒语、和NPC交互、结识同伴，沉浸于游戏世界，来体会扮演角色的乐趣和进行自我成长，讲述真正属于玩家自己的魔法世界故事。

3.发行营销策略：从联合营销到情怀收割

（1）"哈利·波特时代"发行游戏：与电影的联合营销

不管是电影产业还是游戏产业，都属于高投入、高风险产业，因此，在"哈利·波特时代"发行的游戏在发行营销上采用了与电影的联合营销策略，以其"共享、共商、共创、共赢"的特点来达到电影、游戏双方共同获利的目标。从产业角度来说，"电影+游戏"的同步发行，能够将电影产业和游戏产业联合，打造一种平均成本下降的"范围经济"[①]，通过联合最大限度地获取大众的注意力，形成范围优势，从而产生1+1>2的叠加效应。

1981年发行的游戏《夺宝奇兵》是第一部与史蒂芬·斯皮尔伯格同名电影搭配销售的游戏，从那之后，"电影+游戏"的"影游联动"商业范式因其对IP商业价值的二重甚至多重挖掘得以迅速扩散[②]。

在时代华纳取得"哈利·波特"系列的开发权和改编权后，便开始进行全方位的衍生品的开发，将游戏研发全授予了当时最大的游戏软件开发公司——美国艺电有限公司（EA），在第一部《哈利·波特与魔法石》上映前一天，EA公司便推出了《哈利·波特与魔法石》同名游戏，为电影造势。在游戏中，玩家能够扮演主角哈利·波特，依照小说和电影中的剧情，在霍格沃茨魔法学校中学习不同的魔法，闯过各个关卡，挫败伏地魔的阴谋。随后每一部电影上映的前后，EA公司都会以电影剧情为原始文本，推出同名游戏，以相比一般游戏发行的更低成本和更低风险，附着于电影的发行和火爆之上，同时又反哺于电影的营销，扩大协同宣传效应，增加曝光度。

（2）"后哈利·波特时代"发行游戏：以情怀收割粉丝流量

在2021年9月9日《哈利·波特：魔法觉醒》发布之时，距1997年6月26日《哈利·波特与魔法石》出版已有24年之久。在这24年中，"哈利·波特"已经发展为一个世界级的全球大IP，并且产生了一个数量庞大的"哈迷"（哈利·波特粉丝）群体。

《哈利·波特：魔法觉醒》在营销上可谓在"情怀"上下足了功夫，游戏在9月9日开学季借势推出，在游戏预下载阶段，所有下载了游戏的玩

[①] 张辉锋.传媒业中的规模经济与范围经济[J].国际新闻界，2004（6）：57-61.
[②] 布朗，克里兹温斯卡.电影—游戏与游戏—电影：走向一种跨媒介的美学[J].范倍，译.电影艺术，2011（3）：100-107.

家都接到了来自霍格沃茨的入学电话,这种新奇的体验极大地刺激了玩家的分享欲,宿舍邀请函更是因为唤醒了"哈迷"已经沉淀多年的社交关系而刷爆了社交平台。同时,《哈利·波特:魔法觉醒》在营销上也借重了KOL(Key Opinion Leader,关键的意见领袖)进行传播,在《人民的选择》中,拉扎斯菲尔德首次提出了"意见领袖"这一概念,以指在人际传播之中为他人提供信息、观点以及对他人产生一定影响的人,并据此提出了"两级传播"理论,认为大众传播并不是直接"流"向受众,而是要经过"大众传播—意见领袖——般受众"这一流程才能抵达大众[①]。在微博上,经过"吃瓜姐妹社""野生戏戏子"等本身拥有大批粉丝的KOL发布话题,迅速引发讨论和大范围的传播。

随着互联网的发展,如今微博等社交平台已经成为舆论形成的重要阵地,微博热搜榜因其"轻资产"和"高附加值"[②]的特性,成为商业宣传的有效平台。观察2021年9月9日当天的热搜(见表3-5),可以看出在热搜榜上的话题均没有提及游戏的玩法,而是将重点放在了"情怀"上,通过"霍格沃茨""格兰芬多""獾院""拉文克劳"等熟悉的词语唤起共鸣,从而带动整个"哈迷"群体,吸引日常没有玩游戏习惯的"哈迷"们去下载游戏,扩大整个玩家群体。

表3-5 2021年9月9日有关《哈利·波特:魔法觉醒》的微博热搜[③]

热搜话题	热度	在榜时长(分钟)
格兰芬多现任院长是纳威	933171	120
四年后又成了室友	1263207	329
霍格沃茨各院公频都在聊什么	831686	225
獾院才是我的归宿	268216	99
哈利·波特游戏上线	538929	92

---

① 郭庆光.传播学教程[M].2版.北京:中国人民大学出版社,2011:179,190.
② 魏洁宇.资本逻辑影响下微博热搜娱乐化现象分析:基于传播学的视角[J].中国报业,2019(12):26-27.
③ 数据来源:微博热搜搜索引擎,http://weibo.zhaoyizhe.com。

续表

热搜话题	热度	在榜时长（分钟）
拉文克劳有多好学	342879	571
你收到霍格沃茨的电话了吗	137366	545

第二节　影游 IP 互化的转置策略

游戏学家普遍认为，"更精确地表征为拟象的幻想事件构成了游戏玩法，而非叙事"①，使得游戏研究逐步脱离文学理论框架转而指涉一个虚构的世界，"跨虚构"概念打破结构主义的文本封闭原则，一改"复刻"策略关于文本对话的互文性范式，凸显一种"虚构世界之间的关系，尤其是虚构世界的时空模式（如背景）、个体（如人物、物品）"②。由于跨虚构性论题是在可能世界叙事学和"跨媒介故事讲述"的基础上形成的，是"虚构实体在不同文本中的迁移"③，因此，必然同时涵盖了虚构文本和叙事文本，而两者在"跨媒介叙事"中呈现的不同强弱关系构成了另外三种影游改编范式：转置（Transposition）、拓展（Expansion）、改动（Displacement）。

转置，是保留原型世界的设计和主要故事，但将其设置在一个不同的时间或空间背景中。虚构文本与叙事文本占据均衡地位，原型世界和后继者呈现平行关系。④转置代表了"跨媒介改编"与"跨虚构性"的交叉，

---

① WOLF M J P, PERRON B. The video game theory reader[M]. London, New York: Routledge, 2003: 221-235.
② 张新军. 数字时代的叙事学：玛丽-劳尔·瑞安叙事理论研究[M]. 成都：四川大学出版社，2017：72.
③ RYAN M L. Transmedia storytelling and transfictionalit[J]. Potics today, 2013, 34(3): 361-388.
④ DOLEŽEL L. Heterocosmica: fiction and possible worlds[M]. Baltimore: Johns Hopkins University Press, 1998: 518-524.

087

人物和剧情必须适应另一个环境中的故事，剧情必须适应新的符号资源。首先表现为时间的转置，《刺客信条》一方面延续了虚构世界中人物关系、时空环境、无生命机体、事件和规则系统，并且重述了原叙事文本的主要故事脉络，另一方面通过时间的扩张实现故事世界的膨胀。与游戏版一样，电影《刺客信条》同样讲述了为自由意志而奋斗的刺客和圣殿骑士之间的斗争，不同的是，将两者的纠葛从欧洲第三次十字军东征时期延伸至科技现实时代，时间标度的填充重新架构了一个可供延展、对话的故事场域。其次表现为空间的转置，《侍神令》将故事发生地由游戏中的平京城转移至某一中国风的城市，相异的城市界面将"异质性的空间部分编织成一个层次鲜明但又彼此交叠的整体系统"[1]，其中不仅包含"地理"领域的转置，还包括不同空间"文化准则"和"自然准则"对叙事和跨虚构世界构建的影响。

一、电影《刺客信条》：视听特效反映冒险性质，双时空交织结构充实剧情

"刺客信条"系列游戏作为全球最热门的单机游戏之一，在全球坐拥近千万粉丝。在影游融合的大背景下，根据"刺客信条"系列改编的同名电影终于在第一部游戏发行后的第十年上映。游戏因其最突出的特征互动性，在跨媒介改编时总会遭遇极大的挑战，而游戏改编电影的成功案例相对于其他类型IP改编来说更少。作为有多系列、多类型的游戏，"刺客信条"又是如何将多部系列游戏与电影融合，其融合效果是否满足游戏玩家和普通观众的审美口味？本书将分别分析"刺客信条"系列的游戏案例和电影案例，并综合总结其改编效果与策略。

（一）"刺客信条"系列游戏案例研究

"刺客信条"系列游戏是由法国育碧蒙特利尔工作室（Ubisoft Montréal）

---

[1] 姜宇辉.互动，界面与时间性：电影与游戏何以"融合"？[J].电影艺术，2019(6)：85-91.

研发的系列单机游戏,自2007年在PlayStation 3和PC端发行第一部后,到《刺客信条》电影上映(2016年12月)前,共有九部系列游戏以每年一部的频率问世,分别是《刺客信条2》、《刺客信条:兄弟会》(*Assassin's Creed: Brotherhood*,2010)、《刺客信条:启示录》(*Assassin's Creed: Revelations*)、《刺客信条3》、《刺客信条4:黑旗》(*Assassin's Creed IV: Black Flag*)、《刺客信条:叛变》(*Assassin's Creed: Rogue*)、《刺客信条:大革命》(*Assassin's Creed: Unity*)、《刺客信条:枭雄》(*Assassin's Creed Syndicate*),还有很多衍生系列游戏和短片。这些系列虽然彼此独立,在剧情、玩法等方面都不同,但也在世界观、风格、叙事、主题等元素上都有着显著的相似,形成了鲜明的"刺客世界"特色。

"刺客信条"游戏系列庞杂,其同名电影并不是照搬其中任意一部游戏的,但有研究指出,"刺客信条"系列电影的前身更像是《刺客信条1》[①]。介于本书的研究主题是影游融合,因此,在游戏部分,本书选择与《刺客信条》电影相似度最高的《刺客信条1》为主要案例,辅以其他系列游戏进行具体的分析和说明。

1."刺客信条"系列游戏的世界观

在游戏中,游戏世界观是对游戏世界的根本性假设,几乎所有元素都是世界观的组成部分[②]。世界观涵盖游戏世界的架构、规则、元素等多个要素,是组成游戏世界的底层逻辑。"刺客信条"系列游戏共享着统一且完善的世界观,本书将"刺客信条"系列游戏独特的世界观划分为历史、政治、社会三要素[③]。总体来看,"刺客信条"所呈现的并不是一个完全架空的世界,而是在现实世界中加入了一些新要素,发明了人类现存文明世界的另一种解释方式。

---

① 弋亚娜."互联网+"下的"非好莱坞"商业电影新模式:以《刺客信条》为例[J].电影评介,2018(4):110-112.
② 张辉,董健.游戏策划与开发方法[M].北京:清华大学出版社,2016:61.
③ 李忆川.论游戏世界观对游戏概念设计的影响[D].上海:东华大学,2009.

（1）"刺客信条"系列游戏的世界观中的历史要素

在游戏的历史中，有一群被称为伊述（Isu）的先行者，他们是地球上古老的先行者，拥有高度发达的科技文明，也被称为"第一文明"（First Civilization）。他们用先进的基因技术仿造自己，创造了人类和有强大力量的神器——伊甸碎片，其中的伊甸苹果（the mythical Apple of Eden）能操纵人类的情感、思想和行为习惯，让人类成为他们的劳动力。但在公元前75010年，人类与先行者的混血夏娃和亚当凭借着混血基因，摆脱了伊甸苹果的控制并将其偷走，把人类从先行者的奴役中解放，亚当和夏娃的反抗行为也因此缔造了一个人类传说，即因偷吃禁忌之果被赶出伊甸园[①]。自此，人类开始反抗先行者，双方征战十年。到公元前75000年，战争因为一场多峇巨灾（Toba catastrophe）终止，巨大的日冕物质抛射让先行者灭绝，人类凭借着更优越的繁衍能力和生存能力得以重建社会[②]。

尽管第一文明基本消失，但先行者对人类的影响仍然体现在神话和神器之中。比如人类世界遗留的神殿曾是先行者活动的地区或圣器所在位置，最后成了人类的宗教场所；拿破仑通过一号伊甸苹果的力量，在19世纪初期成为法国皇帝；成吉思汗依靠伊甸宝剑的力量胜利征服敌人等。

（2）"刺客信条"系列游戏的世界观中的政治要素

"刺客信条"系列每个游戏都处于不同的历史阶段和空间，有着不同的政治情况，但每一部系列游戏都有一个底层的政治矛盾，即圣殿骑士组织（the Order of the Knights Templar）和刺客兄弟会（Assassins Brotherhood）之间的矛盾。这两大组织都是秘密团体，但拥有着完全相反的信念：圣殿骑士组织的标志是红色的木十字架，坚信人类只有遵守秩序、在开明领导

[①] 育碧娱乐公司，墨菲-希斯科克.刺客信条：万物［M］.小圆圆，黄培原，译.北京：新星出版社，2020：28.

[②] 育碧娱乐公司，墨菲-希斯科克.刺客信条：万物［M］.小圆圆，黄培原，译.北京：新星出版社，2020：18.

者的控制下才能实现和平，他们强力拥护科技与集权，在人类的历史中，时常帮助文明帝国秩序的缔造，包括支持了推翻篡位者、夺回波斯帝位的大流士大帝和缔造罗马帝国的恺撒等人物。20世纪30年代，圣殿骑士组织建立了阿布斯泰戈（Abstergo）工业公司，并创造了一台名为阿尼姆斯（Animus）的设备，它可以提取使用者的基因，回溯祖先的记忆[①]。刺客兄弟会则正好相反，他们致力于维护全人类的自由，认为只有自由意志才能保证社会的发展，并支持民主政府、维护和平。刺客兄弟会成员誓死遵从三大信条：不得伤害无辜之人、匿踪于大庭广众之下、绝不牵连兄弟会。刺客兄弟会的目的是暗杀圣殿骑士组织成员，将人类从暴政和独裁中解放，因此，他们具有出色的格斗技能，如鹰眼（用鹰的视野看世界）、攀爬、熟练使用袖剑和弓弩等武器。

刺客兄弟会和圣殿骑士组织的主要矛盾贯穿"刺客信条"系列游戏的历史长河，而这一矛盾可概括为：圣殿骑士组织想获得伊甸碎片彻底控制人类，而刺客组织要阻止这件事的发生。

（3）"刺客信条"系列游戏的世界观中的社会要素

"刺客信条"系列游戏的世界观的其他社会要素并不是纯虚构的，而是改编自现实社会中特定的历史。游戏中具体的场景、房屋建筑、人物服饰、牲畜与道具甚至是发生过的具体冲突等，均与现实社会中的社会样貌具有高度的一致性。比如《刺客信条2》设定时空为公元1476年至1499年的佛罗伦萨，虽然有些细节与现实有所出入，但《刺客信条2》还是基本参考了当时意大利的社会要素，玩家在游戏中就能看到许多当时标志性的物质，如君士坦丁堡的港口和梵蒂冈的教堂，还能一并体会到社会中正随处发生着与意大利文艺复兴相关的奇闻逸事。因此，"刺客信条"系列游戏的世界观中的社会要素基本与历史中的社会要素相同，或是为了游戏做了细微加工改造后的产物。

---

① 育碧娱乐公司，墨菲-希斯科克.刺客信条：万物[M].小圆圆，黄培原，译.北京：新星出版社，2020：111-116.

2."刺客信条"系列游戏核心玩法

由于其复杂且丰富的玩法,加上历代以来玩法的迭代更新,"刺客信条"系列游戏并不能被简单地归为某一特定的类型游戏,它混合了动作、角色扮演(Role-playing game)、冒险等多种类型游戏的特点,取各类玩法精髓,让玩家在扮演刺客、经历角色成长的同时,感受到探索和战斗的乐趣。《刺客信条》的主要游戏过程如下:玩家扮演刺客的角色,引导他通过一系列由计算机管理的探求,这些探求都被细化为阶段性的任务目标,并通过故事的形式,引出每个子情节的子探求和主挑战以及可选择的副探求,把玩家带到一个新的位置,刺客角色的能力会在游戏过程中逐渐成长[①]。在《刺客信条1》中,玩家通过扮演戴斯蒙德·迈尔斯(Desmond Miles),操作其祖先阿泰尔·伊本-拉阿哈德(Altaïr Ibn-La'Ahad)刺客,达成夺回打败圣殿骑士组织、抓出内鬼、夺回伊甸苹果的主题任务。玩家所扮演的阿泰尔需要依次在耶路撒冷、大马士革等不同的城市收集情报,像刺客一样刺杀九位圣殿骑士组织长老,即完成游戏的主线任务。而支线任务则包含收集旗子、探索地点、解救平民等,即使不做或失败也对主线没有什么影响,主支线都融合了动作、冒险等类型游戏的特点。

本书将从游戏设计的角度,主要以《刺客信条1》游戏为例,从可玩性模式、核心机制和变现层设计来介绍"刺客信条"系列游戏的核心玩法。

(1)"刺客信条"系列游戏可玩性模式

可玩性模式由游戏的所有时间里可用的全部游戏可玩性的一个特殊子集,以及面向玩家的这一子集的用户界面组成[②]。参照角色扮演类游戏,《刺客信条1》的主要可玩模式包括探索和战斗、交谈和物品管理,但随着系列游戏的发展,之后的游戏还引进了新的一种"交易"模式,即玩家也

---

① 亚当斯,等.游戏设计基础[M].王鹏杰,等译.北京:机械工业出版社,2009:314,317.
② 亚当斯,等.游戏设计基础[M].王鹏杰,等译.北京:机械工业出版社,2009:31.

可以通过原材料和金钱来与铁匠或商铺进行武器与装备的制作或售卖。

探索和战斗是《刺客信条1》中最主要的可玩模式，玩家可以通过鸟瞰、偷听情报、窃取物品、同步回忆的方式对所处世界进行探索，从而获得当前任务进展所需的信息。比如当玩家进入一个新城市后，可以登上观察点开启鸟瞰，探索该城市目标任务的方位和数量，或是通过探索从非玩家角色处随机领取支线任务。在后续更新的系列游戏中更是放大了探索这一玩法的自由度，很多玩家也称其有着沙盒游戏（Sandbox Games）的特点。而《刺客信条1》中的战斗不同于其他角色扮演类游戏，在游戏中占据了绝大多数比重，并且融合了动作类游戏的元素，让其战斗不只是"策略战斗"，而是更多依靠动作完成战斗。其战斗风格具有鲜明的刺客特点：接近目标、刺客目标、逃离追兵。玩家可以选择近战或暗杀的方式，并通过按键操作阿泰尔使用不同的刺客武器与敌人战斗；或是使用《刺客信条》特色的跑酷技能，在不同的建筑之间奔跑、跳跃、攀爬，来躲避敌人的攻击。通常每个主任务都避不开战斗，战斗的胜利也代表着任务的胜利。

像大多数角色扮演类游戏一样，玩家在《刺客信条》中常常需要通过与非玩家角色进行交谈来了解剧情，或是偷听非玩家角色间的交谈来获取情报、领取任务，这一玩法也成为《刺客信条》游戏里推动叙事进行的主要手段。但比较特殊的是，《刺客信条1》中的交谈仅局限于纯视听的表现：这种交谈并不是通过对话树（dialog tree）技术进行的有底稿的交谈（scripted conversation）[①]，而是在"单一底稿"基础上的交谈。游戏没有给玩家提供各项可选择的文本与非玩家角色进行互动，玩家制定和非玩家角色的交谈仅通过视频动画的形式呈现，玩家只能在旁看着自己扮演的角色与非玩家角色一来一回地实行限定对话。但之后的系列游戏都引入了对话树的技术，玩家可以从游戏给定的文本回答中选择一个，来与非玩家角色进行对话，并且对话内容还会影响剧情的发展。

---

① 亚当斯，等.游戏设计基础[M].王鹏杰，等译.北京：机械工业出版社，2009：132.

"刺客信条"系列游戏的物品以用于战斗的武器和装备为主。在《刺客信条1》中，由于不存在交易模式，玩家可获得物品和获得方式都比较匮乏，主要可管理的物品只有袖剑、飞刀、长剑等武器，获得方式限制于任务奖励。而提供给玩家管理的物品栏也比较简易，在屏幕的左下角以不同的小图标显示，玩家只需通过按键切换武器物品即可，这些武器也仅仅服务于战斗。但随着后代游戏中交易模式的发展，物品管理也变得复杂，比如在《刺客信条：奥德赛》（Assassin's Creed: Odyssey）中，玩家可以拆解、贩卖、合成、升级自己的所有武器装备，并能在世界中随处、随机地获取物品，管理的空间大大增加。

（2）"刺客信条"系列游戏核心机制

游戏的核心机制由精确地定义了游戏规则的数据和算法组成[①]。"刺客信条"系列游戏仍是以战斗操作为主的游戏，并且玩家在游戏中只能扮演具有固定特征属性的固定角色，因此，其游戏核心机制与动作类游戏的核心机制更相似。每部游戏都有的核心机制包括生命值、技能、角色等级（character level）这几个部分，随着系列游戏的发展，有几部游戏中还增加了收集品、时间限制等核心机制。

在《刺客信条1》中，玩家扮演角色阿泰尔的生命值通过血条的方式呈现，在生命值变为零之前都能在游戏中进行有效活动，而生命值也会随玩家的升级变多，一些需要与玩家战斗的非玩家角色也有生命值；技能则指玩家可以习得的战斗技能，通常以任务成功的奖励方式获得，包含连击、反击杀、闪避、袖剑刺杀、反擒拿、破防、投掷暗器等，其攻击效果和组合键的操作方式也各不相同，玩家获得特定技能后也仍然需要不断练习，看准时机才能炉火纯青地使用；而经验值和角色等级则可以有效地衡量刺客阿泰尔的成长，当经验值达到一定数值后，角色的等级也会升高，新的级别则会带来攻击值和生命值的升级，《刺客信条1》则通过独特的"记

---

① 亚当斯, 等. 游戏设计基础[M]. 王鹏杰, 等译. 北京：机械工业出版社，2009：196.

忆同步"等级（刺客阿泰尔与戴斯蒙德在记忆上的同步效率）来变相表现等级。

在游戏中，玩家操纵阿泰尔使出操作释放技能，在生命值消失前打败敌人完成任务，换取更高的记忆同步等级，从而开启新的主线任务。

（3）"刺客信条"系列游戏表现层

游戏的可玩性模式和核心机制需要通过交互模型、视角、导航、视听等用户界面中的表层要素来具体表现。交互模型是玩家通过输入设备的输入和游戏世界中的作为结果而发生的动作之间的关系[①]。《刺客信条1》是典型的"基于化身的交互模型"，玩家通过扮演戴斯蒙德，操作其祖先阿泰尔刺客来进行游戏。但玩家一旦作为人类的化身，就无法在物理世界中随意移动，因此导航的设计就变得非常重要。《刺客信条1》通过类似地图的鹰眼技能、使用交通工具（如马匹）或奔跑、潜行的方式完成空间内部的导航。由于《刺客信条1》的主要操作为动作操作，因此，游戏的视角和动作类游戏一样，使用了第三人称视角：玩家可以从一个高于肩膀的角度看见自己的化身阿泰尔位于屏幕的中央，类似摄像机的俯拍。这样的视角能让玩家进行更好的战斗和对话。就视听方面而言，除了屏幕界面经常出现的提示（包括字幕和图标），"刺客信条"系列游戏通过精致的建模与特效，以及饱满的音效与音乐，塑造了精致的游戏场景，打造了充满历史感的空间叙事。

3."刺客信条"系列游戏叙事

尽管学术界对游戏中是否有叙事众说纷纭，也有人坚持认为，互动与叙事的底层矛盾导致游戏中不存在真正的叙事，但随着电子游戏的发展，一种中立的观点似乎更能站得住脚：有些游戏具有叙事设计，有些没有。而"刺客信条"系列游戏则通过巧妙的游戏设计，将故事用作手段推进游戏任务目标，建立了独特的游戏叙事，表达了自由与秩序之争的深刻主

---

① 亚当斯，等.游戏设计基础[M].王鹏杰，等译.北京：机械工业出版社，2009：150.

题。每部系列游戏所讲的故事剧情都不同，而《刺客信条1》的叙事与同名电影最为相似，因此，本部分将对《刺客信条1》的游戏叙事进行具体分析。

正如上文提到，"刺客信条"系列游戏作为融合了动作、角色扮演等多种类型元素的游戏，其叙事具有鲜明的互动叙事游戏特征：叙事模式根据系统规定的动作展开行动，玩家需要在扮演角色时进行具体任务。正是通过模块化形式的重复，玩家选择或操作后的结果有限，每个行动的机会都会形成一个相对自足的经历，使游戏将情节保持在正确的轨迹上[1]。《刺客信条1》也因此能在一系列开放的规则和实时操作下完成特定的目的，从而在游戏内部为玩家实现基本一致的游戏故事。而《刺客信条1》的游戏叙事与詹金斯所提出的一种"发现叙事"结构相一致：叙事包含两层次故事，"玩家探索游戏空间、解开谜团的过程中所控制的无结构故事，以及前结构化的嵌入在场面调度中等待被发现的故事"[2]。介于篇幅，本书只介绍"嵌入故事"的部分，也就是"刺客信条"系列游戏不管玩家如何操作都必将经历的主线剧情，在游戏中主要通过视频动画以及必须完成的任务目标来表现。

游戏叙事可分为场景建构、叙事身份和叙事结构[3]。《刺客信条1》通过搭建了现代（2012）与中世纪（1191）黎凡特地区两个时空场景，并让玩家以第一人称的叙事身份扮演同一角色的两个身份，以实现主线故事的双层叙事结构。

《刺客信条1》的叙事从现代开始，一位名为戴斯蒙德·迈尔斯的酒保被阿布斯泰戈工业公司绑架，名为露西·斯提尔曼（Lucy Stillman）的女人

---

[1] 瑞安.跨媒介叙事[M].张新军，林文娟，等译.成都：四川大学出版社，2019：322，325.
[2] 詹金斯.作为叙事建筑的游戏设计[J].吴萌，译.电影艺术，2017(6)：101-109.
[3] 沈茵菲.对抗性电子游戏的多重叙事模式：以手游"绝地求生：刺激战场"为例[J].视听，2018(7)：152-153.

让戴斯蒙德进入阿尼姆斯装置，配合他们读取基因记忆，找到伊甸碎片。之所以选择戴斯蒙德，是因为其祖先阿泰尔·伊本-拉阿哈德曾是一位刺客，可能知道伊甸碎片的下落。于是在不情愿的妥协下，戴斯蒙德被迫体验了他祖先阿泰尔的回忆。在体验的过程中，戴斯蒙德因为副作用"出血效应"（Bleeding Effect）屡次回到现在时空，并通过露西了解到阿布斯泰戈工业公司幕后黑手是圣殿骑士组织。在记忆回溯结束后，露西从圣殿骑士组织手中将戴斯蒙德救下，而阿布斯泰戈工业公司则寻着线索找到了伊甸苹果。

而《刺客信条1》的情节主要发生在阿尼姆斯装置里，即穿越回过去的时空。在12世纪第三次十字军东征的中东地区，刺客大师阿泰尔由于傲慢使得任务失败，被贬为初级刺客。为了赎罪，阿泰尔找到刺客兄弟会的首领，也是自己的导师拉希德丁·锡南，他让阿泰尔找出刺客兄弟会的内奸，并暗杀九名与十字军东征有关的重要人物。这些目标有牧师加尼叶、商人阿布尔等，都是圣殿骑士，想争夺伊甸苹果，统治当地。阿泰尔依次杀死他们后，却发现导师其实是第十位争夺伊甸苹果的圣殿骑士，他利用阿泰尔杀死了其余的竞争对手，试图用伊甸苹果控制整个世界。在艰难的战斗后，阿泰尔最终战胜了自己的导师，拿到了伊甸苹果。

4."刺客信条"系列游戏风格

"刺客信条"系列游戏广受好评的原因，除了其丰富的玩法、优秀的制作，还在于其浓厚的仿历史风格。这一特色让"刺客信条"系列游戏在众多动作冒险类游戏中脱颖而出，变得不可替代，同时也是系列游戏得以持续不断吸引忠实用户的秘诀。游戏历史研究员马克西姆·杜兰德（Maxime Durand）认为，游戏中的历史是"一个动力"，使团队和玩家都能"意识到正在重现的历史是什么[1]"。无论是空间环境、人物角色还是情节事件，都参考和仿照现实中发生的历史。而玩家可以穿梭在历史建筑之中、获得真实而细腻的历史道具、与历史中真实存在的人物交谈，并经历

---

[1] 王楠.数字沉浸的空间诗学：游戏叙事中的场景研究[J].当代动画，2020（1）：36-42.

有原型的历史事件，真正做到与历史互动、体验穿越时空的真实感。甚至有很多忠实玩家根据游戏做了旅游攻略，按游戏的线路去朝圣当地景点。

在"刺客信条"系列游戏中，历史这一元素渗透整个系列，为所有游戏设计奠定了基调。在构建历史环境方面，比如法国巴黎圣母院、佛罗伦萨圣母百花大教堂、伦敦大本钟，都分别在《刺客信条：大革命》《刺客信条2》《刺客信条：枭雄》游戏中得到了1∶1建模的还原，玩家可以通过按键在建筑间攀爬，或是登上顶楼尽览历史风景，来个经典的"信仰之跃"（一项从建筑物顶端跃下并安全着陆在干草堆上的特技动作，是刺客兄弟会入会时的必要部分）。在构建人物方面，游戏中的很多非玩家角色都有历史原型，比如刺客兄弟会和圣殿骑士组织在历史中都真正存在过：刺客兄弟会源于中世纪期间由波斯传教士哈桑·萨巴赫（Hasan Sabbah）建立的暗杀组织阿萨辛派，《刺客信条1》中阿泰尔的导师拉希德丁·锡南的原型就是哈桑；而圣殿骑士组织则源于中世纪时期的天主教军事组织圣殿骑士组织，历史中他们同样身披带有红十字的外衣，与游戏中一致，《刺客信条1》中的加尼耶·德·纳布卢斯（Garnier de Naplouse）在历史中也同样是医院骑士团的教长，为狮心王查理军队作战[1]。在还原历史事件方面，游戏中很多小的情节点都参考了历史中真实发生的事件，比如《刺客信条2》中玩家所扮演的刺客需要面对以教皇罗德里戈·博吉亚为首的圣殿骑士组织的，而历史上的确有位同名教皇在1492年通过贿选成为天主教领袖，开启了他的腐败统治，在当时也确实有很多人意图反动、刺杀这位教皇。

这些与历史相关的例子在游戏中不胜枚举。但尽管有历史原型，"刺客信条"系列游戏并不是完全还原历史，而是在此基础上加入适当的改编，让历史服务于游戏的创造。因此，仿历史风格是"刺客信条"系列游戏最典型、最特别的一种游戏风格。

---

[1] ARCHER R. The amazing (real) history behind all the Assassin's Creed games [EB/OL].（2017-07-23）[2024-05-06］. https://www.psu.com/news/the-amazing-real-history-behind-all-the-assassins-creed-games/.

（二）《刺客信条》电影案例研究

《刺客信条》电影由同名电子游戏改编，由澳大利亚导演贾斯汀·库泽尔（Justin Kurzel）执导，迈克尔·法斯宾德（Michael Fassbender）和玛丽昂·歌迪亚（Marion Cotillard）等人主演，于2016年12月21日在美国上映。《刺客信条》电影横跨动作、科幻和历史等多种类型，讲述了一位基因是刺客身份的死刑犯，通过回溯基因记忆习得刺客能力，完成了与现代圣殿骑士组织对抗的故事，表现了自由与秩序、个人英雄主义、科技文明的反思等[①]主题。

1.非线性套层叙事

结构理论主义认为，叙事可分为故事与话语，其中故事指的是事件（行动、事故）与实存（人物、背景），话语是内容被传达所经由的方式，包含叙事结构与表现方式[②]。以下将从故事与叙事结构两个角度介绍《刺客信条》电影的叙事手段。

《刺客信条》电影的核心故事围绕圣殿骑士组织与刺客兄弟会对伊甸苹果的寻找和争夺展开。在电影开头先用字幕交代了背景：数世纪以来圣殿骑士组织一直在寻找传说中的伊甸苹果，深信它是获得自由意志的关键，拥有它就能控制自由思想。但圣殿骑士组织寻找伊甸苹果的路上一直面临着刺客兄弟会的阻挠。

在上述背景下，电影主要剧情如下：在2016年的美国，主角卡勒姆·林奇（Callum Lynch）在被执行死刑前，被圣殿骑士组织控制的科技公司阿布斯泰戈选中，参加一个号称能消除人类暴力的实验。该实验的主导者索菲亚（Sofia）强制让主角进入一个名为阿尼姆斯的装置，该装置能

---

① 弋亚娜."互联网+"下的"非好莱坞"商业电影新模式：以《刺客信条》为例［J］.电影评介，2018（4）：110-112.

② 查特曼.故事与话语：小说和电影的叙事结构［M］.徐强，译.北京：中国人民大学出版社，2013：6-8.

提取使用者的基因，回溯祖先的记忆。卡勒姆通过阿尼姆斯装置，与身为西班牙刺客兄弟会组织成员的祖先阿圭拉（Aguilar）在1492年西班牙安达卢西亚的记忆同步后，发现当时的西班牙已被圣殿骑士组织掌控，圣殿骑士们正打算俘虏苏丹穆罕默德的皇子，逼其交出伊甸苹果。而阿圭拉要做的就是阻止伊甸苹果落入圣殿骑士组织手中。在抢夺的过程中，卡勒姆接连两次在阿尼姆斯装置中与祖先阿圭拉失去同步，产生了出血效应。在同样被抓来参加实验的刺客兄弟会同胞们的提醒下，卡勒姆最终发现实验的真实目的：圣殿骑士组织长老艾伦（Alan）想要通过他回溯阿圭拉的记忆，找到伊甸苹果在现代社会的下落，从而永久摧毁人类自由意志，终止所谓的暴力。与索菲亚父亲艾伦谈判后，卡勒姆带着对过去身为刺客组织成员的父亲弑母行为的仇恨，自愿进入阿尼姆斯装置进行第三次同步，在其中经历同伴奥赫达的死亡、不同时期刺客祖先们的认可后，阿圭拉最终夺回了金苹果，并托付给了克里斯托弗·哥伦布（Cristoforo Colombo）。在现代社会中，索菲亚和艾伦根据这一线索在哥伦布的墓中找到了金苹果，与此同时，同样参加实验的刺客同胞们发起暴动，与已觉醒刺客之心的卡勒姆一起在圣殿骑士组织的长老会议中杀死了艾伦，夺回了金苹果。

《刺客信条》的电影叙事结构是非线性的套层结构，或者说是双时空交织的双线结构。非线性电影叙事结构的最大特征在于单一时间向度的打破和解除，时间成为不连贯的片段并产生前后颠倒，包含片段性、散点性和套层叙事结构[①]。

《刺客信条》为典型的非线性套层结构，整部影片以相互交叉的两个平行时空，即2016年的美国和1492年的西班牙展开，其中过去时空的情节以阿圭拉抢夺伊甸苹果为主，现在时空的情节以卡勒姆帮助索菲亚等人找寻伊甸苹果下落为主，两个时空凭借相同的目标、同一人物及其记忆回溯得以联结在一起。其中，现在时空作为叙事主时空，遵循情节发展的线性实践顺序；而过去时空则以卡勒姆在阿尼姆斯装置中的"记忆同步"形式

---

① 游飞.电影叙事结构：线性与逻辑［J］.北京电影学院学报，2010（2）：75-81.

穿插在现在时空中，共有三次，为现在时空起到了叙事补充的作用，从而推动整部影片的叙事进程。这种非线性叙事结构不仅通过时空对比让主要情节冲突显露，又以巧妙的方式弥合，使得《刺客信条》的剧情饱满且丰富。

2.好莱坞式人物形象及关系

《刺客信条》电影中的人物有着明显的好莱坞动作电影特征，即人物关系、功能与性格都比较简单且鲜明、冲突集中表现在人物与他人之间的冲突、以扁形人物为主。

《刺客信条》电影根据两个时空的不同，其中的主要人物也不同。在过去时空中，主要人物为阿圭拉和奥赫达；在现在时空中，主要人物为卡勒姆、索菲娅和艾伦。而阿圭拉作为卡勒姆15世纪的先祖，在影片中以后者"穿越"回去附身的状态出现。

人物的叙事功能可以被分为施动者与接受者、帮助者与对抗者。其中施动者直接推动事件发展，接受者指在行为中所欲达到的目的或得到的对象，帮助者和对抗者帮助或对抗施动者[①]。从人物的叙事功能来看，卡勒姆和阿圭拉为施动者，而两人的接受者相同，均为找出伊甸苹果的下落，使其不落入圣殿骑士组织的手中。而奥赫达为阿圭拉的帮助者，而索菲娅和艾伦的叙事功能在电影中有所转变，从一开始为卡勒姆的帮助者转变成了最后的对抗者。但究其本质，《刺客信条》电影中身处圣殿骑士组织和刺客兄弟会这两大不同阵营的人物，他们的关系和功能都遵循这一底层矛盾的逻辑。

从人物性格和人物造型来看，主角卡勒姆从小目睹父亲弑母而对父亲抱有仇恨，作为孤儿长大，同时又遗传了刺客祖先的暴力基因，但仍然心存良知，在电影中以灰色囚服造型出现；阿圭拉则是勇敢、忠诚的刺客形象，为了刺客的自由信条不惜牺牲生命，以黑色麻布帽兜、佩带袖剑的造型出现在电影中。而影片中除了卡勒姆经历过人物弧光，即"经历迷茫—决定摆脱过去—加入刺客兄弟会夺回伊甸苹果"这三个阶段，是一个相对

---

① 范志忠.影视剧创作理论与实践［M］.北京：作家出版社，2004：30.

复杂的圆形人物，别的人物都限于篇幅而只进行了简单的交代，呈现形象较为扁平。

3.仿游戏视觉特效

《刺客信条》电影的制作公司的投资花费近2亿美元，力求其画面特效达到与游戏相媲美的效果。《刺客信条》电影从镜头、剪辑和色彩等视觉方面来看，在达到一部动作电影的高水准的同时，其视效也没有流于形式，而是与电影剧情和主题紧密关联。

第一，《刺客信条》电影的镜头使用有着鲜明的特色。电影使用了大量对比明显的广角和特写镜头、鸟瞰与俯拍角度的镜头以及升降机的运动镜头。一方面，作为史诗电影，《刺客信条》热衷于展现令人信服的历史场景，能够展示宏观环境的广角镜头与精密细节的特写镜头的对比应用、互相补充，真实再现了15世纪西班牙在圣殿骑士组织统治下的社会与时代风貌以及21世纪美国阿布斯泰戈工业公司的高科技感。而《刺客信条》电影中最具代表性的、用于衔接古今时空"鹰眼"和"信仰之跃"意象，则运用鸟瞰和俯拍的特效镜头来展现，观众能够跟着老鹰飞翔的路线，借鹰眼从下俯瞰地上的场景，使得观众摆脱物理空间的视野限制，翱翔于场景之上，像全能的上帝一般；或是跟随主角的视野，从高楼一跃而下。这类镜头极具表现力，它并不强调特定的人物，相反给了观众无论是刺客还是圣殿骑士组织都在时代洪流下显得渺小的印象，真实再现了游戏中鹰眼的感觉。另一方面，《刺客信条》电影有大量打斗戏和动作戏，尤其是在高层建筑之间追逐跳跃的跑酷情节。为保证动作的流畅性和连贯性，电影主要使用升降机拍摄，这种灵活的运动镜头让摄影机可以朝任何方向移动，并使各种运动可以任意组合[①]，从而完整又全面地记录下了演员穿梭在各个建筑中的矫健身影[②]。

[①] 贾内梯.认识电影［M］.焦雄屏，译.北京：世界图书出版公司，2007：70.
[②] 杨俊蕾.游戏电影：传统文化的可体验动作影像再现［N］.文汇报，2017-03-08（10）.

第二,《刺客信条》电影的画面色彩则根据时空段落划分,呈现出强烈的对比性。21世纪的美国以蓝色冷色调为主,实验室和电脑屏幕的光线均为蓝绿光,主要人物卡勒姆和其他实验人员与工作人员身穿蓝灰色的外套和纯白色的内搭,无论是环境还是人物色彩都呈现出低饱和度、单一色相、低明度的特点,这代表现代实验空间在圣殿骑士组织的严格控制下,呈现出一种绝对的秩序与庄严感。相反的是,15世纪的西班牙则以低明度、高饱和度的黄色调为主,营造出被橙黄色荒漠与戈壁包裹的废弃城邦,而主角人物阿圭拉和同伴服装是神秘的黑色,这一时空的整体色调以代表不安、暴力和刺激的暖色调为主,暗示着刺客组织与圣殿骑士组织无法调和的矛盾冲突。这两个时空一冷一暖的色彩对比,在有效分割时空的同时,让观众的生理和心理上形成高反差,引起了跳跃式的不稳定感[1]。

第三,《刺客信条》电影主要运用最常见的平行蒙太奇的手法。平行蒙太奇为叙事蒙太奇中的一种,以不同时空发生的事件的两条或以上的情节线索并列表现、分头叙述而统一在一个完整的结构之中[2]。《刺客信条》电影的两个时空就通过平行蒙太奇的方式交叉表现。比如在卡勒姆第一次与祖先阿圭拉同步记忆的时候,阿圭拉用流畅的动作试图刺杀圣殿骑士组织的成员,在连贯动作的衔接下时空立马转换到现在,卡勒姆在阿尼姆斯装置下像祖先一样流畅地起身,随即疑惑地看着地面,难以相信这种仿佛附身一般的真实感;紧接着镜头又切回过去时空,阿圭拉弹出袖剑将敌人一刀毙命。类似这种两个时空间无缝的穿插经常出现在电影中,双线并列,相互衬托、补充情节,扩大了影片单位时间里的信息量,增强了电影的节奏,也让冲突发生时的紧张气氛与情绪加倍。

第四,《刺客信条》电影使用了夸张化的音效与史诗风格的音乐。一般而言,电影的声音主要可以分为音效和音乐两部分。音响效果不仅能产

---

[1] 张春雨.电影中的色彩:穿梭在现实和梦幻之间——兼析姜文电影中色彩的运用[J].大众文艺,2010(3):28,39.

[2] 李铭,廖芳.试论蒙太奇手法的类型[J].电影文学,2008(17):25.

生某种气氛，还能成为影片含义的确切来源[①]。《刺客信条》电影在音效方面格外强调现实存在的动作声，像袖剑出鞘的金属摩擦声、针脚插入皮肤的声音、喘息声和心跳声等。甚至有时会故意压低环境声来放大动作声，从而营造出特定的气氛。比如在影片开头，年幼的卡勒姆逃跑的时候，电影就刻意放大了他的跑步声与喘息声，并对这一音效进行了放慢处理，再加上低频却充满情绪的音乐的使用，让观众直接感受到了卡勒姆紧张又焦虑的情绪；此处故意压低了环境中凌厉的风声和其他杂乱的环境声，让观众的注意力完全集中在这一情绪里，无法感受外界的未知情况，从而营造未知的恐惧气氛。

电影音乐在与影片中的形象交织在一起时能更确有所指，并具有营造影片气氛、暗示人物情绪和性格、情节预示、调动观众情绪等作用[②]。《刺客信条》电影中的配乐原声由澳大利亚摇滚乐团The Mess Hall 的吉他手杰德·库泽尔（Jed Kurzel）制作，均以无歌词的配乐形式出现，配乐以恢宏的中低频交响弦乐为主，加上简单重复但大气的旋律，奠定了影片中世纪的古典史诗氛围。在紧张的情节环节中，不和谐的配乐使用尤其频繁，还会搭配节奏较快、逐渐递进的鼓点，来增加观众的焦虑感，推动叙事进程的加快，并暗示即将到来的意外和灾难。这些音乐在影片中经常与音效同时出现，相互烘托，而由于《刺客信条》非线性叙事结构导致影片经常出现古今两个时空的穿插，因此，音乐在其中的连续性运用还保证了视觉上的延续性，使得《刺客信条》电影在声音方面具有独特的设计风格。

（三）改编效果评估与策略分析

随着全媒体的发展，当下文化产业市场呈现出泛娱乐化的样貌，各种文化产品以IP为本质，基于统一内容实现文学、影视、游戏等范围的共

[①] 贾内梯.认识电影［M］.焦雄屏，译.北京：世界图书出版公司，2007：132.
[②] 贾内梯.认识电影［M］.焦雄屏，译.北京：世界图书出版公司，2007：136-140.

生[1]。法国电影理论家让-米歇尔·弗罗东认为，电影具有"不纯性"，这是电影艺术的多元化本体特征，不能阻止电影吸收外来的东西[2]。影游融合就在泛娱乐的背景下成为电影新发展的另一种可能。影游融合即直接改编自游戏IP或在剧情中展现"玩游戏"，可以分为以下几种方式：直接IP改编、游戏元素被引入电影或电影以游戏风格呈现、具有广义游戏精神或游戏风格、剧情中展现"玩游戏"的情节，甚至直接以解码游戏的情节驱动电影情节的发展[3]。"刺客信条"系列游戏截至2019年6月累计卖出1.4亿份，在全球拥有9500万玩家，是当今最大的游戏IP之一[4]，其同名电影是典型的直接由IP改编的影游融合电影。本书将通过票房、口碑和评论度对其改编效果进行具体的评估，并从电影对游戏跨媒介叙事、视听和审美体验的角度，分析《刺客信条》影游融合的策略。

1. 改编效果评估

从电影票房来看，《刺客信条》电影算不上成功，但也算不上失败。据外网数据，《刺客信条》电影累计制作成本1.25亿美元，全球票房累计2.4亿美元，其中美国本土和中国内地票房分别为5460万美元和1.6亿元。虽然相比其他热门游戏IP直接改编的电影，如《生化危机5：惩罚》（*Resident Evil: Retribution*，全球票房2.21亿美元）、《古墓丽影：源起之战》（*Tomb Raider*，全球票房1.26亿美元）、《极品飞车》（全球票房2.03亿美元），《刺客信条》电影的票房成绩处于影游融合电影的平均偏上水平。但从投入回报比来看，以上列举电影的成本均少于《刺客信条》。即使《刺客信条》票房收入已超过成本，但有外媒估算这一票房亏损仍然超

---

[1] 谢玮.泛娱乐产业链下IP衍生产品设计开发刍议[J].传媒，2016(1)：82-85.

[2] 弗罗东.电影的不纯性：电影和电子游戏[J].杨添天，译.世界电影，2005(6)：169-173.

[3] 陈旭光.论互联网时代电影的"想象力消费"[J].当代电影，2020(1)：126-132.

[4] 游侠网.育碧游戏销量更新《刺客信条》系列销量第一 第二竟是它[EB/OL].(2019-09-27)[2024-05-06]. https://www.ali213.net/news/html/2019-9/456209.html.

过 5500 万美元。因此，从票房的角度来看，《刺客信条》的改编并不乐观。

从口碑来看，《刺客信条》电影处于及格线的边缘，远不如游戏。本书统计了四个国内外比较权威的电影评论平台上《刺客信条》的平均打分。其中IMDb总评分 5.7/10 分，比例最多（24.7%）的观众打出了 6 分；烂番茄网（Rotten Tomatoes）里番茄影评人的好评度仅为 18%，观众好评度 43%；猫眼口碑达 7.4/10 分；豆瓣评分 5.4/10 分，比例最多（42.9%）的观众打出了三颗星即 6 分。总体来看，这四大主流电影打分平台中，只有一个平台上的口碑过了及格线，证明观众基本认为《刺客信条》在改编上是几乎失败的。然而值得注意的是，在IMDb和豆瓣这两个平台中，按打分观众的比例来看，大多数观众还是投出了及格分的选项。同样横向比较，《生化危机 1》IMDb6.7 分，豆瓣 8.1 分；《古墓丽影》IMDb5.8 分，豆瓣 7.1 分；《极品飞车》IMDb6.4 分，豆瓣 7.2 分，它们口碑均超过《刺客信条》，但相差不大。这再次印证了《刺客信条》电影的改编不算成功，但也不算失败。

从观众的具体评价内容来看，《刺客信条》在视效方面表现出色，但其故事内核没有触动观众。本书在上述四个网站中对《刺客信条》电影的热门文字评论做了简单的统计，发现普通观众中的游戏玩家和非游戏玩家都对这部游戏改编的电影感到不满意。游戏玩家普遍认为，电影没有完整展现出游戏的精华，有对其中动作元素匮乏的批评："信仰之跃只有两三次而且每次都断线"，"游戏里的动作爽点几乎都没有体现"，"动作戏只有游戏里十分之一的酷"。也有对画面和剧情的吐槽："还不如去看游戏的CG，玩过所有版本的我都看不懂剧情"，"情节混乱且含糊，实在让人看不下去"。而另一部分非游戏玩家也表示没有玩过游戏就会对剧情理解有困难，在观影过程中无法获得像游戏玩家那样发现"彩蛋"的乐趣，比如"作为不玩游戏的普通观众，从头到尾都无法代入感情，跑跳爬的动作场面很好看，但重复几遍之后就很无聊了"，即使也有少部分非游戏玩家给出了肯定的评价"这部电影在向不熟悉游戏的人解释系列神话方面做得很好，故事很扎实，并且两位男女主都扮演了很好的角色"，但评论中也依然存在对剧情的不满"在祖先阿圭拉身上所花的叙述篇幅比在现代角色卡勒姆身上少太多了"。而专业影评方对《刺客信条》的评价则更多站在电影本位的角度，相对普通观众来说也更加严厉。比如《卫报》(*The Guardian*)在主题方面做了抨击"像这样一部缺乏主旨的电影真的是难得一见"，The Wrap和《乡村之声》(*Village Voice*)同样批评了剧情，称"影片剧情一方面蠢得令人发笑，另一方面却又复杂得毫无必要"，"囊括了你玩游戏时想要跳过的所有剧情"[1]。

综上所述，《刺客信条》在票房、口碑上与其他热门游戏IP改编的电影相比并不算成功，并且从评价来看，游戏玩家和非游戏玩家这两边的观众都没有被电影讨好。尽管如此，《刺客信条》在游戏改编的电影里处于正常水平线上。

2.改编策略分析

随着近年来影游融合的发展，电影对游戏的改编也变得更复杂、多元，这种改编应该与"跨媒介叙事"更相似，而不只是简单的移植、浓缩或节选[2]。跨媒介叙事基于同一故事蓝本在不同媒介中的变换流转，并在其中讲述相同角色的不同故事[3]。而影游融合的过程产生了一种互文性的特征，任何文本都是其他文本的吸收和转化[4]，因此，对游戏改编的电影来说，一方面要向观众展示好电影中叙事和视觉的基本要素，另一方面也要对"游戏内设定的事件"进行多符号模态的综合转换[5]，实现影视与游戏的

---

[1] 新浪娱乐.《刺客信条》电影口碑扑了 外媒：玩游戏吧［EB/OL］.（2016-12-20）［2024-05-06］. http://ent.sina.com.cn/m/f/2016-12-20/doc-ifxytqaw0086674.shtml.

[2] 黄石，张信哲.跨媒介叙事：游戏改编电影创作探析［J］.视听，2020（2）：66-67.

[3] 詹金斯.融合文化：新媒体和旧媒体的冲突地带［M］.杜永明，译.北京：商务印书馆，2012：82.

[4] 姜建伊.影游融合中多重的互文性电影实践：以《头号玩家》为例［J］.传播力研究，2020，4（15）：60-62.

[5] 王春辉.游戏改编的电影风格及叙事模式研究［J］.电影文学，2016（23）：39-41.

完美融合。本书将使用陈旭光对影游融合电影的分析框架，从跨媒介叙事文本改编、视听要素融合、文化美学体验三个方面分析《刺客信条》电影对游戏的改编策略，并总结其是如何对游戏进行挪用、改编和创新的。①

首先是跨媒介叙事挪用与改编。玛丽-劳尔·瑞安将叙事性的条件组织成四个维度：空间维度、时间维度、心理维度、形式与语用维度②。这一叙事理论框架结合经典叙事与跨媒介叙事的理论，总结了所有现存媒介中叙事的共同特征，适合分析游戏改编电影中跨媒介叙事文本的改编。

空间维度指叙事必须是关于一个世界，其中栖居着个性化的存在物③。《刺客信条》中的空间维度即由世界观等要素共同搭建起的空间叙事场景。《刺客信条》电影的宏观世界完全挪用了游戏中的世界观，即人类是由高度发达的文明先行者创造，刺客兄弟会与圣殿骑士组织基于自由意志和绝对秩序的分歧，在人类历史长河中一直没有停止对能控制人类意志的、由先行者创造的伊甸碎片的争夺。到了现代，圣殿骑士组织在游戏和电影中都建立了阿布斯泰戈工业公司，发明了用来穿越回过去的机器阿尼姆斯装置。因此，游戏玩家对《刺客信条》电影的世界观没有理解障碍，而非游戏玩家则可以通过片头字幕对电影的世界观有个大致的印象。

时间维度强调世界必须处于时间中并历经显著改编④。从该维度来看，《刺客信条》电影通过阿尼姆斯装置的穿越，分别呈现了现代和古代两段时间，并通过非线性的套层叙事结构（双线叙事结构）表现，这都与"刺客信条"系列游戏一致。但与游戏不同的是，一方面，电影把叙事重点放在了现代，现代时空中发生的冲突是主要的，在古代发生的事情仅为现代矛盾做了补充说明。而"刺客信条"系列游戏中，现代时间里发生的事通常只是一个引子，玩家经历的故事与剧情主要发生在古代。因此，对时间

---

① 陈旭光，李黎明.从《头号玩家》看影游深度融合的电影实践及其审美趋势[J].中国文艺评论，2018（7）：101-109.
② 瑞安.故事的变身[M].张新军，译.南京：译林出版社，2014：8.
③ 瑞安.故事的变身[M].张新军，译.南京：译林出版社，2014：8.
④ 瑞安.故事的变身[M].张新军，译.南京：译林出版社，2014：8.

维度在电影和游戏中的不同分配,也是许多游戏玩家对《刺客信条》电影不满意的原因。另一方面,电影中古代的叙事时间发生在1492年,地点在西班牙,历史背景为西班牙收复失地运动末期、哥伦布第一次美洲之行出发前。但此前的"刺客信条"系列游戏(不包括衍生游戏)中并没有一部是发生在这个时期的,这对电影来说也是一个创新。

心理维度强调事件的参与者必须对世界的状态具有情感反应,并且产生了有目的的行动[①]。从该维度来看,《刺客信条》电影的主要人物虽然并不是"刺客信条"系列游戏中的任何一人,但其身份、目的、人物弧光与结局都与《刺客信条1》有着高度的一致性:游戏主角戴斯蒙德和电影主角卡勒姆因为父母,都隐瞒着自己祖先是刺客的身份,一直隐姓埋名,逃避与圣殿骑士组织的斗争,也都由于身份暴露,被阿布斯泰戈工业公司逼着穿越回自己的祖先阿泰尔刺客阿圭拉身上寻找伊甸碎片。在追随祖先回溯记忆的时候,戴斯蒙德和卡勒姆都学会了刺客的格斗技能,找回了刺客的初心。因此,电影中的主角虽然对游戏玩家来说是一个全新的人物,但也不妨碍他们在观影过程中对他产生情感共鸣。然而,电影中的次要人物及其与主角的关系改动较大,总体来看简化了次要人物、复杂化了人物关系。比如游戏中阿泰尔的导师、朋友以及主线任务中需要刺杀的九位圣殿骑士在电影中都没有出现对应的角色;而原本戴斯蒙德和实验助手露西在游戏中仅是暗中帮助的同盟,但在电影中类似露西角色的女主角索菲亚则和卡勒姆有着更为复杂的关系——亦敌亦友、互生情愫。这样的融合与改编使得电影人物弧光转变更合理、人物形象更立体和丰满。

形式与语用维度强调时间序列必须形成一个统一的因果链并导向封闭,至少某些事件的发生必须被断言为事实、故事对接收者是有意义的[②]。从该维度看,《刺客信条》电影的故事情节只节选了《刺客信条1》游戏中每个玩家都必然会经历的主线故事,即阿布斯泰戈工业公司利用卡勒姆祖

---

① 瑞安.故事的变身[M].张新军,译.南京:译林出版社,2014:8.
② 瑞安.故事的变身[M].张新军,译.南京:译林出版社,2014:8.

先的记忆来找寻伊甸碎片,但古代的支线情节全部被删减,并创新性地增加了现代时空的故事情节,放大了圣殿骑士组织长老艾伦在现代与卡勒姆的冲突,还加入了卡勒姆对父亲弑母的仇恨,并在得知真相后与父亲和解的副线情节,大大丰富了主角的心路历程,使得叙事节奏更紧凑。但古代线的情节也因此略显单薄,仅表现了阿泰尔以矫健的身手救下苏丹王、在众多圣殿骑士组织的围剿中与同伴一起成功逃脱,并将伊甸碎片托付给哥伦布的简单情节,并且这些大多数还是通过动作戏表现的。因此,古代情节在内容与深度上的缺乏饱受观众诟病。

总结来看,《刺客信条》电影的叙事在时间、空间、心理、形式与语用这四个维度上对"刺客信条"系列游戏既有借鉴又有创新,最大限度地保留了游戏叙事。

其次是跨媒介视听要素升级与创新。随着影游融合的发展,越来越多的电子游戏借鉴电影镜头角度、视角、声效等来创造新的动态游戏体验,而电影也在使用游戏的数位影像成像技术(CGI)更好地还原现实[1]。《刺客信条》电影的制作由游戏制作公司育碧亲自把控,在视听要素上都对"刺客信条"系列游戏进行了出色的还原,从口碑来看,尽管许多观众对《刺客信条》电影褒贬不一,但基本对其视听特效都称赞有加,无论是非游戏玩家还是游戏玩家都很满意。《刺客信条》电影在视听对游戏的借鉴主要有仿游戏的视觉拟态、仿游戏的场景造型设计以及仿游戏风格的声音特效。

《刺客信条》仿游戏的视觉拟态主要通过游戏视角、流畅的运动镜头与剪辑、CG特效实现。游戏分析部分曾提到,《刺客信条》游戏为第三人称视角,玩家化身为角色,从一个高于肩膀的角度看见自己的化身位于屏幕的中央,而电影也由第三人称视角表现,在拍摄主角行动的时候,摄像机常常会处于一个稍高角度的俯拍视角来表现游戏玩家的视野,观众的视

---

[1] 范志忠,张李锐.影游融合:中国电影工业美学的新维度[J].艺术评论,2019(7):25-35.

线牢牢黏在人物肩膀的上侧方,配合3D镜头的立体旋转,使得观众好像附在了主角身上,与高速运动的镜头一起体验刺客的生活[①]。电影中用游戏中的CG特效还原了游戏中经典的鹰眼视角:鹰眼视角是一些杰出刺客的第六感官,游戏玩家可以透过鹰眼视角鸟瞰大陆,获得世界地图。电影用CG效果搭建了一个长镜头,里面老鹰从低空快速飞过,向上穿过云层,最后缓慢飞回主角所在屋顶,而观众则跟随飞翔老鹰的主视角,俯视陆地上征战的人民、领略电影搭建的中世纪世界。同时,电影里升降机灵活地穿梭在各种建筑之间,使得镜头能够跟随主角的脚步一起运动,自然而流畅,仿佛真的是玩家用宏观视角操纵着角色。比如在影片大约第50分钟时,阿圭拉和同伴从刑场中逃离,在圣殿骑士组织的追捕下,直接从一个建筑的房顶跳至另一个屋子的房顶,或是攀爬在楼宇的凸起之间,都让游戏中最原汁原味的攀爬奔跑得到真正的还原。再加上流畅的动作戏加上快速的蒙太奇剪辑,比如影片第25分钟左右快节奏的马车追逐戏,则几乎还原了游戏《刺客信条:启示录》开头主角在马西亚夫与圣殿骑士队长的马车追逐戏,使得动作元素能够得到最好还原。

"刺客信条"系列游戏的场景与造型设计也一直被游戏玩家称赞风格独特、匠心十足,在游戏中还有着增强观众沉浸体验感的空间叙事功能。虽然电影的叙事空间不来自游戏,场景设计无从参考,但在场景与造型设计上的匠心仍然在电影中也得到了体现。《刺客信条》电影取景于西班牙的亚美尼亚地区,取景地甚至还有存留交战痕迹的真实建筑,复古做旧的楼宇细节、沙尘弥漫的荒野、昏黄的色彩风格,都像极了《刺客信条2》的中世纪的风貌,真正让观众有身临其境的感觉。而《刺客信条》电影的道具与服装也在游戏的基础上进行了创造性的设计,剧组在拍摄期间准备了900套的服装,力图还原15世纪的整体风貌;尤其是主角的刺客服装由3层丝绸编制和6000片装饰缝制,耗时两三个月,其鹰嘴帽兜的核心元素

---

① 杨俊蕾.游戏电影:传统文化的可体验动作影像再现[N].文汇报,2017-03-08(10).

以及粗布质感与游戏里的建模造型如出一辙。而道具武器也都参考了游戏里的武器库，剧组设计制作了超过3000件武器，尤其是电影中反复出现的刺客的双袖剑，高度还原游戏的样式，引发了网友们的广泛讨论[①]。在现代时空中，关键道具阿尼姆斯装置则比游戏里的更精致、更有设计感。电影借用游戏里阿尼姆斯装置开启时的全息影像，加入了复杂的基因序列图谱，还一改游戏中主角只能躺在阿尼姆斯装置上的设定，把机械臂动态地缠绕在主角身上，让主角穿越祖先的动作也能在现代同步体现，并用蓝冷色调渲染科技感气氛，让电影中的现代场景较古代场景有过之而无不及。

《刺客信条》电影的声音特效也大多数来源于游戏，比如刺客武器袖剑出鞘和刺杀，经典信仰之跃出现时伴随的鹰叫等，在电影中出现时候都会让人仿佛回到了游戏，其背景音乐厚重的史诗风格也与游戏中一脉相承。

总之，在画面和听觉上，《刺客信条》电影不仅完美还原了游戏中令人惊艳的场景，还对视效进行了升级，影与游真正得到了融合。

最后是跨媒介文化的审美体验。游戏改编电影之所以能让游戏玩家翘首以盼，不仅是因为电影中会有相似的叙事、还原的视听，而是去寻找一种影游共通的审美体验。而这种文化审美体验的获得，需要电影制作者在精准把握游戏符号和IP特点的基础上，将其融入电影中，等待观众去寻找、发现和体验，达到类似游戏的互动式沉浸效果。鲍德里亚认为，人们通过在消费社会中消费"物"背后的符号，用共同拥有的编码分享与另外某个团体有所不同的符号，来进行身份的彰显与部落的划分[②]，这点尤其体现在粉丝文化中。观众对这种影游融合作品的消费也算是一种"符号化消费"，

[①] 游民星空.《刺客信条》电影内涵 你不知道的刺客大数据［EB/OL］.（2017-02-23）［2024-05-06］.https://www.gamersky.com/news/201702/871892.shtml.

[②] 鲍德里亚.消费社会［M］.刘成富，全志刚，译.南京：南京大学出版社，2014：88.

游戏玩家在观看影游融合类电影的过程中热衷于寻找符号化的"彩蛋"，找回玩游戏时的熟悉感和体验感，从而认证自己游戏玩家的身份。一旦这一身份被认证，对电影的认同感也会大幅上升。而非游戏玩家的审美体验更多来源于观影过程中对电影文本的生理与心理的共鸣。

同其他影游融合类电影一样，《刺客信条》电影中也融入了很多符号化的"彩蛋"，这些"彩蛋"不只是电影元素，更是一种文化元素[①]。比如开头的刺客入会宣誓，几乎还原《刺客信条：兄弟会》的宣誓场景，在断无名指后，刺客的经典信条"万物皆虚，万事皆允，我们耕耘于黑暗，为光明效力"从主角口里说出，《刺客信条》电影的主题瞬间就立住了。而在电影中反复出现的一些刺客符号，如双袖剑、飞刀、弓弩、鹰眼、信仰之跃、出血效应等；或是一些致敬游戏的人物和场景，比如现代社会里的刺客在游戏中都有原型，包括《刺客信条：启示录》里刺客尤瑟夫的后代、《刺客信条4：黑旗》中刺客邓肯·沃波尔的后代等，都是跨媒介的符号，联结了电影和游戏。当观众发现这些"彩蛋"并感同身受时，电影与游戏的风格达到了短暂的统一，跨媒介渐进的审美体验就得到了实现。但是一方面，有些游戏中的关键元素在取舍中未得到展现，比如在游戏中刺客潜行攻击的方式就几乎没有体现在电影中，主角主要是以正面战斗的方式作战；另一方面，对非游戏玩家来说，由于游戏经验的缺失，他们通过这些游戏符号感受到相似的跨媒介体验，而影片对刺客兄弟会和圣殿骑士组织的底层矛盾：自由意志与绝对秩序的争论又浮于表面，男女主角人物关系建立不深厚，非游戏玩家渴望的情感共鸣无法得到满足。就像弗兰斯卡所说，"电影除了要拟真电子游戏的动态系统，还要把一个额外的理解层添加进游戏互动性中[②]"，游戏玩家仍然是电影观众中的一小部分，如何在改

[①] 谭皓中. "影游融合"背景下《头号玩家》的美学之维 [J]. 出版广角，2018（22）：76-78.

[②] 范志忠，张李锐. 影游融合：中国电影工业美学的新维度 [J]. 艺术评论，2019（7）：25-35.

编游戏的过程中,将游戏元素转变成属于电影的元素,讨好非游戏玩家,让他们在电影中感受到游戏的魅力,甚至被吸引成为游戏玩家,是"刺客信条"系列电影还需探索的。

总之,从改编效果来看,《刺客信条》电影的票房、口碑基本与同类游戏改编电影持平,口碑接近及格线,但不管观众作为游戏玩家还是非游戏玩家,其评价中都指出了其视效的优秀和故事的不足;从改编策略来看,《刺客信条》电影挪用了游戏的叙事背景和叙事结构,改编了主线情节,简化了游戏中的支线人物,复杂化了人物关系;在视听要素上电影对游戏场景进行了完美的还原,甚至还有升级与创新;电影还借用了游戏中的符号作为"彩蛋",为游戏玩家们提供了跨媒介的审美体验,但模糊且无力的主题表达让非游戏玩家更难体验到文化的双重共鸣。像诸多游戏改编的电影一样,《刺客信条》虽在影游融合的方式上有所思考和创新,但效果依然不乐观。

结　语

让-米歇尔·弗罗东曾提出,电影与电子游戏的关系可以归纳为四种形态:评述、改编、引用与结合,但"结合"才真正算得上挑战。更有学者将这种结合称为"改良",其潜台词为:"电影作为一门艺术在与虚拟现实游戏结合时可能受到极大的威胁。"[①] 而在 IP 改编、影游融合的大背景下,发挥电影本身的"不纯性",将游戏元素转化为电影元素融入电影之中,做到游戏改编电影与游戏的共生发展,改变观众对"游戏改编电影都是烂片的"固有思维,实现跨媒介的交融,对制作方的确是一个极大挑战。《刺客信条》电影对同名系列游戏的改编策略主要涉及三个层面,即叙事的挪用与改造、视听的创新与升级以及文化的审美体验。但从改编效果来看,《刺客信条》电影不论在非游戏玩家还是游戏玩家心里都只是

---

① 弗罗东.电影的不纯性:电影和电子游戏 [J].杨添天,译.世界电影,2005 (6):169-173.

达到了及格线，而电影最令人满意的部分仍然是其视听特效等表面的艺术形式。核心文本改编虽然已经有效精炼，保留了游戏中的核心要素，但仍然没有得到大部分观众的认可。因此，如何选择游戏文本、创新电影运用方式，不只是将影游融合停留在浅层的视听表面，是游戏改编电影永恒的问题。

二、游戏《花千骨》：内容还原促进玩家融入，共同体验构造游戏社群

（一）"花千骨"IP研究

1. IP编年史

网络小说《花千骨》原名《仙侠奇缘之花千骨》，2008年5月由网络小说作家Fresh果果在晋江文学城进行连载。小说一经发表便受到了网络读者的热捧，时至今日晋江文学城内《花千骨》的非VIP章节点击数已经突破了3亿，百度贴吧发帖数则超过了1500万。基于《花千骨》小说丰富的网络阅读量与互动数据，2009年北京妇女儿童出版社首次出版了《花千骨》实体书，而后的2011年、2013年、2014年、2015年又有多家出版社对其进行实体出版，《花千骨》还印有中国台湾繁体版和海外泰国版、韩国版等多个版本。此外，《花千骨》还被改编成漫画，由超人气漫画家大歪、尾大地猫猫合作编绘，《飒漫画》2014年1月15日开始连载该漫画（见图3-6）。

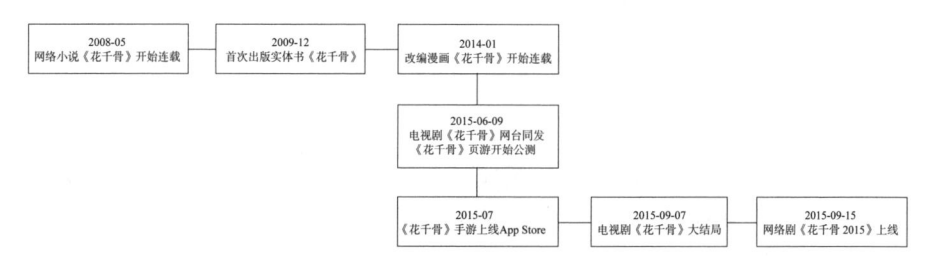

图3-6 "花千骨"系列作品时间线

《花千骨》小说在文学市场的走红获得了影视行业和游戏行业的关注，资本获取版权后对其进行影视改编和游戏开发。2014年5月电视剧《花千骨》在广西正式开机，2015年6月9日《花千骨》在湖南卫视钻石独播剧场播出，并于次日零点在爱奇艺同步播出。《花千骨》开播首日便创下全国网1.18%的收视率，播出期间一直稳居收视榜榜首，全国网单集最高收视3.83%，最高收视份额24.73%。而在网络点播方面，《花千骨》也成绩斐然，大结局播出当日（9月7日）全网点击量破4亿，再次打破自身纪录。[①] 剧集播出期间，《花千骨》页游、手游同步上线，2015年6月9日《花千骨》页游正式公测，2015年6月25日《花千骨》手游安卓版内测开启，并于7月2日上线App Store，众多原著党、影视迷化身为游戏玩家蜂拥而至，游戏主城"瑶歌城"内门庭若市。手游研发商天象互动CEO何云鹏曾向外界表示，《花千骨》手游上线初日日新增用户超100万，月流水达到2亿元左右。在电视剧《花千骨》引爆银屏后，2015年9月15日网络剧《花千骨2015》作为续集在爱奇艺平台播出。网络剧《花千骨2015》虽然槽点众多，但在前作的口碑和热度发酵下还是取得了可观的播放量，上线72小时总播放量破亿[②]，并最终成为"2015年度十大网络剧"的第二名。从网络文学作品到影视剧集、游戏和漫画，"花千骨"这一IP通过差异化跨界产品之间的相互联动，实现了自身价值的最大化，成为国产IP孵化的经典案例。

2. IP所有权与改编权流转

《花千骨》能从已有的文学基础衍生出热播剧和现象级手游，实现花千骨IP的全产业链开发，需要协调小说版权方、电视剧制作方、播出平台与游戏开发者多方的利益，其核心便在于处理好IP所有权与改编权的问题。自从2008年《花千骨》小说在网络平台连载，除去2010年乐多数码

---

① 小易.《花千骨》成为年度收视亚军 网络点击再破纪录［EB/OL］.（2015-09-08）［2024-05-06］.https://www.163.com/ent/article/B304UGOD00031GVS.html.

② 新华视点.《花千骨2015》火爆网剧市场 观众边吐边追剧［EB/OL］.（2015-10-12）［2024-05-06］.https://www.sohu.com/a/35194995_114812.

获得《仙侠奇缘之花千骨》的部分授权外，《花千骨》的绝大部分版权集中在小说作者Fresh果果手中。随着小说热度攀升与口碑发酵，影视行业也捕捉到了其可跨产业开发的商业价值。慈文传媒集团签下了电视剧的改编权，并于2014年拍摄制作了该剧。2015年爱奇艺播出平台获得《花千骨》电视剧的独家网络版权与小说原著《花千骨》授权，一并授权游戏开发者天象互动独家电视剧版权与小说原著《花千骨》版权的游戏改编权。2015年，天象互动获得《花千骨》小说作者Fresh果果部分小说授权，随后《花千骨》手游于2015年6月上线（见图3-7）。

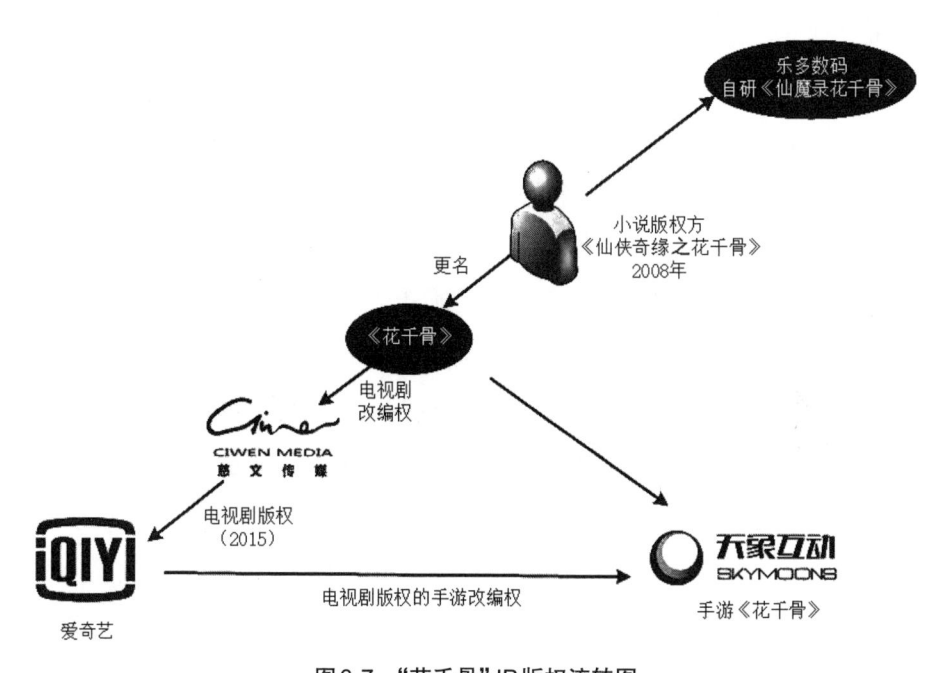

图3-7 "花千骨"IP版权流转图

在影游联动的过程中，慈文传媒集团既是剧集的制作者，也是版权的提供者；天象互动承担游戏开发的任务，爱奇艺成为影视和游戏的独代商，不断为影视和游戏宣传造势。《花千骨》电视剧制片人唐丽君接受专访时表示，自己不仅从小说作者那里签下了电视剧版权，同时还拿下了电影、舞台剧版权以及游戏的独家代理权。通过对版权的集中购买与资源整合，各方之间有效地避免了版权纷争问题，又能各司其职展开深度协作。影视制作方与游戏开发者携手构建"花千骨"完整的异想世界，爱奇艺平台通过营销帮助观众与玩家实现身份的双重转换，影游各方联动共同打造"花千骨"泛娱乐IP矩阵。

3. IP世界观与故事文本衍生

"花千骨"IP拥有着宏大的世界观和丰富的设定，原著小说《花千骨》第一卷"糖宝出世"相关章节中，作者便借东方彧卿角色之口描述了花千骨所处世界的基本结构。"天地分为六界，为人界、冥界、妖界、魔界、仙界、神界，六界之间又并非简单的善恶问题。"同时，作者还通过小说中的物件《六界全书》追溯了前世背景：上古时期妖神出世祸害苍生，众神合力用十大神器封印妖神，最后一个神（花千骨）以其血肉修补了因大战而残缺不堪、几成废墟的六界，也随之寂灭了，仅留一丝神识游荡于六界，神界的入口也随之封闭。世上再无生而为的神，只有修炼而成的仙了，而花千骨的出世便是神之意识集天地灵气重聚身体，降世于人界。

从网络小说到影视剧、游戏、漫画等不同媒介，"花千骨"IP衍生出了不同的故事文本，但在大体上遵循着相同的世界架构，都是围绕"修仙"与"虐恋"的主题描述着仙侠世界中神仙妖魔的感情纠葛与正邪对抗。在具体的内容呈现上，不同的故事文本又有所区别和补充。原著小说主要讲述了少女花千骨与长留上仙白子画之间关于责任、成长、取舍的纯爱虐恋，60万字的篇幅中不乏仙侠世界与仙术施展场景的精彩描述。出于篇幅的限制和视听呈现的考量，电视剧版《花千骨》对原版小说的情节进行了浓缩，并简化了一些原著中的打斗场面。与此同时，为了更好地展现虐恋的主题，电视剧又拓展了夏紫薰求爱白子画不得这条支线，让整部电视剧的情感内容更加饱满。网络剧《花千骨2015》虽然没有电视剧版制作精良，却延续了电视剧故事文本的叙述，将故事背景设定在现代社会，满足观众对花千骨与白子画千年之约的最终幻想。相比于小说、影视剧集通过故事情节让观者情动于中，《花千骨》游戏更强调玩家的自主参与来感受故事世界，因而在叙事逻辑上淡化了角色的感情处理，强调花千骨的修仙之路。在《花千骨》手游和页游中玩家均可以自行选择职业与角色，借助计算机生成图像技术（CGI），冰冷的数据代码被转换为鲜活的游戏画面，在精美的游戏场景搭建与打斗场面特效的加持下，屏幕前的玩家也终于拥有了介入游戏世界的权力。

（二）《花千骨》影游改编案例研究

1.世界观：成长与虐恋交织的仙侠世界

《花千骨》游戏延续了原著小说《花千骨》中仙侠世界的构想，并邀请小说作者Fresh果果担任首席世界观架构师。如果说哲学意义上的世界观反映人对现实世界的基本看法，那么"游戏的世界观"则可理解成游戏中"虚拟世界的基本设定"，它是玩家体验游戏的基础，指引玩家在假定的游戏世界中展开一系列的行动。游戏世界观囊括了游戏中的世界图景与一系列运行规则，回答玩家关于"这个世界有什么""这个世界如何运行"的基本疑问。与此同时，游戏世界本身作为设计者自觉能动的创造物，其世界架构也必然承载着"造世主"对世界的主张。

游戏的世界图景总是包含玩家在游戏中通过感官所能感知到的一切信息，进而帮助玩家从表象的层次意识到"这个世界有什么"。《花千骨》游戏构建了原著小说中描述的那个充满玄幻色彩的仙侠世界。在《花千骨》游戏的世界版图中，长留、瑶歌城、花莲村、茅山、婆娑镜等场景都得到了保留。

花千骨、白子画、杀阡陌、糖宝、东方彧卿这些小说、电视剧中的主要人物也以各自的造型在游戏中粉墨登场，特别是《花千骨》手游中的角色都是Q版人物造型，因其反差萌而极具特色，为玩家带来了新颖的视觉观感。而《花千骨》游戏中的场景搭建、人物造型与装备打造也都极具国风特色，玩家操作下的角色身着一席长袍，御剑穿梭在山水建筑间，可谓仙气十足。同时，在音乐和声效的处理上，《花千骨》游戏融入了中国传统民间乐器，笛子、琵琶、箫交织配合，不时传来的宫铃声响，共筑仙界意境。此外，玩家还能通过触碰操作按键释放战斗特效，来还原小说中极具玄幻色彩的仙术施展场面，并获得别致的游戏体验。在视听触的三重奏下，玩家心目中那个完整且瑰丽的仙侠世界得以建构。

游戏的世界机制是游戏核心部分的规则、流程以及数据。它们定义了玩游戏的活动如何进行、何时发生什么事情、获胜和失败的条件是什么。游戏机制的对象是游戏策划人员，游戏机制更像是一个软件工程，它涵盖了游戏运作的一切要素①。当有序化的游戏世界与现实世界的混乱与无序形成强烈对比，游戏机制——"这个世界的运行方式"也更容易被玩家主动认可。

在《花千骨》游戏中，归属于统一游戏机制下的各种游戏规则成为引导玩家的行动指南。游戏中的死亡规则便决定了任务能否继续进行下去。《花千骨》游戏的死亡机制是基于"生命值"这一概念，生命值通常显示在游戏中角色的头像框附近，能够反映角色所处的状态。当玩家挑战副本或者与其他玩家对战时，玩家操纵角色释放技能、普通攻击和使用道具都会扣除敌人一定的生命值，敌人同样也会对角色展开攻击并扣除相应的生命值。当所有敌人的生命值为0时，玩家所操作的角色便取得战斗胜利并获得奖励。反之，当玩家的生命值被扣除到0时，系统则会弹出"挑战失败"的提示框。不同于现实生活经验，角色的死亡对于玩家而言并不代表着游戏的终结，在某种意义上角色的"死亡"成为玩家必须反复体验的过程。在死亡后，玩家会再次回到游戏大厅界面，玩家的财产一般不受影响，但玩家需要使用道具来帮助角色恢复生命值，进而重新发起挑战，推动游戏继续进行下去。除此之外，《花千骨》游戏还引用了"挑战倒计时"作为类似于"第二生命值"的规则设定，这就意味着玩家需要在限定时间内完成相应的任务，当游戏时间超出任务限定时间时，同样会被

---

① 亚当斯，多尔芒.游戏机制：高级游戏设计技术[M].石曦，译.北京：人民邮电出版社，2014：1.

视为挑战失败。

游戏中的技能规则涉及关于技能触发事件、技能释放条件、技能释放效果的各个层面。在《花千骨》游戏的战斗界面中，除了基础的人物场景画面，还飘浮着多个技能释放模块，玩家在战斗中需要触碰技能按钮来触发事件——释放技能。当然，任何技能的释放都有着明确的规定和限制，存在"技能的持续释放时间与冷却时间，技能的伤害范围与上限"的基本设定。在玩家释放技能后，系统又会根据玩家释放技能的目标和方位来做出相应的反馈，并通过外显设备让玩家看见最终的技能释放效果，玩家则会根据技能释放的效果来进一步安排操作。

游戏中的奖励规则需要借助奖励预设来激励玩家做出一系列行动。《花千骨》游戏中包含了登录游戏奖励、任务规定奖励、战斗随机奖励、游戏充值奖励等多种奖励类型。登录游戏奖励是《花千骨》游戏吸引玩家定时上线的必要手段，根据时间限度又有限时奖励、日常奖励、周常奖励以及假日奖励等多种类别。而任务规定奖励则是针对游戏剧情和主要玩法设定的，会在游戏战斗未开始前就能让玩家知道会有哪些奖励和需要达成的目标，玩家便可以据此来制定详细的战略。战斗随机奖励主要是指玩家在完成任务的过程中由系统随机掉落的装备和道具，这些物品往往比较稀有，却能让玩家乐此不疲地重复投入战斗，在很大程度上丰富了游戏的可玩性。而游戏充值奖励作为游戏营收的主要手段，需要玩家投入现实生活中金钱来换取游戏世界中等价的奖励，往往可以帮助角色迅速提升属性、战斗力和获取装备。

游戏中的数字资产规则主要针对游戏中玩家虚拟资产的获取、使用、交互做出了一系列解释和规定。根据MBA智库的概念表述，"数字资产"从广义上理解是"由企业或个人拥有或控制的，以电子数据形式存在并具有一定价值或预期能带来经济利益的各类资源，均统称为数字资产"。因而，这种"数字资产"可以被理解为包括游戏账户、角色等级、装备、道具、能力值、游戏币、会员服务等有形或无形的所有资产。关于数字资产的获取渠道，主要是玩家通过完成各种任务来取得，它强调的是一种历时性积累，并不会随着玩家退出游戏账号而被清空。与此同时，玩家对其拥有的数字资产拥有绝对的自由使用权，如玩家可以自行支配游戏中的虚拟货币，选择特定角色进行升级，抑或是搭配不同的人物服装和武器装备，各个层面都能有所涉及。作为一种资产，它还具备一定的收藏价值。特别是一些稀有的玩家游戏财产具有增值空间，玩家之间可以在游戏中进行交易，也能将其转换为金钱。

虽然游戏开发者构筑的是一个充满规则的虚拟世界，但玩家并没有完全丧失主体的自由，在不违背规则的基础上玩家仍然可以自行安排角色的行动，享受高度的自主决策权。在某种意义上，游戏机制也成为玩家与游戏设计者之间达成共识所签订的契约。玩家基于既定的游戏机制，根据自己的意愿来扮演角色，最终形成一条玩家专属的成长轨迹。

游戏的世界意识反映了这个世界的基本思想状态。在某种程度上，它可以理解为虚拟世界中角色存在的思想状态，但更多时候它是游戏开发者对其所架构世界的观念表达。在游戏《魔兽世界》庞大的世界架构中，每一个种族便拥有着独立的思维方式及其所崇尚的价值观念。而在《花千骨》游戏中，角色本身也有着坚定的信念。白子画就是其中的典型，作为六界中修行最高的上仙，他始终心怀天下，以守护苍生为己任匡扶正义。如果说白子画的"一心向道"反映了游戏世界中角色具体的思想状态，那么"白子画与花千骨的师徒虐恋"无疑承载了作者的意识表达。一般而言，游戏的初始画面便是玩家了解游戏世界观的开端，而在《花千骨》页游和手游几十秒的初始画面中均表现了花千骨为爱成魔的片段。花千骨可以为爱不顾一切的执着让人为之动容，如此看来"仙侠"元素不过是成全其凄美之爱情，有别于尘世的异界背景设定；而其游戏的世界观也正如作者Fresh果果的座右铭所表达的那般："怀感恩的洒脱行走于世，以无畏的执着爱中坚持，用纯真的幻想创造世界，把刻骨的深情篆成文字。"

2.玩法：战斗与交互兼备的修仙旅途

与国内大部分仙侠题材类网游相同，《花千骨》游戏本质上属于角色扮演类游戏（RPG）。大量研究资料表明，桌游《龙与地下城》是RPG游戏的始祖，其大致玩法是在主持人引导下，玩家扮演某个角色，并通过投掷骰子的方式积累经验值升级，合力演绎情节。安德鲁·伯恩（Andrew Byrne）与戴安娜·卡尔（David Carr）指出，在RPG当中，游戏的主角我们通常将此类游戏中的人物称为"角色（character）"而非"化身（avatar）"，更多是被玩家创造，或至少是由玩家来不断完善的……RPG往往在一个精密复杂的游戏世界中，设置多条线索，叙述一段漫长的旅行。玩家在游戏中必须认真考虑如何选择不同的策略，如何设置技能属性，如何分配经验值，以及如何使用随身携带的物品。[1]根据角色扮演类游戏的典型特征，其玩法可以理解为玩家负责扮演角色"在一个结构化规则下，通过一些行动令所扮演角色发展"[2]。

在系统的指引下（一般而言，游戏中的新手教程就是典型），玩家首先需要对游戏角色产生身份认同。在《花千骨》页游中，玩家可以扮演上仙、妖尊、人皇、魔灵四种角色；而《花千骨》手游则给予了玩家上古剑尊玄花凝鸿、上古遗神花千骨、上古月尊蓝碎月三种角色的选择。每种角色拥有不同的技能属性，例如，《花千骨》手游中的蓝碎月是远程职业，在战场上有持续的输出能力；上古剑尊是近战职业，适合吸引怪物聚集后释放技能；花千骨是半远程职业，擅长对战中近距离的敌人。此外两款游戏均设置了灵宠系统，这意味着玩家在控制角色的基础上又增加了可选项。特别是在《花千骨》手游中，宠物甚至拥有着比角色还高的战斗力，玩家还可以在战斗更换宠物，这种丰富的角色设定给予了玩家充分的选择

---

[1] 卡尔，白金汉，伯恩，等.电脑游戏：文本、叙事与游戏[M].丛治辰，译.袁长庚，审校.北京：北京大学出版社，2015：28.

[2] COVER J G. The creation of narrative in tabletop role-playing games[M]. Jefferson, North Carolina, London: McFarland & Company, 2010: 6.

权,也增加了一款游戏可以重复体验的可玩度。

当玩家通过交互装置掌握控制游戏角色后,游戏系统将有节奏地指引玩家朝着最终的游戏目标前进:玩家通过操控游戏角色与敌人战斗,提升等级、收集装备和完成游戏设置的任务,并体验剧情。《花千骨》游戏的主要特色体现在游戏角色成长与剧情推进相交织,其中《花千骨》手游的主要玩法集中在副本推图方面,游戏根据原著小说设计了一系列的剧情副本,普通副本又衍生出精英副本,通关则有星级评定,收集到一定数量可以开启宝箱奖励。除了传统的剧情副本,游戏还开设了金币副本和用于强化装备的器灵副本。同样,《花千骨》页游的玩法也是通过刷剧情副本来帮助提升角色等级,升级后可以解锁地图来刷其他副本,并获取相应的奖励提升战力。

在角色扮演的基础上,《花千骨》游戏还融入了动作游戏(action game)的玩法,即玩家通过操控角色并使用武器击败敌人来过关。在游戏中,即时战斗成为剧情推进过程中不可或缺的部分,玩家只有通过战斗并取得胜利后才能完成任务推进剧情。如果说基础剧情的设置是为了引导玩家认同角色并扮演角色,那么动作元素的融入则是帮助玩家参与角色的具体行动。

对应到具体的游戏环节里,玩家则是通过控制屏幕旋钮或鼠标键盘安排角色走位、普通攻击、释放技能,来扣除敌人一定量的生命值,进行战斗。与小说、影视剧和漫画等其他媒介所描绘的战斗场面相比,游戏媒介的接触者(玩家)不再是"战斗"事件的旁观者,玩家能够自由施展仙术并与各路神仙妖魔打斗,最终获取的也不再是传统意义上的"代偿式体验",而是基于3D引擎开发技术的真实战斗反馈。此外,考虑到玩家的操作习惯,《花千骨》手游、页游均开发了"自动战斗"的选项,来帮助玩家自动完成日常、主线、副本任务,增加了战斗环节的把控度与可玩性。

除此之外,《花千骨》游戏十分注重玩家间的交互属性,玩家扮演的角色能与其他玩家控制的角色在统一的虚拟世界中实时互动。《花千骨》

手游和页游均开设了玩家团队、PVP（Player vs Player）系统、PVE（Player vs Environment）系统来增强玩家间的互动程度，玩家通过加入工会、组队挑战也能获得相应的奖励。以两款游戏中交互性最强的PVP系统为例，《花千骨》手游中当角色等级达到60级后，在系统指定的时间内便可以参加仙剑大会，由系统随机匹配其他服的玩家众仙争鸣实时跨服PK，自动匹配的玩家等级和战力相差不大，匹配好后玩家便可进入战斗。同样地，除了常规的PK与竞技场PK，《花千骨》页游还增设了古神战场、云宫之战等PVP玩法，玩家需要在系统指定时间内进入指定场景集中进行对战。例如，在系统每天20：00—20：30开放的古神之战中，等级高于50级的玩家进入古神战场后就被分为"长留"和"七杀"两个敌对阵营，击杀敌对阵营玩家可以夺取对方大量积分；助攻、杀怪、持续参与活动，均可获得额外的积分奖励。

3.故事文本：继承与重构并驱的叙事转换

从网络小说、漫画到影视剧集与游戏，根据不同媒介的独特属性，"花千骨"IP衍生出了多个相应的故事文本，建构起相对完整的"跨媒介叙事"体系。亨利·詹金斯对跨媒介叙事的定义是"一个跨媒介故事横跨多种媒体平台展现出来，其中每一个故事文本都对整个故事做出了独特而有价值的贡献"[①]。根据詹金斯的理解，跨媒介叙事并非单纯的故事文本改编，即在不同媒介上讲述相同的故事；跨媒介叙事是围绕一个固定的故事世界来讲述不同的故事。《花千骨》游戏继承了小说和影视在神话背景下的主要剧情设定，并根据游戏媒介本身特点，通过引导玩家自主决策剧情分支、对已有叙事资源的重心转向与玩法开发等手段重构了原有的故事文本，进而构建起一个更为立体可感的完整故事世界。

《花千骨》游戏叙事方式呈现为倚重神话的树状叙事结构。不同于传统影视剧集由创作者决定叙事，《花千骨》游戏的魅力在于保持其原有世

---

① 詹金斯.融合文化：新媒体和旧媒体的冲突地带［M］.杜永明，译.北京：商务印书馆，2012：158.

界观之下为玩家提供了一个开放的叙事结构，让玩家也能够成为游戏叙事的决策者。游戏设计者沿袭了影视剧中关于"花千骨的修仙之路"的主要剧情框架，玩家则便以自主选择来安排叙事细节，如在游戏中根据自己的想法与情感为角色制定独特的成长策略，并决定角色在具体情境下的不同反应。当然，这种叙事文本的安排需要强大的背景故事支撑与明确的主线故事推进来帮助玩家理解并介入游戏世界，参与完整叙事结构的建构。

在这里，神话成为《花千骨》游戏中不可或缺的叙事资源。心理学家罗洛·梅（Rollo May）指出："神话为这个本无意义的世界赋予了意义，神话是赋予我们存在以重要性的叙述方式。"[1]经典电子游戏《魔兽争霸》，就是把北欧神话中的众神战争史作为故事发展主线，不仅收获了可观的商业盈利，更发展成为某种流行文化现象。同样地，在《花千骨》游戏中，神话成为某种"解释宇宙、人类（包括神祇和特定族群）和文化的最初起源以及现时世间秩序的最初奠定"[2]的必然存在。《花千骨》游戏的故事背景遵循了古老神话中的"五灵六界"的基础设定。众神因为封印妖神而寂灭，封印妖神的十大神器也因此散落世间。为防止妖神复生，众仙派守护神器，混乱与争夺也不可避免。长留上仙白子画以天下为己任，接任掌门后便逐一收复神器。届时，统一妖魔两界后的杀阡陌蠢蠢欲动，欲抢夺神器来获取妖神之力，六界局势顿时紧张起来，而号称知晓世间万事的异朽阁也开始异动频繁，想要坐收渔翁之利。在《花千骨》的历史背景故事描述中，便散布着诸多可以追寻的神话元素。作为《花千骨》世界基本架构的"五灵六界"，主要是指在盘古开天地之后，蕴藏于盘古体内的"灵力"逸散，分解为水、火、雷、风、土——"五灵"。五灵散布于天地之间，成为自然中的灵力。在几经纷争的世界中，以及在五灵之力影响下，整个世界被分成了神、魔、仙、妖、人、鬼六界。而《花千骨》游戏中的主城"长留"

---

[1] 梅.祈望神话[M].王辉，罗秋实，何博闻，译.北京：中国人民大学出版社，2012：2.
[2] 杨利慧.神话与神话学[M].北京：北京师范大学出版社，2009：5.

作为地名最早见于《山海经》："又西二百里，曰长留之山，其神白帝少昊居之。其兽皆文尾，其鸟皆文首。是多文玉石。实惟员神魂氏之宫。是神也，主司反景。"此外，游戏中反复提及的"十大神器"，同样在上古神话中有所出现，相传它们是盘古、女娲、后羿、夸父等上古神的武器。

就叙事结构而言，两款《花千骨》游戏中存在非常明显的主线任务线，在这条任务线上，又会设置很多节点，玩家必须按照系统预设好的节点依次完成任务。其中的某些节点，又可以延伸出支线，从而最终形成一个树状结构（见图3-8）。

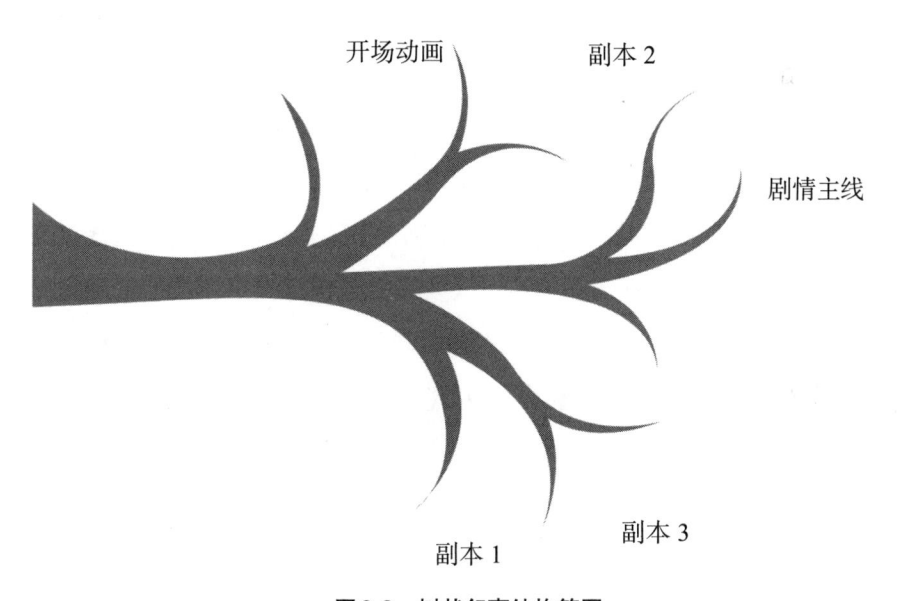

图3-8 树状叙事结构简图

（1）关于游戏主线的设定

《花千骨》页游开发团队将新手剧情设定为"涅槃重生"，游戏初始时一段简短的电影剧情便交代清楚了游戏的基本脉络——已蜕变为"妖神"的花千骨被撕扯出一丝命魂，而玩家将带着这一缕命魂，替她重走三界，尝试改变花千骨的宿命因果。《花千骨》手游在主线任务的处理上更为直接，游戏的初始CG动画通过闪回电视剧《花千骨》中的经典片段来暗示玩家游戏沿用了电视剧的基本剧情，而后玩家进入游戏界面便是花千骨在瑶歌城外为父寻药的片段，而后花千骨踏上了寻仙问道的漫长旅途……

（2）关于游戏支线的设定

在《花千骨》页游和手游中，主线任务都是主要帮助玩家解锁剧情，快速提升等级，而当玩家达到一定等级要求后便可以解锁相应的支线任务与其他剧情。在《花千骨》页游的世界版图中，除了长留主城，其余每个区域都有最低等级要求，在这些区域内玩家可以自行选择寻找各种NPC去购买药水、装备、做任务；或是击杀各种怪物获取经验与装备，还能与其他玩家PK。又如，当玩家达到40级后，能够从主线剧情中抽离出来解锁守护南无月副本；到达50级后，玩家可以选择进行押镖任务，与其他玩家结婚。同样地，在《花千骨》手游中，主线任务被分成了多个章节进行，每一个分支点都配有相应的剧情文字说明。每当玩家通过一个节点，系统便会根据其表现评星，并给予相应的等级与物品奖励。相比于页游版本，《花千骨》手游的特色在于玩家可以反复体验某个分支点的剧情，同时每个分支点的叙事时间又不会持续太久（一般开启自动战斗在两分钟左右）。除了固定的边境之战、材料本等副本，《花千骨》手游突破等级限制后也会解锁相应的副本与玩法。如角色等级达到30级可以进入长留密境攻打副本，达到48级后能够攻打器灵副本来获取十大神器。

4. 主题转向与故事文本衍生

在《花千骨》游戏的跨媒介叙事中，游戏开发者根据游戏媒介的特点，从剧情展现、角色设定、动作场景搭建等多个层面对已有故事文本展开新的叙述，并在整体上丰富了《花千骨》故事世界的可感程度。作为角色扮演游戏，《花千骨》游戏弱化了影视剧中的"虐恋"情节，而着重展现角色"成长"的修仙道路。因而，相比于影视剧集，游戏中的人物设定也更加丰富，《花千骨》手游中增设的角色（如上古剑尊玄花凝鸿、上古月尊蓝碎月）是原著小说和影视剧中没有的，《花千骨》页游中的上仙、妖尊、人皇、魔灵四种职业分别对应白子画、花千骨、轩辕朗与夏紫薰，玩家能够自由选择不同的角色来感受游戏世界。因为特效昂贵的制作费用,《花千骨》影视剧中的特效场面相对较少,而在游戏引擎开发技术加持下,原著中的仙术施展场面与世界景观能够在游戏中得到完整的视听呈现,这不仅为原著中文字勾勒的异想世界寻找到了实在寄托,游戏世界本身也在某种程度上成为既定存在,将对小说文本所描绘的仙侠世界产生影响。

如果说上述元素的改变是游戏媒介对已有故事文本做出的某种继承式发展,那么《花千骨》游戏跨媒介叙事的创新之处在于,游戏开发者从已有的叙事资源衍生出了新的故事文本,新的故事文本与原有故事文本互相勾连,构筑起一个更为立体的故事世界。在《花千骨》的影视化呈现中,十方神器、三生池、异朽阁作为重要的物件或场景贯穿在剧情中,但是观众很难将其与剧中人物一样对待,并产生很深的情感。而在《花千骨》手游的跨媒介叙事中,这些设定均被开发成独立的系统且被赋予不同玩法:器灵系统中玩家通过收集十方神器来帮助角色成长进阶,电视剧中人人惧怕的三生池变为游戏家园系统中的玩家组队浸泡的三生温泉,而异朽阁系统是一个废物再利用的系统,玩家通过以熔炼闲置装备获得血石来兑换更高阶的装备。显然,就叙事层面而言,电视剧与游戏两个故事文本中的十方神器、三生池、异朽阁作为某种共同存在相互呼应,却在具体的叙事语境中发挥着截然不同的作用。而它们彼此之间似乎难以满足故事改编对相似性的要求,这种叙事资源转换与故事文本对照更强调的是互文性,即"一个文本(主文本)把其他文本(互文本)纳入自身的现象,是一个文本与其他文本之间发生关系的特性"。总的来说,它们虽服务于不同的故事文本,却又有着共同的意义指向——架构起完整的故事世界[①]。

当然,在《花千骨》游戏跨媒介叙事的过程中也暴露出了非常明显的问题。《花千骨》游戏的故事文本形态单一,本质上游戏与电视剧、小说讲述的是同一个故事。在 App Store 的游戏评论下方,有玩家表示"内容太过单一,升级就只能是做剧情任务,而且剧情人物就只有打打打,希望能

---

① 秦海鹰.互文性理论的缘起与流变[J].外国文学评论,2004(3):19-30.

够再丰富并且人性化一点",也有玩家认为"剧情和电视一样,不是根据小说设计的。游戏缺少互动,如果副本有更多玩家参与会更好"。由此见得,《花千骨》游戏太过依赖原有的故事文本势必会影响玩家的游戏体验,而游戏有限的玩法同样难以满足玩家的创新期待视野。此外,还有不少玩家吐槽《花千骨》游戏存在诱导充值、游戏画面卡顿、贴图感明显等问题,这些都成为《花千骨》游戏跨媒介叙事的不足之处。

(三)《花千骨》改编效果评估与策略分析

1.影游同发下的多方共振之效

伴随着《花千骨》成为现象级爆款剧,同期上线的《花千骨》手游、页游也取得了不俗的成绩,根据移动应用数据跟踪的服务商App Annie的数据显示,《花千骨》手游自上线的近一个月,都稳居中国地区游戏下载排行中的前10名,并在同地区角色扮演游戏下载排行中保持前5名。据《花千骨》页游独家代理商PPS官方称,《花千骨》留存率在20%以上。《花千骨》电视剧与同名游戏的热度与口碑双收,使其成为影视行业与游戏行业展开深度联动的标杆。在"花千骨"IP影游联动的过程中,一套成熟的营销策略与宣传体系同样有迹可循,通过对其宣发策略的细致分析,可以帮助更多影视资源转化为游戏,并将其打造成新晋爆款。

(1)基于原著口碑巧设话题提前造势

在原著被改编成电视剧和游戏前,《花千骨》小说便凭借其口碑坐拥大量读者和粉丝群体。从以往的文学改编的经验来看,并不是所有的文学改编影视剧与游戏都能获得原先读者的认可。根据传播学研究中的"使用与满足"理论,受众被看作有着特定"需求"的个人,受众的媒介接触活动是有特定需求和动机并得到"满足"的过程[①]。原著小说的忠实读者在使用小说文本的过程中获得了满足并对小说作者产生深度认同,当其再次接触由原作衍生出的媒介文本时,在过去媒介接触使用经验的影响下,小说

---

① 郭庆光.传播学教程[M].北京:中国人民大学出版社,1999:182.

读者会根据其原有的媒介印象来审视文学改编作品,如果读者的媒介期待无法得到满足,那么该改编作品自然难以被广泛认可。"花千骨"IP营销策略的明智之处在于,在电视剧和游戏尚未发行前,便通过设置"剧情神还原"等议题来吸引原有受众产生审美期待,特别是邀请到了小说原作者Fresh果果更新微博来推广宣传,因为在原著粉丝眼中作者无疑是最懂自己的。而《花千骨》页游和手游官方更是直接宣布了原著作者Fresh果果担任游戏世界观的架构者,那么受众对游戏媒介的使用意愿就被提升到了新的高度。

(2)影视与游戏同时期发行互相加码

从发行时间来看,周播剧《花千骨》于2015年6月9日开始播出,一周播出4集,首轮播放持续到9月7日为大结局。在此期间,《花千骨》页游于6月9日公测,《花千骨》手游安卓版在6月25日开启内测,并于7月2日上线App Store。电视剧按周播出的形式不但不会削弱关注,恰恰营造了饥饿营销的效果。观众在等待剧集更新的时候,可以进入花千骨的游戏世界来探寻电视剧中没有提及的叙事线索。在剧集播出期间,影视剧与游戏还能够通过营销手段为彼此增势,并推动玩家与观众实现身份的置换。湖南卫视剧集播放时插入的贴片广告就为《花千骨》游戏进行了宣传,而爱奇艺视频播放平台也穿插了许多《花千骨》手游的广告。同时《花千骨》页游专门为影视迷们设置了一键观影的入口,点击屏幕上方的"花千骨TV"便可进入爱奇艺中《花千骨》电视剧独播界面。随着电视剧网络热度的上升,《花千骨》游戏的关注度也同样被带动,实现影游联动的效果。

(3)精准定位目标用户俘获细分市场

作为一款仙侠题材的角色扮演游戏,同类游戏市场上早已有了《仙剑奇侠传》《古剑奇谭》等经典之作。然而在《花千骨》能够从众多竞争对手中脱颖而出,很大程度上与其精准的市场定位有关。《花千骨》小说的两大主题便是"修仙"与"虐恋",而当读者细心阅读原著后便会发现该小说所描述的表象上是仙侠,实则内核为"女频"。所谓"女频",是网络文学上的一种分类,最早出现在起点中文网女生频道,读者七成为女生。一般而言,男生玩家一直占据着游戏市场的半壁江山。当一款拥有Q版萌趣画风的"女频"手游上线后,反而真正开启了一个长期"不受待见"的蓝海市场——女性玩家市场。

(4)利用明星效应引导粉丝跟风模仿

明星效应主要指明星的出现所达成的引人注意、强化事物、扩大影响的效应,或人们模仿明星的心理现象。[①]在大众媒介疯狂造星的年代,明星不仅被幻化成个体认同的对象,也被转变为个体主动模仿的对象。[②]在《花千骨》的游戏宣发策略中,明星营销是不可或缺的部分。电视剧《花千骨》中的女主角赵丽颖在成为《花千骨》游戏的官方代言人后,便在自己的微博账号上发布了多组游戏代言海报。而在《花千骨》同名手游上线后,赵丽颖又在微博上发布了#赵丽颖收徒#的微博话题,希望在游戏世界中收一个徒弟,此话题一经发布热度便迅速攀升,短时间内就达到了上千万的阅读量,赵丽颖的粉丝也竞相跟风,下载游戏参加活动。

(5)线上线下齐推广全方位打造品牌

针对线上推广环节,《花千骨》游戏采用了全网覆盖的推广模式。《花千骨》游戏集合了游戏媒体、娱乐媒体、IT媒体,并在微博、微信、贴吧等各大社交平台与用户进行互动,此外《花千骨》游戏还联合湖南电视台、爱奇艺等多家主流视频网站进行营销推广。

针对线下推广环节,《花千骨》游戏通过一系列的优惠活动来吸引潜在用户下载游戏。例如,通过微店到店付活动,线下门店扫码送好礼活动,可以获得礼品兑换、送首冲的奖励。此外,《花千骨》游戏还尝试在广州与成都两个市区的线下手机卖场中张贴"享wifi"活动海报,通过玩游戏换《花千骨》游戏周边以及礼包的形式,鼓励消费者下载体验游戏。

[①] 刘娟.新浪体育微博的"明星效应"探析[J].传媒观察,2011(5):40-41.
[②] 蔡骐.大众传播中的明星崇拜和粉丝效应[J].湖南师范大学社会科学学报,2011,40(1):131-134.

2.内容还原与电影化叙事之得

《花千骨》游戏在内容上高度忠于同名影视剧,从故事剧情到角色设置、场景搭建等方面都进行了不同程度的还原,影视剧的女主角赵丽颖作为游戏代言人还在游戏中担任新手引导、原作者 Fresh 果果担任游戏世界观架构师、游戏配音沿用了同名影视剧的原声配音……在此基础上,《花千骨》游戏因继承了同名影视剧的剧情设定而显示出完整的剧情线索和发展脉络,并通过故事CG动画与游戏场景的完美融合达到"电影质感"的效果。

《花千骨》游戏延续了影视剧中的基础剧情设定。电视剧《花千骨》的剧情发展是以花千骨的修仙之途为主要脉络,从初上蜀山、入长留修炼,到历经仙剑大会、太白之战、莲城查案等一系列事件,再到最终的妖神出世面临生死抉择,故事聚焦花千骨的成长过程并不断给予其新的挑战,其剧情本身就具有"游戏闯关"的特点。《花千骨》游戏则根据这些重要的故事情节点设置了诸多关卡,玩家只有在通过关卡后才能解锁新的剧情。与此同时,为了让玩家更好地体会虐恋的主题,游戏保留了电视剧中"卜元之毒""韶白疑案"等剧情,甚至还展现了影视改编过程中被删减的"血吻"剧情,原作者 Fresh 果果也曾力挺《花千骨》手游的剧情还原程度高。

《花千骨》游戏的人物设置与影视剧集保持高度一致,主角光环仍集中在花千骨与白子画身上,杀阡陌、东方彧卿、糖宝、夏紫薰、孟玄朗等其他主要角色也均在游戏剧情中有着对应篇幅的叙述。在具体的角色扮演过程中,《花千骨》手游与页游则针对角色本身进行了不同程度的再创造,来帮助玩家更好地对各个角色产生身份认同。在《花千骨》手游中,杀阡陌、糖宝、东方彧卿、霓漫天等其他主要角色便化身为玩家的灵宠,在进行相应挑战时与主角一并投入战斗环节中去。《花千骨》页游则在角色选择上赋予了玩家更大的自由度,除了花千骨与白子画,玩家还可以扮演孟玄朗与夏紫薰的角色。通过对不同角色成长属性与其相关剧情的设置,玩家不再局限于电视剧给定的单一视角,能够对剧情中不同角色的处境与做法产生更深理解。

此外，在游戏场景的搭建上，不论是故事伊始的花莲村畔，还是修炼途中历经的蜀山、长留、太白门、异朽阁等重要场景，在《花千骨》游戏的世界版图中变得有迹可循；就连电视剧中众人在长留选拔考试时遇到的食人花与《花千骨》手游中的食人花的关卡有着高度相似之处。

伴随着游戏制作技术的不断成熟与游戏研发者的创作水平日益提升，游戏开发开始广泛借鉴电影的制作模式和手法，游戏的故事情节、视听呈现、特效制作、剪接技巧等层面都尝试融入电影化元素。在3D引擎开发技术的支持下，《花千骨》游戏就借鉴了电影的叙事手法，来帮助玩家充分融入游戏剧情中去。

一般而言，游戏中的CG动画主要为了介绍游戏的故事背景和剧情发展，并给予玩家具有一定电影质感的视听观感，但动画片段与游戏场景通常存在明晰的区别，玩家仍需要不时地从战斗中抽离出来了解剧情。即使游戏系统提供了跳过剧情的选项，玩家在点击按钮时也会身心分离，最终无法达到完整的沉浸式体验。"尽管过场镜头和游戏内场景之间的区别在过去相当明确无误，但现今这种差异却越来越模糊。"[1]《花千骨》手游从开场的CG动画开始，便将故事剧情与游戏场景巧妙地融为一体。在CG动画介绍游戏世界的故事背景时，游戏动画的最后一帧停留在了玩家选择的角色身上，随后玩家操作角色开始完成第一个任务。在后续的游戏进程中，《花千骨》也普遍采用了CG动画与游戏任务相结合的方式。电影视听体验与游戏操作的双重体验赋予了玩家高度的参与感，并由此实现从现实世界进入游戏世界的过渡。

如果说过场动画是以电影视听语言的手段来强化游戏的叙事性，那么《花千骨》游戏中提升等级解锁任务版图的机制，则在某种程度上借鉴了电影中蒙太奇的叙事功能，成为剧情推进的核心动力。叙事蒙太奇是按

---

[1] 葛瑞威奇.互动电影：数字吸引力时代的影像术和"游戏效应"[J].孙绍谊,译.电影艺术，2011(4)：84-92.

照情节发展的时间流程、因果关系来分切组合镜头、场面与段落，并最终形成一个较为完整的故事文本。《花千骨》游戏中角色等级则成为划分游戏版图、剧情任务的重要依据，玩家在到达相应等级后才能解锁后续的剧情，在此基础上所形成的故事文本也具有连贯性和一致性。例如，《花千骨》手游就是依据电视剧剧情发展将剧情副本分为多个章节，每一章节下又分布着诸多关卡，每个关卡都有着对应的剧情描述。在这里，章节成为游戏版图划分的主要依据，玩家只有在依次完成该章节下所有关卡的挑战，才能进入下一章节体验新一段剧情与游戏场景。当玩家按照剧情副本的流程依次通过被分切好的关卡、章节后，诸多被解锁的剧情片段也将最终连贯成一个完整的故事。

3.动作元素与强社交属性出新

作为一款角色扮演类游戏，《花千骨》关于仙侠世界的基础设定并不算出奇，在国内游戏市场上也早已存在《仙剑奇侠传》《剑仙》《刀剑封魔录》等相同类型的经典之作。《花千骨》游戏的高明之处在于，充分利用游戏内部的激励机制帮助玩家享受仙侠战斗过程来实现角色身份认同，并在成熟互动技术的加码下，构建起完整的游戏社群，给予玩家应有的归属感与参与感。

在《花千骨》游戏进程中，玩家既需要被动接受既定游戏规则，同时又有着满足自主创造的需求。此时，游戏系统便需要通过相应的激励机制来解决玩家被动接受与主动创造之间存在的矛盾。心理学家Ryan和Deci（2000）通过分析激励是否来自工作本身，对内在激励和外在激励做了区分。内在激励指工作本身或工作过程中带来的无形乐趣或成就激励，如工作意义和工作自主等；外在激励指工作之外的有形成果，如典型体现有奖赏激励[1]。对应到游戏中，游戏系统会用各种外在激励如获取经验值、属性

---

[1] RYAN R M, DECI E L. Self-determination theory and the facilitation of intrinsic motivation, social development, and well-being[J]. American psychologist, 2000, 55(1): 68-78.

提升、掉落物品等，来引导玩家完成某些任务或者工作。而内在激励则可理解为，除了外部奖励，在完成任务过程中玩家发自内心产生的一种激励力量。

在《花千骨》游戏中，如果说完成按照剧情主线相应任务是玩家的一种被动接受，完成任务后玩家能获得相应的外在激励，那么在完成任务过程中丰富的动作参与和视觉反馈则实在地帮助玩家获得了内在激励，推动玩家完成自我认同的构建。《花千骨》手游和页游都是将激烈的打斗场面融入其中，加快了剧情副本的整体节奏。玩家在挑战任务时并不是作为战局的旁观者，而被赋予了第一视角参与剧情。《花千骨》手游采用了3D引擎开发，借助3D引擎优越的光照和粒子系统，游戏拥有细致的场景表现力和流畅的运行性能，游戏中人物角色的普通攻击、技能释放、暴击等都具备相应的动作效果，帮助玩家获得流畅的打击感。而在《花千骨》页游中，除了获得酷炫的技能释放特效与击杀效果，游戏还开发了御剑玩法、轻功操作等玩法，玩家通过控制键盘、鼠标就可以体验到仙侠世界中侠客御剑飞行、一苇渡江的感觉，完成游戏动作本身便可帮助玩家获得满足感，进而有效调动玩家参与剧情的欲望。

在充分吸收动作元素的基础之上，《花千骨》游戏还支持多人在线扮演角色，游戏玩法中凸显的强社交属性帮助玩家们构建其完整的虚拟社群。霍华德·莱茵戈德（Howard Rheingold）认为，虚拟社群是一种社会的集合，这种集合由网络产生，基于多人长时间公开的交流和讨论，并且在网络空间内构建了私人关系的网络[1]。基于游戏内部共享空间、即时交流、团队合作等功能的实现，《花千骨》游戏"虚拟社群"的构建成为可能。

现实生活中的社群活动往往是在预设好的地点聚集起一群爱好相同的人，而在游戏构造的虚拟世界中，共享空间同样成为玩家之间展开社交

---

[1] RHEINGOLD H. The virtual community：homesteading on the electronic frontier [M]. Cambridge：The MIT Press，2000：5.

活动的载体。《花千骨》页游和手游就分别设置长留和瑶歌城为游戏主城。游戏主城作为初始界面往往集聚了大量的玩家,能为玩家互动提供便捷性。在此基础上,《花千骨》游戏通过设置具有不同功能的游戏场景,使共享空间的形态更为多元,同时也能丰富交互内容。例如,《花千骨》页游便为玩家提供了一个共享的世界地图,这就意味着玩家可以在地图的各个角落相遇。而《花千骨》手游则开设了家园系统,家园中分为长留宴会和三生温泉两种模式,玩家可以邀请好友或家园频道中的玩家进入场景一起互动。

在游戏构建的虚拟世界中,玩家们无须顾忌现实中身份地位或是年龄性别的差异,而是基于共同的游戏体验,创造出融洽的交流氛围。为了帮助玩家更好地展开社会交往活动,《花千骨》游戏在游戏初始界面便设置了世界聊天的板块来实现即时交流功能。游戏中增设的限时副本则可以在特定的游戏场景中聚集大量玩家进行实时互动。相比于游戏中人机交互带来的升级快感,人与人之间的交互可以帮助玩家体会到并肩作战的乐趣、实时对抗的刺激,也更能激发玩家的参与感和沉浸感。

多人在线游戏鼓励玩家为了共同利益而进行合作,为了同一个目标而进行集结,为了正向反馈而一起努力实现目标,让人机层面的胜任感和社会互动的联系感紧密结合在一起[1]。在《花千骨》游戏中,系统主要引导玩家通过"加入社群"的方式来帮助他们获得团队归属感,并建构起社会认同。因而,《花千骨》页游和手游中都存在着师徒、公会以及帮派等不同层级的社会群体,社群内部成员往往存在着共同的目标,为了得到系统提供的奖励,玩家之间需要共同利用资源展开团队合作,如组队刷本、帮派对战、师徒任务等。基于共同的游戏经历,那些在现实生活中没有任何交集的玩家便有了互动的基础,并由此逐渐形成稳定的社会关系。

---

[1] 王喆."为了部落":多人在线游戏玩家的结盟合作行为研究[J].国际新闻界,2018,40(5):40-56.

三、游戏《蜘蛛侠》：角色叙事深刻塑造，流畅战斗机制优化体验

（一）"蜘蛛侠"IP研究

1. IP所有权与改编权流转

游戏的改编权流转与电影的版权交接息息相关，游戏从刚开始作为电影的"附庸"，到逐渐从影视作品的束缚中脱离出来，成为相对独立的IP，拥有自己完整独立的叙事，经历了一个较为漫长的过程。

在这个过程中，游戏对电影的抽离主要以两部作品为分界线，分别是2017年的动画电影《蜘蛛侠：平行宇宙》与2018年的游戏作品《漫威蜘蛛侠》。

（1）"蜘蛛侠"IP在漫威诞生

漫画与动画的时代开启，影视改编开始萌芽。

1962年，由美国编剧斯坦·李（Stan Lee）和史蒂夫·迪特科（Steve Ditko）联合创造的漫威漫画旗下的《超级英雄蜘蛛侠》初次登场于当年8月发行的《惊奇幻想》第15期。1978年由日本东映制作的日本版《蜘蛛侠》，由于其制作精良，口碑一度超过了彼时美国拍摄的一系列"蜘蛛侠"电影，其创新的巨大机器人机战设计，曾一度启发同时代日本著名特摄系列"超级战队"的创作。这一阶段，"蜘蛛侠"IP的衍生游戏主要由漫威授权任天堂进行发行，在旗下GB、SNES等平台均有发行"蜘蛛侠"IP的衍生游戏。

（2）漫威向索尼出售"蜘蛛侠"IP

"蜘蛛侠"IP脱离漫威宇宙世界观，由索尼主持的"蜘蛛侠三部曲"与超凡时代开启，奠定了经典超级英雄电影叙事。1999年，在艾米·帕斯卡尔（Amy Pascal）主导下，索尼花费700万美元，连同游戏改编权，从漫威手中买下了"蜘蛛侠"的版权。2001年，索尼游戏部门首次于自家旗下平台PlayStation 1独占发行了"蜘蛛侠"IP的衍生游戏《蜘蛛侠》。2002年

5月3日,电影《蜘蛛侠》在美国上映,三部曲时代开启。同年,索尼游戏部门于旗下平台PlayStation 2独占发行了游戏《蜘蛛侠:电影版》。自此,每有一部"蜘蛛侠"电影上映,索尼游戏部门都会同期在PlayStation平台上发行一款"蜘蛛侠"游戏。

随着三部曲的上映,"蜘蛛侠"IP迎来了黄金时代,同时期其他"蜘蛛侠"影视作品鲜有出现,三部曲及其衍生游戏占据了大部分市场。2014年,《超凡蜘蛛侠2》票房受挫,以及索尼同年于PlayStation 4上发售的游戏《超凡蜘蛛侠2》销量的惨淡收场,标志着"蜘蛛侠"这一IP若继续由索尼一家运营,已经无法发挥其最大价值。

根据1999年与漫威的约定,若索尼五年未推出电影新作,版权就将自动回到漫威手中。因此,原定山姆·雷米(Sam Raimi)执导的《蜘蛛侠4》流产后,索尼一度向漫威寻求合作,而《超凡蜘蛛侠》是索尼与漫威联合开发"蜘蛛侠"系列电影的第一次尝试。而在此期间索尼也尝试过《毒液》等以"蜘蛛侠"IP衍生反派为主角的反英雄作品,其获得成功让索尼有了进一步尝试IP拓展的勇气与信心。

(3)蜘蛛侠回归漫威宇宙

索尼将"蜘蛛侠"IP免费租借给漫威,蜘蛛侠回归漫威宇宙,加入复仇者联盟。三部蜘蛛侠个人电影,包括《蜘蛛侠:英雄归来》《蜘蛛侠:英雄远征》《蜘蛛侠:英雄无归》,均由索尼和漫威联合出品。

根据《综艺》的内线情报,漫威不需要为蜘蛛侠现身漫威电影中而向索尼支付任何费用。不过合约也明文规定,将来双方合作的"蜘蛛侠"系列电影的票房全部归属索尼,漫威不会从中拿走一分钱,而索尼同样也不会从有蜘蛛侠出现的漫威电影里获利。

2.IP世界观与故事文本衍生

本书依据电影系列制作、剧情、选角的连贯性,将"蜘蛛侠"IP的主要电影作品划分为三部曲、超凡、漫威三个时代(见表3-6)。每个时代各有风格与特色,但在总体上呈现出了抽离深度、扁平通俗的趋势。

表 3-6 蜘蛛侠电影三代世界观主要设定一览

	起源	主角形象	人生导师	追求对象	主要矛盾	主要反派
三部曲时代	交代	初入社会的美国男青年	本·帕克	玛丽·简	成为英雄后的双面人生	绿魔、章鱼博士、毒液、沙人
超凡时代	交代	叛逆的美国高中生	本·帕克	格温·史黛西	探寻父母的身世秘密	蜥蜴人、电光人、绿魔二世
漫威时代	不交代，作为人物前史	稚气未脱的高中"小毛孩"	托尼·史塔克	丽兹、MJ（米歇尔·琼斯）	加入复仇者联盟	秃鹫、神秘客

（1）三部曲时代

三部曲系列描述了一个美国底层男青年的英雄幻想，突出了英雄事业与平凡生活之间的艰难抉择。高中毕业的彼得·帕克刚刚走入社会，在事业、爱情、友情、学业的多重压力之下，走出了一条独一无二的英雄道路。

正如梅姨在片中所说，每个人都有着一颗英雄的内心，即便这意味着牺牲小我而拯救大我。蜘蛛侠的核心精神在于，他既是一个英雄，同时也是一个凡人，有着自己的生活，越是在英雄事业与自己的人生之间艰难抉择，越能体现这颗英雄之心的珍贵。

三部曲系列的核心议题，就是探讨个人与英雄之间的艰难抉择，并将观众置入设定好的语境，告诉观众蜘蛛侠的选择，并在此基础上询问观众自己的选择。

"蜘蛛侠"系列电影的主要反派与彼得·帕克都有着紧密的联系，或是其导师，或是其挚友。三部曲系列将这一点在哈利·奥斯本与奥托博士的剧情线上体现得淋漓尽致。在《漫威蜘蛛侠》中，彼得·帕克与奥托博士从亦师亦友走向极端对立的情节发展充分体现了三部曲系列的这种反派塑造观。

（2）超凡时代

在人设上,"超凡蜘蛛侠"系列是索尼对三部曲系列的一次"拨乱反正"的尝试,索尼一改三部曲系列中对剧情人设进行大量符合美国社会现状改编的风格,在"超凡蜘蛛侠"系列中尽可能地还原了漫画的设定,如蜘蛛侠话痨的性格与快节奏、轻剪辑风格的回归。

索尼尝试在"超凡蜘蛛侠"系列中贯穿彼得·帕克的身世之谜作为情节副线,但因此缺失了最为重要的"能力越大,责任越大"的经典叙事,令叔叔本·帕克之死成为不得不添加的剧情附庸,使得蜘蛛侠作为英雄的正当性受到质疑。"超凡蜘蛛侠"系列同样还原了蜘蛛侠漫画副线剧情——史黛西之死,而主要角色的死亡不可避免地会对电影口碑产生负面影响,尽管这忠实地还原了漫画剧情。

在画面质感上,"超凡蜘蛛侠"系列在特效上做出了很大的突破,影片最大限度地调动了3D电影的技术优势,通过IMAX带来了逼真而震撼的身临其境的体验式观感。

"超凡蜘蛛侠"系列着重刻画了以特效、人物性格为代表的表观视觉元素,而淡化了对蜘蛛侠核心议题的讨论,蜘蛛侠变得话痨、叛逆而轻浮,失去了一分作为英雄的沉重史诗感,使得拯救城市的正义事业显得刻板且模式化。

（3）漫威时代

在该时代世界观中,彼得·帕克成为蜘蛛侠的"起源"剧情被略去,作为人物前史不予交代,彼得·帕克的叔叔本·帕克好像从没有存在过,而本·帕克的角色位置则被钢铁侠托尼·史塔克替代,在漫威时代,托尼·史塔克对彼得·帕克来说既是偶像,又是人生导师。

漫威时代的"蜘蛛侠"系列电影在漫威宇宙中找到了钢铁侠这一个合适的接入点,完成了两个世界观的"再融合",同时致敬了漫画剧情,完成了漫威对蜘蛛侠世界观的"收复"。

电影系列中,彼得·帕克的选角经历了以下变化:托比·马奎尔→安德鲁·加菲尔德→汤姆·霍兰德。蜘蛛侠在外貌上变得越来越年轻，由身处社会森林的城市打工人转变为青春活力的话痨小蜘蛛。爱情线上，从三部曲中注重刻画现实社会交往，到超凡系列纯粹的爱情刻画，再到漫威时代的青春校园同学关系，蜘蛛侠中的人物关系逐渐抽离了深度而变得越来越符号化。

（二）"蜘蛛侠"IP影游改编案例研究

1. 故事文本/叙事

（1）游戏对"负片人"马丁·李的开掘性创新

作为从未在电影作品中登场过的反派角色，马丁·李的知名度远不及毒液、章鱼博士等，但作为游戏反派则具有其独特的优势。《漫威蜘蛛侠》讲述童年遭受奥氏集团迫害而成为"负片人"的马丁·李，在慈善大亨的伪装下，一步一步壮大自己犯罪集团"心魔"，妄图统治纽约的经典反派成长叙事。与主角相同的双重身份增添了其作为反派的内在冲突，延续了"蜘蛛侠"系列电影惯用的亦正亦邪的反派塑造，能够带来更加激烈的剧情矛盾。

（2）"章鱼博士"奥托这一角色在游戏中的叙事继承

"章鱼博士"奥托在"蜘蛛侠"IP中始终占据着重要的位置，无论是漫画中与彼得·帕克互换身体，还是电影中从受人尊敬的导师走向邪恶的罪犯，奥托的人物塑造贯穿了"蜘蛛侠"系列电影的始终。《漫威蜘蛛侠》在《蜘蛛侠2》奥托剧情线的基础上更进一步，与漫画的"邪恶六人组"进行结合，讲述了奥托博士从彼得·帕克至亲的人生导师，一步步为奥氏集团所迫，走向犯罪深渊而无法自拔的故事，塑造了一个既传承影视作品经典叙事，又具有更加强烈情感冲突的奥托形象。

（3）"后蜘蛛侠时代"的时间线延续

《漫威蜘蛛侠》的时间线被设定在彼得·帕克成为蜘蛛侠8年后的2018年，为了方便开掘新剧情并留出足够介绍前史的宏观时间缓冲段，将复杂的角色心路历程隐藏在游戏中的背包、录音笔等收集要素之中。

然而,"后蜘蛛侠时代"的时间线设定也使《漫威蜘蛛侠》中的彼得·帕克缺少其成为蜘蛛侠时"能力越大,责任越大"的经典叙事,使得本游戏缺少了三部曲时代的现实沉重感,取而代之的是漫威时代"话痨小蜘蛛"的时尚年轻感。

2.风格

游戏有着偏向于漫威时代电影的游戏风格。无论是人物外在的视觉元素,还是人物内在的性格因素,《漫威蜘蛛侠》有意识地在"蜘蛛侠"系列电影的基础上向着漫画进行靠拢。

视觉元素上,蜘蛛侠动画中可大可小的眼睛设定在漫威时代的电影及游戏作品中得到了还原,帮助玩家理解面具之下蜘蛛侠的情绪变化。

人物性格上,彼得·帕克重新回归了话痨的设定,在游戏中与电影、漫画一样,甚至有过之而无不及地,在用蛛丝摆荡赶路时进行大量对话与吐槽,这不仅让本就刺激的赶路体验锦上添花,也避免玩家在完成任务后中断对游戏剧情的参与,使得游戏中的每个部分被小蜘蛛的话痨流畅地衔接起来。

游戏有轻松的氛围与明亮清晰的画面。与其他市场定位类似的角色扮演类游戏相比,《漫威蜘蛛侠》游戏场景氛围轻松明亮、大气清朗,场景多以白天为主,即使黑夜也是灯火通明、繁华异常;而诸如《蝙蝠侠:阿卡姆骑士》的氛围则黑暗压抑、清冷凝重,且场景几乎全都设置在夜晚。

游戏的人物建模糅合了三代主角。为了迎合玩家们对"蜘蛛侠"系列电影的深刻印象,《漫威蜘蛛侠》将三个系列电影中蜘蛛侠的扮演者托比·马奎尔、安德鲁·加菲尔德与汤姆·霍兰德的形象进行糅合,塑造了一个只属于游戏中的彼得·帕克的全新形象。

值得注意的是,于2018年发售的初版《漫威蜘蛛侠》中,彼得·帕克的形象为电影三代主角面部的糅合,而到了索尼PlayStation 5平台上的《漫威蜘蛛侠:重制版》中,彼得·帕克的形象则转为漫威时代的蜘蛛侠扮演者汤姆·霍兰德。这种表观层面的形象转变使得游戏在视觉层次得以与电影进行融合，淡化了游戏与电影之间的界限。

游戏有着忠于原作的反派人设与剧情发展。在经典的英雄主义叙事框架下，反派的人设与主角同样重要，成功的反派塑造同样能够激起观众的共鸣。《漫威蜘蛛侠》中，基于漫画的反派，诸如章鱼博士、惊悚、金并、负片人等得到了全新进化，其装备、外形均进行了重新设计，但其形象总体上并未跳脱出漫画既定的范畴，反派的人物前史与结局都与原作基本接近，因此熟悉原作的玩家很容易猜到剧情的发展，如奥托博士的"黑化"过程。

游戏还有身临其境的曼哈顿地图。微缩的地图、没有重复的楼房、精致的建模、富有质感的光影、昼夜与天气系统，种种要素有机结合，造就了迄今为止主机游戏中最为精致、最为庞大的纽约市地图。值得注意的是，在《漫威蜘蛛侠》的曼哈顿城中，除了诸如帝国大厦、洛克菲勒中心、中央公园等著名地标，还额外还原了漫威宇宙世界观中的复仇者联盟大厦、奇异博士至尊圣所、瓦坎达大使馆等虚构地点，但这些地点所对应的相关角色则由于索尼缺失相关的版权而并没有出现。

同时，游戏中还用到了电影化的过场演出。游戏中大量运用了QTE（快速反应事件）作为过场动画的衔接，正确的QTE能够解锁后续的过场动画。反之，则会回溯到原有的时间点再次进行尝试。玩家被动卷入游戏作者所提前设定的议程之中，在战斗转场的间隙持续推动玩家对游戏内容的参与。

传统的RPG游戏中大量使用越肩正反打镜头来讲述故事，受困于大量的文字内容显得呆板而机械。过场动画的引入使玩家在丧失控制游戏权力的同时，跳脱出沉浸式的体验，获得游戏作者所设置的、相对独立的感官刺激。《漫威蜘蛛侠》中大量运用了电影化的过场演出，使用了"变焦""猛推""急降"等电影镜头语言。玩家在玩游戏的同时，获得了对游戏、电影两种媒介形式的不同感知，在动态运动的画面中，被游戏的语境接纳并融入其中。

3.玩法

（1）"公式化"的开放世界

开放世界游戏，玩家可自由地在一个虚拟世界中漫游，并可自由选择完成游戏任务的时间点和方式。"公式化"开放世界，又名"待办清单式"开放世界（Checklist Open World），是由育碧娱乐软件公司开创定型的一种流水线化生产的开放世界类型，其旗下游戏"刺客信条"系列、"看门狗"系列均属该类典型。

"公式化"开放世界游戏，通过大量重复元素的"换皮"建模、换汤不换药的支线任务（如"护送""跟随""潜入"任务等），以及极为丰富的地图事件与收集要素"堆砌"起玩家的游戏体验。

《漫威蜘蛛侠》是一款经典的"公式化"开放世界游戏，玩家不必遵循游戏设定好的章节顺序，而是可以在每个大致的剧情阶段自由地对地图进行探索，自由选择完成游戏任务的先后顺序。

"公式化"开放世界游戏的优点在于沉浸感强、自由度高、玩家探索欲得到极大满足。玩家在《漫威蜘蛛侠》中可以去曼哈顿城中的每一处角落，大大满足玩家玩游戏时的探索体验。并且在游戏开发阶段可以进行流水线化作业，素材得以重复利用，提高游戏开发的资源利用率，也为续作《漫威蜘蛛侠：迈尔斯·莫拉莱斯》的开发奠定了素材基础。

"公式化"开放世界游戏的缺点在于大量刻板化元素的堆砌，重复的类型化任务、换汤不换药的游戏桥段容易让熟悉开放世界玩法的玩家感到枯燥。同时，因地图过于庞大，玩家将耗费无用精力在赶路上，重复地收集要素也使二周目的游玩新鲜感大大降低。

（2）"待办清单式"的任务引导与丰富的地图收集要素

威廉姆斯认为，"幻想作品并非像它经常被认为的那样，是关于统治与控制的、用于满足愿望的线性叙事。它们的突出特点反而是，欲望的延迟，以及所幻想的对象与事件在定位上的不固定"[1]。

---

[1] 卡尔，白金汉，伯恩，等.电脑游戏：文本、叙事与游戏[M].丛治辰，译.袁长庚，审校.北京：北京大学出版社，2015：195.

庞大复杂而精致的地图容易使玩家感到迷茫，游戏要素在游戏时空上的分散在很大程度上弱化了游戏的叙事流程。通过待办清单式的任务引导，可以从游戏机制层面规划玩家的游玩路径，创造非线性的叙事时空，从以下两个方面淡化开放世界游戏的这类弊端。

（3）丰富且有趣的收集要素

《漫威蜘蛛侠》在主线之余增加了大量密集的支线任务，通过完成游戏地图中的"待办事项"获取不同种类的代币，再借由代币兑换解锁不同种类的战衣、装备、配件、技能等。玩家在城市高楼间穿行时也会触发随机战斗事件，解决事件即可获得代币奖励。

丰富的收集要素并不是单纯为了消磨玩家游戏时间而设计的"附庸"，《漫威蜘蛛侠》中的收集要素对剧情发展与人物塑造起到了至关重要的作用。游戏中的每个关卡场景充斥了各种彩蛋式的收集要素，这些要素不会对游戏流程产生影响，也不影响玩家通关，但却包含了丰富的游戏背景介绍。

如随处可见的录音笔收集内容，通过聆听角色在录音笔中的陈述，玩家能够一窥角色的心路历程，如奥托博士一步步走向堕落的过程，并了解角色的背景故事，解开马丁·李受奥氏集团迫害的身世之谜等。

背包收集任务则能够补完8年间蜘蛛侠的英雄职业生涯，串联电影剧情。此外，游戏内还设有多达27套的战衣收集任务，每个任务下辖许多子分支，玩家通过完成这些待办事项，就能够进行战衣的解锁。各式各样的战衣拓展了其他衍生作品中蜘蛛侠的形象，如漫威时代电影中的钢铁蜘蛛侠、动画电影《蜘蛛侠：平行宇宙》中的黑暗蜘蛛侠等。

（4）沉浸而刺激的移动方式

"蜘蛛侠"系列重要的视觉元素就是随着主角穿梭楼宇、飞檐走壁，《漫威蜘蛛侠》继承了系列游戏作品一贯的思路，将这一过程融入游戏的赶路机制当中，淡化了巨大地图带来的时空错乱感，令玩家赶去一个地点的过程成为一种视觉享受。分散在地图各处的收集要素通过角色的移动进行衔接，将漫长的赶路过程分散为玩家对几个地标性建筑的视觉印象，令机制层面的任务指引通过地点间的路径浮现在玩家眼前。

同时，配合PlayStation平台DualShock手柄精准而灵敏的触感式震动，能够为玩家带来身临其境的触觉反馈。每一次射出蛛丝、每一次从高处荡落到最低点、每一次从街角巷间呼啸而过，DualShock手柄都会提供不同等级、不同模式的清脆震动，仿佛玩家自身化身为蜘蛛侠，在纽约城市建筑之中飘荡，为原本枯燥的赶路带来了只属于蜘蛛侠的额外乐趣。此外，蛛丝摆荡的环节也能够代替读盘与地图载入时间，提供顺滑的游戏体验，从而避免类似《血源诅咒》的漫长黑屏，打乱游戏节奏，巧妙地将人物的核心设定转化为了游戏机制。

（5）"声—画—触"协同与"心流"体验

大卫·白金汉（David Buckingham）总结了两种巩固游戏快感的模式，一种是被"送入"一个文本或体验的"沉浸"感，另一种则是玩家被迫在游戏中采用更为审慎和具有反思性的态度，比如在处理新的故事信息、解决问题或是制定策略时的"卷入"感。道格拉斯和哈格顿指出，当玩家投入游戏的时候，会经历两种专注模式之间不停转换的状态，而正是在这两种模式的摆动之间，缔造出了游戏的"心流"体验。[①]

"心流"体验即玩家感到此刻自己正"处于巅峰"的特殊心理状态，这种极其满足和欲罢不能的感觉部分由玩家在"卷入"与"沉浸"之间的转换所触发。在《漫威蜘蛛侠》中，玩家对剧情与过场动画的欣赏，提供了跳脱出游戏机制的"卷入"体验；而由声音、画面、手柄震动等带来的"声—画—触"反馈，则提供代入角色的"沉浸"体验。玩家在初次体验PS5 DualShock手柄的精确触控反馈时往往会感到出戏与惊喜，但当玩家将这种反馈视作理所应当的、完整游戏体验的一部分的时候，便将这种多维度的感官反馈还原到玩家游玩时的现实时空中，进而将自己代入角色中。

---

① 卡尔，白金汉，伯恩，等.电脑游戏：文本、叙事与游戏[M].丛治辰，译.袁长庚，审校.北京：北京大学出版社，2015：234.

索尼的优势在于，能够完美发挥出PlayStation平台的全部游戏机能，通过蛛丝摆荡、战斗时的手柄震动反馈，紧张刺激的剧情过场中的QTE互动，任务完成后快速响应的结算与奖励发放界面，以及游戏NPC与玩家所扮演的蜘蛛侠的角色互动等游戏机制要素，"卷入感"与"沉浸感"交相辉映，构筑出完整的"心流"体验，在此过程中产生玩家对游戏角色的共情："你，就是蜘蛛侠！"

（6）化身操控与角色共情

安德鲁·伯恩指出，电脑游戏中，玩家既是化身，又不是化身，这是游戏体验的核心。就"玩家—化身"关系而言，此时玩家具有双重功能：一方面，玩家与化身融合在一起，二者皆为行为者，都进行了攻击；另一方面，玩家又像是一个操纵木偶的人，拉着化身的线，甚至是某种类型的作者，作为建立在规则基础之上的因果结构的一部分，以一种受限语言进行书写。[①]

一方面，我们将游戏文本视作被阅读的对象，玩家的身份是受众；另一方面，我们认为游戏文本是被执行的进程，玩家的身份是执行者。[②]《漫威蜘蛛侠》中，玩家既"扮演"着蜘蛛侠，将自己代入角色之中，见其所见、行其所行，又"操纵"着蜘蛛侠，指挥其战斗，替蜘蛛侠决定其行为、做出其选择。

玩家通过扮演游戏中的蜘蛛侠化身，通过克服剧情线上设置的重重困难，与化身一同经历、一同成长。玩家有时扮演游戏角色，有时又跳出其角色；有时全神贯注于游戏的竞技性，有时又转而欣赏游戏世界精致的视觉效果。[③]在这些游戏模式的不断切换之中"置入"游戏角色，在扮演与

[①] 卡尔，白金汉，伯恩，等.电脑游戏：文本、叙事与游戏 [M].丛治辰，译.袁长庚，审校.北京：北京大学出版社，2015：109.

[②] 卡尔，白金汉，伯恩，等.电脑游戏：文本、叙事与游戏 [M].丛治辰，译.袁长庚，审校.北京：北京大学出版社，2015：109.

[③] 卡尔，白金汉，伯恩，等.电脑游戏：文本、叙事与游戏 [M].丛治辰，译.袁长庚，审校.北京：北京大学出版社，2015：109.

审视之间寻找玩家相对于游戏中角色的心理位置。

（7）"电影放映式"的主线剧情与"根茎式"分支结构

在《全息甲板上的哈姆雷特》（*Hamlet on the Holodeck*）一书中，珍妮特·穆瑞（Janet Murray）描述了互动文本中空间导航的两种模式：迷阵和根茎（Rhizome）。根茎这一概念来自德勒兹（Deleuze）和瓜塔里（Guattari）的哲学思想，指的是像土豆这样的块茎的根系可以向任何一个方向发芽生长。穆瑞指出，在迷阵当中探险意味着在向唯一的出口有条件地前进，而在根茎般的环境当中，并没有特定的方向比其他方向更有利。因此，游戏中复杂的剧情线设计应当兼具迷阵"展现最好"的一面与根茎"自由"的一面。①

游戏研究专家爱斯潘·J. 阿尔萨斯（Espen J. Aarseth）认为，线性文本是一种"剧本化的架构"，而游戏中这类非线性的文本是通过玩家的互动创造出来的，游戏中的故事类型是一种"赛博文本"，受到了机器思维的影响。②

《漫威蜘蛛侠》在主线剧情的叙事上做了相当程度的克制，保持了"电影放映般"的观感，在人物对话、战斗场景转换演出中采用诸如"变焦""猛推""急降"等电影镜头语言。其中所有QTE等互动要素均是为了讲述主线剧情服务，其"迷阵"般的剧情线设计将主线最完美的一面展现给了玩家，使玩家能够获得最佳的游戏体验。

与《天国：拯救》《黑暗之魂》等传统RPG不同，《漫威蜘蛛侠》在人物对话时并不能逐句跳过，而是只能整段跳过，尽管限制了玩家的自由度，且一定程度上打断了玩家的游戏节奏，但也使得玩家在游玩主线剧情时如同在"观看一部蜘蛛侠电影"，获得沉浸式的剧情体验。完整而独立

---

① 卡尔，白金汉，伯恩，等.电脑游戏：文本、叙事与游戏[M].丛治辰，译.袁长庚，审校.北京：北京大学出版社，2015：84.

② AARSETH E J. Cybertext: perspectives on ergodic literature[M]. Baltimore: The Johns Hopkins University Press，1997：17-50.

的过场演出，也使得玩家能够在频繁的战斗场景中"歇一口气"，又一定程度上缓解了过场动画对玩家游戏节奏的打断。

《漫威蜘蛛侠》通过"根茎式"的支线剧情，对玩家的主体性与自由度进行了补足，借由一个个分支事件对整个游戏世界观进行构筑。如随机遭遇的"心魔"组织犯罪事件，通过展现"心魔"组织攻占侵吞金并的犯罪势力，隐晦地构建出金并被捕后纽约"犯罪天平"失衡这一重要游戏背景。

《漫威蜘蛛侠》的主线剧情没有《底特律：化身为人》盘根错节的分支，也并非传统剧情类RPG的情节流水账。玩家不会因为选错选项而错过关键剧情，使得玩家能够在一周目的游戏过程中获得水平近似的体验，保证了玩家口碑的稳定性。但这也导致游戏缺乏二周目乐趣，使其不适宜进行重复游玩，成为"爆米花式"的一次性消费品。

（三）《漫威蜘蛛侠》改编效果评估与策略分析

1."蜘蛛侠"系列电影票房与口碑评估

"蜘蛛侠"三部曲每一部首映当天都会创下一个新的票房纪录。这三部曲都是惊奇漫画改编的电影中美国票房最高的五部之一，其中"蜘蛛侠"系列第二位，《蜘蛛侠2》第四位，《蜘蛛侠3》第五位。这三部曲还是美国历史上所有超级英雄电影中票房最高的十部电影之一，《蜘蛛侠》第四位，《蜘蛛侠2》第六位，《蜘蛛侠3》第七位。此外，"蜘蛛侠"三部曲还是索尼哥伦比亚电影公司票房最高的三部电影。《蜘蛛侠：英雄归来》上映后则在蜘蛛侠所有电影中排名第二。

电影票房"蜘蛛侠"三部曲常年保持全球票房高位；"超凡蜘蛛侠"系列尽管成绩依旧喜人，却相较于前作有断崖式的下降；《蜘蛛侠：英雄归来》力挽狂澜，《蜘蛛侠：英雄远征》票房再创新高，重新进入全球票房顶流（见表3-7）。

表 3-7 历代蜘蛛侠电影票房统计[1]

作品名称	发行时间	美国票房（美元）	全球总票房（美元）	全球票房排名（当年）
《蜘蛛侠》	2002-05-03	403,706,375	821,708,551	第 3 位
《蜘蛛侠 2》	2004-06-30	373,585,825	788,618,317	第 3 位
《蜘蛛侠 3》	2007-05-04	336,530,303	894,983,373	第 3 位
《超凡蜘蛛侠》	2012-07-03	262,030,663	757,930,663	第 7 位
《超凡蜘蛛侠 2》	2014-05-02	202,853,933	708,982,323	第 9 位
《蜘蛛侠：英雄归来》	2017-07-07	334,201,140	880,166,924	第 6 位
《蜘蛛侠：英雄远征》	2019-07-02	390,532,085	1,131,927,996	第 4 位

"蜘蛛侠"三部曲继"蜘蛛侠"IP诞生以来，再一次奠定了整个IP的总体基调，以其纯正的英雄主义叙事最大限度地唤起了观众的共情，伴随着美国国力走向鼎盛，将这种纯粹的人本主义思潮传播到全球各地；"超凡蜘蛛侠"系列则在对漫画作品的还原上过度注重视觉元素的开发，缺乏了观众共情与主旨深度；漫威时代将蜘蛛侠融入了漫威宇宙，在复仇者联盟之中找到了属于蜘蛛侠的独特定位。在游戏中，尽管由于版权问题没有直接展现漫威宇宙旗下的各种人物，但他们却受到复仇者联盟大厦、奇异博士至尊圣所、瓦坎达大使馆等虚构地点的间接指向，他们的影子无处不在。

2.内容改编策略

《漫威蜘蛛侠》在影视作品改编游戏历史上留下了浓墨重彩的一笔。过去的作品只是电影的"附属品"，是为了满足观众看完电影后意犹未尽的"冲动"而制造出来的附庸，如蓝光CD中附赠的音乐专辑、角色手办中附赠的特典一般。而《漫威蜘蛛侠》在游戏剧情与人设上都有着较强的相对独立性，使得非电影受众在游玩时也能获得近乎完整的游戏体验。

内容改编的核心是："源于电影、忠于电影，高于电影。"用更为具体

---

[1] 数据来源：Box Office Mojo by IMDbPro，https://www.boxofficemojo.com/。

的语言描述，便是熟悉感与新鲜感的缔造。总的来说，熟悉感来源于程式与模因，新鲜感来源于游戏对电影的互动性再塑。

（1）英雄类型作品的"程式"

戴安娜·卡尔指出，"恐怖电影依赖观众'对其程式的熟悉'。这些电影的特征蕴含于程式当中"。[①]超级英雄类型电影在几十年的"重复书写"中奠定了其基本的"程式"，同时也基本奠定了观众对于该类型作品的期待。

"某种意义上，在这个领域当中，没有原创，没有'真实的'或'正确的'文本，而只有变体。克洛弗认为，这种'重复书写'意味着，表演或呈现的定式远比为创新而创新更加重要。"[②]因此，正确地对电影内容进行"复写"是影视作品改编游戏的主要基调之一。

这种重复书写还使得模因在IP叙事框架内形成，成为游戏得以传播的重要推动因素。据理查德·道金斯（Richard Dawkins）在《自私的基因》中所述，模因是"在诸如语言、观念、信仰、行为方式等的传递过程中与基因在生物进化过程中所起的作用相类似的那个东西"。模因使得蜘蛛侠这个程式化的英雄角色为人们所熟知，让"蜘蛛侠"IP得以在传播与复制中进行延续，通过游戏中各种要素、程式的复现，巩固了玩家们的印象。

（2）游戏对电影的互动性再塑

"互动性"这一概念常用以解释电脑游戏的魅力。在游戏过程中，玩家常常发现自己的行动并不仅仅取决于游戏系统的设定，他们自己也具备能在很大程度上左右游戏进程的力量。[③]

玩家的行为对游戏中时空所产生的影响是游戏时空与常规叙事时空的

[①] 卡尔，白金汉，伯恩，等.电脑游戏：文本、叙事与游戏[M].丛治辰，译.袁长庚，审校.北京：北京大学出版社，2015：193.

[②] 卡尔，白金汉，伯恩，等.电脑游戏：文本、叙事与游戏[M].丛治辰，译.袁长庚，审校.北京：北京大学出版社，2015：193.

[③] 卡尔，白金汉，伯恩，等.电脑游戏：文本、叙事与游戏[M].丛治辰，译.袁长庚，审校.北京：北京大学出版社，2015：171.

重要区别之一。因此，在将影视作品改编为游戏作品时，必须时刻注意，电影的主题并不是简单地复制到游戏当中，而是要转换为游戏机制，要将电影的"核心元素"融入游戏的"动态元素"中，将"电影元素"转化为"游戏机制"。

《漫威蜘蛛侠》中，将"蜘蛛侠"系列最重要的视觉主题——用蛛丝在城市间穿行摆荡、飞檐走壁，巧妙地转化为游戏中的赶路与读盘机制；将"蜘蛛侠"系列最重要的思想主题——平凡的英雄，融合进游戏中蜘蛛侠角色与市民的互动、随机的犯罪事件与彼得·帕克的个人生活剧情线之中。此外，漫威时代电影中蜘蛛侠在变身英雄之前有随手将背包用蛛网粘在墙上的习惯，被戏谑性地转化为游戏中的背包收集任务，同时作为电影与游戏的"彩蛋"，暗示着两者之间的联系。

3.发行营销策略

（1）IP运营"内循环"

索尼罕见地同时拥有电影制片与游戏制作能力，是一家贯通影视游戏运营全产业链的大型娱乐公司，而反观漫威旗下的其他IP，如钢铁侠、美国队长、雷神，由于缺乏完整的产业链，尽管电影角色人气很高，却鲜有出色的游戏作品。索尼的优势在于，在一个封闭生态下实现IP产业链的闭环，省去了跨实体之间IP授权的烦琐流程，实现IP产业上的自给自足，主要体现在以下方面。

首先是节约成本。游戏中的角色面部建模、曼哈顿建模、反派形象设计都可以在游戏制作方内部借鉴并流通，实现流水线化的游戏生产，在达成表观层面的风格一致性的同时，节约了重新建模的成本，减少资源浪费，提高了产出效率。《漫威蜘蛛侠》的地图、建模、游戏机制等要素在续作《漫威蜘蛛侠：迈尔斯·莫拉莱斯》中就得到了延续。

其次是零门槛准入。玩家只需看过漫威时代的"蜘蛛侠"系列电影，就能够无缝代入蜘蛛侠游戏的世界观，不会因为游戏内容与预期出入过大而产生强烈的割裂感，进而影响游戏体验。模因与程式有利于巩固蜘蛛侠的世界观叙事,将一条明确的核心主线,即彼得·帕克的英雄成长之路,通过复写式叙事"刻入受众DNA中",持续加深印象。

最后是影游互补。游戏与电影的世界观相互补足,不断丰富充实蜘蛛侠世界观。索尼似乎在向着游戏与电影的剧情差异化努力,在漫威时代的作品当中,几乎没有完全与电影雷同的反派角色战。如《蜘蛛侠:英雄归来》中登场的秃鹫,《蜘蛛侠:英雄远征》中登场的神秘客,《漫威蜘蛛侠》中登场的"负片人"等,通过不重样的反派剧情安排,构筑起一个完整的"蜘蛛宇宙"。

（2）舆论口碑：游戏文本再创造

粉丝使用不同模态（文字、图像）和不同文体（实况、攻略、评测）为他们的阐释活动提供了不同的可能性。例如,文字使得玩家得以直接表达在原文本中可能仅是加以暗示的情感反应,而图像则可用以强调在游戏当中只是转瞬即逝的视觉美感。[①]视频则可被用以在综合层面再现游玩的体验。

游戏实况将游戏流程完整地展现在受众面前,剔除了游戏互动性,取而代之的是视频媒介平台中观众与视频作者、视频内容的互动性。例如,一些UGC视频博主通过对游戏视觉形象、游玩过程的综合再现,让更多的人对游戏信息进行了解,进而产生购买冲动。

游戏攻略则诉诸游戏的机制层面,通过图片、文字或视频等媒介解说游戏规则,在游戏文本之外帮助现实中的游戏玩家实现更好的游戏体验。

IGN为PlayStation 5平台的《漫威蜘蛛侠：重制版》打出了9分的高分,通过复现专业评测人的游戏体验,助力游戏的商业推广。配合PlayStation微博与真实玩家群体的舆论对接,实现游戏发行方与玩家的双向沟通。

（3）影游协同营销

索尼同时作为游戏与电影的发行方,能够运用其品牌口碑实现"1+1>2"

---

① 卡尔,白金汉,伯恩,等.电脑游戏：文本、叙事与游戏[M].丛治辰,译.袁长庚,审校.北京：北京大学出版社,2015：238.

的效果。蜘蛛侠的 IP 衍生作品总体维持了"一年电影,一年游戏"的发行节奏,通过影视作品创造舆论热度,拉动游戏销量。

在这个过程中,通过影视作品对索尼旗下其他产品进行潜移默化的营销,如《蜘蛛侠:平行宇宙》中迈尔斯佩戴的索尼 WH-CH510 系列耳机。同时免去了繁杂的授权流程以及授权成本,使得 IP 相关产品得以迅速落地,如 PlayStation 4 蜘蛛侠限定版主机只有在索尼自己的闭环生态下才能够实现。

索尼互动娱乐于 2019 年 5 月成立了新工作室——PlayStation Productions,负责从公司旗下所拥有的超过 100 款的游戏作品中,选择适合的作品进行电影化、电视剧化,协调导演与制作方之间的意见,构筑起索尼娱乐的影游互融体系。

第三节　影游 IP 互化的拓展策略

拓展是通过填补空白、建构史前史或后历史等手段扩大原型世界的规模。具体手段往往是添加更多的存在物,或将次要人物转变成他们自己故事的主角。虚构文本优先于叙事文本,原型世界同后继者之间是补充关系。[1]这种拓展是从故事世界和虚构世界两个层面来实现的,前者是关于认知和认知论的概念,后者是本体概念。故事世界依赖于相互关联的故事来帮助我们认知世界的结构,细节填充和前因后果的延展既为故事世界提供了整体线索和逻辑,同时成为我们认知世界的方式。电影《愤怒的小鸟》用一整个故事来解答玩家对游戏的疑问——小鸟为何愤怒？电影《银河飞将》聚焦于游戏中银河保卫舰队的空军中校布莱尔年轻时的成长历程,两者皆以前传的形式拓展了原故事世界的边界。虚构世界则强调发生在同一世界中不同故事间的本体联系,呈现一个世界对多个文本的投射关系。电

---

[1] 张新军.数字时代的叙事学:玛丽-劳尔·瑞安叙事理论研究[M].成都:四川大学出版社,2017:74.

影《生化危机》《最终幻想》《魔兽》中的主角在游戏故事中并不重要，甚至无迹可寻，在相异个体视角所形成的故事文本间形成互文关系，同时满足受众对不断获取有关这个世界信息的需要，乃至形成附加性理解。

一、电影《愤怒的小鸟》：打磨英雄形象，弥合游戏叙事空白

对全球电影产业而言，2020年无疑是艰难的一年。一方面，全球电影市场在经历2016年至2018年的高速增长后，增速放缓至1%以下；另一方面，新冠疫情让全球主要电影市场的线下放映受到不同程度影响，中国作为全球第二大电影市场2020年度票房突破200亿元已基本无望。这无疑意味着全球电影票房增长将陷入短暂停滞，甚至倒退。

与全球电影市场的惨淡相比，全球游戏产业得到迅猛发展。2020年11月，知名咨询公司Newzoo更新了其于4个月前发布的《全球游戏市场报告》，将2020年度全球游戏市场收入预测值从1593亿美元上调至1749亿美元[①]。分析认为，新冠疫情的全球扩散给全球市场的发展带来诸多影响，尽管没有从根本上改变游戏市场及用户行为，但加速了游戏市场的空前增长。玩家参与度数据显示，疫情后消费者仍将持续关注游戏，参与度甚至比疫情发生前更高，即使不再实行封锁措施，市场也是如此。根据这些迹象，该机构预测"疫情带来的高参与度及收入将持续至明年及之后。到2023年，游戏市场收入将增至2179亿美元"[②]。

巨大的市场潜力，无疑让人们对两种娱乐产业形态的对接融合充满期待。北美电影市场数据显示，作为好莱坞电影的一种重要类型，游戏改编影片累计票房约19.10亿美元（统计范围内46部作品），甚至高于纪录片

[①] 电愉. Newzoo发布2020年《全球游戏市场报告》：预计收入超1749亿美元[EB/OL].（2020-11-10）[2024-05-17]. https://baijiahao.baidu.com/s?id=168296 1612146364413&wfr=spider&for=pc.

[②] 电愉. Newzoo发布2020年《全球游戏市场报告》：预计收入超1749亿美元[EB/OL].（2020-11-10）[2024-05-17]. https://baijiahao.baidu.com/s?id=168296 1612146364413&wfr=spider&for=pc.

所创造的16.83亿美元票房（统计范围内2057部作品）。①值得关注的是，改编自游戏的系列电影"愤怒的小鸟"及其续集，累计创造约5亿美元的全球票房，分别位列这一类型的历史第4位和第15位。因此，在全球电影市场增速放缓与全球游戏市场迅猛发展的双重背景下，对这一案例展开分析，无疑将为后疫情时代"影游融合"的进一步发展提供更为重要的经验。

（一）"愤怒的小鸟"系列游戏研究

《愤怒的小鸟》是由芬兰游戏公司罗维奥娱乐（Rovio Entertainment）开发的一款手机益智类游戏，其主要玩法为通过弹弓弹射各类小鸟，攻击不同建筑物中的捣蛋猪。2009年12月，该游戏首次针对IOS及Meamo设备发布。得益于智能手机产业的迅速发展，初版《愤怒的小鸟》在苹果手机应用商店迅速获得了超过1200万的下载量。

得益于初版的成功，开发人员迅速为包括安卓、塞班在内的其他支持触摸屏的智能手机系统开发应用。一时间，《愤怒的小鸟》成为最炙手可热的手机游戏。2010年2月，《愤怒的小鸟》在西班牙巴塞罗那举行的第六届年度国际移动游戏大奖中被提名为"最佳休闲游戏"；同年，在第14届D.I.C.E.（Design Innovate Communicate Entertain）Awards中被评为"年度最佳休闲游戏"，成为该奖项历史上第一个被提名"年度最佳游戏"的移动应用程序游戏。

时至今日，"愤怒的小鸟"系列游戏依旧具有强大的市场号召力。以初版益智类游戏为原型，已衍生出包括消除类、弹珠类、角色扮演类、卷轴射击类在内的超过20款游戏。数据显示，截至2018年，全球范围内各平台包括特殊版本在内的"愤怒的小鸟"系列游戏累计下载次数超过40亿。

在此基础上，"愤怒的小鸟"的热度也逐渐由移动端的小屏幕扩散至大屏幕，甚至真实世界。2011年，由20世纪福克斯电影公司出品的动画

---

① Box Office Mojo：Genre Keywords（US & Canada）[EB/OL].[2024-05-17]. https://www.boxofficemojo.com/genre/?sort=totalGross&ref_=bo_gs__resort#table.

电影《里约大冒险》上映，作为当时最为热门的手机游戏，《愤怒的小鸟》与《里约大冒险》展开合作，游戏中的主要角色在电影预告片中"出演"，并同步推出以影片为主题的版本《愤怒的小鸟里约版》。影片的全球上映无疑让"愤怒的小鸟们"再火了一把，也许正是这次非凡的"触电"经历，让游戏制作方罗维奥娱乐萌生了此后开发大电影的想法。2016年3月18日，《愤怒的小鸟》中的主要角色"胖红"接受时任联合国秘书长潘基文的任命，正式成为联合国国际幸福日绿色荣誉大使。一个虚构的卡通形象得到现实世界认可，成为具有象征意义的大使，足以说明"愤怒的小鸟"这一符号在全球范围内的巨大影响力。

1.玩法：对"现实"母题的深层模拟

作为一款益智类游戏（Puzzle Game），"愤怒的小鸟"系列游戏将力量元素融入游戏世界，实现对"现实"母题更深层次的模拟，在唤起玩家的本体感觉（Proprioception）的同时，降低了游戏门槛，使游戏获得更为广泛的传播。

所谓益智类游戏，可以理解为一种解谜游戏，其形成往往与现实生活息息相关，玩家在游戏过程中通过合理的方式调节各类变量以最终解开谜题。这一定义十分宽泛，因此，属于益智类范畴的游戏非常丰富，其历史也十分悠久。

谜语，或许是有记录的最古老的益智类游戏之一。譬如，希腊神话中的"斯芬克斯之谜"，还有将荷马困在预言之地直到死亡的不解之谜[1]，《埃克塞特之书》（*Exeter Book*）更是谜语在11世纪广受欢迎的力证。建立在语言或文字之上的谜语，体现出的是益智类游戏对"现实"的观察与凝练。随着东西方文化的交融，来自东方的"唐图"（Tangram，即七巧板）、鲁

---

[1] 传闻，荷马在被预言将遭遇死亡的洛斯大陆遇到一位向他提问的渔民。渔民问："我们抓住的，我们扔掉；我们不抓的，我们保留，是什么？"（What we caught we threw away, what we could not catch we kept?）因无法想出答案，荷马终老于洛斯大陆。

班锁等机巧游戏开始风靡欧洲；印刷术的普及更让各类填词游戏[①]得以通过报纸广泛传播；此外还有迄今为止最为经典的益智类游戏——"拼图"，相传1760年左右，英国雕刻师兼制图师约翰·斯普斯伯里（John Spilsbury）在木块上雕刻各国地图，由此创造了多个主题的拼图游戏。而七巧板、填词、拼图等游戏则在观察与凝练"现实"的基础上，更注重"现实"的空间逻辑。

透过以上两个例子不难发现，生活"现实"始终是益智类游戏创作的母题。值得注意的是，与谜语注重观察凝练以及拼图等游戏注重空间逻辑不同，"愤怒的小鸟"系列游戏对"现实"母题的模拟再现，加入了力量感知的元素。换而言之，对物理世界的力量模拟，既是"愤怒的小鸟"系列游戏最为核心的游戏逻辑，也是其区别于其他益智类游戏的亮点之一。

在"愤怒的小鸟"系列游戏中，用弹弓发射小鸟是主要玩法，只有角度和张力是玩家能够接触的变量。玩家通过手指的滑动将弹弓拉满并释放，将小鸟发射出去。小鸟释放后的动能及轨迹取决于玩家拉伸弹弓的角度与张力，两者都由一根手指决定。当弹弓向后拉时，游戏会发出一种有弹性的声音，给玩家一种绷紧的感觉。随后，小鸟在空中缓慢地以抛物线飞行，当撞击到建筑物时，游戏会发出"砰"的一声，以模拟沉重感。经由画面与声音构成的视听反馈，玩家得以感知建筑物的倒塌过程。在此基础上，玩家可以调整下一轮发射的角度与张力。弹力、重力、冲击力甚至摩擦力，不同力量元素的加入并没有让玩家无所适从，游戏对现实世界更为真实的模拟，反而让玩家能更轻易地上手，因为玩家无须做出复杂的物理计算，仅凭借现实生活的经验，就能够对此做出精确的判断。简单的操作和玩法大大降低了游戏的门槛，成为《愤怒的小鸟》广泛传播的重要接受基础。

在此过程中，新的技术条件唤起了玩家的本体感觉，帮助游戏掩盖了

---

① 填词游戏或填数游戏（如数独）的重要规则之一是带有明显的空间属性。

虚拟世界与真实世界之间不同感知回路的复杂沟通。在《愤怒的小鸟》诞生之前，以力量元素为核心玩法的电子游戏并不多见，因为以键盘为主的操控方式更适于对方向的控制。触控屏的普及使得在对方向的操控之余增加了对力度的控制。这或许也是这一时期诸如《滑雪大冒险》(*Ski Safari*)、《飞翔的小鸟》(*Flappy Bird*)等游戏诞生且广泛传播的重要技术基础。

对力量元素的控制进一步唤起了玩家的"本体感觉"，形成更为接近真实的游戏感。"本体感觉也被称为肌肉运动知觉（kinesthesia），是一种使我们能够感知身体各部位的位置、运动和动作的感觉。它与其他感官相结合，以定位外部物体相对于身体的位置，并有助于形成身体形象。"[①]简单来说，它帮助我们形成对身体的意识。比如，即使我们的眼睛被蒙住，也能够意识到自己的双臂是在摆动还是停止。在游戏过程中，"愤怒的小鸟"系列游戏并不允许玩家实际感到游戏世界中的力量反馈，但却时时刻刻让玩家感受到力量的存在。画面呈现、游戏算法、交互操作配合游戏硬件，让玩家主动参与到了游戏世界对"力量"的模拟中。换言之，"愤怒的小鸟"系列游戏或许违背了自然规律，即小鸟需要通过弹射才能飞翔，却尊重了基本的物理规律。

事实上，与观看电影相似，"愤怒的小鸟"系列游戏所创造的游戏世界也是一种整体体验。正如梅洛-庞蒂所说："心理的动机和身体的原因能够相互交织在一起，因为在一个活生生的身体中没有一种单一的运动对于心理的意向来说是完全偶然的，也没有一种单一的心理活动在生理的机制中不会至少找到它的起源或它的一般的轮廓。"[②]借助"本体感觉"的能力，我们将感官在现实生活中的体验与游戏的虚拟世界相连接，进而达到梅

---

① TAYLOR J L. Proprioception [M]//SQUIRE L R. Encyclopedia of neuroscience. Cambridge: Academic Press, 2009: 1143-1149.

② 巴尔巴拉.梅洛-庞蒂: 意识与身体 [J]. 张尧均, 译. 同济大学学报（社会科学版），2009, 20(1): 1-5.

洛-庞蒂所描绘的心理与知觉在实存中彼此交融沟通的状态。这一思路或许为作为体验的游戏开辟出了一条新的道路，随着VR/AR技术的加持，对"现实"母题的模拟与再现，有望进入新的体验阶段。

2.世界观："治愈"色彩与快乐导向

由于初版游戏并不强调故事背景，"愤怒的小鸟"系列游戏所呈现的世界观可以简单理解为小鸟与捣蛋猪两者间一正一邪的"二元对立"。但从另一种视角解读"愤怒的小鸟"系列游戏的玩法，有研究者认为小鸟所搭建的抽象世界观，成功唤起了玩家的"共情"。游戏中的捣蛋猪化身玩家现实生活中厌恶的人或事物的替代符号。于是，尽管小鸟撞击后会脱落羽毛，甚至发出惨叫，但运用自己的智慧击碎城堡仍能成为一种快乐的积累与情绪的宣泄。隐藏在"愤怒的小鸟"系列游戏"二元对立"玩法背后的是一种颇具治愈色彩与快乐导向的世界观。

所谓"治愈"，比较普遍的观点是将其视为在日本文化中开始流行的一类社会文化现象，"指的是能够抚慰心灵，并给人以持续、恒久、连续的舒畅感的一系列事物"[①]。从20世纪90年代末期开始，以坂本龙一、喜多郎为代表的"治愈系音乐"；到文学领域以村上春树、吉本芭娜娜为代表的"治愈系文学"；再到影视动漫领域以《夏目友人帐》《情书》等为代表的"治愈系作品"。"治愈"是对社会压力与负面情绪的一种消解与抵抗，需要注意的是，"治愈"并不是仅仅存在于日本社会中的文化现象，而是在全球范围内普遍存在的文化需求。

（1）"过劳时代"的降临使人"无暇再闻玫瑰香"

美国学者朱丽叶·B.斯格尔（Juliet B. Schor）在《过度劳累的美国人》（*The Overworked American*）中描述了第二次世界大战后美国民众的普遍感受：生产力的提升没有减少工作时间，反而进一步削减了休闲时间。在资本主义劳动力市场机制的推动下，充满陷阱的消费主义成为"需求和消费

[①] 韩思齐.日本"治愈系"的文化分析［J］.南昌教育学院学报，2010，25（2）：48-50.

之间的一个恶性循环"[①]。在"生产引导消费"的社会环境中，物的"死亡"而非使用价值或使用时间决定了其价值，"死亡"的加速势必引起价格上涨速度的加快，于是消费者被困于"工作—消费—再工作—再消费"的困境中。正如鲍德里亚在《消费社会》中所提到的，饥饿和传染性匮乏，是前工业社会的主要问题，而疲劳则是"后工业社会集体症候"[②]。为了逃离现实中不断循环的消费困境，人们开始寻找回归自然的路径。因此，《愤怒的小鸟》游戏所呈现的虚拟自然景观、卡通动物形象一定程度上成为脱离城市天际线、亲近自然的治愈之道。

（2）"身份认同"的危机再现"他人即地狱"

萨特曾在其戏剧《间隔》（*Huis-clos*）中描绘了一个没有刑具但人人都是"刽子手"的炼狱。三个亡灵在地狱中相互隐瞒、戒备、折磨，既成为别人的阻碍又使自己不断坠入深渊。作为一种理解，"他人即地狱"可以被视为"一道盯着你的目光"，当主体被他人凝视，主体便成为他人凝视的对象，进而成为他者。在此过程中，主体不得不把别人的凝视当作自我身份认同的可能性，"虽然可以自觉地加以抵制，却囿于他人的定论，即便在新的存在关系中也不能摆脱过往的阴影，不能再创造自我的本质，给自己重新定位"[③]，最终形成自我与他人合谋的禁锢。与之相似的，斯特劳斯认为认同是一种互动的事实，"他认为认同必然与自己和他人对自我的重要评价相联系"[④]。这样的现实使个体无法从人际交往中获得依赖与归属感，更无法从中获得他人对自我的评价。于是，捣蛋猪成为指代现实生活中消极因素的符号，自我塑造不成功或人际沟通失败的个体通过游戏中的

---

① 斯格尔.过度劳累的美国人［M］.赵惠君，蒋天敏，译.重庆：重庆大学出版社，2010：11.

② 鲍德里亚.消费社会［M］.刘成富，全志刚，译.南京：南京大学出版社，2000：207.

③ 顾晓燕.合谋的禁锢：从萨特的《禁闭》看自我的"异化"［J］.安徽文学（下半月），2008（10）：165-166.

④ 王莹.身份认同与身份建构研究评析［J］.河南师范大学学报（哲学社会科学版），2008（1）：50-53.

抗争方式获得一种"治愈"的效果。

事实上，在治愈之余，"愤怒的小鸟"系列游戏更体现出一种以快乐为导向的世界观。类似打桌球，玩家可以通过调整角度和力度的变量决定小鸟是直接撞向捣蛋猪还是撞向石头，再由石头狠狠砸中捣蛋猪。"每个玩家即使在一个简单的场景中也可以创意无限地设计小鸟的飞行路线，或考虑让肥绿皮猪遭受报复的程度。"[1]捣蛋猪的挑衅声或惨叫声、破碎的木支架共同构成游戏对玩家的反馈。这样的体验不仅因为抛射轨迹的区别而存在差异，还在向捣蛋猪反复发起的进攻中不断释放玩家的压力。

伊壁鸠鲁认为："快乐是天生的最高的善，我们的一切取舍都从快乐出发；我们的最终目的乃是得到快乐，而以感触为标准来判断一切的善。"[2]美与善等只有在它们会给我们带来快乐时才值得尊重，如果它们不会给我们带来快乐，那就应当抛弃。某种程度上，游戏中以近乎"极端的"获取快乐的方式，与伊壁鸠鲁所倡导的理性的快乐主义有相似之处。尽管伊壁鸠鲁的快乐主义存在明显的弊端，但游戏的特征是其体验的局限性。当个体抽离出游戏，体验也随之结束；当个体进入游戏，又能迅速在"怒鸟砸猪"的互动中获得快乐。或许正是因为其内涵的"治愈"色彩与快乐导向的世界观，"愤怒的小鸟"这一玩法简单的游戏才能经久不衰。

（二）"愤怒的小鸟"系列电影研究

近年来，观众对"想象力消费"的热情推动了游戏与电影两大娱乐市场的高速发展。从市场的基本面看，2020年全球游戏玩家规模约为27亿，同比增长4.9%；市场收入规模增长更是达到了惊人的19.6%。与此同时，全球电影市场规模持续增长，2019年全球票房超422亿美元，同比

---

[1] 冯露.论苹果IOS中愤怒的小鸟超级卡通形象的体验价值［J］.新闻传播，2011（7）：106-107.

[2] 伊壁鸠鲁.致美诺寇的信［M］//北京大学哲学系外国哲学史教研室.古希腊罗马哲学.北京：商务印书馆，1982：367.

增长约为0.95%[①]。

巨大的市场潜力让两种高速扩容的娱乐产业形态不断对接融合，但"影游融合"之路并非一帆风顺。从1981年雅利达2600系统搭售电影《夺宝奇兵》的同名游戏开始，"游戏"与"电影"两种大众娱乐工业形式30余年的碰撞中，几乎鲜有"双赢"的案例。

2016年，《愤怒的小鸟》第一次从游戏小屏走上了银幕大屏，以约7300万美元的预算创造超过3.52亿美元的全球票房收入，这一成绩至今位列全球游戏改编电影票房收入第4位。2019年，续集电影《愤怒的小鸟2》重回大银幕，尽管未能超越前作，该片仍以约6500万美元的预算博得超过1.47亿美元的全球票房收入，成为全球游戏改编电影票房收入的第15位。考虑到"愤怒的小鸟"这一IP从诞生至第二部电影上映仅有10年，与"古墓丽影""梦可宝""生化危机"等运营数十年的游戏IP相比，其历史积累的玩家数量与全球影响力存在较大差距。因此，"愤怒的小鸟"系列电影所取得的这一票房成绩，显然拥有较高的含金量，应当将其视为值得分析的改编案例（见表3-8）。

表3-8　全球游戏改编电影票房收入TOP20

排名	片名	全球票房收入（美元）	制作预算（美元）	上映时间	出品
1	《魔兽》	439,048,914	160,000,000	2016-06-10	Universal Pictures
2	《大侦探皮卡丘》	433,005,346	150,000,000	2019-05-10	Warner Bros.
3	《狂暴巨兽》	428,028,233	120,000,000	2018-04-13	Warner Bros.
4	《愤怒的小鸟》	352,333,929	73,000,000	2016-05-20	Sony Pictures Entertainment(SPE)
5	《波斯王子：时之砂》	336,365,676	200,000,000	2010-05-28	Walt Disney Studios Motion Pictures
6	《刺猬索尼克》	320,821,574	85,000,000	2020-02-14	Paramount Pictures

---

① 2019 Theme Report［EB/OL］.（2020-03-11）［2024-05-06］. https://www.motionpictures.org/research-docs/2019-theme-report/.

续表

排名	片名	全球票房收入（美元）	制作预算（美元）	上映时间	出品
7	《生化危机4：战神再生》	300,228,084	60,000,000	2010-09-10	Screen Gems
8	《古墓丽影》	274,703,340	115,000,000	2001-06-15	Paramount Pictures
9	《古墓丽影：源起之战》	274,650,803	94,000,000	2018-05-16	Warner Bros.
10	《刺客信条》	240,697,856	125,000,000	2016-12-21	Twentieth Century Fox
11	《生化危机5：惩罚》	240,159,255	65,000,000	2012-09-14	Screen Gems
12	《极品飞车》	203,277,636	66,000,000	2014-05-14	Walt Disney Studios Motion Pictures
13	《精灵宝可梦：超梦的逆袭》	163,644,662	30,000,000	1998-07-18	Warner Bros.
14	《古墓丽影2》	160,099,222	95,000,000	2003-07-25	Paramount Pictures
15	《愤怒的小鸟2》	147,792,047	65,000,000	2019-08-13	Sony Pictures Entertainment(SPE)
16	《生化危机3：灭绝》	147,717,833	—	2007-09-21	Screen Gems
17	《宠物小精灵》	133,949,270	30,000,000	2000-07-21	Warner Bros.
18	《生化危机2：启示录》	129,342,769	45,000,000	2004-09-10	Screen Gems
19	《格斗之王》	122,195,920	—	1995-08-18	New Line Ginema
20	《寂静岭》	100,605,135	50,000,000	2006-04-21	Sony Pictures Entertainment(SPE)

1.叙事：经典电影叙事的复用

在"改编电子游戏所带来的美学和经济方面的影响都让人失望"[①]的现实情况下，"愤怒的小鸟"系列电影通过经典电影叙事的复用，缝合了文

---

① 弗罗东.电影的不纯性：电影和电子游戏［J］.杨添天，译.世界电影，2005（6）：169-173.

本在两种不同媒介中呈现所存在的差异，进而迅速完成对游戏缺失的叙事内容的补白。

影片中，孤儿出身且长着一对浓眉的胖红常常成为其他鸟儿嘲笑和奚落的对象，长期的独处使得胖红养成了易怒的性格。愤怒是崇尚平和的鸟岛最为仇视的情绪。一次失误的快递让胖红被判处参加情绪管理课程，由此结识了飞镖黄（Chuck）、炸弹黑（Bomb）和大红（Terence）。神秘的捣蛋猪伦纳德（Leonard）带着助手登陆小岛，友善的面孔迅速获得了岛上其他小鸟的欢迎。过分活跃的胖红、飞镖黄、炸弹黑组成的行动队意外发现捣蛋猪的秘密，但被欺瞒的小鸟们显然丧失了对捣蛋猪的警惕。借用格雷马斯所建立的符号矩阵，影片的情节可以被大致抽象为由四类角色组成的事理结构（见图3-9）。

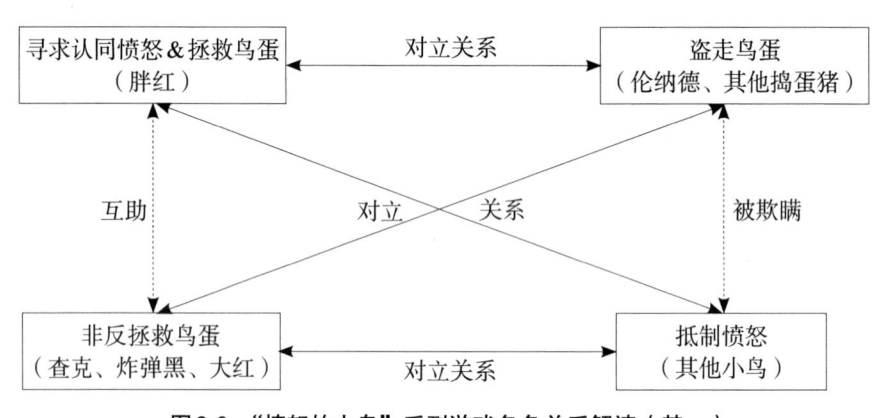

```
寻求认同愤怒&拯救鸟蛋  ←对立关系→  盗走鸟蛋
    （胖红）                      （伦纳德、其他捣蛋猪）
        ↕                              ↕
       互助      对立    关系         被欺瞒
        ↕                              ↕
   非反拯救鸟蛋  ←对立关系→  抵制愤怒
（查克、炸弹黑、大红）            （其他小鸟）
```

图 3-9 "愤怒的小鸟"系列游戏角色关系解读（其一）

随后，无奈的胖红只能寄希望于传说中的无敌神鹰。当三只小鸟终于来到传说中神鹰生活的智慧泉边时，才发现如今的无敌神鹰也只不过是一只沉浸在以往传奇经历中且大腹便便甚至失去飞翔能力的老鸟。几乎获得所有小鸟信任的捣蛋猪立刻实施了其"偷蛋计划"。一夜之间，所有的房屋被炸毁、鸟蛋被夺走。幡然醒悟过来的小鸟们，才终于想起此前胖红的提醒。最终，团结一致的小鸟在胖红的带领下用捣蛋猪留下的弹弓向城堡发起了进攻，无敌神鹰的加入让营救顺利完成。由此，影片的事理结构也发生了变化（见图3-10）。

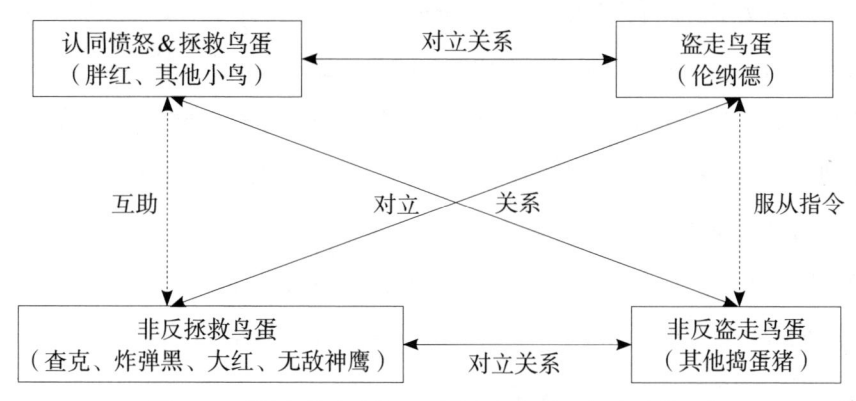

```
认同愤怒&拯救鸟蛋         对立关系          盗走鸟蛋
（胖红、其他小鸟） <----------------> （伦纳德）
      ↕           ╲       ╱            ↕
     互助          对立 关系         服从指令
      ↕           ╱       ╲            ↕
非反拯救鸟蛋              对立关系       非反盗走鸟蛋
（查克、炸弹黑、大红、无敌神鹰） <-----> （其他捣蛋猪）
```

图3-10 "愤怒的小鸟"系列游戏角色关系解读（其二）

总的来说，影片依旧把线性叙事结构作为影片叙事的主干，冲突律的因果关系，即"或然性的可能与必然性的只能"[①]成为《愤怒的小鸟》故事情节安排的基本依据。可以说，影片在叙事上体现为对经典叙事结构的复用。

值得注意的是，作为由这一IP改编的第一部电影，影片对经典电影叙事的复用并非仅仅是好莱坞电影的"程式化"创作，而应视为一种满足跨文本改编"一致性"的"电影化"改编方式。

一方面，改编需要满足"一致性"的要求。有学者指出："如今影游共生的最大障碍并非银幕/屏幕的介质跨越，而是两种不同的符码象征体系之间的天然鸿沟。"[②]文本在两种不同符码象征体系间的转换过程，"就如同在两条宽窄不同的铁轨上行车"[③]，要避免"翻车"就需要使文本在两种

---

① 游飞.电影叙事结构：线性与逻辑[J].北京电影学院学报，2010(2)：75-81.
② 聂伟，杜梁.泛娱乐时代的影游产业互动融合[J].中国文艺评论，2016(11)：62-70.
③ 聂伟，杜梁.泛娱乐时代的影游产业互动融合[J].中国文艺评论，2016(11)：62-70.

不同符码象征体系中保持高度的一致性。另一方面，"所谓电影化，就是按照电影的叙事规律与情感激发方式来讲故事"①。换而言之，就是电影创作要遵从电影本身的表达方式。"愤怒的小鸟"系列游戏本身的弱叙事，在为电影改编留下充满张力的叙事空间的同时，也意味着作为改编的文本本身叙事结构的匮乏。在游戏只提供小鸟、捣蛋猪、弹弓等元素的情况下，影片是由通过"电影化"的强叙事才能迅速建立起改编文本原来不具备的故事结构。

有学者认为："经典电影叙事的基本特征是以呈现（showing）而不是讲述（telling）的方式隐藏起叙事行为与符码痕记。于是，经典电影作为'由乌有之乡产生、无人来讲述而只有人来接受的故事'，似乎只有当它放映之时，才为影院中的观众所遭遇、所目击。"②正是借由经典电影叙事，影片才得以在满足"一致性"的同时，又实现了"电影化"的呈现。

与此同时，"程式化"也是类型电影无法回避的创作问题，但其合理性也是不言自明的。尽管"从艺术上说，这类公式化、概念化的东西是不可取的，但由于这种公示和概念并不是干巴巴，相反地，往往颇有刺激性，所以很能引起观众的兴趣，哪怕见头知尾，仍然流连忘返"③。不过，反复出现同样会惹人生厌，由此也形成了好莱坞电影呈现循环往复类型"热潮"的原因所在。"因为那些都是经过观众考验的灵药，只要隔些时候不见，观众便会想念它们的。"④

2.角色：个人—外部冲突与英雄形象

众所周知，类型电影有三个基本元素："一是公式化的情节；二是定型化的人物；三是图解式的视觉形象。"⑤人物形象的塑造既是类型电影的重要组成，也是"愤怒的小鸟"系列影片的亮点所在。影片正是通过对个

---

① 杨世真.电子游戏改编电影的基因裂变与跨界风险[J].当代电影，2018（10）：32-37.
② 戴锦华.本文的策略：电影叙事研究[J].电影艺术，1994（1）：58-63.
③ 邵牧君.西方电影史概论[M].北京：中国电影出版社，1982：34.
④ 邵牧君.西方电影史概论[M].北京：中国电影出版社，1982：34.
⑤ 邵牧君.西方电影史概论[M].北京：中国电影出版社，1982：33.

人—外部冲突的呈现，成功塑造了主人公胖红的英雄形象。

一方面，个体—外部冲突是电影故事讲述的独特魅力所在。罗伯特·麦基认为，20世纪存在故事讲述的三种媒体，分别是散文（主要指小说）、戏剧、屏幕/银幕（电视或电影）。三者各有所长，"长篇小说独一无二的力量和神奇在于戏剧化地表现内心冲突。戏剧独一无二的本领和魅力在于戏剧化地表现个人冲突。电影独一无二的能量和辉煌在于戏剧化地表现个人—外界冲突，展示处于社会和其他环境中的人类为生存而斗争的巨大而生动的意象"[1]。因此，人物不再仅仅是人物，而是存在于由叙事所构成的生态中的个体。换而言之，人物与外部环境之间展开的冲突，才是塑造人物的雕刻刀。

在该系列第一部作品中，围绕主人公胖红设置了多组个人—外部冲突。冲突一：胖红性格易怒，渴望融入集体却屡屡受挫；而其他小鸟享受欢乐平和氛围，集体抵制愤怒。冲突二：胖红意图提醒小鸟们提高对捣蛋猪的警惕；而其他小鸟热情接纳捣蛋猪，拒绝采纳胖红的建议。冲突三：胖红试图说服无敌神鹰提醒其他小鸟；而无敌神鹰沉浸于过往传奇经历，声称早已退休、拒绝飞行。冲突四：胖红代为夺回鸟蛋身陷险境；而伦纳德率领众捣蛋猪抢走最后一枚鸟蛋。每一阶段的个人—外部冲突，都在不断打磨并塑造着胖红这一角色的形象。

另一方面，借由个人—外部的冲突，影片完成了对胖红英雄形象的塑造。首先，对英雄形象的定义，普罗普曾说："在史诗中有一件事是特殊的、稳定不变的，这就是它的目标是宏大的而不是渺小的；斗争不是为了个人的兴趣，也不是为了英雄个体的幸福，而是为了人民最高的理想，斗争是艰难的，需要英雄集中所有的力量和能力去奉献自己。"[2] 该系列第一

---

[1] 麦基.故事：材质、结构、风格和银幕剧作的原理[M].周铁东，译.北京：中国电影出版社，2001：427-428.

[2] 普罗普.英雄史诗的一般定义[J].李连荣，译.民族文学研究，2000(2)：91-94.

部影片的最后，胖红在孤身犯险时克制住愤怒的冲动，通过冷静的判断成功解救出最后一枚鸟蛋。但胖红拯救鸟蛋的行动，似乎自始至终不为自己。从奉献的角度看，胖红显然包含着英雄形象应当具备的特质。其次，英雄的形成离不开外部环境。正如托马斯·卡莱尔（Thomas Carlyle）所描述的："英雄是生活于事物的内在境界，也就是生活在真实、神圣和永恒的境界之中，而大多数的凡夫俗子是看不到这些深层次东西的存在。英雄置身于其中，以其言行尽力表达深层的东西，也向外表现了自身。"[1]换而言之，对英雄形象的塑造只有在个人—外部冲突间才能得以完成。

值得注意的是，"愤怒的小鸟"系列电影无意于再造一个史诗式的英雄形象。影片通过不断地"创造"又"消解"英雄形象，以提醒观众英雄形象仅仅是一个人物塑造的维度，是一种在个人—外部冲突中形成的印象与期待。比如，该系列第一部作品中，当传说中的无敌神鹰拒绝胖红的帮助请求时，胖红说道："小时候，我坚信永远不会有什么坏事发生，因为有你在。现在我意识到世界的命运，掌握在我这样的白痴手里，这个想法让我有些害怕。我很失望，所有的鸟中只有你能飞，但你却不敢飞。"在续集中，业已被视为"英雄"的胖红，因害怕失去来之不易的认同，向众鸟许下承诺并盲目采取行动，将小岛推向毁灭的险境。最后的营救一波三折，危机之下，胖红将最后一次行动的指挥权交给炫舞银，众人协力执行但依旧失败；无敌神鹰从天而降，企图感化冰女王，仍没阻挡住岩浆炮弹的发射；炫舞银甩出自己研发的超持久绳子，试图拦住炮弹，然而绳子即将断裂。最终，乘热气球赶到的三只小鸟和三只小猪携手化解了危机。结束营救，胖红向大家宣布炫舞银才是此次行动的真正英雄，而炫舞银告诉大家，是所有人的共同付出才凝结成了像超持久绳一般的力量。在此，对英雄形象所形成的印象与期待，被用作调节观众情绪的工具。

需要澄清，这样的阐述或许磨灭了用影像塑造英雄形象的价值所在。

---

[1] 卡莱尔.论历史上的英雄、英雄崇拜和英雄业绩[M].周祖达，译.北京：商务印书馆，2010：185-186.

诚然，银幕对英雄形象的反复呈现难免让我们深感疲惫，但这又是否兑现了先人们创造英雄神话时的热切向往？"英雄产生于对英雄的向往之中"[①]，即便我们在银幕上反复塑造英雄，现实生活中真正成为英雄的个体仍是少数。顺着这一思路，我们找到了构成胖红英雄般奉献行为的动机。正是出于对自幼形成的、成为像无敌神鹰一般英雄的向往，胖红才得以集中一切力量与能力去奉献自己。回到现实，"英雄产生于对英雄的向往之中，当这份向往已归寥落，英雄也就随之澌灭"[②]。或许，我们不断用影像塑造英雄形象的价值，就是让个体不断感受只有英雄才可能具备的献身欲望和飞翔体验，进而创造孕育英雄的摇篮。

（三）改编效果评估与策略分析

作为一项IP，"愤怒的小鸟"最大的经济价值就是能够不断重复投入生产。如果仅从收益来看，对这一IP的"重复投入生产"无疑是成功的，两部作品累计花费约1.38亿美元的制作预算，收获约5亿美元的全球票房。但从其口碑来看，对这一IP的"重复投入生产"存在明显不足。知名影评网站烂番茄对两部作品给出的评论家分数分别为43%、73%，观众分数分别为46%、84%。

一个值得关注的现象是，《愤怒的小鸟2》尽管在评论家和观众分数上远高于前作，但其全球票房收入却不及前作的一半。不妨猜测，一方面，游戏热度的逐年下降对其改编作品的市场产生一定影响[③]；另一方面，前作的口碑不佳导致愿意走进影院的观众减少。以两部电影在中国内地上映时的数据为例，2016年上映的《愤怒的小鸟》累计观影人次达1614.9万人，2019年上映的《愤怒的小鸟2》累计观影人次则仅为431.3万人。当然，这

---

① 周泽雄.英雄与反英雄［J］.读书，1998(9).
② 周泽雄.英雄与反英雄［J］.读书，1998(9).
③ 数据显示自2018年初至2019年末，该游戏月活跃用户数量由6000万下跌至3700万。

一前一后的评价与票房差异，也许是以上两方面原因共同作用的结果。但不能否认的是，在针对这一IP的重复投入生产中有"得"亦有"失"。

1."期待视野"唤起与满足之得

对游戏进行影视化改编，其核心内涵无外乎发掘IP的商业价值。换而言之，就是将玩家转化为观众。数据显示，截至目前"愤怒的小鸟"系列游戏在全球范围内的下载量已超过40亿次，而根据联合国经济和社会事务部发布的《2019年世界人口展望》(*World Population Prospects 2019*)，到2019年年中全球人口才达到77亿。如果将下载频次转换成人数，将有超过一半的人类体验过这款游戏。尽管无法直接做这样的换算，但巨大的用户体量仍给"小鸟"装上了一颗从小屏飞向大屏的"野心"。

站在受众的立场上，"期待视野"是否被唤起并得到满足，无疑是决定了影片的观感，因而成为评估改编效果的重要标准。一般来说，"期待视野"是一种"制约主体阅读、理解活动的经验结构，是一个预先存在于对文本阅读活动之前的思维定向"[1]。对有过游戏体验的观众而言，游戏中的种种元素成为影片建构过程中，对"期待视野"最为关键的召唤结构与略图格局。

首先，以英雄主义对应自我中心主义。影片从游戏中一组不会飞却各个身怀绝技的小鸟中，筛选出看似最普通却最具张力的胖红，并将其塑造为英雄形象。一般来说，英雄往往从一开始就能展示出异于他人及环境的力量。但不论在游戏还是在影片中，胖红似乎都没有比身边的飞镖黄、炸弹黑甚至大红更为出众的能力。为此影片赋予胖红超乎常人的坚持态度，无论外部环境给予的负面反馈多大，都一如既往地保持对终极目标的追求。由此，影片中胖红所体现的英雄主义与观众的自我中心主义相对应，在现实王国让位于感官王国的过程中，"我"被投射到电影中。在主角光环的笼罩之下，跟随胖红不断经历危险历程，"我"成了英雄，"我"主宰了游戏。

---

[1] 贾磊磊.电影学的方法与范式[M].北京：北京时代华文书局，2015：212.

其次，以二元价值系统对应绝对化的接受立场。与游戏中正邪对立的结构相似，前后两部改编影片力图保持简明的二元对立结构。尤其在《愤怒的小鸟2》中，前作完成了一次完整的冲突叙事之后，原有的对立关系已经失去戏剧性张力。因此，影片引入了新的邪恶力量，但三股力量并没有被呈现为三角式的博弈。影片的前6分钟，原有的鸟、猪对立被转化为鸟、猪合作，影片依旧保持着二元结构。通过强化价值世界显在的二元分裂性，以杜绝犹豫、徘徊、迷乱，保证观众以绝对立场迅速介入影片的剧情。

最后，神话原型对应避世心理。作为娱乐的电影与游戏类似，都是以想象构筑的避难所，在这里支配电影的不是现实规则，而是快乐规则。因此，死对头可以是新队友，冰女王可以是旧情人，险些毁灭小岛转眼又能和好。几乎只能存在于神话中的事件，被毫无顾忌地呈现在银幕上。游戏与影像的互动，最终将观众塑造为席勒所说的"完全意义上的人"。

2.符号提炼与明星塑造之得

2010年11月，《纽约时报》刊载的一篇评论认为"愤怒的小鸟"已经成为当年最流行的文化趋势之一，并将其评为"2010年最不可思议的流行文化狂热符号"。不可否认，"愤怒的小鸟"最显著的成功之一，就是从游戏中提取出经过市场认可的符号，再借助明星化的手段，让符号获得在不同文本形式间穿梭的能力。

自2011年《愤怒的小鸟》游戏创下其历史上用户规模的最高纪录后，罗维奥娱乐就不断将这一符号推向不同的娱乐领域。比如，先后推出了七条不同的视频动画线、在芬兰开设主题公园、合作开发零售商品等。尽管收益在逐年下滑，但2019年罗维奥娱乐仍创造了约2.89亿欧元的营业收入，而其中用户规模最大的游戏《愤怒的小鸟2》的营业额约为1.084亿欧元。[①] 在感叹符号所创造的惊人价值之余，我们更应关注罗维奥娱乐对"愤怒的小鸟"这一符号整体成功的明星化塑造。

---

① Q4 and full year 2019 results published[EB/OL].(2020-02-12)[2024-05-06]. https://www.rovio.com/articles/q4-and-full-year-2019-results-published/.

一方面，从银幕内的呈现上看，明星制是好莱坞商业电影为强化电影自身的商品机制发展而来的一种手段。与真正意义上的演员不同，借助类型化的手段，明星的银幕呈现更多的是依循固定模式生产的。影片中以胖红、飞镖黄、炸弹黑为代表的人物或倔强骄傲，或机敏浮夸，或胆小憨厚，各具特色但并没有在角色上突破已有的程式。由银幕叙事所塑造的人物风格贯穿于其后衍生的续作及动画作品当中。观众则在接受过程中逐渐将人物风格与角色的自我表现接洽起来。每个观众都能十分清楚地知道每个人物的性格，并根据自己的兴趣选择喜欢的对象。

另一方面，从银幕外的营销上看，罗维奥娱乐借助层出不穷的话题实现对这一符号整体的营销。通常，我们将与"明星"相关的营销内容视作明星化的"第二文本"。通过反复的营销呈现，形成观众对某一"明星形象"及其所持有的性格特点的整体认同。譬如，"愤怒的小鸟"在全球范围内大热后，迅速建立起多个方向的营销策略，展现出打造"芬兰迪士尼"的势头，多个小鸟角色被还原成蜡像，俨然明星般进入杜莎夫人蜡像馆。

此外，成功的营销活动无疑会增加神秘感、分量感。比如，2012年3月，在《愤怒的小鸟》太空版即将发布之际，罗维奥娱乐邀请到美国国家航天局宇航员，在国际空间站内向大家直播讲解无重力情况下小鸟发射时的状态。观众不断被突破想象的营销满足，并进一步期待新的创造。

总而言之，对符号的明星化，不仅让符号成为一种可供消费的商品，还让作为商品的符号成为"可以感觉而又超越感觉的东西"。

3.缺失的"意义塔"

不论游戏本身还是作为游戏改编电影，"愤怒的小鸟"这一IP无疑是成功的。但续集电影口碑高于前作，票房却低于前作的事实，值得我们警惕与反思，为什么一个优质IP难以延续？

作为一个具有代表性的案例，我们从诸如叙事、人物等具体角度对影片改编进行了分析，恍惚间忽略了作品的"整体意义"。有学者描绘了一个"意义塔"式的结构，为我们重新审视艺术作品的"整体意义"提供了一种视角。"意义塔"产生于构思、表达与接受过程中,包括表达义、生成义与意向义。

表达义,即表达的方式,对艺术作品而言,不仅在于它表达了什么,更重要的还在于它是怎么表达的。如2016年上映的《愤怒的小鸟》曾尝试将大银幕与小屏幕联动起来,把常见的电影彩蛋设置在电影中,观众在观影的特定时刻打开游戏接收音频,不仅可以解锁关卡,更能看到神秘的新电影片段。这一影游联动的方式,加深了游戏与影片之间的互动深度。生成义,则可以从历史派生、观众给定两个角度展开,简而言之,就是社会历史文化变迁的参照系与个体审美心理机制在艺术接受活动中对艺术作品的"重新创造"。生成义看似不可避免地陷入因人而异、因时而异的状态,但由于"愤怒的小鸟"这一IP在影游融合领域"先入为主"的存在,其代表性价值显然已被广泛认可与接受。

显然,影片的意向义是缺失的。作为表达义与生成义的基础,意向义指的是艺术创作的意念、动机。换而言之,意向义是创作者本人的意向在作品中倾注的程度。我们不否认创作者所投入的情感,但也不能忽略创作者为了完成对游戏世界的移植而做出的种种妥协。比如"愤怒的小鸟"系列电影中,小鸟们因贪图小岛的安逸而放弃飞行,入侵的捣蛋猪送来了弹弓,创作者从头到尾将游戏规则解释了一遍,以至于不少观众评论认为影片"为了游戏硬编了两小时剧情"。意义向的缺失或许来自游戏原有设定对创作的限制,也或许来自创作者对改编的保守态度。无论原因如何,其结果都是影片与游戏实现了深度绑定,却无法形成创造性的独立实体。一旦游戏热度消逝,缺乏意向倾注的电影就会迅速失去市场。

有待思考的是,意向义的缺失,是否是游戏改编电影的原罪?抑或,又是未来创新的突破口?

结　语

在理想状态下,游戏与电影这两种不同的符码象征体系,就如同隔河而望的此岸与彼岸。借助影像化或游戏化的手段，同一个文本得以在两种体系间实现勾连，互为映衬又彼此独立，两个艺术实体并列存在，用各自的精彩共同延续文本的生命力。或许，这也是影游互化的价值体现之一。

二、网络大电影《征途》：优质特效强化"体验价值"，产业融合打造品牌口碑

近年来，电影工业体制日趋完善，国内影视多栖融合发展的趋势越发明显，影视剧与游戏都是以视觉和听觉的多感官刺激，形成受众代入式或沉浸式的体验。影视剧与游戏融合的趋势也日益密切，诸多游戏都拍成了系列电视剧、电影与大银幕相结合。

同时，影视剧一旦在观众中形成良好口碑，游戏公司也常常抓住时机推出改编游戏，借助流量优势吸引了大量粉丝，很多影视公司也与游戏公司达成合作，一些独立影视公司也有自己的游戏产业，强强联手探索影视产业合作新机制。商业效应的吸引力，使得电影和游戏两个新旧媒体主动从彼此竞争转向相互合作的"调和"：一方面，电影工业在近30年来以迅猛的姿态不断发展，为新旧媒介的"调和"创造了技术支持，并且激发了人们对奇幻视听的审美想象；另一方面，好莱坞电影也看到了跨媒介经营的时机，影视公司与游戏公司的商业合作随即应运而生。[1]

影游融合，在生产形态上表现为影游作品之间的相互改编，在传播特征上表现为跨媒介传播和品牌营销，在市场经营上表现为全产业链开发和粉丝经济。[2]影视与游戏融合，实际是两种传播媒介的互相借力，叙事、音效、人物符号都是研究者探讨的主要要素，而在美学、本体论探讨以及营销方面，影视剧与游戏融合同样带来了新的观点和可能性。本书这一部

---

[1] 范志忠，张李锐.影游融合：中国电影工业美学的新维度[J].艺术评论，2019(7)：25-35.
[2] 金韶.影游融合的发展现状和趋势研究[J].当代电视，2019(10)：73-77.

分就围绕大型战争角色扮演类网游《征途》，来研究影视剧与游戏融合过程中的新兴现象和仍然存在的问题。

（一）《征途》游戏案例研究

1.将世界观融入多样游戏玩法

《征途》是2006年巨人网络第一款自主研发的网络游戏，将中国武侠风与多种角色扮演相结合，融合了战争PK、恋爱养成、休闲竞技等多种游戏内容。十个国家的斗争设定、八种职业的多项选择，为玩家提供了多方位的游戏体验。

玩家在武侠世界里，可以自由创建角色，角色没有职业之分，只有男女之分，玩家选对应的性别、头像、姓名、发色和国家等要素就可以创建角色并开始游戏了。随着技能点的积累，人物每升一级获得相应人物属性点和技能数，技能分为武术、法术、射术、仙术和召唤，决定了人物角色的发展方向。《征途》中的许多游戏玩法也是掀起了网游操作的热潮。其中，经典玩法主要分为五大项：

第一，国家对抗。在征途世界里，人物角色分国家和阵营，国战是诸多玩家如同古代打仗一样进行国与国的对抗，万千玩家开始浴血厮杀，使玩家在打斗过程中激起肾上腺素的分泌，增加游戏刺激感体验。

第二，镖局运输。在玩家执行任务的时候为了积累经验值可选择运镖任务，游戏还设置了抢标环节，使游戏情节具有了风险性。

第三，情报探取。只有60级以上的玩家才可以执行窃取情报的任务，完成情报探取任务不仅经验奖励丰厚，每当完成了国探任务后，还可以轻松击败帝国的防守大将，获得安全区的信息。这使得《征途》游戏也变成了一项烧脑的运动。

第四，搬运砖石。惊险刺激的主线情节总要有旁支线索与之调配，在游戏中，巨人网络公司还开发了搬砖环节，加入了休闲娱乐性质的玩法，可以缓解战争带来的紧迫感，使玩家有间隙进行放松。

第五，抢夺龙女。在玩家接到龙女的任务后，就要去寻找相应的物品并将物品带到 NPC 神女处，在此过程中，大家可以相互抢夺厮杀，还可以团队作战增加游戏互动感。

2.故事情节多线并行

丰富的故事情节一直都是大型网游吸引玩家的法宝。庞大的故事背景、复杂的主支线剧情撑起了整部游戏的架构。《征途》讲述了清源村遗落皇室后代寻找身世，并且参与多国战争的故事。天下大乱，各地官员纷纷自立为王，江湖高手纷纷重现，玩家在初创角色时就背负着拯救天下苍生的重任。还是常见的皇子落入民间逆袭改变命运的故事。对于故事情节来说，《征途》并无太多富有新意的地方，十国战争纷杂、支线人物众多的宏大背景稍稍为《征途》的叙事赢得了一些加分，让玩家在系统创建的世界里，可以生成叙事，融入自身的情感体验。

江湖和战争元素的加入更多是吸引了男性玩家入手游戏，大家自一开始就知道了主人公的最终身世和结局。然而如何去塑造自己专属的人物形象，就要靠经验值和技能的附加累计，但主人公完成救赎、拯救苍生的过程可以有所不同，这也是游戏叙事一直以来吸引玩家的原因。世界观和人生观完全由玩家自己创建，"预示叙事"建立在玩家的期待心理之上，玩家对游戏或者对生活的期待，一定程度也融入了游戏叙事当中，当主人公飞速打怪升级，并且和游戏中的其他人物组队探索地图发生情感联系时，玩家的内心期待也会得到大幅的满足。"预示叙事"有提前预知的成分在其中，并不是叙事杂乱没有章法可循，《征途》每一个玩家创建角色之时他的身份背景就已经固定，每增加一个技能值就把人物引向了一个支线的叙事当中，多条支线相互交叉，既是玩家的选择，也是游戏叙事的既定走向。

《征途》是中国网游创新推动下较为成功的案例，它的成功并不是游戏设置的背景奇特，而是操作人物的方式变化多样，也就是支线任务和剧情的优秀突出，配合着其地推式的宣传方式，才有了当时 100 万人同时在线的纪录。

3.把握玩家心理期待

《征途》网游创造了同时在线人数的神话，不仅是靠剧情和游戏设计，还有开发团队对玩家心理的把控，以及将营销学理论运用到游戏宣传中来。一款游戏在设计时的思想，包含了玩家认为的一款游戏的意义。一千个读者就有一千个哈姆雷特，每个公司对游戏的理解和设计目的不同，使其游戏观念有很大的差距，也正因如此，才让游戏的种类不至于千篇一律。对于游戏体验者而言，所有游戏在设计时都认为应该让玩家体验到包括收集装备、等级提升、技巧完善等方面的不易，使之能在游戏人物的成长历练中获得巨大的成就感。

《征途》为早些年间大型网游提供了消费心理学的参考。在人物建立之初，打怪升级迅速，20个小时不到就可以升至十级，当人物积累了一定的经验值后，就会在完成成长任务时，意外捡到付费才能获得的游戏道具，当人物上升到一定等级后，又解锁了新的游戏技能，比如坐骑的选择和组队团建完成任务，玩家只需要一键操作就可以自动寻找到隐藏在角落里的NPC完成打怪任务，大大降低了手指操作的难度，这样开发团队就有更多的时间和精力将重点放在丰富剧情和做宣传上。

消费者的心理被牢牢抓住，一旦试水解锁新的体验就会想要去尝试接下来的任务剧情。这种好奇和高出预期的满足感，让玩家一步步跌入游戏的陷阱里，当玩家充值了10元，却得到了更多更稀奇的宝物时，这种期待心理会让玩家忍不住投入更多的金钱和时间。巨人网络公司创始人史玉柱在推出《征途》初期便喊出"打造免费游戏"的口号，这里的免费是指不按照游戏时间收取费用，但是如果想快速通关升级就要投入金钱的观念，让更多人深陷游戏的诱惑里，使《征途》成为游戏史上收入最高的几大游戏之一。

同时，游戏剧情的设定会让观众有一种"上帝视角"去支配角色的动作行为，这种加入主观意愿的选择会提高游戏的代入感和掌握意识形态的权利。主角与其说是游戏中的一个数据代码，不如说是玩家在虚拟世界创建的一个独立的"人"，在电脑屏幕前操纵这个人物可以获得养成感和成就感，而玩家的时间和精力一旦投入人物和剧情中，后续的各种投入就会更为顺畅。《征途》作为中国第一款同时在线超过100万人次的网游，从对玩家心理机制的分析上来看无疑为后续的网游运行模式提供了参考的范例。

4.地推式的宣传效果

从某种角度看，影游融合类电影的想象材料的重要来源是游戏（电子游戏或视频游戏）。它是由计算机技术所提供的一种代码化幻觉，不是直接来源于现实世界，也不是间接来源于某个先验理性主体的艺术创造，而是来源于由技术所生成的虚拟现实。[1]在之前的网游中还是依循着时间收费模式进行开发，也就是说，从登录游戏的那一分钟起就要计时收费，当你想获得更纯粹的游戏体验，就要花费购买顶尖装备，这种运营模式引发了巨人网络公司创始人史玉柱的思考，于是，他决定去开发一款"免费"的游戏。

玩家可以免费登录游戏去创建属于自己的世界，这样一个口号打出来后，许多网友玩家争先去体验免费游戏带来的惊喜。然而除了游戏本身"免费"的口号，史玉柱的一系列举措还为《征途》打足了广告，他在最初的一些宣传做法至今还被许多游戏公司沿用。史玉柱借鉴前期在创建"脑白金"这一保健品公司的经验，将广告精准投放到二、三线小城市的网吧。《征途》长期在各大媒体的首页推荐栏里以"2D网游终结者"这样的口号宣传，除此之外，《征途》还靠着地推渠道扩大影响力。

在当时网吧的玻璃门上还会贴着"征途Logo"的指示牌，网吧老板卖出点卡还可以有20%到30%的利润收益，这让许多网吧经营者资源成为

---

[1] 陈旭光.游戏与电影的融合：新趋势、新形态、新美学［J］.现代视听，2019（10）：86.

《征途》的宣传者，创始人史玉柱将所有的地推手段在《征途》的宣传中运用得淋漓尽致。

（二）《征途》网络大电影案例分析

影视和游戏的联动、融合已成为现今电影工业产业研究的重点话题：一是因为影视和游戏都具有叙事性和互动性，这里的互动性更多的是指观众或玩家对剧情的情感带入；二是因为它们都是娱乐产业中利润的重要来源。诸多情节本身的相似点和产业的相关性决定了这两项娱乐产业走向了联合互动的机制。比如"仙剑奇侠传"系列从游戏改编成系列电视剧大获成功，到"魔兽世界"被改编成电影获得了好评，再到"楚留香""青云志""庆余年"等影视大IP在走红后不久便推出了同款手游，这些举措都是中国影视行业和游戏产业不断协同努力的成果。

《征途》是游戏界的IP流量强者，在2020年更是改编成了网络大电影在爱奇艺上独播，这部网络大电影是由星皓影业有限公司、上海巨人影业有限公司、上海淘票票影视文化有限公司、中国电影股份有限公司出品的动作冒险片。《征途》网络大电影保留了游戏中的主要情节，讲述了清源村少年东一龙与楚家军武士楚魂，为参加南赵国兵马大元帅选拔而踏上征途，途中遇上金刚小妹，三人结伴一起完成自己使命的热血故事。电影虽然只在网络上播出，但是其制作和视效都有很高的技术水准，为游戏改编电影在特效上的突破提供了典范。

1.叙事改编是核心

影游融合，首先要考虑的便是叙事，把具有复杂剧情的网游改编成一部电影的长度，需要对剧情进行选择性的筛选，同时还要保留游戏中最核心的人文理念，这对影视编剧和导演无疑是一个很高的要求。虽然游戏与电影在叙事上有所相同但是如果我们探究媒介本身的承载力，会发现二者在融合的过程中，叙事上还是会存在排他性。

电影《征途》中，主人公降世便有一个玉佩作为信物，一路打怪升级完成对身份的探寻。在游戏里，主人公需游走在十个国家之间，完成各种支线任务，甚至完成休闲养成类的种植仙草、搬砖等任务，才能在游戏中获得相应的经验值和技能，单单是十个国家这个庞大复杂的背景体系，就足够让编剧们在改编时花费诸多心思，主人公出生的清源村，以及他探寻身世的情节可以说贯穿整个游戏和电影。不同的是，游戏中是将叙事融合在打斗竞技中去揭晓，但是在电影里，主人公的身世是由一位女巫带去迷雾森林探知到的，弱化了主人公"找寻"的过程，注重满足人的情感诉求。

这部网络大电影在叙事上仍然存在着它的局限性，影视剧作为传播媒介有时会限制与观众的互动性和想象力，当具象的人物出现在银幕上，按照严格的时间和事件发展顺序讲述整个故事，其实是将观众置身在预先安排好的情节之中，这种预设好的剧情走向和结局限制了观众对剧情的期待，也很难让人产生自身的互动感，电影注重的是把一件事情的前因后果讲述清楚，而游戏则注重的是在前因中让玩家去选择后面的"果"。游戏中的剧情是为了丰富游戏体验，使游戏理解起来更加容易。现今许多MOBA类游戏甚至弱化了剧情，依靠的是纯竞技带来的刺激体验留住玩家，不可否认的是《王者荣耀》《刺激战场》等手游具有很大数量的粉丝群体，这类淡化剧情的游戏如果想要改编成影视剧，叙事的处理就是第一大难题。

文本间的互化需要寻找到介入影像的核心思想，也就是我们所说的主题，《征途》网络大电影还有一个弊端就是主题的不明确。在叙事时，主人公为了寻找自己的身世，和同村的伙伴来到南赵国参加兵马大元帅的选拔，从一开始人物的戏剧需求就不够突出，探寻身世和参加选拔两条线并行，再加上后来的复仇情节和兄弟情谊，让观众不禁对主人公到底最想得到的是什么产生疑惑。叙事的分散、情节的杂乱，让观众在观看电影时很难抓住影片最想表达的核心思想，精神层面的互动难以实现。

影游产品的核心在于其要有一个好的故事，一个能够容纳众多好故事的世界是其价值实现延伸和增值的必备条件，所以要讲好故事、讲系列故事。①不仅仅是《征途》，许多游戏改电影电视剧存在同样的问题，游戏注重的是互动性，是玩家在做任务时的爽感，情节起到的是串联作用，而对于影视剧而言，情节则是起到了结构整篇的基础性作用，游戏可以存档甚至可以多时间线、多时空并行发展，影视剧却难以做到时间和空间的打破，连贯的观影体验、顺畅的剧情，是评判电影完成度的重要指标。《征途》网络大电影依然是为了叙事而叙事，没有找到一个最为突出的精神内核将它展现给观众，在集中叙事方面仍需加强。

2.人物符号化的确认

在游戏世界中，我们构建的是属于自己的世界，玩家可以操控角色的行为，可以代他进行选择，每一步选择也会对玩家属性产生一定的影响，但是在影视剧中，互动性减弱，我们还无法根据自己的想法选择人物的命运走向，所以我们更多是建立和电影中人物的情感交互。游戏和电影在跨文本沟通上还是存在着一定的差异。个体符码体系在文本交互的过程中很难达到百分百的转换。电影是依靠演员明星在银幕上的演绎来展现一段荡气回肠的故事，角色带入方式只能影响着受众的观看视角，作为旁观者参与电影的叙事。

《征途》电影中，每一个人物都背负着家国命运，在沿途中揭秘身世。主人公东一龙是个孤儿，身上只戴着一个玉佩作为身份的标志，武士楚魂也是为了给家族复仇踏上了进入王朝的选拔之路，剧中还有一些角色，比如金刚小妹、被贩卖的奴隶，每个人的身份能指都是不清晰的，他们踏上王都选拔勇士的过程实际也是逐渐擦去自己内心蒙上的那一层薄雾。人物符号的设置表现了编剧对于游戏中人物坎坷命运的理解和无奈，同时，人物身上承载的象征意义也是在繁华的世界里，处于国家底层人物在新旧秩序的剧烈碰撞中表现出的落寞与不甘。

《征途》网络大电影中，主人公的设定是为了揭寻自己的身世之谜，是无父状态下自我意识的萌芽，映射出现代人在焦虑的生活工作之中对于

---

① 张路.影游融合演进历程及对策分析[J].现代电影技术，2020(10)：15-20.

本我的追求。武士有着明晰的过去却被仇恨和道德束缚住，他是没有未来的，在命运的牵绊下，后半生都在弥补前期留下的创伤。这两个主要人物的设定也非常有趣，没有过去的人寻找未来，有过去的人却没有未来。这样的设定也是仙侠剧在人物身上常赋予的指代。

整部影片总共出现三个主要的女性形象，通过对电影女性形象的分析，不难发现，无论是游戏还是电影都是偏向男频倾向的。女性的出现依然只是男性追求真理的附属品。在男权社会下，剧中女性存在着失语的生活常态。金刚小妹虽然作为主要女性角色，但是最后为了救男主角命丧战场，女性奴隶起先是为了复仇跟在男主角身后，但后来被男主角的理想打动献出了自己的生命，巫女的出现仅仅起到了揭示东一龙是皇子身份的作用，引导剧情继续往下开展。表面上看起来，剧中女性的存在是有其意义的，但是所有女性的结局都还是为了让男主人公实现自己的伟大抱负。反观《征途》游戏，游戏具有人物性别选择的宽泛性，虚拟世界的主人公性别由自己选定，给了玩家性别相对平等的权利，网络大电影试图丰富女性角色，但是没有注重女性群体的情感遭遇从而陷入失语状态。

我们在研究主人公命运时要对自我的生存状态、人与自然的关系、人与社会的关系等多方面都进行思考，利用人物符号象征方法对整部影片进行分析，有利于更加客观地把握整部影片的剧情，也可以更好地把握整部影片的内涵和外延。

3.电影视效水平俱佳

《征途》的制作水准还是在一般网络大电影之上的，《征途》全片特效镜头数量1850个，占比80%，由特效团队MORE VFX全权负责视觉效果，对凤凰城、清源村、兽王谷等大型虚拟场景采用实拍和CG结合制作。兽王、虎獒、巨蝎生物特效则是纯CG制作，难度极高。以虎獒为例，全身毛发4,165,927根均由特效师手动刷出，仅毛发效果测试就长达6个月之久，从设计到最终完成版本迭代超过30版，并针对各种怪兽从行为轨迹、动作捕捉到毛发质感都进行了颠覆式设计构建。特效团队从最初绘制形象到最终制作完成耗费两年时间。

可以说《征途》最抢眼的就是特效。电影的武打场景与文戏场景平分秋色，电影基本上就是在不停地打斗中进行的。游戏中清源村、凤凰城、兽王谷、迷踪林、南郊沙漠等经典场景一一还原，大场面的花式打斗令观众目不暇接。这让许多游戏粉看得连连叫好，还原了他们心目中最宏大的斗争场面。《征途》在后疫情时代抓住了观众的观影心理，大家对一部影片技术层面的要求不断提高，尤其是这种根据大型网游改编的电影，甚至要达到银幕电影的效果，才能达到观众心中的那根及格线。当然，只有特效看得过瘾显然是远远不够的，对于游戏改编电影来讲，特效是基本功，在特效的基础之上，决定电影口碑的还是其故事，在这一层面上，《征途》还有很大提升空间。

（三）影游融合改编的方式和问题

影游融合对参与者自身介入程度提出了更高的要求，即观众或者玩家的"在场感"，媒介传播营造的新型时空环境会对人的感知和体验带来一定的影响。如何将各个场景在不同媒介中达到呼应和融合，需要改编者费一番心力。游戏具有互动性和参与性，更新快，传播周期长；而影视具有观赏性和形象性，传播快速，生产周期相对较长，媒介间具有一定的互补性，二者间利用IP品牌价值共享、粉丝群体的互动等方式，可以有力提高传播影响力。

1.改编时注重"美"的表达

首先，在改编的基础上，美学价值依然是游戏和影视剧要考虑的重点要素。在美学层面，影游融合类影视剧具有"身体介入影像"的美学特质，具有参与性、交互性、体验性等特质，可以使受众在鉴赏过程中产生"心流"，满足受众体验式消费、互动式消费的需求。与接受美学强调受众主体性不同，影游融合类作品强调的是受众参与性、受众与作者直接对话的交流性，是一种客观基础上的主客统一，建构的是一种平等沟通的平台。

这与接受美学理论的相对主义、主观化的批评观是不一样的。[①]

《征途》作为网游中的顶尖流量，挖掘IP背后的内容价值，在传统美学的观点中融入现代元素，加深游改剧的民族文化烙印。在仙侠剧中，常有古代文化元素的融入，比如远古神兽、五行观星、传统服饰、建筑特色等，这些都是可以挖掘的具有传统意义的符号特征，这些元素既为仙侠剧增加了真实感和历史背景，又弘扬了民族特色文化，是IP改编当中很好的融合策略，观众和玩家对于古代文化的探索欲和尊重，可以成为一个IP立足市场的精神保障。例如，西方的超级英雄形象，就是在唤醒人们内心的情感倾向，正义作为全人类的精神诉求更容易引发思考和共鸣。国内经典网游《仙剑奇侠传》，也是注重美学层面上的文化符号，将远古元素融入影视剧中，逐步闯关的过程中，彰显了人性的美好。大量的游戏和影视剧间的创作和改编，都先要立足"美"的观点，相互融合、相互激发，强化影视的艺术特征。

科技的发展让人们不再满足于画面丰富这一要求，而是希望在改编当中看到更多优质的特效和画面的逼真度，这会放大观众的"体验价值"，释放情感共鸣，带来感官刺激。游戏和影视的深度融合还会潜移默化地影响当下人们的审美观念，对美学形态的革新也起到了促进作用，观众的心理预期得到了满足，这些思考不仅停留在游戏和影视剧中，还会对未来一段时间内流行的价值观念形成影响。例如，中国元素与现代科技相结合，在各行各业都形成了新的风尚，"国潮"风同样涉入影视和游戏行业：《大话西游》全唐宫殿手游的设计，《王者荣耀》推出了限量版皮肤，如游园惊梦、遇见飞天等，引发了游戏中的审美革新。无论是游戏还是影视剧，注重精神和情感层面的互动都是未来影游融合的趋势，把握当下年轻人的心理，才能创作出更多更受欢迎的作品。

2.科技唤醒创新意识

游改剧除了注重人文情怀，还需要有自身的创新意识。当下影游融

---

① 陈旭光，张明浩.影游融合、想象力消费与美学的变革：论媒介融合视域下的互动剧美学［J］.中原文化研究，2020，8（5）：49-57.

合在技术层面遇到的一个问题就是沉浸式的设计，如何达到多文本间的互文、形成观众的良性互动，也是改编要注重的方面。这些不同的文化体验，都需要互联网、数字媒体、制作技术来实现。随着创作理念的进步、制作水平的提升、3D和AR/VR技术的应用，电影和游戏产品在人物形象、造型设计、场景呈现、效果渲染上都有了提升和融合，文化资本和技术资本的协同更加紧密。①

游戏的互动性很强，"手指—眼睛—大脑"多方配合，走入创作公司设计好的游戏世界，在这个世界里，玩家可代入角色本身，去选择自己的需求和操作，但是影视剧的沉浸式体验就无法达到游戏一样灵活，观众更多是"眼睛—大脑"的参与方式，选择性相对较弱，思考性加深，这也是游戏和影视的传播载体本身的特点决定了它们的属性，技术的快速发展给我们提供了解决这一问题新的思路，虚拟现实技术和增强现实技术重新定义了文本间的互动。对现实场景的虚拟再现可以让观众360°沉浸在周围的环境之中，"我"既是观影者，又是影片中的参与者，这种观念与游戏无限接近，使游戏和影视间融合技术上的壁垒被打破，《头号玩家》为未来影游融合影片提供了新的可能，而影游融合的电影则采取了跨媒介叙事的方式进行创作，《头号玩家》成功地完成了两种媒介叙事的结合，影片的整体框架建立在游戏本身具有的世界当中，从游戏中去获取电影叙事的规定情境，在本体叙事基础上，还融合了游戏叙事的种种特性，既有观影感，又有游戏互动式体验。②

在未来的游改剧中，我们可以考虑接入虚拟现实技术，观众的大脑和肢体都参与互动，形成多方位体验，未来电影和游戏间的界限可能会变得模糊，正如《头号玩家》中，游戏实现真人化，电影真正做到观众参与并影响剧情。这种拟真化的方式是未来影游融合发展的可能，在这个过程

---

① 金韶.影游融合的发展现状和趋势研究[J].当代电视，2019（10）：73-77.
② 姜建伊.影游融合中多重的互文性电影实践：以《头号玩家》为例[J].传播力研究，2020，4（15）：60-62.

中还需要付出许多的实践和不断测试的过程。电影呈现影像的介质的改变也使影像的物理视觉形态和影像本质发生改变。互动成为电影观看的新方式，同时电影的制作也呈现出跨界合作的新形态，不仅包括生产者的跨界、电影与其他影像形态也发生融合。[①]VR技术在电影中使用已经是当下影史行业研究的重点课题，但是我们也看到了技术的局限性，人在戴了很久VR眼镜后会有眩晕感，这种生理的不适和本身影视剧情短板，都是需要从业者不断去改进的地方，但是这种影游融合给我们提供了发展的方向和思路，改变了我们原先对于游戏和影视剧间融合的认知。

3.在媒介中寻求叙事的平衡

游戏和影视融合的最大短板也正是体现在叙事上。《征途》电影中叙事杂乱，剧情间衔接性不强，逻辑也缺乏合理性，这也是一些游戏粉表示失望的重要原因。显然，特效拯救不了一部电影的口碑。如何讲好故事，是一部改编电影电视剧重点思考的问题。不同创作者对不同文本间应该发挥出的效益的理解不同，以叙事为主还是以互动为主，这个争议一直存在。一方面，作为大众娱乐工业中最先以运用影像抓取观众视觉注意力的现代化工具，同时也是IP线性扩散过程中不可或缺的中间环节，电影至少部分地承载起在传统媒介与新媒体之间进行转化与"翻译"的功用。另一方面，某些时候电影居于发散式跨媒介改编的中心点位置，自身承担了"源文本"的功能。[②]

文本的差异使游戏和影视剧在跨媒介的改编上存在沟壑，传统影视剧（特别是游改电影）具有较强的叙事性，一般是按照事情发展顺序来进行叙事，但是游戏打破了这种线性关系，游戏可以存档，可以跳跃剧情，有众多的副本和支线任务需要玩家体验，两种载体的诉求也不尽相同，游

[①] 滕小娟.亦真亦假，亦虚亦实：当代中国影视剧与游戏融合研究述评[J].东吴学术，2019(1)：58-66.

[②] 聂伟，杜梁.泛娱乐时代的影游产业互动融合[J].中国文艺评论，2016(11)：62-70.

戏注重娱乐性和刺激性，而影视剧还要注重文化和情感价值，这其中的平衡点很难把握。我们可以大致做出这样的概括："跨媒介的故事世界建构"是一种基于互文性的心理模型建构，存在于不同媒介中的不同故事文本相互关联而互不冲突，并共同创造出新的意义。①

一方面，从人物角色的外貌和性格设定以及影片里呈现的故事背景，都应该是游戏世界里预设好的，虽然吸引了游戏玩家的注意，但是这种预设好的世界限制了影片叙事性的发展；另一方面，由于游戏本身的题材固定，进行改编的影视作品往往选择能够刺激观众感官或是引起兴趣的游戏题材，这种选择方式也就确定了受众的范围，虽然一定程度上规避了影片发行的票房风险，但是影视作品的多样性却受到了损害。②编剧在将游戏改编成影视剧时，实际是对"源文本"的再次解读，许多旁支剧情需要做出删减，如果将所有剧情放在短短90分钟内进行展开，那势必会造成叙事的混乱，所以一个游戏在思想层面最想带给玩家的是什么？我们改编时的落脚点就要偏向何处。除了思想层面需要特别注意，在人物的塑造改编上同样需要下一番功夫，游戏中的人物也会有前世今生，但是为了更快地推进剧情，往往一笔带过，这在影视剧改编中可以说是一个禁忌，人物出场原因或者背景交代不清会影响观众对人物符号的解读，特别是很多游改剧，它的受众不只是原本的游戏玩家群体，还包括许多未曾接触过这类游戏的人，如何让他们在没有剧情提示的基础上看懂整部影片，就需要编剧在塑造人物时就赋予人物动机的可行性和合理性。

光有剧情的精简提炼和人物形象的斟酌打磨是远远不够的，在游戏进行影像化转换时，还要考虑艺术生产方式是否合理。电影作为一个综合艺术的呈现，扮演了IP跨媒介扩散的终端角色，叙事只是其中一个重要环节，

---

① 李诗语.从跨文本改编到跨媒介叙事：互文性视角下的故事世界建构[J].北京电影学院学报，2016(6)：26-32.
② 姜建伊.影游融合中多重的互文性电影实践：以《头号玩家》为例[J].传播力研究，2020，4(15)：60-62.

还要兼顾游戏改编过后的经济价值。

4.产业间的相互融合

游戏和影视剧都是围绕IP挖掘进行价值的增值，这里的价值指的是文化价值和商业价值，经济的增值是公司追求的主要目的，但是情怀的打造可以提高受众认可度，形成更加忠诚的粉丝群体。

游戏和影视剧本身就自带流量群体，促进资本间的相互融合可以使IP效应发挥"1+1>2"的作用。2018年阅文集团在其举办的IP生态大会上发布了其版权运营计划，推行"IP共营合伙人"制度，联合更多外部合作伙伴，采取单纯授权、部分授权并参与投资、联合投资和开发等方式，打造文剧漫游的IP联动平台。爱奇艺将影游互动作为业务战略的重点，拓展"影漫综游"的联动开发计划，满足各年龄段粉丝用户的多样化娱乐需求，推进从视频播放平台到娱乐服务平台的战略转型。[①]

实现多文本间的互译是现在各大影视公司追求的共生性，比如根据猫腻的大IP著作《庆余年》改编的同名影视剧一经开播，口碑直线飙升，随后阅文集团继续制作《庆余年》手游，趁影视剧的余温实现IP效益的巩固，这种现象已经屡见不鲜，基于互联网特性的观赏、阅读已经使受众开始形成多文本同时进行的习惯。让粉丝从不同的媒介获得对于同一IP的多种体验，这种鲜活的感官刺激和价值构建，将文化资本和经济资本牢牢拴在一起，战略平台形成共生关系，真正做到了"多方联动"。

各媒介间相互借力达成合作意识，灌输跨文本交流的概念，增加粉丝群体的黏性。一个IP如果可以很好经营，将会给市场带来源源不断的效益。在看到前景的同时我们也要注意一些问题，产业化流水线的制作方式会导致很多雷同游戏和影视剧的出现，它们往往缺乏创新性和艺术感染力。游戏和影视的双向融合也需考虑到艺术元素，注重自己特色的表达方式。

游戏和影视剧的深度融合更像是借力使力的原理，除了二者兼得相互配合，其他产业也可以形成一条丰富的产业链，对原IP产生影响。例如

---

① 金韶.影游融合的发展现状和趋势研究[J].当代电视，2019(10)：73-77.

许多周边手办、线下论坛的开展，都是打造品牌口碑的很好方式。《征途》也十分注重周边产品的运营，例如，经典手办和周年纪念手册等，都作为一种宣传形式唤起大家的回忆。

《征途》在电影上线后，还邀请了老玩家举行了包机活动，用线上和线下相结合的方式进行宣传。在产业化领域做得比较好的，例如，美国迪士尼公司，从漫画书到电影到游乐场再到各种周边，迪士尼的业务范围在不断扩大，影响力也与日俱增，许多国内影视企业纷纷效仿它成功的经验，对IP进行多方位宣传，打造游戏、动画、影视、玩具、手办等一体化的商业模式，激发粉丝对文化的价值认同，打造多产业融合新形态。

结　语

影游融合已经成为现在当下国内外研究的重点话题，不论是理论的艺术裂变还是实践中多媒介的和谐共生，游戏和影视让我们看到了交叉多元的发展新途径。更多的IP可以被挖掘出新的产业模式，更多经典人物形象可以被改编成新的文化符号，文化产业繁荣的发展趋势也呼唤市场可以有更广阔的新视界，游戏和影视二者的结合，恰恰符合了市场的商业价值，也可以实现社会、生活的全面渗透。媒介之间不断消解的边界依托于先进的科学技术，不仅可以将故事内容完整跨形态展示，还可以通过技术升级和创新使文本内核在文化形态的互换中生发出新的意义和价值。[①]影游的相互转换融合仍需要更加科学的改编技巧，在追求审美的同时，将粉丝群体的附加价值发挥出来，从具身性的角度出发，就可以对观众—玩家在影游融合的空间中的身份认同与变化做出更细致的分析与探索，以更精准地理解用户在影游融合作品中的追求与取向[②]，才能在艺术和商业中寻求到平衡。

---

① 杨笑宇.互联网时代影游产业的互动融合分析［J］.视听界，2019（3）：102-104.

② 刘梦霏.叙事VS互动：影游融合的叙事问题［J］.当代电影，2020（10）：50-59.

三、电影《生化危机》：移植元素取材情节，系列作品呈现融合演进

（一）"生化危机"系列游戏研究

1. "生化危机"系列游戏概述

"生化危机"系列游戏是由日本游戏软件公司喀普康（CAPCOM）研发的一款恐怖生存类动作射击游戏。自1998年该系列的第一部面世之后，CAPCOM又陆续发行了十几款系列游戏，"生化危机"已然成为游戏玩家心中的经典IP。

"生化危机"电影系列的第二部《生化危机：启示录》（简称《启示录》）主要以游戏的第三部《生化危机3：复仇女神》（简称《生化危机3》）为蓝本，因此，本书这一部分将针对以上两个案例进行讨论。

"生化危机"系列游戏有日版和美版两种不同版本，这一系列的第三部在日版的名称为《生化危机：最后逃亡》，美版的名称为《生化危机3：复仇女神》，游戏于1999年9月22日在PlayStation发行。2020年CAPCOM公司发布了《生化危机3：重制版》，剧情与1999年的原作保持一致，增加了更多人物和场景细节刻画，强化了最大反派的实力，在玩法上略有差别。对于以上游戏版本，本书将统称为《生化危机3》。本书将以重制版《生化危机3》为依据展开讨论。

由于"生化危机"是一个发布和运营超过20年的经典游戏IP，共有大大小小30余部游戏，拥有宏大的故事背景、悠久的历史脉络和错综复杂的人物关系，每部游戏的主角也不尽相同，因此，在进行讨论前，有必要先对故事背景和重要概念进行解释，方便后续的理解。

2. "生化危机"系列游戏世界观分析

游戏世界观就是玩家对这个游戏世界的总的看法和根本观点，是对"这是一个怎样的世界"问题的回答。由于《生化危机3》是系列游戏中的

一部，其人物角色、情节设计和故事背景都与前作紧密相连，因而，对整个系列游戏的大背景的阐述也必须在此处涉及。

（1）时空——基于现实世界的架空

"生化危机"系列游戏的故事背景始于1960年。随着一代代游戏的推出，时间线一直推进到2013年。游戏总体上是基于现有历史的架空，与史实呈现一种交集关系，其时空背景是对现有历史的一种改编。

故事主体发生在美国，并穿插涉及如中国、非洲等地，世界版图、政治结构等与现实相符，美国依然是一个强大的资本主义国家。而在微观层面则采用了虚构手法，比如事件具体发生的城市是美国浣熊市、中国兰祥市等这样一些在现实地图上找不到的虚构所在，但从城市整体特征上却可以找到与之相对应的城市原型；又如美国的总统，也是游戏所虚构的。安布雷拉公司是游戏虚构的一家具有垄断性质的超大型跨国制药企业，然而背地里却在偷偷进行生化武器研究，意图获取巨大利益。

《生化危机3》的故事发生在1998年9月28日，美国政府决定摧毁浣熊市，在有限的时间内尽快逃出浣熊市成为本部游戏的关键动力。

（2）环境——从人文与物理上映射现实

在社会人文环境的构造层面，"生化危机"系列实现了对现实的完美映射。安布雷拉公司在政治、经济上拥有极强的势力和极高的地位，使得它甚至可以掌控整座城市而为自己所用。安布雷拉公司对外一直保持着积极良好、富有责任感的社会形象，标榜"承诺、正直、诚信"，实则一切以利益为重，不惜以人体为试验品从事病毒研究。

在社会治安上，市民对警察也表现出了两种截然相反的态度。在接二连三的"野兽伤人"事件后，市民对警察局抱有充分的信任，相信警察会保护自己的安全，然而事实证明警察局并没有发挥应有的作用，更多的伤亡还在发生。当大规模感染暴发后，市民对警察充满愤怒情绪，在本作中体现为，一个市民不相信身为警察的主角吉尔能够带自己前往安全之所，宁愿自己躲在封闭的车厢里。

警察局长为了自己的利益和权力与安布雷拉公司勾结，压制真相的曝光，打击正义的警察；美国政府与安布雷拉公司私下秘密交易，为安布雷拉公司掩盖肮脏的罪行；制枪工匠为了自己的女儿，宁愿留在浣熊市，拒绝了跟随警察避难的机会……这些让人联想到现实境况的设计总体营造了一个逼真而复杂的"美国社会"，让玩家更加容易产生代入感。

从具体的物理环境层面来说，通过技术层面的渲染和美术设计，游戏在细节上无限接近真实地复刻了一个典型美国城市的形态，大到地铁站、大桥、市政府、街道等各种建筑，小到商店的灯牌、地铁墙上的海报、医院的针管药剂等，从直观的视觉层面构建了一个先进发达、富有活力的浣熊市，而这样的城市却因为安布雷拉公司的野心而沦落为丧尸之城，最终化为乌有。

（3）事件——关键事件环环相扣

《生化危机3》的剧情内容与前三部紧密相连，是关键事实层层累积、环环相扣的客观结果。在前面的时空和环境里已经描述了角色身处的世界，而要解释这个世界为什么变成了这样、玩家所操控的角色需要做什么事情、为什么要做这些事情、为什么能做那些事情，则必须在此依据时间顺序对重要的节点事件予以说明。

如果没有玩过"生化危机"系列的前面几部作品，打开《生化危机3》，玩家操控的角色醒来就要被追杀必定会使人无法理解。"生化危机"系列通过剧情设计，使得游戏操作时不可或缺的道具资源以叙事元素的形式出现，为角色能够在环境中获取资源设置了合理的理由。对普通游戏来说，道具资源存在的逻辑并不是必需的，玩家不需要在意这个道具是怎么来的就可以进行游戏体验。但正是这种细枝末节处的处理，使得"生化危机"系列游戏构建起了一个宏大复杂但却真实可信、有自身规则和逻辑的世界，并且这个世界还将持续运转下去。

3."生化危机"系列游戏玩法分析

"生化危机"系列游戏属于将恐怖生存与射击结合起来的TPS类游戏

（Third Personal Shooting Game，第三人称射击游戏），玩家需要通过射击防御丧尸的攻击，并完成游戏所设定的任务目标。

在TPS类游戏中，玩家所操控的角色出现在画面之中，玩家可以以一种上帝视角观察人物的行动和周围的环境。在《生化危机3》中，这种第三视角更是被网友戏称为"监控器"视角，这是因为除了剧情动画，玩家的视角基本是固定视角高处俯视，玩家在操作时，与角色和剧情有相当大的疏离感。《生化危机3》依然是第三视角，但是玩家的可操作性大大增强。玩家和角色基本处于同一视角方向，也就是说，玩家是"紧紧贴在"角色身后的，这就使得玩家还同时拥有了第一视角的主观优势和第三视角的客观优势。此外，玩家操纵角色可以360°移动，在一定的地理范围内自由探索，玩家的视角也可以游移变化，而不再是单一的固定视角。

《生化危机3》设置了辅助、标准、专家、噩梦和地狱五种难度模式，玩家可以根据自己的操作水平进行选择。辅助模式适合初次结束生化危机系列的玩家，提供的辅助包括：瞄准辅助、自动恢复一定的生命值、敌人削弱、开始游戏时配备冲锋枪、制作弹药时会获得更多的弹药。专家模式相应的难点在于：敌人增强、弹药和物品极稀少、制作弹药时会获得较少弹药。有趣的一点是，辅助模式尽管被标记为更适合新手玩家，但在实际游戏体验中，部分关卡难度的设置却和专家模式不相上下，更有甚者，譬如同样的地点，辅助模式的丧尸等级比专家模式的更高。

以辅助模式为例，在《生化危机3》中，玩家将会操控两个角色：吉尔和卡洛斯。在游戏开始时，玩家首先操纵吉尔，当剧情推进到吉尔带着市民启动列车离开时，通过转场动画，视角切换到卡洛斯这里，开始卡洛斯视角的游戏剧情。随着剧情的发展，视角会在两人间多次切换，推进各自的任务线，但总体来说以吉尔视角占主导，最后的Boss大战中也是吉尔与追踪者对决。这种双角色设定和双线剧情设计，似乎显示出了我们所熟悉的电影平行蒙太奇手法的影子。

玩家根据提示，可以查看散落在环境中的文件，获取重要信息。通常这些文件会提示重要道具的获取地点，比如枪械、弹药等，还会提示实现某个目标的方法，比如怎样开启供电系统。有一小部分文件会提示剧情信息，为玩家了解事件的前因后果提供必要的信息依据，这类信息对游戏进度推进没有影响，但是可以丰富玩家在这个生化世界中的游戏体验，夯实游戏世界观。

系统会给玩家设定阶段性的目标，比如恢复供电系统、寻找卡洛斯、制作疫苗等。玩家的核心任务是逃离浣熊市，而为了逃离浣熊市，击杀丧尸和最终 Boss 追踪者成为玩家必须要实现的前置条件。玩家会在前期拾取手枪、子弹、火药等武器装备，以及扳手、开锁器、栽植的红绿草药等实用道具。更高级的弹药需要将指定的火药进行合成而获得。玩家的背包里会有有限数量的格子用以存放物品，在前面几部作品里背包的格子数量非常有限，玩家常常需要舍弃很多重要道具或者往返跑以重拾道具，因而生化危机也被戏称为"格子危机"。在本部作品中，玩家通过购买背包可以增加格子数量，获取更多的存储空间。

游戏对于玩家所操控的角色的设定是"无伤通关"，也就是说，理论上角色是不会受到丧尸伤害的，实际上角色是否会受到伤害甚至致死，则取决于玩家的游戏水平。在受到攻击后，角色的生命值会下降，需要及时补充前文所提的草药和治疗喷雾以恢复生命值。在本部游戏中只有红色草药和绿色草药，两者合成后可以生成效果更佳的药品。如果没有及时补充药品，角色就有可能死亡。游戏可以存档，意味着角色死亡后玩家不用从头再来，而是可以从上一个任务重新开始。

在玩家前往目标场所的过程中，玩家会随时遭遇丧尸。玩家可以选择开枪击杀丧尸，或者操控角色对丧尸进行躲避，后者通常是在弹药或者药品不充足等情况下的最佳选择。QTE 是 Quick Time Event（快速反应事件）的缩写。在游戏中的特殊时刻，玩家需要立刻或在规定的时间段内按下按键，继而触发一连串的动画效果。在《生化危机》中，最经典的就是它的闪避模式。玩家在面对逼近的丧尸时可以通过按键操作触发闪避模式，从而巧妙地躲过攻击。玩家对闪避模式较为熟练时，可以避免相当多的攻击，将受伤可能性降到最低。

游戏中的丧尸分为不同形态，有鲜明的实力梯度划分。玩家在面对不同类型的丧尸时，需要考虑到武器的合理使用。例如，在和第二形态的追踪者对战时，就需要使用火炮弹和地雷弹等这样更具杀伤力的武器，并谨慎考虑在何时何种情况下使用，将手中现有的武器组合出最佳效果。

在与丧尸对战时，当子弹用尽，玩家需要尽快打开背包添加子弹。这一操作不占用"实际"时间，游戏设定为"零秒"操作。同样的设定还包括爬梯子、查看文件、拾取道具等情况。当在走廊等地有丧尸要来攻击时，迅速打开附近的一扇门并进入房间，玩家就可以躲避丧尸的攻击，丧尸被设定为不会进入门内，而一旦出去就会再次面临丧尸的攻击，除非将其彻底歼灭。普通丧尸在没有被迅速打死的情况下，会突然急速朝主角扑来，此种情况下极易对玩家造成伤害。

除了直接射击丧尸，玩家还可以利用周围环境的设施，对丧尸造成大面积伤害。例如，射击附近的油桶或者电箱，可以烧死或者电死多个丧尸。

在本部游戏中，一共会有三次Boss战，即和最大敌人追踪者的对抗。三次对抗，追踪者会有三种不同形态，每种都比上一种更强，技能更丰富，杀伤力更大，在第三形态时甚至可以将玩家一击致死。不过游戏也给玩家提供了击杀不同形态追踪者的重要武器或者道具，玩家需要通过一定的操作启用武器或者道具，同时保证自己在这个过程中既要通过现有的武器对追踪者造成前期伤害，又要维持一定的生命值。玩家在完成相应操作后利用武器就可以对追踪者进行终极击杀。

简单来说，"生化危机"系列游戏的玩法可以概括为：打丧尸，做任务。此外还有一点，就是"探索"。"生化危机"系列游戏前几部作品给玩家提供了广阔的探索范围，玩家可以进入多个地点进行探索，获取信息、道具或是与NPC对话，甚至只是单纯地浏览环境，从而使"生化危机"系列游戏不只是单纯的射击游戏，而能给玩家带来感官刺激以外的丰富的游戏体验感，获得一种在虚拟世界中畅游和探索的乐趣。不过在重制版本中，游戏总流程被压缩，相应的"探索"也就被削弱，这一点也为"生化危机"系列游戏的忠实玩家所诟病。

（二）"生化危机"系列电影分析

1."生化危机"系列电影概述

在"生化危机"系列游戏风靡世界之时，CAPCOM公司选择了出售"生化危机"系列的电影改编版权，英国的Constantin（康斯坦汀）电影公司最终获得了其改编权。2002年，英国导演保罗·安德森（Paul Anderson）将当时已经风靡世界的"生化危机"系列游戏改编的电影首次搬上大银幕并大获成功，在全球一共收获了超1亿美元的票房。由Constantin公司出品的"生化危机"系列电影诞生，并最终一共拍摄了6部真人电影，在全球收获超12亿美元票房。

不过，首部《生化危机》在影评人和游戏粉丝之间都招致了批评。编导保罗·安德森严格按照游戏改编，但角色全部原创又使得忠实游戏玩家颇有微词。在《生化危机2：启示录》中，保罗·安德森退居幕后，担任编剧和制片工作。相比于第一部，《生化危机2：启示录》与游戏的联系更紧密，直接依照《生化危机3：复仇女神》进行改编，两者之间显示出了强烈的对应关系。电影不仅大量还原了游戏中的画面和场景，而且更是满足了游戏粉丝的期待，将游戏中的几个主要人物都加入其中，作为推动剧情进展的副线人物，游戏中的关键情节也在电影中得到了复现。

2."生化危机"系列电影叙事分析

（1）主题

"美国丧尸电影叙事的主要功能是进行极端的社会和文化隐喻。这是对资本主义社会本身的评论。它通过丧尸末日的过度和极其荒诞的叙事来面对观众，并迫使观众面对他们在美国社会生活中的生死、健康与堕落、自由与奴役、繁荣与破坏，从而揭示出这个国家从一开始就存在的最严重的问题——异化。因此，与其他类型的电影相比，美国丧尸电影提供了一种对展现美国社会异化的最极端典型的洞察。"[1]在本片中，编导直接将人的欲望和社会的矛盾推向了极致。安布雷拉公司被设定为全世界最大的企业，与政府勾结，只手遮天。美国意图通过安布雷拉公司的生化武器维持其超级大国的统治地位，实现称霸世界的野心。马克思恩格斯笔下冷漠无情的资本主义机器在电影中被强势放大和夸张，这个只有欲望和利益的社会早已暗存异化的危机，或者说，这样的世界正是民众异化的根源，是对资本主义社会走向极端的合理想象，呼应着马克思恩格斯对资本主义社会终将灭亡的预言。

资本主义社会中的民众和电影中的丧尸之间存在着隐喻关系。"美国民众在被高楼大厦和愈发稠密的人口所包围的城市中按部就班地生存，对物质和金钱的追逐使得人们在快节奏的生活中逐渐迷失自我。各个行业的人们乘坐各种公共交通工具在城市中穿行，麻木而又自然地走向属于他的那个固定岗位；每天在目不暇接的消费广告和花样百出的产品推销活动中流连忘返，几乎没有人再来思索自我存在的价值和意义，共性逐渐取代了个性；住在彼此壁垒分明的钢筋混凝土之中，夜空中闪烁着高楼之上数不胜数的霓虹灯。网络越来越发达，地球越来越小，而心与心之间的距离却越来越大，这种现象仍是异化。"[2]民众不再以独立的个体存在，而成为整部资本主义机器的螺丝钉，以自身血肉喂养这部机器，维持它的运作，而真正的获益者只有站在顶级阶层的资本家。资本主义所造成的异化，不仅是电影中人类生理上的变异，更是作为活人时自我属性的丧失与存在意义的抹杀。

在"生化危机"系列电影中，安布雷拉公司研究T病毒，为的是售卖

---

[1] BISHOP K W. American Zombie Gothic：the rise and fall (and rise) of the walking dead in popular culture [M]. North Carolina：Mc Farland & CompanyInc Publishers，2010：32.

[2] HARMAN C. Zombie Capitalism：global crisis and the relevance of Marx [M]. Chicago：Haymarket Books，2010：54.

生化武器攫取利润，T病毒的泄露是因为个人想要窃取病毒并售卖赚取金钱。在病毒已经泄露后，安布雷拉公司非但没有及时采取措施封杀泄露原地，而是将这场危机看作商机，不惜以普通民众为试验品，以整个城市为试验场来测试生化武器的性能，最后甚至启用核武器来毁灭证据。资本主义制度下的政府为了自己的利益帮助万恶之源安布雷拉公司掩盖真相，媒体则歪曲事实报道假新闻，人民成为随时可以被牺牲的、不被在意生死和感受的"物品"，人不再是人。在电影中，普通民众因为资本家的贪婪和自私而死，然而死了也无法拥有人的尊严，而要成为一具具行尸走肉，继续为资本家们的利益而无休止地奔波下去，为嗜血的资本家贡献一场血与肉的狂欢。

电影遵循了"资本主义是异化之源"的叙事模式，揭示出具有普遍适用性意义的主题，人类无底线的贪婪终将埋葬人类自己。

（2）符号

对于一部丧尸恐怖片来说，丧尸显然是最重要和鲜明的叙事符号，是贯穿全片的核心要素。丧尸这一恐怖符号所具备的恐怖感，是"身"和"心"两方面的。丧尸不同于其他超自然异类生物，其特殊的恐怖之处在于，它完全不具备自主意识，而只有嗜血啃肉的本能，为了血肉可以无休无止地追逐下去。

首先，丧尸以人的形态去啃咬蚕食活人血肉，事实上挑战的是文明的底线，在现代文明中，食人意味着彻底的野蛮和绝对的恐怖，从而对现代社会的人类能够造成感官上的直接刺激和心理上的巨大冲击。目睹丧尸食人的场景，还会让人自然联想到，如果自己被咬，也会变成同样野蛮的怪物，或者是直接被成群的丧尸分而食之，这种想象更是会直接击穿人类的心理底线和作为人的最后的尊严。

在《启示录》中，反派凯恩被爱丽丝从直升机上推了下去，摔折了腿，而丧尸大军已经逼近。凯恩原本还拿着手枪试图射击最近的丧尸，然后绝望地准备开枪自杀，可是最后一颗子弹已经用尽，他只能被丧尸分食。在临死的最后一刻，凯恩连作为人的尊严和选择死亡方式的权利都被尽皆剥夺了。对反派的这种处理方式无疑比一枪结束他的性命更能让观众解恨。

其次，丧尸通过血腥地啃咬活人转化出更多丧尸的这种扩展速度极快而手段极其残忍的"繁殖"，给人以无法摆脱、无路可逃的绝望感和压迫感。人类并不能迅速繁衍出足够的数量壮大自己的力量，也不具备足够的武器装备来对抗丧尸，一旦被咬伤或是抓伤就面临着不可逆转的恐怖命运；丧尸却可以抵御除了射击脑袋的普通攻击，用他们的撕咬快速简易地增殖同类、扩展族群。人类和丧尸两个对立种群的势力在根本上就处于失衡的关系，并且这种失衡只会愈演愈烈。"在丧尸末日中，人类永无安息之日。"①

最后，转化需要一定时间，如同病毒有潜伏期一般。因此，身边的亲人朋友如果刚被咬，只会呈现出一个需要帮助的受伤者形象，尽管知道他终将变成丧尸，但必须抛弃道德、伦理和情感，举枪对准曾经如此亲密的人，对心智健全的人来说无疑是难以跨越的心理障碍，这种心理障碍往往使人犹豫和软弱，特别是在对方仍然维持正常面貌时，道德和情感的壁垒就会越坚实。随着时间一点点过去，犹如不定时炸弹般环绕身边的恐怖感就越发强烈。必然会被攻击的预设和不知道何时会被攻击的悬念，共同构成了丧尸片常见的恐怖情节套路。目睹昔日感情深厚的亲朋好友变成毫无理智的嗜血怪物，以及必须亲手杀死熟悉的"人"的求生需求，都是对人性的无情撕扯。

在《启示录》中，吉尔的队友因为帮助市民而被刚转化为丧尸的市民咬伤，在随后的逃亡路上，吉尔始终无法舍弃队友，在爱丽丝凭借着绝对理性想要直接射杀队友时，吉尔更是毫不犹豫地拔枪相对，保护自己的队友，并表示当他转化成丧尸时，自己会亲手解决他。同行的四个人都清楚，这个队友在某一刻终将变成没有神智的怪物。而当队友终于变成丧尸

---

① 彼耐多. 娱乐性恐怖：当代恐怖电影的后现代元素 [J]. 王群, 译. 世界电影, 1998（3）: 16-38.

扑上来时，吉尔瞄准了他的头颅却迟迟不忍心开枪，最后为了身边人的安全，绝望地扣动了扳机，并崩溃大哭。影片正是以丧尸的恐怖特性为媒，书写着末日下人性的煎熬和挣扎。

（三）改编效果与策略评估

1. 影游融合认识之维

吉尔·德勒兹曾说，电影不仅"把运动置入影像中，也把运动置入头脑中"。[1]电子游戏也具有相似的能力。游戏和电影属于两种完全不同的媒介，但目前越来越显著的是，游戏正变得更加"电影化"，同时也可以"电影化"，电影则同样可以"游戏化"，影游融合成为游戏和电影这两个独立领域互相碰撞与融合的那一条羽化的边界。从游戏到电影的跨越，或是从电影到游戏的衍生，媒介融合和跨媒介互动在当今文化产业里已成为普遍现象，如波德莱尔所说："今天，每一种艺术都表现出侵犯邻居艺术的欲望。"[2]

电影和电子游戏之间存在的最大区别在于，对于受众来说，前者是被动接受、静止观看，而后者是主动参与、活跃创造。通俗来说，电影被"看"，游戏被"玩"。游戏玩家因而在游戏世界里具有主导性和强烈的在场感。

从信息接受来说，电影观众所获得的信息全部来自导演有限的画面提供，导演决定你能看到什么和不能看到什么，你以怎样的视点看到，尽管观众可以通过自己主动积极的心理活动进行信息补充；而游戏玩家所获得的信息量则取决于玩家的行为，游戏的信息同样是有限的，但是它赋予了玩家在有限的空间里无限探索的权力，游戏设计者决定玩家能获取的信息的上限，但玩家可以自己定义下限。

从审美情感来说，观看注重娱乐性的虚构剧情片的审美愉悦"在于舒

---

[1] FLAXMAN G. The brain is the screen：Deleuze and the philosophy of cinema [M].Minneapolis：University of Minnesota Press，2000.

[2] 波德莱尔.1846年的沙龙：波德莱尔美学论文选[M].郭宏安，译.桂林：广西师范大学出版社，2002：154.

适地顺从电影精心编织的观众无法使之改变的戏剧之旅",而"游戏的愉悦（以及有时几乎无法忍受的不快），则在于不断地升级、实战与掌握技巧、理解规则以及游戏世界有效行为必需的物理学"[1]。

从沉浸体验来说,游戏特别是第一人称视角游戏,往往带来强烈的沉浸感。1969年心理学家米哈里·契克森米哈赖在访谈中发现了人们从事各种活动时共有的"心流"体验。他将这种体验定义为"人们对某一活动或事物表现出浓厚的兴趣并能推动个体完全投入某项活动或事物的一种情绪体验"[2]。也有学者将之简单解释为沉浸体验。研究发现,当个体所感知到的自身技能水平与挑战难度相适配时,沉浸体验就会产生。在游戏中,玩家需要掌握一定的技巧、积攒足够的资源,不断提升自己的游戏技能水平,然后去挑战不同的游戏关卡,有时需要反复多次的挑战才能成功,在这种不断挑战并得到显性的奖励如升级、增加装备、获得游戏货币等的过程中,玩家也已经获得了深厚的沉浸体验。在《生化危机3》中,游戏设置了诸如辅助、普通、专家等多维度的难度模式,给不同水平的玩家以选择的余地,这样的设计除了用于吸引玩家尝试不同难度反复玩,更是游戏开发者充分利用沉浸心理的体现。恩格瑟（Engeser S.）提出沉浸体验由五个维度构成：行为与意识的统一、注意力高度集中、自我意识丧失、控制感、活动的自动性质。这正是游戏体验的鲜活映照。电影观看行为同样能让观众产生沉浸感,获得一定程度的沉浸体验,但与游戏相比,毕竟还是略逊几分。

游戏与电影有如此多的不同,但二者仍能深入融合,则更在于二者的共同之处。电子游戏如果包含叙事因素就能被改编。[3]就本书所讨论的"生

---

[1] 布朗,克里兹温斯卡.电影—游戏与游戏—电影：走向一种跨媒介的美学[J].范倍,译.电影艺术,2011（3）：100-107.

[2] 任俊,施静,马甜语.Flow研究概述[J].心理科学进展,2009,17（1）：210-217.

[3] 弗罗东.电影的不纯性：电影和电子游戏[J].杨添天,译.世界电影,2005（6）：169-173.

化危机"系列游戏来说，因其具有宏大复杂的世界观、清晰的情节线索和丰富的人物关系，其鲜明的电影叙事特性使得其被改编成电影是如此水到渠成的事情。在叙事结构上，《生化危机3》采用了清晰的双线并行式玩法，两条人物行动主线互相穿插并最终会合，共同实现最终目标，为电影的叙事结构已然搭好了可供挪移的框架。忠实的游戏玩家在玩"生化危机"系列游戏时，除了射击快感体验、视听奇观体验和玩法创新体验，更大的乐趣在于挖掘各种隐藏信息、探索剧情，对故事和人物的期待构成了游戏长久吸引力的重要组成部分。

2. 具体改编策略

当试图把商业上固定的游戏品牌兜售给完全不同的受众的时候，游戏改编的电影冒着巨大的风险。[1]CAPCOM做了明智的选择，它将游戏开发权卖给了英国的康斯坦汀电影公司，避免了自身开发衍生电影的风险。"商业的利益渴望开发专营权的潜力并分散创新的风险，而创造的欲望则使得它们各自的潜力达到最大化，因而叙事体系正在形成。"[2]发展至今，"生化危机"已经有游戏、电影、漫画、小说等各种媒介文本形式，一个跨越多媒介而又浑然统一的叙事体系和虚拟世界巍然而立。

（1）以游戏剧情为蓝本进行移植

电影改编的形式主要有"节选、移植、浓缩、取材、借用"五种。[3]其中"移植"指的是从容量大体相近的中篇小说一类作品中，将主题、人物、情节等搬演过来，"取材"指的是从一部作品的情节中得到某种启发，在此基础上加以构思，甚至创造出新人物、新情境。《启示录》首先在改编形式上，就讨巧地直接取材于《生化危机3》。游戏和电影的故事背景都

---

[1] 布朗，克里兹温斯卡.电影—游戏与游戏—电影：走向一种跨媒介的美学[J].范倍，译.电影艺术，2011（3）：100-107.

[2] 布朗，克里兹温斯卡.电影—游戏与游戏—电影：走向一种跨媒介的美学[J].范倍，译.电影艺术，2011（3）：100-107.

[3] 参见许南明，富澜，崔君衍.电影艺术词典：修订版[M].北京：中国电影出版社，2005：104-105.

聚焦于核爆炸前夕的浣熊市，主人公的戏剧需求是逃离浣熊市；最大怪物敌人都是复仇女神，且复仇女神的目标都是追杀S.T.A.R.S.小队成员；逃离过程中主人公需要不断和各种丧尸对战，并击败最强怪物复仇女神；游戏中吉尔被感染并通过疫苗恢复，电影中则是卡洛斯被感染；结局都是乘坐直升机离开浣熊市。尽管在叙事结构和背景上"移植"，电影仍然做了一些创新性处理。整个"生化危机"系列电影的主角都是电影开发方原创的人物爱丽丝，而吉尔、卡洛斯等游戏中的主角在本片中成了爱丽丝的队友，负责副线的开展。电影增加了更多帮助者角色，如阿什福德博士要求爱丽丝等人救出自己的女儿，自己则可以为他们规划逃生方法，从而为主角的行动提供了合理的推动力。游戏中的最大反派叛徒尼克拉在电影中的"戏份"被大量删减，人物功能在于为主角团提供帮助，最后为了救人而被地狱犬咬死。

（2）增加受游戏玩家喜爱的游戏角色，造型贴合原作

在第一部电影中，导演就因完全抛弃游戏中的角色而饱受批评。而在第二部电影，导演退居幕后担当编剧和制片人工作，在这次的剧本中，导演显然尊重了玩家的意见，将《生化危机3》中的几个重要角色全部搬进了大银幕里。吉尔和卡洛斯在游戏文本里是颇受玩喜爱的人气角色，人物无论是外在还是性格和能力都在影片中得到了完美还原，受到了游戏玩家的好评。

（3）情节设计应用游戏挑战模式，游戏感鲜明

电影中，女主角爱丽丝和吉尔等人被赋予了清晰的目标：在核爆之前逃离浣熊市。帮助者阿什福德博士为其规划了清晰的线路，主角团体只需要完成指定任务——营救安吉拉，活着抵达直升机停机场，就可以实现目标。在游戏中，也就意味着角色通关。在实现这一目标的路上，主角会遭遇不同的障碍，集中体现在不同丧尸生物的设置上。囿于时长，电影并未将游戏中出现的所有类型丧尸全部搬运过来，而是选择了在生化危机世界中颇具代表意义的两种生物——舐食者和地狱犬，以这两种生物为中心构

建了两个封闭场景——教堂和学校，主角团需要在这两个地方与怪物对战并取得胜利，才能抵达下一目标地点。在游戏中，吉尔在完成任务的过程中三次遭遇追踪者，展开了三次对战，一次比一次激烈和困难，最终艰难打败追踪者；电影中，爱丽丝则两次遭遇复仇女神，并在最终对决中获得胜利。"生化危机"系列游戏原本是"视频游戏"，而情节的如此设计则使得观众仿佛在观看"游戏视频"。

（4）更多情节线索，打破限知视角

电影相较于游戏的优势之一就在于，电影提供了更加丰富的叙事视角。《生化危机3》设置了卡洛斯和吉尔两条明线以及尼克拉的暗线，电影则更为丰富，设置了卡洛斯、吉尔、爱丽丝、阿什福德博士、安布雷拉公司等多条情节线，它们彼此缠绕、互相推动，并在高潮时汇合。

电影创新性地增添了丧尸生物的叙事视角。吉尔等人为了避难走进教堂时，电影通过俯角全景、教堂屋檐近景和屋顶上蛰伏的舔食者近景这一组镜头，营造了强烈的危机感与紧张感，预示了接下来的对战。在吉尔等人进入教堂以后，更是多次出现舔食者的主观镜头，人类如同待宰的羔羊，可悲而不自知地在怪物的视线里打转，血红色的视图已经暗示了人物的绝望命运。丧尸视角的引入，意味着观众比角色知道的信息更多，全知视角下，虽然冲淡了主观代入感，却有力强化了观众对片中人物命运的担忧情绪。

3.改编效果评估

《生化危机2：启示录》在全球累计收获了超过1.2亿美元票房，[①]从票房角度不可谓不成功。在国内主流评分平台豆瓣上有超过19万人为其打分，并以7.9分的不俗成绩在系列电影中评分排名第二。尽管票房大卖，"生化危机"系列电影口碑步步跌落亦是不争的事实（见图3-11）。

---

① 数据来源于Box Office Mojo，https://www.boxofficemojo.com/release/rl2171438593/。

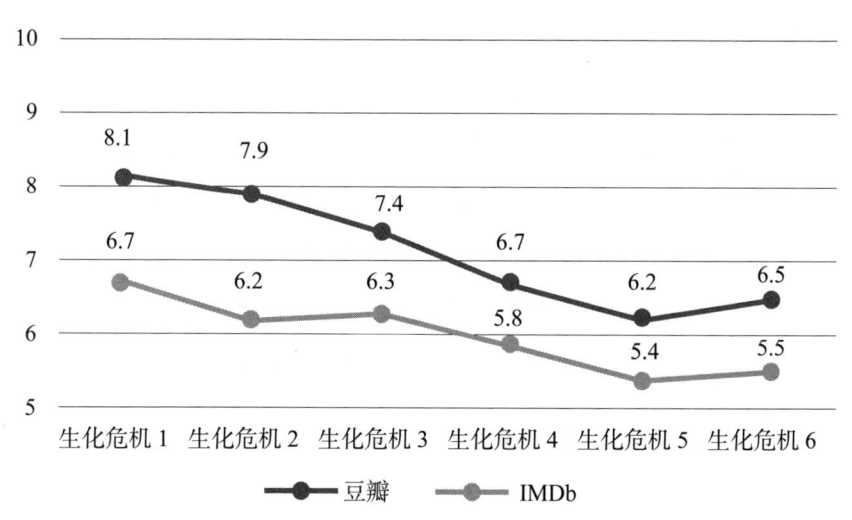

图3-11 "生化危机"系列电影豆瓣/IMDb评分图

对比国内外两大打分平台的分数走向来看，中国观众整体评分偏高，但基本走向一致，最后一部电影的"回光返照"则离不开情怀的加成。

本书从IMDb上截取了部分具有代表性的观众的评价，从中可以略窥不同类型和不同喜好的观众对这部电影的态度差异，侧面反映出电影的改编效果。

根据IMDb评论区分别来自"生化危机"系列游戏忠实玩家、普通电影观众和"生化危机"电影系列忠实观众的评论来看。忠实玩家表示对电影非常失望，因为电影完全无视了游戏的故事，虚构了爱丽丝这个人物，爱丽丝只是银幕上的超级玛丽苏，而吉尔、卡洛斯等角色的添加无非是为了衬托爱丽丝的非凡，游戏中的次要角色迈克和尼克拉只是简单露了下面，完全没有自我。此外，过于快速而显得混乱的剪辑、脆弱的情节等都是槽点。这位观众事实上指出了"生化危机"系列游戏改编电影时存在的突出问题。从第一部开始，编导就直接原创了一位全新的女主角爱丽丝，并在接下来的五部电影中全部以其为女主角。"生化危机"系列游戏创造了相当丰富的各类角色和复杂的人物关系，众多角色都拥有自己的主场剧情，新人物的登场和旧人物的复出，构成了游戏玩家的重要期待要素，而彼此相关联却又并不重复的剧情如同形色各异的碎片一般，持续吸引着玩家探索并拼凑起整部"生化编年史"。

电影原创全新的女主角毕竟蕴含着自身的创造力想象，也并非不能理解。编导基于第一部作品的反馈，在第二部里直接移植了《生化危机3》的主要情节、场景和人物，按理说应当令失望的游戏粉丝得到安抚，但正如前文所提到的，爱丽丝是贯穿始终的女主角，这就意味着游戏里的女主角吉尔必然要退让一旁，游戏里的男主角、吉尔的"CP"卡洛斯也被改编成了爱丽丝的暧昧对象。吉尔与卡洛斯在能力上也被大大削弱，在游戏中吉尔因为和最强Boss追踪者的对战受伤，电影中的卡洛斯却因为普通丧尸感染。吉尔和卡洛斯总是居于被女主角爱丽丝拯救的尴尬位置，甚至为了凸显爱丽丝的碾压性实力，编导不惜通过吉尔以直白的台词强调"爱丽丝强过所有人"。此外，游戏里两个重要的配角迈克和尼克拉，在电影中只草草带过，鲜明的人物性格完全扁平化处理，尼克拉作为最重要的叛徒角色更是被简易处理为早早死去的善良小兵。如此种种对游戏原作人物的"魔改"，非但不能达到讨好游戏粉丝的效果，反而会进一步推远这一群体。

从故事设计上来说，这一系列电影故事的主要矛盾全在于超级英雄爱丽丝和反派安布雷拉公司之间的对抗。爱丽丝仿佛生来就为了保护人类拯救地球打败安布雷拉公司，人物的基本行动动机缺乏合理的设置。从电影第一幕开始，女主角就踏上了保护人类的必由之路。越到后面几部，编导越发走向极端，爱丽丝已然"封神"，成为抵抗反动势力、拯救世界的唯一救赎，从第三部开始，电影已经和游戏越走越远，改编方式从"移植"和"取材"，逐渐走向"借用"，除了片名依然是"生化危机"，剧情已经和游戏基本没什么关联，"女战神"大战丧尸和反派的戏码反复上演。

普通电影观众评论指出，这就是一部糟糕的纯娱乐性电影，有着糟糕而荒谬的动作设计和差劲的镜头。由此引出改编的第二个问题：作为一部吸引普遍大众的娱乐电影，《启示录》仍然未能达到令人满意的水准。在此引入"高概念电影"这一概念，这类电影的两大特征是：一是故事情节减少甚至过分简单；二是极度强化的影像奇观效果，追求惊人而新颖的超级视听效应。

游戏化的情节设计、始终围绕女主角的简单叙事、扁平化的人物塑造以及洞悉一切的全知视角，使得观众能够欣赏的只有视觉效果。然而，该片的动作设计和剪辑也实在乏善可陈。在表现爱丽丝的某个特殊动作时，导演常常使用一组多角度同景别的镜头加以强调，而动作的衔接却往往存在着明显的重叠，上一个镜头爱丽丝已经旋转了180°，下一个镜头她可能只转到90°。由此造成的画面重复感和让观众不得不注意某个动作的强迫感，无疑是对视觉效果的减分。

某位生化危机电影的忠实粉丝则强调自己将"生化危机"系列电影反复观看了多遍，并详细分析了这部电影吸引他的地方。他认为，该片塑造了一个更加强大的女主角爱丽丝，其动作戏非常精彩；吉尔等视频游戏角色得到了完美复刻；影片中穿插的幽默让电影更有趣味；恐怖效果到位；留有悬念的结尾让人对下一部电影充满期待。在评语最后，这位观众将这部电影推荐给所有恐怖动作片爱好者。

若要评论改编效果，就不得不先厘清到底是谁在看这部电影，对于不同的受众群体，其相对而言的改编效果也各有不同。结合较为典型的观众评语，我们可以得出如下结论：忠实的游戏玩家难以容忍对角色和剧情的"篡改"，大众影迷对其不合格的情节人物设计和打折扣的视觉效果感到失望，而真正获得"享受"体验的是对恐怖动作片类型电影有所偏爱的群体，足量的恐怖元素和丰富的动作戏码足以堆砌出一部使人心满意足的佳片。

结　语

游戏改编电影，其原始驱动力总是来源于游戏 IP 所具有的巨大潜力，然而在进行媒介跨越时，媒介的差异性必须得到充分的认识，如何去吸引习惯了在游戏中居于主导地位的游戏玩家走进影院,去观赏一部他们既熟悉又陌生的跨媒介作品,是电影制作方无法回避的问题。与此同时,电影不可能拒绝更加广泛的大众群体,他们是潜在的电影受众,因此,制作方面临的最大诉求就是如何寻求一种游戏玩家与普通观众之间的平衡,这种平衡也将意味着改编的成功。遗憾的是,以《生化危机3》为蓝本进行改编的电影《生化危机2:启示录》并没有给出一个成功的示范,事实上整个真人电影系列都未实现这一点,充其量只能谓之从"视频游戏"到"游戏视频"的跨越。

"生化危机"整个系列在票房上的成功毋庸置疑,值得一提的是,《生化危机6:终章》在北美的票房并不理想,甚至是该系列中票房最差的一部,却意外在中国收割了奇高票房,上映六天内地票房近8亿元。"生化危机"系列电影是不少人的丧尸片"启蒙之作",高票房部分是怀旧情怀使然,成熟的好莱坞超现实题材大片在中国的号召力非同一般。"只有想象力充沛的影视意指游戏才能给观众提供体验冒险、消费历史、获得替代性假想满足,享受视听感官狂欢盛宴的足够机会。"[①]"生化危机"系列电影尽管有诸多瑕疵,但其想象力不可谓不丰沛,其所创造的视听感官狂欢盛宴始终吸引着人走进影院,这对中国电影的发展也应具有一定的启示意义。

第四节　影游IP互化的改动策略

改动,是建构原型世界的根本不同的版本,通过给予人物不同的命运,追踪世间的反事实序列。这是最为激进的后现代主义重写,创造论辩性的反世界,破坏或否定经典原型世界的合法性。虚构文本成为世界建构的主体,叙事文本的互文关系被割裂,原型世界的完整性被后继者破坏。

[①] 陈旭光,吴言动.关于中国电影想象力缺失问题的思考[J].当代电影,2012(11):98-101.

电影《无敌破坏王》在由三个相互联系的世界构成的虚构世界中，颠覆游戏中以机械的"破坏"为母题的世界观，聚焦个体审视个人命运和情感归属的辩证空间。另外，这种改动策略还会出现"引用"（Quotation）现象，将其他游戏符号和大众文化符号在电影中重新编码，如《无敌破坏王》涵盖了从20世纪80年代街机游戏到现代电子游戏的众多游戏角色，赋予虚构世界独特的意义空间，这种借用"造成的电影情节上的缝隙和累赘为许多形形色色的知识社区提供了机会"[①]。与之相似的还有《极品飞车》，可以发现"改动"策略大多施加于早期街机和家用主机游戏，这些缺乏叙事文本的单一原型世界为语义变迁和世界建构提供了内在条件。

一、网络电视剧《穿越火线》：平衡玩家与大众，宏大主题凸显现实观照

影视与游戏作为当下文化产业中广受欢迎的组成部分，在市场与技术的强烈驱动下，融合态势日渐加强。游戏与影视皆以其内容的故事性与极致的视听体验吸引广大观众，在内容上具有较大的互通性，具备融合的基础。随着摄影技术与CG动画技术的革新发展，游戏画面电影化呈现、电影级画面游戏呈现也成为新的趋势。这为两者内容的联通架起了坚固的桥梁。在电影产业、游戏产业两大庞大的市场驱动下，挖掘融合潜力、实现IP价值外延成为新的探索方向。在国外"生化危机"系列、"刺客信条"系列等众多"影游融合"的探索，国内也涌现出《仙剑奇侠传》《古剑奇谭》《穿越火线》等游戏IP影视化作品。但是在"影游融合"的探索中，也呈现出不少问题，鲜有游戏改编的影视剧能够维系原有的高口碑与高评分。而2020年中播出的网剧《穿越火线》，却是能够将游戏元素有机融入影视中的高分之作。本部分以其作为案例切入点，通过对游戏与游戏改编影视剧本体的研究，具体剖析游戏改编影视剧的创作要点，探讨可行的改编策

---

① 詹金斯.融合文化：新媒体和旧媒体的冲突地带[M].杜永明，译.北京：商务印书馆，2012：161.

略,力求为更多的游戏IP影视化提供可循之迹。

(一)《穿越火线》游戏案例研究

《穿越火线》是一款由韩国Smile Gate公司开发、腾讯游戏代理运营,于2007年在国内内测的经典FPS游戏(第一人称射击类)。该游戏是以两大国际佣兵集团(Global Risk和Black List)的故事为背景,结合了Counter Strike等多款已有的FPS游戏优点,又在尊重国内游戏玩家体验的基础上开发的精彩绝伦的FPS游戏。一经推出,《穿越火线》迅速获得了众多游戏玩家的喜爱,在国内一度拥有数亿玩家。其全球版本也在众多地区获得认可,至今仍然是全球最为成功的游戏之一。

1. 游戏场景的基本建构

游戏场景的基本建构是建立在其世界观及其囊括的众多场景元素下的。世界观是人们对世界总的看法和根本观点。游戏世界观则是对于游戏世界的根本性假设。通过给予人物形体外貌、操作规范、行动任务等,让游戏这一虚构的环境得以成立。玩家进入游戏后,成为游戏中所构建的世界的主宰,按照游戏设定的规制逻辑,触发一系列行动,从而产生游戏行为。

游戏人物的设定是游戏世界观中重要的一环。《穿越火线》将战斗双方划分为"潜伏者""保卫者"两大雇佣兵阵营,并且对其赋予神秘的背景元素。传说"潜伏者"从不为强国服务,而是愿意为弱小国家服务,甚至执行某些"特殊服务"。"保卫者"则是以维护和平为名义,服务于强势国家,宣称自己拥有最正义的立场,却又遭到外界的质疑。

"潜伏者""保卫者"两方阵营故事虽然是作为游戏背景信息存在,但是依然在不断延续与完善。2011年12月19日,《泰坦之怒》版本上线,激进组织Blitz率生化部队叛离潜伏者。2013年6月5日,《战场模式全面公测》版本上线,潜伏者秘密训练基地被保卫者摧毁。2013年7月9日,《影武联盟》版本上线,隐身人小队背叛潜伏者,自立影武者部队。2013

年9月12日,《杀漠之路 痛快玩》版本上线,潜伏者作战指挥中心被保卫者摧毁。自此,潜伏者在剧情上被击溃,战斗进入GRX分队对决激进组织Blitz时代,潜伏者残余部队则在剧情上听命于Blitz。同时对于每一位雇佣兵角色都设定极具传奇色彩的人物故事。例如,波塞冬部队是以号称世界上最强的海军部队,被人们以海皇的名字命名的。他们的每次行动都会像海皇的三叉戟一般准确地给予敌人致命的打击。由于自身部队名气的日渐响亮,波塞冬部队内部产生了严重的分歧,一部分人愿为利益而战,另一部分人则要坚持自己的"正义",最终两部分人按照自己的意愿分别加入了潜伏者和保卫者。

游戏模式则是对应着同一世界观下,游戏玩家不同的战斗与取胜形式。《穿越火线》中有"爆破模式""团队竞技模式""幽灵模式""歼灭模式""生化模式"等众多的经典与创新的模式。例如,在经典的"爆破模式"中,潜伏者一方需要在规定时间内在指定的目标物中安装C4炸弹,并实现爆破。保卫者一方则是需要全力阻止这一行为。而在全新的"幽灵模式"中,胜利的方式与前者相同,但是该模式下,幽灵一方是隐身的,只有在移动或者攻击对方的时候才会被看见,并且其只能使用刀刃等近身武器。在地图的选择上,则有"黑色城镇""胜利广场""运输船""地下基地"等数十种不同场景的地图设置。多样性的团队对抗玩法,极大地增强了游戏的丰富性与趣味性。

可见,《穿越火线》游戏的世界观已经比较清晰地讲述了整个游戏世界的大致面貌,对于游戏中势力阵营、人物及其历史关系都有了一定的讲述。这些设置可以让玩家在玩游戏的同时,快速理解其世界观框架。

2.现代写实风格的视效设计

电脑CG技术的发展与广泛应用,让数码视觉艺术广泛进入大众视野。在电影、电视、游戏、平面设计等领域,都融入了大量CG艺术的创作。尤其在游戏领域,CG艺术可以让创作者以更高效的制作、更低廉的成本给玩家带来极具震撼的视觉体验,CG技术的加持让游戏视效的创作空间更加广阔，由此带来更丰富的游戏风格。

随着游戏设备的升级，游戏视觉画面成为游戏玩家判断一款游戏是否具有可玩性的关键因素。不同类型的游戏对于视觉画面风格的营造也有着完全不同的追求。对于玩家来说，明确统一的风格，可以帮助玩家更好地融入情景，从而更快地理解游戏世界观，甚至带来更多美的体验。《穿越火线》作为一款2007年上线的游戏，其画质早已无法与当下追求极致的游戏大作相媲美。但作为一款经典的射击类游戏，其视效风格仍然有不少可取之处。游戏整体的画面风格以现代写实为基调。作为射击类游戏，现代风格是这类游戏最常见的风格。而写实风格，顾名思义，就是整体画风追求一种对于现实世界的复刻，在场景的设定、物件设置上追求还原真实。这意味着，游戏中场景的设计会无限接近现实世界。例如，《穿越火线》游戏"黑色城镇"地图中玩家就置身在一个仿真的城镇之中，双方玩家在城镇的街道、走廊、楼内等不同的地点展开攻防激战，其中有窗户、木箱、转角、斜坡、大门等众多供玩家进行攻守的掩体。而"运输船"地图则是在一艘巨大的货船中，摆放着众多集装箱。这种看似简易而朴实的场景，恰恰可以给予玩家置身于真实战斗空间的游戏体验，给玩家带来更加强烈的临场感和代入感。

这种视效风格因为与现实最为接近，所以必然无法与奇观式的画面相媲美，但其却是最容易让绝大部分玩家快速适应并上手的，对于游戏的普及有着更多的可能。

3.强互动性的第一人称叙事

游戏和文学小说、影视作品一样可以拥有叙事。尤其是随着游戏种类的丰富与游戏创作的不断深入，游戏的叙事被摆在一个更加重要的位置。《穿越火线》作为一款FPS射击类游戏，虽然不同于RPG游戏那样强叙事性，但是仍然具有丰富的叙事元素。游戏环境的渲染对于叙事有着显著的帮助。游戏这种对于环境的渲染，与电影中的环境叙事有着极大的相似之处。与电影观众观看到影片场景画面一样，玩家在进入游戏后，最先体验到的便是游戏画面所呈现的故事信息。对于本身叙事元素并不突出的游戏，画面环境带来的信息就变得至关重要。因此，环境叙事也成为游戏叙事中首要的环节。

环境叙事首先体现在游戏画面的各种环境元素中。这些具有符号和象征意义的元素构造起了玩家对游戏故事的初步印象，也将伴随着游戏的始终。《穿越火线》写实的视效风格，以及环境中设置的各种掩体、障碍，玩家手中所持的枪械，玩家们特种兵风格的游戏造型，都能够快速给玩家一种战斗气息，极力营造出浓烈的环境气氛，让玩家一进入游戏就能感受到潜伏者和保卫者双方所处的战斗环境。

游戏视觉环境的呈现与电影有着很多共同点，但在空间的规制上，游戏则更为严格。在电子游戏中，空间承担着更为重要的职责。玩家的探索之旅建立于地图之上、实现于虚拟空间和环境的实时生成。游戏机制模拟了感官通道，让玩家通过对应身体动作的键盘、鼠标、手柄等硬件输入进行互动。[①]游戏地图实际上便是游戏的叙事空间，不同类型的游戏，对其空间的约束亦不相同。本身游戏空间，需要更具游戏主人公的活动来进行规定，远无法像电影叙事空间那样广阔。尤其《穿越火线》这类对抗性极强的射击类游戏，往往会对游戏空间进行严格限制，以保证游戏节奏可以从游戏开始便一直保持高度的紧张。例如，"运输船"作为《穿越火线》中受到玩家喜爱的经典地图，其呈现的空间是极其狭小的。这种极致狭小的空间设置，能够带给玩家更多的互动与战斗体验。游戏玩家在游戏中"出生"后，通过移动几步，就有可能遇上敌人，使得玩家在游戏过程中需要全程全神贯注，紧盯着画面以对随时可能出现的情况，做出最快的响应。

这种游戏双方在有限空间内展示出来的对抗便是游戏的最大特性——互动性的体现，是游戏叙事与其他体裁叙事的最大区别所在。在传统的媒

---

① 王楠.数字沉浸的空间诗学：游戏叙事中的场景研究［J］.当代动画，2020（1）：36-42.

介中也存在互动性，但是游戏中的互动性是完全超越以往的媒介的。尤其是在对抗性的第一人称射击类游戏中，这种强互动性更是成为其叙事的重要基础。电子游戏中存在玩家与计算机、玩家与玩家的互动关系，尤其是玩家与玩家间的互动为游戏叙事创造了更多的不确定性。

《穿越火线》作为一款以团队竞技为基础的游戏，同一阵营玩家之间可以直接通过实时语音实现高效的互动，通过角色人物的移动、射击、投掷等游戏动作，实现战斗上的相互配合。不同阵营玩家之间通过对抗性的游戏动作产生相互作用。这种互动性让游戏玩家在第一人称视角的动作中生成一系列发现性情节，并且产生激烈的冲突性，从而产生多样化的叙事。不同于影视程式化的叙事方式，游戏的叙事往往没有固定的程式，而是依赖于玩家不同的操作产生。在团队竞争中，己方队友通常会一定的游戏策略，并且根据游戏进行的情况，通过语音形式不断调整队友间的配合策略。而敌我双方通过相互试探与战斗，产生激烈的冲突。这种游戏竞争的不确定性让游戏玩家能够不断发挥主观能动性，以达到获得胜利的目的。这些画面均通过第一人称的形式传达给坐在屏幕前的游戏玩家，带给玩家身临其境的参与感。

（二）《穿越火线》游戏改编电视剧案例研究

《穿越火线》电视剧是一部由耀客传媒、企鹅影视、腾讯影业、火花文化联合出品，由许宏宇执导，于2020年7月播出的热血电竞网剧。该剧讲述了生活在2008年的肖枫和生活在2019年的路小北，两代电竞人在《穿越火线》游戏地图中相遇，从相互怀疑到相互信任，最后相互扶持，完成各自电竞梦想的故事。与其他影游融合的影视剧不同，《穿越火线》首先是一部电竞剧，其剧情故事并非直接由游戏改编，而是以游戏为基础的全新剧本。电竞剧是以电子竞技为故事背景，讲述一个或多个电竞玩家追逐电竞梦想、克服重重困难、最终取得成功的电视剧类型。这一类题材电视剧故事已经具有一定的程式，容易让观众产生审美疲劳。而《穿越火线》

却在叙事模式、叙事风格、游戏化呈现等方面做出了新的突破，为电竞剧的创新提供了重要探索。

1.以游戏故事为基础的双线叙事

改编游戏类影视作品，一直命途多舛。目前市面上这类影视作品，改编游戏剧情的方式多样化，有完全照搬游戏原剧情的，也有将原来的剧情全部抛弃而仅仅借用IP噱头的。①网剧《穿越火线》则是以游戏为基础进行原创的电视剧剧本。该剧本充分结合游戏与影视剧的呈现方式，构建了一个全新的热血电竞故事。在整个故事剧情设计上，利用影视叙事的魅力，采用更具吸引力的双男主、双线叙事，具有时空交错的模式。

两位主人公分别生活在2008年和2019年的宁江。2008年的肖枫被塑造成了一个又痞又丧的角色。他烫着卷发，穿着短裤、人字拖，还经常贫嘴与人争吵，是被外界看来不务正业、玩物丧志的年轻人的代表。2019年的路小北坐着轮椅，有一些叛逆，但他聪明睿智、形象阳光、学习成绩好。正是这样两位生活年代相距十年、形象风格迥异的年轻人，却有着一样的电竞梦想。大龄电竞青年肖枫说服他的朋友们，同时成功邀请从网瘾戒除中心解救的"24K"（网名）老沙加入，在大学生领队安蓝的帮助下，成功组建他的1Coin战队。而2019年路小北受到哥哥路小南的影响，与好友程浩一起，招募了苏佳意、王凯、哪吒等得力队友，组建了Continue战队。

生活在2008年的肖枫与生活在2019年的路小北因为某种因素在《穿越火线》游戏地图中相遇，让两个人的故事与命运从此交织在了一起。起初两人都相互怀疑，肖枫将一张2008年的奥运明信片寄给了路小北，让两人相信了两种时空的存在，也渐渐相互信任。肖枫为了帮路小北解开童年哥哥车祸身亡的心结，在《穿越火线》宁江赛前去路上堵路小南的车，最终却遗憾没有改变路小南车祸死亡的结局。而剧情后半部分中，路小北通过他哥哥的电脑在《穿越火线》地图中联系上了安蓝，成功阻止了肖枫的

---

① 钱馥莹.论游戏改编剧本的人物塑造［J］.文化产业，2020（9）：1-13.

死亡，让两人得以在2019年再次相遇。这种时空交错的叙事，让原本模式化的电竞剧剧情有了全新的吸引力。

2.杂糅的风格化表现形式

《穿越火线》是一部以游戏为故事基础的电竞题材电视剧，创作者在固定模式的基础上，创新性地融入双线叙事，同时还在叙事中糅合了喜剧与悬疑元素。这种喜剧与悬疑元素的加入，无疑让整个剧情呈现出强烈的风格化特征。

一方面，喜剧元素在剧中承担着突出人物个性和营造轻松气氛的作用。例如，在表现肖枫和路小北两个战队成员的故事中，更多地以一种喜剧的形式去展示年轻人之间的俏皮与快乐。在肖枫的形象塑造中，就融入了喜剧元素，例如，肖枫与安蓝第一次相遇的场景，充满痞气的肖枫与拘谨"学霸"安蓝本身就形成了巨大的反差，加上针锋相对的对话表现，让观众开怀大笑。而肖枫团队成功组建后，第一次在游戏场景中，肖枫的队友们以搞怪的方式陆续出场，也给观众带来了欢乐。而在2019年的时间线上，路小北和他的同桌楚歌、队友王凯、哪吒、苏佳意的人物形象与行为无一不充满喜剧特质。这些喜剧元素已经完全贯穿剧情的方方面面，形成了独特的叙事风格，也成为一种导演展示年轻人生活状态的方式。不管是2008年生活在老旧出租屋的肖枫们，还是2019年拥有了更好的追逐梦想条件的路小北们，他们都极具年青一代的坚定与乐观。另一方面，创作者用喜剧的形式达到一种反讽的效果。例如，肖枫听从父母安排，放弃电竞梦想，去机关单位工作。他宽大的西装、油光发亮的头发就具有喜剧特色，而肖枫领导的一系列戏剧化行为更是让电视机前的观众忍俊不禁。这种独特的形式无疑是创作者对于这种放弃梦想、妥协于现实的生活方式的戏谑与讽刺。

悬疑元素在剧集的开始便做了铺垫，在剧集的后半部分中更是成为推动剧情发展的主导因素。剧集开始，2019年线中，许蔚作为全国最大的电竞俱乐部引力俱乐部的老板，有不少若隐若现的镜头出现。对比2008年正在与肖枫一起"迷失"的他，无疑带给观众巨大的悬念。而路小北对于哥哥路小南的执念，也让路小南的死因逐步成为剧中一个重要的悬念。而这些悬念随着后面一系列事情的发生并没有被解开，反而产生若隐若现的联系，让观众产生更大的疑惑。两条时间线中都存在的许蔚就成了让观众掺杂悬念的重要因素。许蔚在比赛前因为去找肖枫而撞死了路小北的哥哥路小南，同时为了保证在比赛中拿下冠军，他选择了使用游戏外挂。自此之后，肖枫战队的重要队员许蔚走上了一条不归路，让故事剧情增加了更多不确定性，让原本可以预料的故事走向多了几分扑朔迷离。创作者也在不断增加悬疑元素，以吸引观众看到最后。在肖枫、路小北两支战队双双拿下冠军后，肖枫的消失成为剧情后半段最大的悬念。直到路小北打听到肖枫去世的消息，决定通过时空对话拯救肖枫，最终在救下肖枫后，才解开所有谜团。

双线叙事与喜剧、悬疑等元素的加入无疑让原本具有圈层性的游戏题材内容，得以通过新颖的表现形式进入更多观众的视野，让电竞剧逐渐具有大众化传播的可能性。

3.细腻的视觉场景刻画

不可否认，《穿越火线》作为一款已经发布十年之久的经典联机游戏，早已经刻入年青一代的记忆当中。2008年肖枫的故事线以一种青春怀旧的风格，唤起观众的记忆，2019年路小北的故事则是映射当下正在蓬勃发展的电竞产业与其更加自由开放的成长环境，两个不同年代的视觉风格需要做出明显的风格与特色，才能让观众真正代入。《穿越火线》作为一部超级网剧，创作团队在对于这两条故事线的制作上没有任何妥协。尤其在场景细节的刻画上，下足了功夫，给观众带来足够细腻的视觉场景。

这种细腻的刻画首先体现在对于两条故事线中现实场景的塑造上。肖枫的故事发生在2008年，作为相隔十多年的年代戏，在视觉画面的营造上需要做出足够的特色，才能将当下的观众带入那个年代。剧中画面的呈现，整体以暖黄色调为主，给人一种"怀旧"与"记忆"的感觉。这条故事线中肖枫的家、老旧的网吧、小旅馆等众多场景的打造都让观众记忆犹新，能够勾起满满的年代回忆。例如，肖枫家中场景，作为剧中一个重要的叙事空间，可以说是细节满满。老旧的房屋设施、充满年代感的家电，还有放在饼干盒里的万能充、过期两年的罐头，都让我们感受到了厚重而朴实的年代记忆，感受到特定年代散发出来的气质。不仅仅是对于细节场景的还原，对于历史大背景的勾勒上，该剧依然别出心裁。奥运会刘翔的退赛、明信片上的福娃、"同一个世界，同一个梦想"的条幅无一不是观众对于2008年的特殊记忆。细腻的场景刻画与历史大背景的勾勒，给予观众强烈的年代代入感。而《穿越火线》游戏正是诞生在那样一个年代，成为那一代年轻人的共同记忆。这些场景的刻画最终可以让老玩家观众逐渐回忆起自己与《穿越火线》游戏的过往。而2019年的故事线则是更加兼顾新玩家与当下的普通观众。豪华的网咖、专业的电竞联盟以及更多更加现实的场所，让观众可以快速融入其中。

　　游戏化电影通常在制作上通过抠像、3D、CG、VR等影像技术，创造虚拟现实时空。在视听语言运用上，从游戏中发掘更多的新鲜手段，如大量主观视点镜头、慢镜头、长镜头跟拍等，这将电影的视听体验推向更高的层次，让观众更有代入感。[1]同时，《穿越火线》网剧在部分游戏场景情节中，高度还原了游戏画风，并且使用真人出演游戏场景。创作团队通过实景打造了《穿越火线》游戏中"运输船""黑色城镇"等地图的场景。在游戏场景、游戏视效、游戏竞技等多方面都贴近游戏的真实状态，能够通过剧情画面重新勾起《穿越火线》数亿玩家的记忆，体现出创作者对于游戏玩家的充分尊重。在《穿越火线》的游戏场景中，创作团队大胆采用了众多第一人称拍摄的镜头，极高地还原了游戏中玩家的第一人称视角。在真人游戏竞技中，又没有完全按照游戏中的枪战形式，而是加入了更多的近身格斗动作。这种形式的竞技在影视镜头中更加容易表

---

[1] 温立红.媒介融合时代游戏化电影的叙事策略分析[J].电影文学，2018(18)：35-37.

现，也带给普通观众更好的观看体验。对于《穿越火线》的老玩家们，该剧颇具几分情怀与怀旧的色彩。

（三）影游融合电视剧的新突破

近年来，电竞题材的电视剧不断走进普通观众的视野。已经出现了《亲爱的，热爱的》《全职高手》等一批相关的电视剧作品，并获得了一定的影响力。随着影游融合、影游联动的不断推进，游戏行业作为一个正日益完善的、具有巨大商业潜力的行业，也将给影视产业带来更多的商业价值。然而目前的影游融合中，电竞题材电视剧的创作难出佳作，尤其是在对于游戏与剧情两方面的呈现上有着诸多问题。网剧《穿越火线》在播出后，一直保持着不错的口碑，在豆瓣的评分达到了7.9分。这一成绩在一众受到广泛争议的游戏改编影视剧中已经显得相当出众。该剧在游戏改编影视剧的创作中，有着诸多值得探讨与学习的地方。其在将游戏与影视剧两者融合的过程中，并未操之过急，通过创新叙事方法与表现形式将游戏元素有机地植入影视剧当中。

1.电竞玩家与普通观众间的最佳平衡

电影与游戏完全不同的属性导致了看电影与玩游戏两种完全不同的体验，前者被动体验，后者主动交互。当一部游戏被改编为电影，其代入感、交互体验、操作快感等丢失，想要吸引受众就必须从内容、情节出发，用感情体验弥补互动体验的不足，但大刀阔斧地将原有游戏主线改编得面目全非难免引起玩家观众的不满，完全忠于游戏本身又无法引起非玩家观众的兴趣。[①]游戏作为一种偏年轻化与亚文化的媒介，受众群体本身带有一定的圈层性。而影视剧作为一种普遍的大众文化媒介，其面向的受众更加广泛，需要与更多层面的观众达到共情的效果。因此，在游戏改编为影视剧的过程中必须要兼顾两种群体的需求，达到一种平衡。

---

① 孙悦.游戏IP影视化改编的问题研究［J］.明日风尚，2020（10）：121-122，147.

想要把握游戏玩家的心理非常难。既要对经典游戏的每个元素都了如指掌，又要对游戏玩家不断进行调查分析，揣摩他们的口味和期望值，再把这些数据化作想法收集起来，融入最后的电影创作中，这样才能获得玩家的好感度。① 游戏的资深玩家们与游戏日夜相伴，对于游戏本身早已有了自己的理解，对于改编的电影也自然会有着极高的期待。创作者如果过分强调剧情，忽略电子竞技中复杂的游戏规则、专业的游戏操作以及人与人、团队与团队之间战术与技术的对抗，就难以得到日渐庞大的游戏玩家群体的认可。甚至目前有着不少的游戏改编影视剧仅仅是借用了游戏的IP，打着游戏IP的旗号，而没有真正呈现与游戏相关的内容。这种毫无诚意的改编，最终都被游戏IP下庞大的粉丝群体反噬与唾弃。相反，面对普通的影视剧观众，同时电子竞技又存在明显的圈层性。普通观众对于游戏并没有强烈的情感寄托，也容易理解游戏中设定的独特世界观。仅仅高度还原游戏，就很难吸引到路人观众的关注。影视剧作为一种高投入的大众化艺术形式，如果无法破圈受到广泛群体的关注，就会失去其应有的价值。因此，这种电竞玩家与观众的平衡，是游戏改编影视剧创作者们最需要思考的地方。

《穿越火线》网剧在这方面做到了很好的平衡。首先，作为一款知名度较高FPS射击类游戏，《穿越火线》主要是通过团队的对抗来达到竞技的效果，其世界观与游戏规则都是相当通俗易懂的，即使从未玩过游戏的观众也可以很快理解。这为该剧实现更为广泛的受众关注提供了良好的前提条件。在游戏场景的实景拍摄中，创作团队也将游戏双方对抗竞争的场景拍得极具观赏性，能够让即使没有玩过游戏的普通观众也可以当作动作片来欣赏。其次，在创作团队克服了原本游戏在剧情上的弱项，独立建立起了全新的故事架构。虽然故事依然和绝大部分电竞剧一样，同样是讲述了电竞选手组建战队、克服重重困难、最终取得成功的故事。但是《穿越火线》却赋予了这个故事更为复杂的剧情元素，不仅是两条故事线的展开，

---

① 钱馥莹.论游戏改编剧本的人物塑造［J］.文化产业，2020(9)：1-13.

还有时空交错、肉体意识分离等科幻悬疑元素。这些复杂情节的加入无疑让剧作更上一层楼，让影视剧对于大众观众群体有了更大的吸引力。

2.游戏元素的有机融合

影视和游戏本质上是两种不同的媒介，因为两者都可以用视听的形式呈现，使得两种媒介存在融合的可能性。近年来，随着技术与市场的不断驱动，影游融合成为一种新的态势。然而，传统的影视作品多采用线性叙述方式，有明确的时间序列和因果关系，观众必须按照一定的时空和逻辑顺序来了解剧情；而游戏作品多采用复杂叙事线，通过强调故事架构的场景、角色与行动让观众充分介入剧情，从而增加文本内容的丰富程度。[1]可见，游戏和影视依然有着明显的不同。游戏以互动性与体验性为重要吸引力，让玩家沉浸其中。而电影则是以生动的剧情吸引观众，让观众为精彩的故事着迷。因此，在游戏改编影视剧的过程中，创作者需要明确两者的差异，在两种媒介的特性中寻求结合点。

游戏改编影视剧的最终形态是影视剧。由于本身有着高度影视结构剧情的游戏少之又少，大部分游戏在剧情方面存在明显的薄弱点。并且即使拥有明显剧情的游戏，也依然与影视剧剧情有着较大差异，游戏剧情在情节的设置、时间的把控、叙事的逻辑上都无法直接与影视剧匹配。因此，创作者必须首先遵循影视化的表达语言，对其进行影视化的改造。《穿越火线》作为一款第一人称射击类游戏，其并不存在完善的情节与剧情，若要进行影视化改造，直接照搬游戏并不合适。因此，网剧《穿越火线》的创作者选择了在游戏的基础上，创新构建了全新的故事，并且充分利用创新叙事结构、糅合故事元素提升故事的可观性。其将游戏作为一种拓展影视创作边界的元素有机地融入剧情中，让影视剧的呈现形态更加丰富。

游戏空间因其特定的世界观设置，与现实空间存在明显的差异。作为游戏改编的电视剧，对于游戏空间的呈现应该是游戏玩家与观众最为期待

---

[1] 杨扬，孙可佳.影游融合与参与叙事：互动剧的发展、特征及趋势[J].编辑之友，2020(9):75-82.

的。在现实生活中，游戏本身相对于现实空间而形成了虚拟空间，它允许玩家通过电脑端或者手机端进入游戏，通过游戏界面实现了现实与虚拟空间的连接。而游戏本身所营造的空间为一系列游戏程序和进程所设置的空间，因而具有明显的游戏化特征。当游戏嵌入电影中时，游戏则成为电影所营造的虚拟空间中二次营造的虚拟空间，电影本身则成为现实空间，而电影主角在电影展示的现实空间中，通过偶然的机会进入电影中游戏开启的虚拟空间中，形成了电影空间的游戏化。①

该剧对《穿越火线》游戏场景做了很好的还原，例如，使用实景搭建了《穿越火线》中"运输船""黑色城镇"的地图，都能够让老玩家们眼前一亮。在使用实景高度游戏地图后，剧中众多游戏训练与竞技情节也都采用了真人演绎游戏情节的形式。电竞队员们在真实的游戏场景中进行对战，结合游戏的第一人称视角和影视化的多镜头切换，将《穿越火线》游戏场景展现得淋漓尽致。《穿越火线》网剧的创作者还让游戏空间成为2008年与2019年时空的交汇点，使其成为剧情构建与推动的最重要因素。同样该剧最后部分，新的VR游戏体验成为许蔚谋害肖枫的关键，让游戏真正融入剧情当中，发挥出关键性作用。

如果说在游戏空间中采用真人演绎，是绝大部分游戏改编影视剧都会采用的方法，那真实空间中加入游戏剧情元素则是成为该剧创作中的一大突出点。显然，在现实空间中剧情的游戏化呈现，更体现出创作团队天马行空的创意。剧中肖枫等人在杨教授的网瘾戒除中心救阿明、老沙的剧情，加入了游戏化的元素，让剧情充满喜剧趣味，又带有高度的讽刺。肖枫一行人为了救阿明、老沙两位队友与网瘾戒除中心杨教授一伙人展开了"战斗"。正当肖枫一伙人陷入网瘾戒除中心人群的重重包围时，故事转向了超现实风格的呈现。长期被电击与洗脑的老沙把地上的棍子看成了枪，将丢失的鞋子看成炸弹。而后这些就变成了游戏中的枪与炸弹一般。各种

---

① 王军峰，孙玮.电影与游戏双重嵌入的叙事与审美嬗变［J］.电影文学，2019（3）：22-25.

枪械、炸弹融入了现实的"反抗"与"逃离"的情节当中，在网瘾戒除中心展开了一场异常激烈的"枪战"。最终肖枫与他的伙伴们，将"定时炸弹"成功安装在计划撤退的A点中，一群人成功逃离网瘾戒除中心。网瘾戒除中心就这样在"爆炸"中渐渐远去。

剧中这些新的呈现方式，无疑让影视剧的创作有了新的方向与呈现形态，为影游融合的进一步发展提供了更多有益的探索。

3. 电竞视角下的现实观照

以往以游戏为主题的影视剧，多以某一个游戏为中心点展开，关注面较小，受众范围亦为小众。《穿越火线》网剧故事情节虽然也是以游戏为主线，但不仅仅局限于游戏，而是以2008—2019年这电竞黄金十年为背景，记录两代电竞年轻人的成长故事。肖枫所处的2008年，电竞行业刚刚起步，电竞选手只能在全社会的偏见中一点点去改变。肖枫与他的队友们既要面对社会与生活的压力，又要面对竞争对手。路小北生活的2019年，电竞行业发展已经逐渐完备，行业前景潜力无限，游戏竞赛中也人才济济。路小北因为有心人的算计无法进入职业队后，决心组建自己的战队。两人带领的团队在克服了各自面临的困难之后，最终都获得了成功。两条相距十年的故事线，向我们展示了电竞视角下年轻人的成长历程。

年青一代的成长受到祖辈父辈的呵护与关爱，又不得不承受旧有观念下对他们的束缚。成长在飞速发展的网络时代与电竞环境下的肖枫和路小北们，更是会面临前所未有的偏见与不理解，他们需要有更大的勇气去适应社会或者改变社会。《穿越火线》网剧通过展示电竞青年生活轨迹来窥视整个社会中年轻人的生活状态。在2008年的故事线中，安蓝作为积极努力的"学霸"，却面临着"读书无用论"的质疑，在联系研究生导师时，还被要求在论文上署名；肖枫因为坚持电竞被女友抛弃，而在有了父母安排的"铁饭碗"工作后，毅然决定辞掉工作，让所有同事和领导都不解与愕然。肖枫和他的队友们被人们视为不务正业，他们面对的是社会的质疑甚至歧视。剧中还用极其荒诞的方式给观众呈现了杨教授与他的网瘾戒除中心对于这一代年轻人身体与精神的摧残。肖枫的队友阿明甚至被父母让人"绑架"送入网瘾戒除中心，这里洗脑式的教育、带电击的治疗方法以及极其夸张的表演让整个故事充满戏剧而又夸张，让人捧腹大笑又心有余悸。因为这不仅仅是剧情故事，而是这一代年轻人真正经历的现实故事。而2019年的人物刻画，显得更加丰富。作为路小北战队的一名女职业电竞选手，苏佳意就展现出了当下年轻群体的个性。她喜欢Cosplay，日常会扮演各种不同的角色；她会开游戏直播，与她的粉丝们分享生活的酸甜苦辣。在全新环境下成长起来的年轻人，衣食无忧，更加崇尚自由与个性，能够拥有广泛的爱好，这些在剧中路小北战队的成员当中都有了充分的展现。

剧中对于场景人物形象等视觉元素的细腻刻画，给予剧作更为鲜明的特色，给予观众更多的亲切感，也让观众更容易与剧情中发生的故事与剧中呈现的人物命运产生共情。可见，创作团队并不是对于游戏IP的生搬硬套，而是深入了解游戏玩家群体，将他们的形象真正实现了艺术化的表达。作为一部超级网剧，创作者赋予了其更加宏大的故事理念，不仅是呈现电子竞技本身，而是刻画了在电子竞技影响下年轻人的群像。剧中所呈现的主人公和他的队友们的生活状态，不仅代表着电竞人，更代表着互联网环境下成长起来的年轻人。剧作本身刻画出来的年轻人群像是具有广泛代表性的，是能够让普通观众真实地代入自身。

结　语

《穿越火线》作为一部以游戏为基础创作的超级网剧，在影视游戏化融合上做出了新的贡献。在艺术层面，其双线并进交错、多元杂糅的风格化叙事以及极具质感的现实与游戏视觉呈现都体现出了创作者对于游戏IP影视化创作的理解与尊重。在创作理念层面，创作者能够立足游戏，以游戏视角呈现十年间两代年轻人的群像，足以体现其宏大的格局与广阔的观照范围。

二、电影《大侦探皮卡丘》：IP 重置打造戏剧性，透明叙事融合多元文化

（一）《名侦探皮卡丘》游戏研究

游戏《名侦探皮卡丘》的前身是任天堂游戏公司于 2016 年发布的游戏《名侦探皮卡丘·新组合诞生》，在原有游戏的基础上增添了大量的新剧情和故事情节，并追加简繁中文的游戏版本，将名字简化为《名侦探皮卡丘》，于 2018 年 3 月重新在 3DS 上发布①。据 Famitsu 游戏数据库显示，《名侦探皮卡丘》这款游戏在日本卖出 121423 份，其中包括 94203 份线下零售和 27220 份网络电子商店销售。自重新发布以来，在北美 NPD 排行榜上，该游戏是当月最畅销的 3DS 游戏，在 2018 年 6 月至 7 月是十大 3DS 游戏之一。在英国多平台排行榜上，该游戏第一周就排名第 23 位，随后一周上升至第 15 位，销量增长 76%。在同年 11 月英国 3DS 平台的排行榜上，它也位居第 12 位②。据影评聚合平台 Metacritic 统计，大众对《名侦探皮卡丘》的评价褒贬不一，大多数玩家称赞了游戏的呈现方式，故事叙事手法，诙谐幽默的文字、配音、谜题以及两个主要角色——侦探皮卡丘和蒂姆·古德曼（Tim Goodman）。IGN 游戏网站给予了这款游戏 8.2 分的高分，称"它是对宝可梦的大胆演绎，得益于游戏中皮卡丘角色的设置，超越了传统侦探的刻板印象，并通过有趣的神秘感引导玩家深入了解了神奇宝可梦的世界"。但这款游戏也因为其平庸的游戏玩法、简单的游戏机制、缺乏难度以及较短的长度而获得少部分玩家的较低的评价。

1. 完善的世界观

传统"宝可梦"系列游戏中所设定的精灵宝可梦世界，虽然是参照

---

① CORRIEA A R. Nintendo trademarks "Great Detective Pikachu" [J]. Polygon, 2016 (1).

② EISENBEIS R. Detective Pikachu: pokemon becomes Sherlock Holmes in weird Japanese game [N]. The sydney morning herald, 2020-12-16.

现实原型建构的世界，但依旧是独立于现实世界的星球。在宝可梦的世界里，宝可梦与训练家人类以朋友、同伴身份融洽地生活在一起。人类收服、照顾、培育宝可梦，并与其共同生活。人类借助宝可梦进行对战，从而提升自身以及宝可梦的实力。

《名侦探皮卡丘》的世界观构成与传统的精灵宝可梦世界类似，但却有着截然不同的细节之处。与传统"精灵宝可梦"游戏不同，《名侦探皮卡丘》不仅是一个角色扮演游戏，还是一个全新的电影化互动侦探游戏。游戏的故事发生在人类与口袋妖怪共同生存的城市莱姆市，主人公少年蒂姆·古德曼为调查父亲哈里的失踪事件来到莱姆市，遇见了一个刚刚失忆的皮卡丘。这个皮卡丘与传统的皮卡丘截然不同——这只口袋妖怪说话强硬，喜欢喝浓咖啡，还吹嘘自己的才华，自诩为伟大的侦探。从此，蒂姆便与皮卡丘并肩寻找线索，并与城市中的目击者交流，踏上寻找蒂姆父亲哈里失踪真相的旅程。

该游戏为玩家建构了一个相较于传统"宝可梦"系列游戏更加完善的世界观。在人类和精灵宝可梦和谐共存的莱姆市，近期却有报道称友好的宝可梦突然变得暴力并攻击人类。蒂姆和皮卡丘调查过程中不断遇到阻挠力量，其背后隐藏着某些事情的真相。莱姆市的秘密是无法自己破解的，所以需要蒂姆和皮卡丘来解决每一个案件，而每一个案件也将为调查哈里失踪事件提供一些有利线索。皮卡丘在街上从其他宝可梦那里得到消息，加上一些分析证据，便可以了解大城市里发生的一切真相——蒂姆的父亲哈里也在追查疯狂的宝可梦的案件。他们在探索莱姆这座大城市的过程中，还会遇到很多其他有趣的角色，包括警察中尉布拉德·麦克马斯特，还有曾经和哈里一起工作的迈克·贝克。此外还有无数的宝可梦等着被发掘，出现以往在"宝可梦"系列游戏中的所有宝可梦形象都会出现在游戏的情节中。而这座城市正是皮卡丘真正发挥天赋的地方——他可以与其他宝可梦交流，也是唯一可以与蒂姆交流的宝可梦。虽然会遇见形形色色的人物，到底谁值得信任最终还是需要玩家自己做决定。

可以说，《名侦探皮卡丘》里描绘的世界甚至更接近"世界上真的存在宝可梦世界"的情况，人类和宝可梦之间合作，相互扶持，一同建设着这座城市。由于蒂姆和皮卡丘在游戏中很少或者说基本上没有遇到传统宝可梦世界中的宝可梦训练师，加上游戏并不是由传统作战进行推进，所以玩家有了更多的机会去了解在宝可梦世界中人类和宝可梦们在对战以外是如何相处的。在这款游戏前，"精灵宝可梦"系列游戏和相关动画都有这方面的尝试，但《名侦探皮卡丘》这款游戏在世界观的建构上明显更为出色。而正是这种完善的世界观建构，让这部游戏有充分的细节支撑，迅速地拉近玩家与游戏之间的距离，让玩家获得身临其境的游戏体验感。

2.通俗易懂的玩法

有别于大部分其他"宝可梦"系列游戏以对战作为核心内容，《名侦探皮卡丘》游戏的主要玩法变成了搜索、推理、解谜以及叙事，是以侦探解谜为核心路线的游戏。

《名侦探皮卡丘》游戏主要以对话的形式进行推进，虽然相较于"宝可梦"系列的其他游戏来说玩法简单，无须过多技巧加持，但依旧不缺乏趣味性。在《名侦探皮卡丘》中，蒂姆和皮卡丘没有像"宝可梦"系列其他游戏中那样借助宝可梦图鉴或者是其他小工具来破案，而主要是通过收集场景和人物对话中的信息，不管是与人类还是宝可梦的交谈，通过"对话"尝试挖掘出谜题的线索，再经过排列组合的推理，解谜出最终的结局。当发现新的证据时，皮卡丘会协助蒂姆弄清楚什么时候发现了重要的东西，用他的"灵光一闪！"口头禅，让蒂姆知道皮卡丘已经掌握了足够的信息来推进案子。皮卡丘提示蒂姆会引发出"皮卡小提示"这一重要场景。点击屏幕下方的皮卡丘，玩家能看到皮卡丘侦探在游戏主线以外的表现，包括和其他宝可梦交互、锻炼身体，以及给蒂姆买咖啡的小费等。皮卡小提示也能对玩家正在调查的案子提供帮助，由于大多数需要熟悉宝可梦的谜题都能够轻松地在该区域获得关于它们的信息，所以这一场景能够让任何不熟悉这一长篇系列游戏的玩家都能够轻松地享受成为侦探的乐趣。同时，在游戏过程中发现的任何线索，包括每次谈话内容和发现的物件细节等都会被记录在"案件笔记"中，并能够在后续环节中随时查看。在皮卡丘的帮助下，蒂姆能够将案件笔记中点点滴滴的细节联系起来，帮助他们更有效地揭开谜团。

《名侦探皮卡丘》游戏中一共只有9个案件，虽然较为简短，但却充满了创造力。对于那些初学者并可能需要一些辅助来发现证据的玩家来说，《名侦探皮卡丘》游戏提供了一个相对简单的模式。整个游戏系统较为简化，且每个案件的流程较为精短，皮卡丘将提供方便的提示，告诉玩家下一步该做什么或去哪里。游戏中没有设置游戏终止的设定，玩家若无法解开谜团，则可以直接使用无限使用的灵感键得到相对应的答案。虽然游戏解谜的整体过程并不困难，但玩家所获得的谜底并不浅显，让玩家惊讶于每个事件凶手极其缜密的作案手段。除了与人交谈，有时还会发生"快速事件"，即QTE玩法，这些事件只需要在正确的时间按下按钮即可进行。这些操作并不是很困难，通常在需要按下按钮之前会留出足够长的时间给玩家做出反应，但是这个玩法确实会与游戏中的其他玩法混淆。尽管大多数解决谜题的方法较为直截了当，但游戏过程中还是会穿插一些有趣的"环境谜题"，如果此类谜题出现得更加频繁，这将大幅度增加这款游戏的难度并给游戏增添更多的可玩性。虽然《名侦探皮卡丘》着重于简化游戏玩法，但游戏中一些黑暗的主题会使每个玩家都可以在游戏过程中寻找到属于自己真正喜欢的精彩故事。

3.线性叙事的衍生——珍珠串交互叙事模型

《名侦探皮卡丘》采用珍珠串交互叙事模型，通过线性叙事构建非线性环境，在不牺牲对情节的把握的前提下，将线性叙事构建于交互的错觉之中，在游戏中玩家每向前推进一章，案件都会变得更加复杂，玩家甚至需要解开一些简短的谜题来解锁新的篇章。在珍珠串交互叙事模型下的叙事被如同珍珠串一样排列，玩家所做的不过是推动其向前发展，以使情节不断被叙述。叙事的过程是非交互的，游戏机制与叙事可以毫不相关，前者对于后者仅仅起到开关的作用。这一模型的非线性之处在于特定时刻玩家选择触发的事件顺序可以不同，但最终所有的事件皆被触发，结局仅有一个。在《名侦探皮卡丘》的游戏中，玩家可以随意在莱姆市中走动，发现和收集线索，每一个谜题被发现到被揭开的顺序不被固定，但最终都服务于解释蒂姆父亲失踪原因的最终谜题。该游戏通过谜题的方式来替代早期传统游戏的QTE玩法，新玩法给整体游戏过程带来了一定有趣的挑战。这一模型的优势在于游戏设计者在完全掌控游戏进程的同时可以将游戏叙事的影响力发挥到最大化。与此同时，玩家在游戏过程中也不需要考虑某个事件是否应该在这个时间点发生，或者担心自己做出的选择或者行为会造成失败或者从头再来的结局。珍珠串交互叙事模型能够帮助叙事简单的游戏关卡在应用的时候变得更加自然。而在《名侦探皮卡丘》游戏过程中，正因为这样的游戏叙事和叙事模型，通过增加玩家的破案步骤让略简单的叙事变得复杂起来，难度得以提升，玩家甚至需要拿出纸笔做一道数学题再破案。但这种游戏叙事方式使玩家在游戏过程中处于紧张的状态，在面临叙事和游戏进展时往往完全处于被动，在游戏过程中很难形成交互作用，缺乏代入感。由于角色的单一，《名侦探皮卡丘》游戏中玩家只扮演蒂姆这一单一角色，且玩家在游戏时的一举一动和做出的相应决策并不能影响到叙事的发展，从而造成玩家对于游戏叙事的无力，导致玩家在游戏的开始就能够猜出结局，这也是该游戏因为流程简单易猜测而饱受批评的主要原因。

4.鲜明的卡通风格

《名侦探皮卡丘》中的人物形象比起"精灵宝可梦"系列游戏中的核心作品来说要显得更为活泼一些，相较于传统游戏中的形象也更符合系列游戏最初的人设。《名侦探皮卡丘》依旧延续了卡通风格，但是此版本游戏中的角色显得更加真实。市面上有许多3DS游戏利用了3DS自身系统的功能，但《名侦探皮卡丘》通过出色的卡通风格将其推向极限。不仅每个宝可梦都看起来很精致，而且所有的人类都被刻画得栩栩如生，没有两个宝可梦角色长得类似，每个宝可梦角色都会在细节上有明显的差别。在探索过程中，为增加宝可梦世界的生动性，每个人类和宝可梦甚至都有自己的一套动作或对话方式。

游戏里最为精巧的艺术设定展现在案例的卷宗上。不同于其他侦探游戏里千篇一律的案例卷宗，《名侦探皮卡丘》的案例卷宗搭配了蒂姆精美的插画。这些插画就像之前玩家们在"宝可梦中心"里见到的那些图鉴一样细致和丰富。通过推动案情的进展来搜集更多的插画，会让玩家在游戏环节中感到赏心悦目。

（二）《大侦探皮卡丘》电影研究

电影《大侦探皮卡丘》（*Pokémon Detective Pikachu*）是由罗伯·莱特曼（Rob Letterman）执导的冒险悬疑类电影，改编自"宝可梦"系列游戏，是2016年发布的《名侦探皮卡丘》同名电子游戏改版版本。此前由"宝可梦"系列游戏改编的动漫和剧场版电影不在少数，但《大侦探皮卡丘》作为"精灵宝可梦"系列第一部真人版衍生电影，于2018年1月至5月在科罗拉多州、英格兰和苏格兰拍摄，并于2019年5月在日本和美国上映，由华纳兄弟影业以Real 3D、Dolby Cinema、4DX和Screen X格式发行，是作为自《宝可梦英雄》（2003）首部在美国电影院发行的"宝可梦"系列电影，也是自《口袋妖怪3》（2001）以来第一部由华纳兄弟发行的"宝可梦"系列电影[1]。

真人版动漫电影《大侦探皮卡丘》以4.36亿美元综合累计票房成为美国所有电子游戏改编电影中票房最高的电影，甚至超越了《魔兽争霸》综合票房的表现。根据*Variety*杂志公布的数据，美国成为电影《大侦探皮卡丘》的最大票房市场，首周在4202块银幕上共获得了5800万美元的票房

---

① STATT N. Detective Pikachu surpasses Warcraft as highest-grossing video game film of all time [EB/OL].（2019-07-16）[2024-05-06]. https://www.theverge.com/2019/7/16/20696847/detective-pikachu-warcraft-highest-grossing-video-game-movie-record.

收入，最终获得1.4亿美元的累计综合票房。该电影在中国上映第一周后收获的票房虽然不如其在美国的表现，但在一个周末就收获超4000万美元的票房，远远超过《古墓丽影》在中国收获的210万美元的总票房。

1.电影叙事

电影的故事情节与游戏情节类似，讲述了男主角蒂姆·古德曼为寻找下落不明的父亲而来到莱姆市，意外与父亲的前宝可梦搭档大侦探皮卡丘相遇，并惊讶地发现自己是唯一能听懂皮卡丘说话的人类，随后与大侦探皮卡丘一同踏上寻找父亲失踪真正原因的冒险旅程。"一个故事的事件如果被安排于一个观众能够理解的时间顺序中，那么这个故事便是按照线性时间来讲述的。"[①]该片正是采用了这种最为传统的线性叙事，所讲述的故事矛盾冲突十分清晰，故事情节主要围绕着两条故事主线依次展开：第一条主线是明线，即蒂姆与皮卡丘在莱姆市寻找父亲失踪原因的探案过程以及探索宝可梦集体发疯背后的秘密；第二条主线为暗线，即蒂姆和父亲之间从淡漠疏离到最终和解的亲情故事反转。电影叙事的故事线十分明晰且过渡自然，没有其他多余的故事线分支干扰主线的发展，使得故事情节通俗易懂，让观众都能够很容易理解所有剧情。

其次，两条故事主线均采用了好莱坞电影惯用的"平衡—平衡被打破—新的平衡形成"叙事模式[②]。故事的最后，蒂姆父亲失踪和皮卡丘失忆的原因真相大白，父亲并没有离开，而是化身皮卡丘大侦探守护在蒂姆身边。蒂姆经历了从拥有父亲到失去父亲，再到最终寻回父亲的过程。而莱姆市亦是如此，经历了从和谐到失控，再到最后毒气消散，城市恢复最初秩序井然的过程，人与宝可梦再次回到和谐共处的生活状态。剧情中的"乱"与"失"最终都达成和解，实现大圆满的结局。

---

① 麦基.故事：材质、结构、风格和银幕剧作的原理[M].周铁东，译.天津：天津人民出版社，2014：60.
② 杨剑明.论好莱坞类型电影的"经典叙事方式"[J].戏剧艺术，1998（3）：100-110.

2. 电影视效

对于宝可梦的形象设计，电影制作团队在尝试寻求一种平衡——在现实主义和我们所熟知的"宝可梦"的"绝对疯狂的设计美学"之间的妥协[1]。《大侦探皮卡丘》的生物设计师肯·巴塞尔梅（Ken Barthelmey）表示："我们的主要目标是将2D的口袋妖怪转化为3D的、具有真实纹理和解剖结构的、具有真实感的生物，就好像它们是真正的动物一样。"但传统动画2D的宝可梦形象是违背现实的。"问题在于，当你设计得太逼真时，它就会显得很诡异；而当你太接近原作时，它就会显得卡通化。"同时，"宝可梦"系列拥有众多粉丝群体，客观的"正确"是不可能的，每个观众都有不同的记忆与他们的怀旧的感觉，很难定位到观众最期待以及最准确的目标形象。同样地，引导观众发自内心的反应也不是单靠算法或计算能力就能解决的问题，这都给电影版本的人物形象设计增添了一定的难度。最终，电影《大侦探皮卡丘》拍摄前花了一年在设计电影角色上，并对动物生物学进行了细致透彻的研究，并结合了著名哑剧演员的动作指导。角色设计阶段请来了《宝可梦》原版游戏插画家杉森建，依据大量的资料，对皮卡丘和其他的宝可梦角色严格按照游戏里其等比例的大小、形状和属性进行详细设计，无论是从身形、眼睛、皮毛、指甲等进行细致入微的还原，最后将游戏、动画中的2D宝可梦形象成功过渡转变为3D宝可梦形象。

电影中一共还原了原系列中的60只宝可梦，团队以2D角色为出发点，游戏模型为基础，对宝可梦形象通过运用CGI技术进行统一的重置。团队在现实生活中寻找一些尽可能相似的动物进行观察。例如，皮卡丘参考了夜狐和狐猴的生物结构。设计团队采用了动物的骨骼结构并将之调整成合适角色的形状。以皮卡丘为例，它的头骨进行了放大，四肢进行了拉长处理，骨骼结构处理好之后，增添了脂肪层和肌肉层；再通过研究兔子等动物的皮毛模式

---

[1] KELLY S. How Detective Pikachu's VFX team remade Pokémon for real life [EB/OL].（2019-05-06）[2024-05-06]. https://www.wired.co.uk/article/pokemon-detective-pikachu-cgi.

设计出最适合皮卡丘的皮毛，让其看上去更加自然。动作表现方面，设计团队运用CGI技术并且更加注重拟人化，如紧张时眉头紧锁、开心时欢呼跳跃、生气时嘟嘴炸毛，这些拟人化的微表情设置使得其形象更加生动活泼。

在视觉特效方面，NPC公司共有600多人参与这个项目，在其他特效公司Image Engine和特效公司Framestore的帮助下，设计师们通过3D技术，将宝可梦形象活灵活现地呈现在观众眼前，尽管大众需要适应一只拥有毛发的皮卡丘形象，但整体来看宝可梦的形象基本上满足了观众对宝可梦可爱形象的原始期待。

（三）改编效果评估与策略分析

1.游戏改编电影的透明叙事

奥斯隆在他的著作《好莱坞星球》中提出："美国在创新性和流行事务的全球性销售过程中的竞争优势，来自它能够将一些可以创作出'透明'作品的文化条件结合起来——这些透明作品内在的多义性，可以使各种层次的观众像观看本土电影那样来欣赏它们。"[1]借助美国在语言和文化上的优势地位，源自美国娱乐界的戏剧模式和类型创造出的具有普遍性的艺术形式——"透明"叙事，使得好莱坞电影在全球具有广泛的吸引力。斯科特·罗伯特·奥尔森（Scott Robert Olson）的"透明性"（transparency）叙事理论认为，采取"透明性"叙事能够兼容各种文本，破除文化壁垒，让属于不同文化的观众都能投入自己本土的价值观念、信仰、情感和意义，引发共鸣。或者说，透明性的效果意味着叙事文本很容易融入其他文化，为不同的观众提供丰富的投射对象[2]。透明叙事对于游戏改编电影十分重

---

[1] AUSTIN J H M, MUJOOMDAR A, POWELL C A, et al. Hollywood Planet: global media and the competitive advantage of narrative transparency [M]. Oxford: Oxford University Press, 2001: 7.

[2] AUSTIN J H M, MUJOOMDAR A, POWELL C A, et al. Hollywood Planet: global media and the competitive advantage of narrative transparency [M]. Oxford: Oxford University Press, 2001: 7.

要,由于游戏改编电影的类型独特性,使得电影的受众群体略显复杂,尤其是根据"宝可梦"系列知名游戏IP为主要改编对象,让这部电影所涵盖的受众面相较于其他游戏改编作品更为广泛且繁杂。

首先,是受众关系的平衡。如前文所说《大侦探皮卡丘》真人版大电影根据"宝可梦"系列游戏《名侦探皮卡丘》改编而来。而《精灵宝可梦第一世代》于1996年2月在日本发售,随后于1998年登陆美国市场,并火速收获众多粉丝,成功击败当时火爆的马里奥游戏,成为最受欢迎的游戏榜首。随着游戏版本的更新和更多衍生作品的推出,"精灵宝可梦"在全球家喻户晓,粉丝遍布全球各地。在这一背景下,电影改编不单单是要衡量热衷游戏玩家观众与零游戏背景观众之间的平衡,也需要考虑全球视野下不同文化背景观众的审美差异。为保持电影在东方与西方等观众面前的"透明性",如动画片中的主人公,日本男孩小智就被改为美国混血男孩蒂姆·古德曼,但是又为了迎合日本观众而加入了由渡边谦饰演的探长、蒂姆爸爸的好朋友吉田英雄这一角色。其次,为了迎合玩家和非玩家观众的审美需求,改编电影中的宝可梦形象通过CGI技术的重置让游戏版本中扁平的角色更加鲜活立体,不仅能够满足玩家心中对于传统皮卡丘的想象,也能够提高非玩家观众对于精灵宝可梦形象的接受程度。为了满足忠实玩家观众对精灵宝可梦的期待,电影隐藏了许多精彩彩蛋,让历代精灵宝可梦从游戏机中走出来,融入故事情节,走到电影银幕上,在满足玩家观众的复古之心的同时激起他们的怀旧之情。用这些"怀旧"的细节弱化改编之"新",使得改编后的电影更容易被各类受众所接纳。

其次,是借叙事唤起"在场感"。电影作为重要的媒介之一,观众的在场感与代入感显得尤为重要,是制作人员在前期筹备中需要考虑的首要因素之一。所谓在场感,即一种置身于某个地方而不是实际身处的地方的感觉,所处的世界与人们真实身体所处的世界的悬置[①]。从媒介用户的角度

---

① 彭兰.移动互联网时代的"现场"与"在场"[J].湖南师范大学社会科学学报,2017,46(3):142-149.

出发，其对悬置空间质疑的意愿、媒介使用的经验以及了解程度、个体性格差异、表征系统（视觉、听觉以及动觉等）、人际交往与人际关系以及社会判断都会对在场感产生不同程度的影响[①]。动画电影所营造出的世界往往接近现实，但在感官上还是会构成与真实社会生活的悬置空间，所以观众对改编电影的接纳就需要电影建立起一个足够饱满的世界观来增强观众的在场感。2016年迪士尼打造的动画大电影《疯狂动物城》因反映现实社会的世界观而俘获了大众的喜爱。电影《大侦探皮卡丘》中亦有一个类似的和谐"乌托邦"城邦。正如前文所阐释的，该电影改编自游戏，游戏版本的世界观在众多"精灵宝可梦"系列游戏的世界观中脱颖而出，为玩家呈现出人与宝可梦平等相处的和谐世界。改编电影中完整地保留了游戏所建立起的这种世界观，让宝可梦的世界与人类真实社会无限贴合，只有这样才能够消解因动画而带给观众的真实感悬置，让观众在观影过程中能够对电影中莱姆市以及莱姆市中发生的事件持有信任与接纳的态度，有利于剧情的推动与发展。

最后，对于剧本创作来说，编剧要创作简单的故事和复杂的人物。简单的故事，就是要有一个清楚明了的戏剧性需求[②]。《大侦探皮卡丘》这部电影的戏剧性需求十分明确，就是要破案，所以在电影的一开始就交代了主人公蒂姆的父亲离奇失踪，蒂姆和大侦探皮卡丘一同在莱姆市寻父的这一个故事背景，当观众看到这里时，就能够迅速反应出接下来所有剧情将完全围绕探案展开，清晰明了。如前文所述，该电影的叙事采取了最简单的线性叙事，加上电影改编的游戏版本也是最主要以"对话"的形式展开，改编后的电影对话，不再单单是对话的情节本身，而是邀请观众融入对话的过程。表面上看起来是电影中角色之间的对话，但实际上是面向"他

---

① LEE K M. Presence，explicated[J]. Communication theory，2004，14(1)：27-50.
② 菲尔德.电影剧本写作基础：从构思到完成剧本的具体指南[M].鲍玉珩，钟大丰，译.北京：中国电影出版社，2002：12.

者",也就是观众的对话。这让影片中那些相对独立的序列并列、聚合在一起,影片与观众之间的对话变得更加有趣和复杂,而影片也通过这种对话关系重新获得结构的统一。与此同时,在简单叙事的背景下,观众与影片互动变得更容易实现,使得观众的在场感和代入感也会随着剧情的发展逐步增强。

2.符码的灵活运用

作为"精灵宝可梦"系列最主要的人物,皮卡丘俨然成为无论是忠实玩家还是非玩家心目中宝可梦的经典符号代表。但在《大侦探皮卡丘》影片中,皮卡丘的形象颠覆了传统大众内心中皮卡丘的形象。首先,从外观来看,电影版本的皮卡丘的造型比游戏和动漫中的造型明显增加了毛发这一特征,皮卡丘不再是光溜溜的,而是拥有了毛茸茸的外表,使得皮卡丘的外观显得更加可爱;而从原始人物搭配来看,完全摆脱了传统游戏中的搭配,皮卡丘的出现不再有训练师小智的陪伴,而是和蒂姆一同出现探案;而语言方面更是打破了影片的原始设定,首先男主角不同于常人,能听得懂皮卡丘的语言,从而实现了与皮卡丘的对话,其次通过皮卡丘的发声,可以判断出皮卡丘的内在其实是一个"油腻"的中年大叔的形象,与可爱的外表形成了鲜明的对比。通过这种反差萌的设定,影片实现了对于皮卡丘传统形象的颠覆,但不影响皮卡丘这一深入人心的符号意义,皮卡丘依旧是"可爱"的符号代表,这一角色的重置建构最终达到了对角色的戏剧化处理,引发了广泛观众的反响。

同时《大侦探皮卡丘》在人物的设计上有着明显的神话符号特征。正如罗兰·巴特(Roland Barthes)所言,神话是一种言说方式,神话不只属于古人对世界的理解,也可以是现代媒体对现代和后现代世界的言语建构[①]。"新的神话"中的人物其实依然来源于旧神话的原型,他们其实也是现实中诸多人的写照。而"原型"这一概念来源于集体无意识假说,即人

---

① 巴特.神话修辞术[M].屠友祥,译.上海:上海人民出版社,2016:94.

们起初会觉得它陌生，但很快便会把它作为熟悉的概念来掌握和使用[①]。就一般的无意识概念而言，这已然是事实。从本质上讲，原型是一种经由成为意识以及被感知而被改变的无意识内容，从显性于其间的个人意识中获取其特质[②]。电影可利用游戏"原型"本有的可塑性和IP号召力，"选取其中最具叙事意义和表现价值的部分，如抽取其中的世界观构架、角色设置、故事主干等，辅之以艺术性的再加工，赋予其全新的生命力，并使其承载不同的文化价值与意义"[③]。《大侦探皮卡丘》电影的主人公蒂姆的原型故事可以与古希腊神话中的寻父神话相对应。与神话人物忒勒玛科斯的寻父故事相类似，蒂姆寻找父亲失踪真相的道路也是充满艰难险阻的。忒勒玛科斯在前往雅典寻找父亲的路上，遇到了无数凶悍的野兽和强盗，而蒂姆则被变异的宝可梦攻击，在皮卡丘的指引和帮助下，战胜了重重苦难，最终寻回了父亲。而皮卡丘这一角色则承担着神话故事中智慧的化身"先知"这一人物要素，不论是电影改编还是游戏中的皮卡丘都充满了智慧，并能够帮助蒂姆做出正确的决策。而老克利福德为了获得更强的力量进行实验，不惜一切代价将自己的意识移植到皮卡丘身上，因为他的一意孤行，一种会使宝可梦性格突变的R药粉在莱姆市不慎大肆散播。老克利福德的这一系列行为让其人物形象与《科学怪人》中疯狂科学家弗兰肯斯坦相互对应。不难看出，《大侦探皮卡丘》中的核心人物都能够在神话或经典文学作品中寻找出一定的原型对应。正如恩斯特·卡西尔（Ernst Cassirer）在《人论》（*An Essay On Man*）中所言："神话的所有基本主旨都是人的社会生活的投射；通过这样的投射，成为社会世界的镜像。"[④]神话的基本社会性特征是毫无争议的，这时候作为认知表象的集体认知表象

[①] 荣格.原型与集体无意识[M].徐德林，译.北京：国际文化出版公司，2011：5.

[②] 荣格.原型与集体无意识[M].徐德林，译.北京：国际文化出版公司，2011：7.

[③] 支晓阳.双向需求、多维空间与多重路径：论电影与游戏的融合[J].东吴学术，2019（1）：43-47，57.

[④] 卡西尔.人论[M].甘阳，译.上海：上海世纪出版社，2013：95.

发挥了作用，观众在观看这部电影的同时，将通过神话故事寻到相对应的原型人物，进而联想至真实的社会世界，这样观众对于电影中的人物、事件等，在没有任何游戏或者宝可梦世界基础的条件下，也能够迅速地挖掘出故事的情节走向，让整部电影更好地被观众接纳。

3. 破次元营销，深化IP跨界传播

首先，进行恶作剧宣发营销。随着时代的发展，电影营销的方式层出不穷，例如，《美人鱼》的情怀营销、《战狼Ⅱ》的爱国主义营销、《流浪地球》的硬科幻营销等，而《大侦探皮卡丘》另辟蹊径，首次采用新型恶作剧宣发营销模式。影片在国内上映前夕，全球最大的视频分享网站YouTube上疯传的电影完整版片源由名为"Inspector Pikachu"的神秘账号发布。该片源长达1小时42分钟，画质清晰，开头印压了皮卡丘配音演员瑞安·雷诺兹（Ryan Reynolds）的个人签名水印，而瑞安·雷诺兹本人也出现在视频评论区煞有介事地表示该视频"可能是官方泄露出来的"。

虽然中国内地与北美同步上映该电影，但日本早在一周前提前上线，让这段"病毒视频"显得格外真实，吸引了众多粉丝和普通网友的关注。但实际上号称是完整版电影的视频其实是电影版皮卡丘形象"洗脑式"不间断重复舞蹈的视频。一只长了毛发的皮卡丘保持"鬼畜"舞蹈101分钟是官方恶作剧宣发营销手段，这样无聊的视频并没有令网友失望，反而是在网络上引起了大量热点话题，精灵宝可梦的粉丝甚至将视频剪辑成动图在社交媒体平台上广泛传播。恶作剧宣发营销借"皮卡丘"这一IP不仅吸引了大量的路人观众，"皮卡丘"这一角色形象也提前得到了广泛传播，在电影正式上线前给原始粉丝剧透了与游戏不太一样的皮卡丘，提前知晓了电影改编的程度，赋予了粉丝一个心理适应过程，成功地激发了精灵宝可梦粉丝群体的兴趣，也让新皮卡丘的形象更容易被接纳。

其次，是采用了"萌"+"侦探"元素结合的破圈文化。所谓"萌"最早来源于日本，本义是指动漫爱好者看到美少女角色时产生的热血沸腾的精神状态。由此衍生出了不同的"萌"产品：一是指物质层面即萌商品；

二是指行为层面即各种萌行为；三是指精神层面涉及包括大众心理、审美取向以及价值体系的构建等。而动漫文化作为青年亚文化的重要组成部分，萌文化颇受青年亚文化群体的喜爱[1]。青年亚文化代表的是处于边缘地位的青少年群体的利益，它对成年人社会秩序往往采取一种颠覆的态度，所以，青年亚文化最突出的特点就是它的边缘性、颠覆性和批判性。青年亚文化群体热衷于追求新鲜事物，对待生活有着与众不同的看法，让他们不仅仅将动漫当成娱乐，而是追求自由、解放的仪式。他们可以通过娱乐获得精神上的满足，甚至可以通过娱乐得到物质上的享受。根据"使用与满足"理论，"萌文化"作为流行文化的一种，它的发展首先标志着它满足了个体心理的内在要求。"萌文化"能够满足缓解精神压力的需要、人们表现逆反心理的需要、追求角色认同的需要以及渴望展现自我的需要[2]。青年亚文化群体作为网络原住民，对新鲜事物有着敏锐的感知，同时他们又渴望回到最初，拒绝成长，这种去成熟化的表现正是对主流文化的抵抗与颠覆。萌文化恰好能够满足青年亚文化群体的内在精神需求，轻而易举地获得了该阶层的受众群体。而受众即为市场，《大侦探皮卡丘》的成功正印证了这一点。"精灵宝可梦"作为以动漫为主要核心的游戏IP，拥有大量的青年粉丝群体。这部电影精准地把握了营销群体，通过皮卡丘可爱的形象，不仅让无数拥有童年记忆的游戏群体走进电影院，重拾童年的回忆，也吸引了大量非粉丝，因皮卡丘可爱的外表而关注这部电影。

受西方国家影响，明治维新兴起之后，日本人开始"西化"，学习并效仿西方发达国家，其中在文学上则兴起了翻译西方推理文学的热潮。加上日本人乐于接受推理小说这种文学形式，一些出版单位支持推理小说这种文学形式，推理文化在日本流行起来。侦探推理文学高度繁荣使得日本

---

[1] 孙霁.关于"萌文化"的现状分析：从青年亚文化到被主流文化认可之路[J].今传媒，2013，21(10)：146-147.
[2] 蒋兆雷，叶兵.关于都市"萌文化"现象的研究[J].中国青年研究，2010(3)：75-77.

侦探推理类艺术作品繁多。基于日本侦探推理文学缔造的文化基础，不论是日本的漫画、游戏还是电影，都多多少少会带有一些推理色彩。《大侦探皮卡丘》电影作为首部真人版改编电影，选择了与"精灵宝可梦"主系列风格不同的侦探游戏，将皮卡丘的可爱和推理元素联系起来，背后其实是日本最受欢迎的两大流行文化元素——"萌文化"与推理元素的结合。两者强强联手让该电影的受众面进一步扩大，成功助力电影取得了较高票房。《大侦探皮卡丘》电影强大的商业价值与隐藏在背后的流行文化元素密不可分。

4.游戏玩法与电影类型的内部连续性的缺乏

由于游戏与电影两种媒介的特征差异，完全照搬是不可能的。在媒介融合的大环境背景下，游戏与电影之间相互关联但又彼此矛盾的辩证关系在两者融合发展的趋势中被放大。一方面，游戏与电影在技术、思维、创作以及接受方面互相渗透，使我们能够明显体会到两者在时间属性上具有一定相似性；另一方面，由于电影和游戏作品所具有的叙事结构及其营造的时间感不相同导致两者在改编的过程中缺乏一定的连续性[①]。看电影的消极性和玩游戏的积极参与性之间的根本差别，似乎成了改编的一种障碍。由于游戏的互动性不能被电影直接展现，因此，一些研究者认为电影对游戏的改编只能"必要地摒弃了游戏的互动性"，而对能够直接改写和展示的内容进行"剧本化和图像化的静态提纯"，并要为故事增加更为深厚的文化价值观念，只有如此，"电影才能成功拜访游戏"[②]。游戏与电影具有相似的内部连续性结构，但游戏过程中游戏关卡设置、完成任务、步骤等都会打破游戏的连续性；而电影不同的是，虽然表面看起来电影的结构是被一幕一幕的场景分割开来的，但通过剪辑会最大化模糊电影情节片段

[①] 李诗语.时间的辩证法：影游融合视野下电影与游戏的连续性问题及其比较[J].未来传播，2020，27（4）：35-44.

[②] 陈亦水.降维之域："影像3.0时代"下的游戏电影改编[J].电影艺术，2019（1）：79-87.

之间的拆分，观众所接收到的是连贯的画面。所以观众在电影中能看到完整连贯的情节，而玩家在游戏过程中能够明显感知关卡的存在，也正是游戏的碎片化给观众带来了游戏感。《大侦探皮卡丘》改编电影尝试着维持了这两者的内部连续性，但效果不佳。参考前文，该电影延续了与游戏一致的推理类型，但从时间结构的角度来看，《大侦探皮卡丘》尽管是在向观众展示主人公蒂姆和皮卡丘是如何寻找失踪父亲的整个过程，但是电影情节中没有出现游戏中出现的类似于分幕或者是任务的设置，观众只是在观看一部普通的侦探电影，在看蒂姆和皮卡丘一步一步地找出了父亲失踪的原因，由于没有展现出游戏中的玩法还有解谜关系结构，电影完全丢失了《名侦探皮卡丘》和"精灵宝可梦"系列游戏的游戏感。游戏改编电影，若将游戏中出现的玩法或者将游戏结构中的时间架构融入电影叙事，将会赋予电影更丰富的游戏感，游戏与电影之间的内部连续性将会被很好地维系。

结　语

通过游戏改编电影《大侦探皮卡丘》，我们不难看出电影产业在尝试着将游戏改编电影向更高层发展。这部游戏改编电影无论是对于原游戏最大限度的保留，还是人物形象的创新以及新媒体技术的使用，都标志着游戏IP的影视化正在不断创新发展。与此同时，这部电影上线后所带来的强大经济效应也向我们展现了相较于传统英式游戏IP的影视化背后蕴含着的复杂经济逻辑。游戏和电影作为互联网时代传播效果强大、传播范围广泛的两种大众媒介，两者强强联手势必会推动整个影视行业的革新，同时将为文化生产注入更多生机并带来更广阔的发展空间。在看到游戏IP的影视化创新发展的同时，通过《大侦探皮卡丘》这部电影我们也能够体会到游戏改编电影之难，不管是从叙事还是观众互动性等方面，游戏改编电影仍需要进一步改进和完善。从游戏屏幕到电影银幕，跨屏之举依旧困难，但在探索的同时，厘清游戏改编电影的创作思路，完善改编策略，从而实现多媒介多产业的共同发展进步。

三、电影《极品飞车》：聚焦赛车文化，突出类型元素

《赛博朋克2077》（*Cyberpunk 2077*）的发售迅速成为近期网络世界讨论的文化焦点话题，游戏取代电影成为主流的文化工业这一历史趋势已经不可逆转，沉浸且即时的交互感，广泛且"跨""融"的媒介平台，再加上各种前沿技术的推波让游戏一次又一次摘得桂冠。

沿着这一现实情境出发，不禁思考，当我们谈论影游融合、谈论游戏改编电影的时候，我们从何处入手，我们在谈论什么。在过往的历史之中，艺术门类之间相互借鉴学习，媒介形态之间相互渗透与融合，都是常态，电影和游戏亦是如此，比较典型的两个趋势：一方面，游戏从电影那里借鉴叙事策略；另一方面，电影也从游戏那里汲取互动手段[①]。众所周知，电影是一种单向交流的艺术，游戏天然的具有互动性，今天电影所做出的诸如VR电影、互动电影等一系列的尝试，似乎都是顺着"互动"这一媒介间的差异性展开的，互动性成为理解电影和游戏之关联的要点，这一打开方式为重新理解电影叙事提供了全新线索。

笔者将以美国艺电游戏公司出品研发的单机游戏《极品飞车》和斯科特·沃夫（Scott Waugh）在2014年改编的同名电影作为案例来探讨电影和游戏之间的关系，进而重新开启电影"互动性"的潜能。

（一）《极品飞车》游戏案例分析

赛车游戏常以激烈的竞速场景为玩家带来乐趣，以"快"为目的让玩家体验真实赛车的魅力。这类游戏的佼佼者有《梦游美国》《山脊赛车》《GT赛车》等，以上几款游戏均以真实的赛车体验和行云流水的玩家操作见长，有的追求竞技速度，有的擅长赛道设计，有的则展现真实的车

---

① 姜宇辉.互动，界面与时间性：电影与游戏何以"融合"？[J].电影艺术，2019(6)：85-91.

感。美国汽车专业杂志 Road & Track 与美国艺电公司联合开发的游戏《极品飞车》发售于 1994 年，游戏中收录了当时欧洲、美国、日本的一流跑车，该游戏起初发行于 3DO 的游戏主机，而后在土星和 PlayStation 的竞争下该游戏主机退出市场，《极品飞车》后被移植至电脑的 PC 端，作为当时的"异类"，该游戏开创了电脑 3D 赛车的新世代，受到电脑玩家的极大欢迎，城市赛车的模式得到肯定后，也促使 EA 持续开发并将其打造成最成功的赛车游戏之一，截至 2022 年，"极品飞车"共发行 22 部系列游戏。

初代《极品飞车》拥有环形赛道，也有起点与终点分处两地的常规赛道，这虽不是革命性创举，但却有丰富的内容呈现，土星与 PlayStation 版游戏新增三条赛道之后，再度引起游戏玩家的火热追捧，路人车辆与警匪追逐是这款游戏的关键机制，该特质使得这款游戏作品与市面上其他的赛车游戏区分开来，这些元素的叠加，营造了紧张刺激的快节奏游戏氛围。倘若游戏玩家喜欢传统的赛车体验，还可输入"作弊码"将这些新增的游戏元素移除，创造一个崭新的、自定义的游戏世界。值得一提的是，游戏的事实记录增添了游戏的可玩性，回放功能可以让玩家保存并观看自己飙车竞速的录像，记录的影像可以用不同的视角和不同播放速度进行观看，也极大充实了"极品飞车"系列玩家的游戏时间。

不可否认的是，"极品飞车"是一款成功的赛车游戏，20 多年来催生了数量众多的续作，在多个主机世代中经久不衰。在这个过程中，几个不同的开发小组都曾有机会执掌该系列，结果虽不尽相同，但基本上是按照一定的模式，在最早的基础上不断进行调整，推动着"极品飞车"系列不断前行。作为娱乐类赛车游戏的标杆级别作品，无论是紧张刺激的街头狂飙还是离经叛道的逃离追捕，这些令人血脉偾张的玩法为系列作品带来大批忠实拥趸玩家；除了丰富和刺激的玩法，游戏对于世界顶级跑车的还原以及赛车场景的塑造，也是这个系列在经历这么多年后依旧能吸引玩家的一大原因。

近几年网络上也充斥着玩家对"极品飞车"系列游戏的诟病，部分网民认为，该系列一直在衰落的轨道上越走越远，这种迹象其实远在微交易和全程在线这种"坑玩家"的设定出现之前就已经存在。一个经典系列的颓势显现有多种原因：一方面是PC端游戏的整体衰败，另一方面则是开发者自身在系列中对该游戏的定位和认知度所致。笔者无意对该系列游戏是否能够"复兴"做过多评价，仅针对游戏到电影这一改编呈现做讨论和延伸。截止到2022年，该系列游戏共开发22部，电影改编主要依靠的是《极品飞车16：亡命狂飙》，但同时也有对过往系列游戏的参照，笔者注意到《极品飞车21：热度》在包含前作优点的同时，又针对缺点做了部分改善，也有玩家对"复兴"该游戏系列的呼声，因此，本书将以游戏《极品飞车21：热度》进行案例分析，重点对游戏所呈现的世界观、叙事、玩法和风格进行论述。

1.游戏世界观和叙事

游戏世界观的特点是描述性的，它利用一切手段使玩家明白游戏中有什么样的世界，因此，讲述是传达游戏世界观的重要方式。在一部游戏作品中，几乎所有元素都是世界观的组成部分[①]。世界观具体到游戏当中又分为表象层次、规则层次、思想层次，三个层次构成了一部游戏作品完整的世界观结构。

表象层次指的是作用于人感官系统层面的元素和信息，即游戏所创造和呈现的视听语言的部分，还包括基础的剧情走向。《极品飞车21：热度》的场景为新的城市棕榈市——一个源于美国真实城市迈阿密所改造的游戏地图。城市中的景象作为重要的元素呈现在游戏的视觉表达之中，在剧情的呈现上则选择"黑"和"白"以及"赛车手"和"警察"的两组对照，还包括复仇的剧情设置，无不创造出显性的游戏世界观的表达。

规则层次指的是在虚拟空间中游戏玩家所依靠的玩法和体验，同时包

---

① 默城君.什么是游戏的世界观？[EB/OL].(2015-07-26)[2024-05-06]. https://gameinstitute.qq.com/community/detail/100854.

含了不易直观化展现和被玩家察觉的规则，需要在游戏玩家的体验之中逐步获取。在体验方面，新地图与前作最大的变化在于城市内的汽车明显要比以往的游戏要多，而玩家的行驶路线也较多出现在城市内，这对玩家的车技和反应力有着较高的要求。玩法和风格是一个庞杂的系统，笔者将在下文中重点讨论游戏的玩法和风格。

思想层次指的是游戏开发设计者想要通过游戏传达给玩家的理性信息。赛车类游戏所呈现的弱剧情的状态也许没有丰富多彩的故事，但侧重于给游戏玩家一个全新的游戏体验，通过设立夺得冠军、与好友竞技的胜利为目标，在过程中感受合作精神，或不断尝试、不怕失败的游戏逐梦之旅，也有诸如梦想、信仰、友情等情感的表述。

"极品飞车"系列游戏因为其特殊的类型，剧情不是伴随始终的，新作《极品飞车21：热度》剧情由棕榈市的高速追击行动引入。游戏玩家从一段描述性的信息和概要中，踏上了一段充满刺激和挑战的飙车之旅。从这一角度看，尽管游戏的剧情相对较为薄弱，但剧情并非该游戏的核心要素。赛车类游戏的精髓在于为玩家提供身临其境的飙车体验。正是这种高概念的游戏设置，使得玩家能够在飙车的过程中尽情释放自我，感受速度与激情的碰撞。无论是精致的赛车模型、逼真的城市环境，还是丰富的赛事和挑战，都旨在让玩家沉浸在赛车世界的每一个角落，享受每一次飙车的快感。

2. 游戏玩法和风格

《极品飞车21：热度》在白天举办Speed-Hunters Showdown，提供官方认可的赛车比赛，玩家将完成比赛并通过每一次胜利赢得奖金，通过使用这些奖金调整赛车性能并自定义外观。警察白天时会巡逻街道，但是警察会依照规则行事，开具超速单、通过交通管制使得玩家减速，从而形成挑战关卡，完成挑战能够获得收集品。在《极品飞车21：热度》中，玩家在夜晚可参加非法街头比赛用以提高个人声望，比赛结果越好，热度和声望越高，但警察在夜晚会派出直升机和犀牛装甲车阻碍赛车比赛。车库提供了一个升级装备的可能，升级的前提是夜晚赢得的声望和白天赢得的奖金，值得注意的是还可以给个人进行装扮，形成个人的独特风格。

作为系列作品，《极品飞车21：热度》在玩法上和前作有着极高的重复性，其重复性主要是通过赛事种类和赛车操作两个方面传达出来的。一方面，赛事种类几乎没有变化，依旧是老玩家熟悉的甩尾、越野和冲刺这三项内容；另一方面，在赛车操作上，一键漂移依旧存在，只是在漂移过程中加入一项反拉车头的动作，即玩家在漂移过弯后要及时地反拉车头，来保证车身的稳定性。

作为续作的发售，新作在原本的玩法设置上也进行了更深的挖掘，太过简单的一键漂移降低了赛车游戏门槛的同时也降低了游戏深层次的娱乐性。《极品飞车21：热度》新加入的反拉车头则增加了漂移时的技术要求，让玩家在漂移时必须兼顾车身平衡，避免因为撞到路边导致车速下降，对于玩家的赛车体验而言是新的丰富。

由于系列作品一向缺少有新意的内容产出，厂商在《极品飞车21：热度》中也试图进行革新。比如新加入的白天黑夜系统，即玩家在白天的时候通过正常的赛车来获得金币奖励，在晚上的时候通过非法飙车来获取声望值。声望值代表着玩家在这个城市飙车界的知名度，知名度越高越会受到警方的重点关注。玩家若是想要进行时间切换必要回到车库，在离开车库时选择自己想要的时间段。

然而这个看似颇有新意的加入，在效果呈现上有些不尽如人意。新系统的加入分割了玩家所获得的奖励，表面上看是有了更多可玩的内容，但是缺乏新意的赛车种类和操作体验无法给玩家带来持续的吸引力。玩家往往是驾车往返于任务和车库之间，这种重复的驾驶体验极易让玩家产生疲惫感。而且玩家在执行赛车任务时需要来回奔跑于车库切换时间段，打断了玩家通过不间断参加赛车所获得的快感，让这款主打激情的赛车游戏在游玩时总显得难以尽兴。

此外，由于在黑夜进行飙车属于违法行为，会受到警察追捕，这在系列作品中属于常态。但《极品飞车21：热度》警察的追捕显得异常凶猛，玩家一旦被锁定很难逃脱。一方面是因为警察会不断增加支援，另一方面与警车的性能有很大关系。警车的性能除了更加坚固很难撞翻，最显而易见的是速度更快。这样的警车配置几乎让飙车党无处可藏，而类似追捕往往发生在夜间任务之后，玩家在享受胜利喜悦没多久就进了警察局，游戏快感大打折扣，但这也对游戏玩家的操作提出了更高的要求。

（二）《极品飞车》电影案例分析

"速度与激情"系列电影后，各种飙车题材的影片层出不穷，既有尼古拉斯·凯奇《狂暴飞车》的动感呈现，也有兼具飞车速度和情感深度的《极速风流》等文艺佳作。好莱坞在开掘了文学、漫画、翻拍等改编金矿后，随着"剧本荒"的加剧，制片人又把目光对准了游戏改编这一领域，尽管大量的试水之作表现平庸，票房也不尽如人意，但这并不能阻挡片方掘金的热情。

电影《极品飞车》是斯科特·沃夫根据同名赛车游戏改编而来，作品上映于游戏诞生的二十周年——2014年，是赠予忠实玩家们的一份厚礼。电影把赛车场面拍出了新意，将眼花缭乱的剪辑技巧替换为实车实人的拍摄，虽然褒贬不一，但必须承认，编剧贡献了一个不同以往游戏改编作品而更显完整的故事架构，使之超脱于类似题材的泥沼。

作为街机游戏的一大热门IP，如今电玩城五花八门的赛车游戏可以说都有着"极品飞车"不可磨灭的印记。同为赛车主题的公路片，《极品飞车》与《头文字D》有着相似的内核——叛逆主流文化，无拘无束的追逐。不同的是《头文字D》是以漫画作为起点，而《极品飞车》则是游戏，但两者都有庞大的粉丝群，也正因如此，该电影上映之后在内地市场收获了2.58亿元的票房收入，远超北美本土表现。两部IP的主人公都处于人生的彷徨期，萎靡不振的藤原拓海、人生起伏的托比·马歇尔，他们都成为青年中赛车文化的重要记忆，许多城市都有着藤原豆腐店，每个电玩城也有竞赛椅,赛车这种极具街头文化的符号适用于每一代年轻人的荷尔蒙激发,使得赛车电影在公路片里有着独特的地位。

公路片代表着自由以及逃离社会强压无所拘束的状态,《极品飞车》里承载着的兄弟之情与英雄主义缔造了主人公的英雄色彩,这也使得它能捕获青年观众的欢心。电影剧情秉承了善恶有报、惩恶扬善的思维,是一段始于复仇的人生赎罪之旅,借助《绝命毒师》的人气以及主演亚伦·保尔的加盟,也使得这部电影收获了许多观众的期待。在电影《极品飞车》中,为了最大限度满足玩家观影者的需要,影片使用了大量真实的跑车进行实拍,其中包括一辆瑞典柯尼塞格 Agera R、一辆兰博基尼 Sesto Elemento、一辆 GTA 斯帕诺、一辆布加迪威龙和一辆麦克拉伦 P1 以及一辆美国产萨林 S7,真实且酷炫的赛车配置成为电影一大卖点,亦给绝大多数观众以震撼的视听享受。

1.叙事

公路电影诞生于《逍遥骑士》里哈雷摩托的声声轰鸣中,美国新好莱坞时期公路片的核心是叛逆青年、叛逆美国梦、叛逆美国的主流文化,在旅途中完成自我的治愈和成长[1]。在《极品飞车》中,男主角托比·马歇尔的人物设定为一名蓝领机修工,也是个天生的赛车好手,偶尔参加地下赛车比赛作为副业。在一次地下赛车比赛中,他惨遭"富二代"反派的陷害,好友在事故中丧生,痛失挚友的他也锒铛入狱。出狱后,托比决定报仇雪恨,能达成目标的机会是参加一项横跨美国东西两岸的地下赛车,等待他的是一系列令人心跳加速的飞车考验,始于复仇的任务也渐渐演变成一场赎罪之旅。

电影的主题落脚于复仇和救赎两部分,其中又穿插爱情和兄弟情,影片将叙事空间置于类型电影中的公路片的叙事框架之中,将重点置于主角叛逆与主流文化的表达之上,从这一点来看,电影难以再出新意和深度。

---

[1] 李彬.公路片:"反类型"的"类型"——关于公路片的精神来源、类型之辩与叙事分析[J].当代电影,2015(1):39-43.

虽然不见"速度与激情"系列里警察与劫匪两者善恶难辨的复杂辩证关系，但该片在正反两派人物上还是减弱了黑白分明的对立设置，注入了更多的人性考量。男主角托比的前后转变有一层类似亚伦·保尔在《绝命毒师》中的"内在光辉的闪现"，从最开始游走于地下赛车的非法地带，转至被陷害后的无辜处境，再到出狱后积极复仇时的果敢决绝，后又变得穷凶极恶，直至最后内心缓和、寻求自我救赎，这一故事线索的表述似乎足以构成一部大作，至少在好莱坞商业电影中能够占据一席之地。

虽从故事来讲，电影的剧作逻辑勉强架构影片自身，但结合到具体的影片呈现时，却在叙事上略显单一和羸弱，具体表现为影片的前半段节奏过于缓慢、人物的最终导向在影片里缺乏细节呈现。对于这一缺点，笔者将在下文重点讨论。

2.声音和视效

在影片伊始，导演选取火车作为关键性道具穿插在赛车比赛中，把老式火车与跑车进行对比，着力于二者行进的音响对比。火车轨道与跑车引擎有着显性的快慢对比，影片通过摩擦、刹车等声效叠加与观众进行感官互动，伴随影院中3D的视觉呈现，在听觉上最大限度地调动着观众的情感行为。高潮的飙车片段亦是反反复复地通过车轮摩擦地面，来营造紧张和动感的观影情绪，跑车飞驰中恢宏的交响乐也满足了观众对英雄主义情结的诉求。飞车驶出隧道时的吉他拨弦带有几许复古美式味道，在皮特翻车戏中，声音设计巧妙地采用了基础的人声失真去表现人物心理，以求达到一种影院的"真空状态"，借以在情感上连接观众和主角之间的关系。

音乐在商业电影中常被滥用，大部分电影中飙车场景和动作高潮常常伴随激烈的、充满节奏感的音乐，从而给观众强烈的感官冲击。《极品飞车》的声音处理则相对克制，它有大量的飙车戏份配乐是舒缓的、慢节奏的，甚至是柔和到有些伤感的，仿佛是在为角色的命运叹息。与画面效果混合在一起之后，这种慢节奏的音乐把飙车片单纯的感官震撼转换出了一种莫名悲壮和崇高，在险恶的复仇之路上，男主角从未放弃，当"大仇"

得报，他选择向警察投降，迷茫与哀伤的他最终坦然面对了命运。当亚伦·保尔望着灯塔，那颗承载着男人的责任与绝望的泪珠落下时，电影音乐响起的是林肯公园的 Roads Untraveled，在歌声跌宕中，意义弥散，故事救赎的主题也得到了升华。

为呈现更真实的追逐、竞赛、对撞、爆炸等视觉轰炸效果，电影在实拍的基础上也做了许多特效场面的处理。该片第一个特效高光出现在"野马"初亮相时，它采用了粒子特效去制作，最终的呈现效果惊艳，尤其是作用在3D、IMAX的影院之中，车起车落时摩擦地面产生的火花特效能够带动观众情绪，马歇尔车行没落时采用了类似于MAYA建模效果，在三四帧里表达了主人公与他车行的起起落落，增加了影片叙事的魅力。

（三）改编效果评估与策略分析

改编文本的讨论始自文学到电影的转化。作为文本粉丝的观影者在意的是"忠实原著"的问题——一如我们讨论一般的叙事性作品是否"真实"，是一种有效而暧昧、庞杂的评判表述。当盛赞一部作品"真实"时，我们要回答和分辨其所指的是相对于某种观念的真实，还是参照特定经验层面的真实，或依据某种叙事的成规与惯例的真实[①]，是否"忠实原著"亦如此。改编电影和原著小说的关系像是翻译与原文，绝对的等同性是不存在的，必须着眼于媒介层面，一部改编电影的意义实际上在于如何在另一种媒介上呈现故事。

小说的文字语言是诉诸想象的，而电影的视听语言则首先诉诸感官，基于文学和电影两种不同媒介特质的表述，观众或许会以忠实性作为评判的标准来衡定其价值。但游戏到电影，基于相似的媒介特性，当游戏到电影的转述诉诸到大银幕时，观众所在意的是什么呢？是对游戏世界观的影视化阐释、是交互性的特征、是动感的音乐和震撼的画面，还是逝去的往

---

① 戴锦华，滕威.《简·爱》的光影转世［M］.上海：上海人民出版社，2014：117.

昔岁月呢？

当下的影游融合呈现出两条路径："两条路径的根本方向都是在叙事的范畴内调和电影与游戏核心行为的体验差别。"朱小枫将其总结为"以电影为主导的路径直接将游戏变成一个可交互式的电影，或让叙事影像在游戏的核心体验中占主导地位"，而"以游戏机制为主导"的路径"仅仅将影像作为叙事的重要手段嵌入其中，游戏的核心体验与影像无关"。但由于这两种媒介的核心行为不同，"影像的核心行为是'观看'，游戏的核心行为是'玩'"[①]，就会在叙事体验中造成排异效果。因此，此类作品的核心问题则回归到"叙事"还是"互动"之上。

从《极品飞车》回看影游融合的概念，可以说它一直就是游戏与电影两种媒介之间取长补短的一种学习过程。广义来说，这可以是电影更着重于发展自身本身就有的互动部分，游戏更注重发展预设叙事技巧的一种融合。例如，从游戏的角度来说，在运镜、色彩、音效方面，FMV游戏的技巧都比较简单传统，仍有很多需要从电影的预设叙事中学习的。通过生成叙事和预设叙事的配合，电影也得以从时间艺术向时间—空间艺术发展。在这个背景下，从具身性的角度出发，就可以对观众—玩家在影游融合的空间中的身份认同与变化做出更细致的分析与探索，以更精准地理解用户在影游融合作品中的追求与取向。目前影游融合方面的研究仍有丰富的发展空间，无论是适用性强的影游作品的评测标准，或是在叙事方面进一步深入的分析模型，都将对影游融合领域的拓展起到积极作用。[②]

游戏改编面临的最大的问题是叙事和人物，尤其是赛车类游戏，此类游戏中往往不会建构庞大的世界观，经常呈现出剧情薄弱的问题，人物也常常以扁平化的特质呈现在玩家的交互体验中，这与电影的特点正好相

---

① 朱小枫.叙事影像在数字游戏中的再媒介化：以《致命框架》系列为例[J].当代电影，2019(12)：164-166.
② 刘梦霏.叙事VS互动：影游融合的叙事问题[J].当代电影，2020(10)：50-59.

反，意味着改编的过程中需要重新架构一个完整的世界观，这个世界观要高度契合游戏本身，同时又要有电影化的讲述。对于玩家而言，赛车游戏的体验感来自每一次操作手柄飙车的过程，来自或单打独斗或团队作战的刺激体验，此间的设置是成就"极品飞车"系列游戏最重要的元素，但对于电影却是致命的缺点，也正因为赛车游戏天然的这种特质，赛车类游戏改编的例子只有《极品飞车》一例。

改编作品中也不乏有精品呈现，如《寂静岭》、"古墓丽影"系列、"生化危机"系列等，大部分因为首部作品有着足够撑起电影时长的叙事内容，世界观的表述和体验感的呈现更为直接，才被粉丝和观众认可。但可惜的是，后来这些作品的续集又纷纷落回剧情空洞的窠臼而折戟落马。所以，在游戏改编全年沉寂的 2013 年后，作为游戏电影再出发首部作品，《极品飞车》的成败与否，其故事内容是否丰富就显得尤其重要。对于一部赛车类动作片，我们不能苛求其诠释出高级别的内涵，但是讲述一个自成体系的故事却是必需的。

如果从改编忠实于原作的角度来看，电影几乎穷己所能贴合游戏自身，不论是从情节设置、叙事方式还是细节表现上来看，电影都近乎复刻般地对游戏原作进行了跨媒介呈现。跨媒介呈现和跨媒介叙事最早是由传播学者詹金斯提出的[①]，意指跨媒体故事通过横跨多种媒体平台展现出来，其中每一个新文本都对整个故事做出了独特而有价值的贡献，"跨"在于强调两种相似或不同的媒介特性。电影与游戏都是建立在"虚拟的现实"基础上的视听媒介，都是虚拟的影像，都可以进行看和听；而最大的不同在于，游戏比电影多了一道重要的媒介属性——互动，游戏的功能是在用户与游戏之间不断互动中得以存在的，游戏只有在被"玩"的时候才成为游戏，它是一种需要实时互动的双向传播媒介[②]，具体在电影中则表现为叙

---

① 詹金斯.融合文化：新媒体和旧媒体的冲突地带[M].杜永明，译.北京：商务印书馆，2012：423.
② 陈旭光，李黎明.从《头号玩家》看影游深度融合的电影实践及其审美趋势[J].中国文艺评论，2018(7)：101-109.

事、元素构成和画面细节三方面。

从叙事来看，电影几乎完全复刻了游戏中的设定，电影开始的第一场戏来源于《极品飞车7：地下狂飙》与《极品飞车8：地下狂飙2》，片中人物设定里体现的"车手+路线拍档+装配拍档+技工拍档"的团队作战模式则来源于《极品飞车10：生死卡本谷》，而复仇的设定则来源于《极品飞车9：最高通缉》，主角从纽约狂飙至加利福尼亚州则来源于《极品飞车16：亡命狂飙》，中间警察的参与和乱入则来源于《极品飞车3：热力追踪》《极品飞车6：热力追踪2》《极品飞车14：热力追踪3》《极品飞车21：热度》，游戏为电影提供了基本的叙事线索，电影也将这些情节呈现在银幕之上。

从元素构成来看，车作为赛车类游戏重要的组成部分，始终是游戏玩家钟爱的元素之一，对于玩家来说，当一款赛车游戏从电脑桌面走向银幕的时刻是具有仪式感的。据笔者的不完全统计，《极品飞车》电影至少出现了10辆超级跑车，这几款跑车是"极品飞车"系列游戏中最常见的车辆品牌，尤其是主角的福特野马，这一款车型也是大部分玩家会选择使用的同款赛车，电影中的比赛环境、赛道、车辆，甚至是视角（包括车内第一人称视角、车前保险杆视角、车顶视角和车后视角），都体现了电影导演对于游戏的细致琢磨和饱满诚意。

从画面细节上来看，电影《极品飞车》的赛车场面拍得特别"反常规"。除了常规的飙车拍摄角度，游戏里的车前板、车后、第一人称、方向盘等视角在片中都有所展示，这一细节的呈现得到了绝大多数粉丝的认可。车内视角和视点的选择和展示，都非常贴近游戏的玩法。比如，游戏过程中，熟练的玩家都会在漂移时选择车后视角来观察车辆甩尾情况，片中的所有漂移镜头，几乎都严格按照该视角拍摄而成。除此之外，和以往飙车戏追求的刺激快感不同，《极品飞车》的赛车场面更"技术流"，观影过程中能真切感受到发动机在换挡时的不同轰鸣声，漂移时逼真的甩尾以及几乎赛车场面必备的"液氮直线加速"。

从繁华的汽车城到静谧的南方乡村，从苍黄悲凉的大峡谷到惊涛拍岸的港湾小城，从霓虹摇曳的唐人街到工厂林立的工业区，电影无不展现游戏中的场景。除了几部旧作中的欧洲赛道，以及部分大雪纷飞、秋叶萧瑟的特殊地带，电影主创几乎重制了"极品飞车"系列游戏的种种经典场景。追随电影角色的步伐，身为玩家的观影者实际上是在回味昔日风驰电掣于银屏上的极速狂野，是一次彻底的银幕移情。

游戏改编电影不仅要让游戏玩法作为电影的核心风格要素在电影中反复出现，同时要在电影中为玩法的重复出现和变化升级建构一个与游戏相类似、与该玩法相适应的时间结构，即与玩法匹配的闯关结构。同时，这种闯关结构并不是在某个情节段落中点到为止地出现一下就能为电影赋予游戏感的，而是要让游戏的闯关结构成为架构电影的主要结构，即将游戏的闯关结构与电影的三幕剧结构相结合。[①]从这一点看，电影《极品飞车》的表现不足以让人满意。但当比赛元素、赛道场景、画面风格等方面都完美复制游戏原作时，作为玩家的观众似乎没办法再去讲究剧情逻辑、人物塑造、情感渲染等电影化的考虑，观众只能回到对极品飞车最基本的要求——驾驶巅峰赛车，创造巅峰速度。

游戏改编电影，其作用群体非常固定，而作为赛车电影，电影的适用群体就更加窄小，这也几乎是大部分游戏改编电影能够被大家接受的主要原因——依靠大量的粉丝积累，通过粉丝的影院参与，给身为玩家的观影者一次重温的机会，进而实现电影的最终赢利，这同时也是影片宣发时的考量。一部游戏作品被呈现到大银幕上的时候，意味着它面向了更广大的观众，它不仅要满足粉丝的期待，同时要对其他观影者负责，因此，电影中不仅要有游戏元素的展现，同时要有精彩的故事表达，还要有游戏之外的、作为电影媒介自身特性的呈现。单从这一点来看，《极品飞车》显然是无法让人满意的。

尽管中国特制版 3D、IMAX 的放映使得观众沉浸在飙车的氛围之中，

---

① 李诗语.时间的辩证法：影游融合视野下电影与游戏的连续性问题及其比较［J］.未来传播，2020，27（4）：35-44.

但影片的短板也非常明显，具体表现为影片前半段的节奏过于缓慢，交代的戏份显得过于流水账，在剧作设置和表达上缺乏真正的冲突和矛盾，或者说冲突和矛盾并不足以构成主要人物的行动导向，给观众的观感造成了较大的影响，对于非游戏玩家来说，无法依靠电影之外的元素"脑补"情节，使得观影者在电影的前半段难以进入。

作为游戏改编的赛车类电影，影片整体节奏首先应该以紧凑的状态为主，这才能和激烈拼搏的竞技体育的主题相协调，从这一点看，"速度与激情"系列电影所呈现的那样的视觉观感，是电影《极品飞车》需要继续打磨和提高的部分；其次则体现在人物上，影片的叙事过于简化，人物的行动缺乏可靠的支撑，从这方面造成了叙事上的短板，正是因为这样的短板使得主要人物呈现出一种扁平化的状态。尽管叠加了公路片这一元素，但主要人物没有显性的成长，配角的人物也流于表面，使得影片所谓"救赎"和"叛逆"的主题表达变成了一种无厘头的张力，对于非资深玩家观影者来说，故事的精彩程度才是他们走入电影院的主要动因。

一部电影化的作品能够真正被大家接受，除了让观众感受银幕上超跑的速度与激情，还应该提供稳扎稳打的叙事，符合电影化的制作，如果从满足粉丝需求的角度来看，电影《极品飞车》无疑是成功的，正如前文提到，电影中几乎穷极所能再现游戏元素的各种努力。但就笔者看来，一部电影的成功所需要的远不止是某一个群体、某一类观众，这就要求电影要在游戏的元素之外提供切实的自身的媒介表达，否则观众何来动力持续进入电影院观影呢？

结　语

2019年，中国游戏市场实际销售收入2330.2亿元，增速为8.7%，较2018年增速有所回升。[①] 2020年突发的新冠疫情，对各行各业产生了深刻

[①] 中国音像与数字出版协会游戏出版工作委员会，国际数据公司. 2019年中国游戏产业报告［M］.北京：中国书籍出版社，2019：5.

的影响，尤其电影业面临着巨大的冲击，但游戏行业却出现了逆势增长。2020年1—6月，中国游戏市场实际销售收入达到1394.93亿元，同比增长22.34%（见图3-12），游戏产业进入新的发展阶段。[①] 与电影业所经历的"影视寒冬"和"疫情停业"的双重压力相比，游戏市场却显现出别样的魔力和魅力，这一丰富的实践场域在各方面都给电影从业者以巨大的震撼。因此，在媒介融合的视域下，电子游戏和电影工业如何相互渗透与融合，进而开拓电影工业审美的新维度，给从业者提供了更多想象和实践的空间。[②]

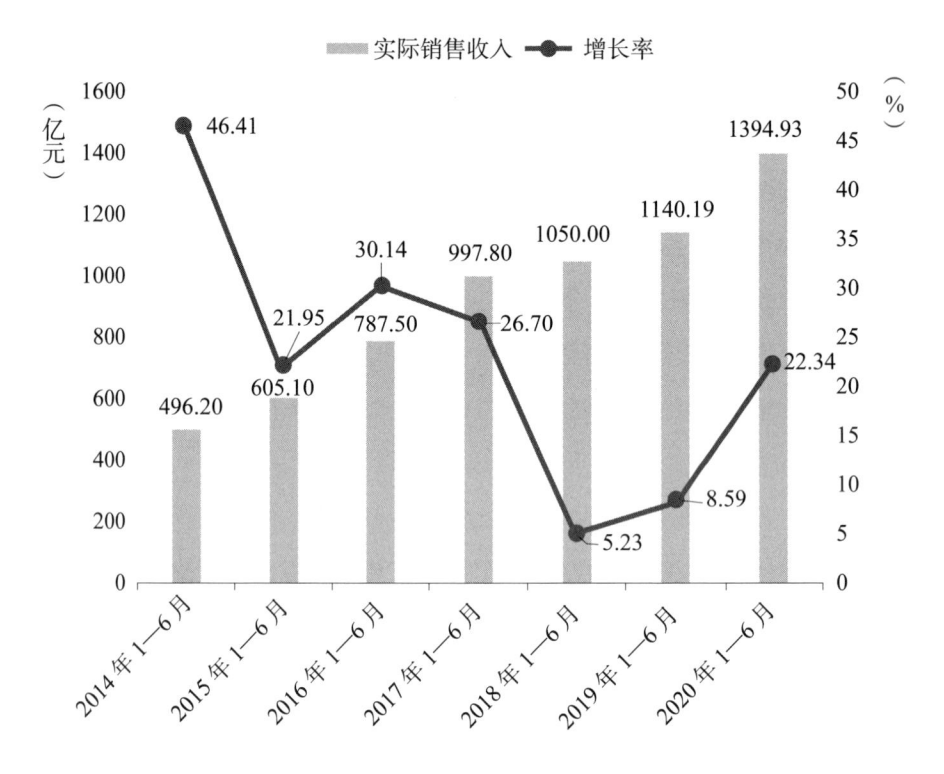

图 3-12　中国游戏市场实际销售收入及增长率

[①] 张毅君.《2020年1—6月中国游戏产业报告》发布 [EB/OL].(2020-07-31) [2024-05-06]. https://baijiahao.baidu.com/s?id=1673688361749710926&wfr=spider&for=pc.

[②] 范志忠，张李锐.影游融合：中国电影工业美学的新维度 [J].艺术评论，2019(7)：25-35.

实际上，电子游戏和电影在产业和资本的融合方面已经取得了长足进步，电影的表现重点体现在拍摄和制作上，比如《罗拉快跑》这种人为设定的循环的游戏式闭环结构，再比如2018年网飞出品的《黑镜：潘达斯奈基》的互动电影的探索，更为显性的例子或许是虚幻引擎的制片方式，游戏也不断汲取电影所创造的成就，诸如叙事、场景、人物等。

尽管好莱坞有相对丰富的改编作品，如"古墓丽影"系列、"生化危机"系列等，但具体到改编这一融合的层面，却鲜有佳作出现，这当然是媒介本身的特性所决定的。电影是一种单向交流的艺术，这意味着电影的内容不论多么贴近观众，无论以怎样的视点呈现，都是观影者自身想象性的投射与连接，即便是重看一部电影，观众所得到的信息也不过是对电影线性的补充和自身延伸性的阐释，而游戏的重玩，则是一个游戏玩家在不断发现和探索新的架构以达到对游戏规则和玩法的深入理解过程，媒介本身的差异和导向使得改编这一融合方式充满了未知。

无论何种游戏类型，都依赖于从传统电影中借鉴的摄影技术，包括有意味地使用摄影机的不同角度和景深，使用戏剧化灯光，在三维计算机生成的场景中来烘托心境和气氛。[①]相应地，游戏也在拓展电影语言，显性的例子就是动态视角的呈现，如"古墓丽影"系列游戏使用PlayStation的手柄来调整视角的变化，"极品飞车"系列游戏中亦有这样的呈现，而电影中则是将两种语言进行了复调式的回归。

我们都知道电影不单是娱乐，更是一种文化、一种记忆、一种表达。一部成功的电影，注定包含着艺术、文化、思想、情感等诸多复杂的面向。虽然德勒兹将影像形容为晶体的时候，主要指的是时间性的维度，但电影本身确实呈现出多面向交相辉映、彼此融会的晶体形态，就此而言，它在改编成游戏的时候并不会太过"穷竭"本身的创造性潜能，反而能引

---

① 马诺维奇.新媒体的语言［M］.车琳，译.贵阳：贵州人民出版社，2020：84.

导游戏进行更为别开生面的推进和发展。①沿着这一思路，不禁构想，电影到游戏之路充满着令人神往的期待，一部电影走入PC端，走出影院"神坛"，最终在游戏玩家切身的交互中被一次次体验和把玩。但游戏到电影之路的面向是如何？影游融合视域下如何使得一部游戏转化成一部成功的电影？如何使得内容和形式都有融合和交叉的可能？如果说赛车游戏《极品飞车》并不足以完全印证游戏到电影的成功转换，但大银幕上的最终指向至少给出了部分尝试和答案。

---

① 姜宇辉.互动，界面与时间性：电影与游戏何以"融合"？[J].电影艺术，2019(6)：85-91.

第四章　影游 IP 互化的机制与规律

第一节　游戏世界观的转化机制

游戏世界观指的是对游戏世界的主观先验性假设，诸如虚构的历史时空、视觉空间、物理规则、社会政治形态以及人物背景等，涵盖虚构作品的各个层次，游戏中的所有元素都是世界观的组成部分。游戏世界观由三条轴组成：横向轴是世界的长度，即游戏中发生的事件；纵向轴是世界的宽度，即游戏的每一个地点；第三条是时间轴。世界观为游戏概念设计提供了坚实的理论基础，并为后期游戏营销提供了可靠保障，对游戏本身的成长、延续具有一定的参考价值和指导意义。因此，本节主要论述游戏世界观在影游转化过程中的机制，将按层次深浅从感官层、规则层和价值层三个方面展开论述。

一、感官层

感官层是指可以被人的感官直接捕捉的信息，包括图像、文字、声音、动作等，这是游戏世界观最底层和基础的表达方式。电子游戏作为一种综合艺术，擅长将各种艺术形式进行结合。

作为影视改编而来的游戏，影视元素渗透可以成为丰富产品形态的策略之一，即游戏使用自己的媒介手段来"模仿、唤起"影视的元素与结构。当下的许多电子游戏研究都强调视觉操作的重要性，以尝试走出文学理论的阴霾，由于电子游戏也是广义上的"视听艺术"，自然而然地继承了在过去几十年间总结出的电影理论框架和术语。亚历山大·R.加洛韦（Alexander R. Galloway）在《游戏：算法文化论集》的"第一人称射击游戏的起源"一章中，就使用了电影领域的"主观镜头"概念，讨论电子游戏的视觉风格是如何继承电影叙事中的独特现象的，同时也讨论了两者在投射主观视觉上的差异：游戏视觉需要完整成形、可行动的空间；游戏削弱了蒙太奇的意义；游戏在叙事上对于时间与空间的把握更加自由。[①]据此，随着观众和玩家的主体身份的转变，视听接口串联了电子游戏与电影的研究。

如《花千骨》游戏构建了原著小说中描绘的玄幻仙侠世界，世界版图中，长留、瑶歌城、花莲村、太白门等场景都得到了保留。同时，在听觉层面融入了中国传统民间乐器，笛子、琵琶、箫交织共筑仙界意境，得以在感官层次还原影视中的仙侠世界，并针对游戏做了场景扩充与完善，构建出相对完整的场景与时空。

二、规则层

相对于集中在表象的感官层，规则层的世界观在游戏中以隐藏的理念和机制形式存在，虽不被直接发觉，但是在构建游戏方面起到更深层的作用。规则层的世界观告知玩家这个游戏世界运作的规律，是更深入描绘游戏场景的必要手段。

欧内斯特·亚当斯（Ernest Adams）将游戏机制定义为游戏核心部分的规则、流程以及数据，他将游戏机制分为以下五类：一是物理，即关于运动和力的系统，比如"愤怒的小鸟"系列游戏的弹弓玩法；二是内部经济，即游戏元素的收集、消费和交易，比如《集合啦！动物森友会》的大头菜；三是渐进机制，如关卡设计般线性推进的机制；四是战术机动，将游戏单

---

① GALLOWAY A R. Gaming：essays on algorithmic culture［M］. Minneapolis：University of Minnesota Press，2006：63-65.

位分配到地图上特定位置的机制，塔防游戏是其代表；五是社交互动，最为典型的是MMORPG（大型多人在线角色扮演游戏）。其中物理、内部经济、战术机动、社交互动四种机制的共同点在于，规则相对简单，变化相对多端，这四种机制可统称为涌现机制。就此游戏机制可以分为涌现机制和渐进机制两大类，两者对比如下。①

表4-1 涌现机制和渐进机制的结构差异②

结构	涌现机制	渐进机制
规则数量	少	多
游戏要素数量	多	少—多
要素之间交互	多	少
概率空间	大而广	小而深
重玩价值	高	低
设计师对游戏流程的控制力	低	高
游戏长度	通常较短	通常较长
学习曲线	通常较陡	通常较平缓

如今大部分游戏中的叙事是通过渐进机制完成的，玩家根据游戏设计者制作的既定路线推进游戏，从而体验故事。少数游戏如"模拟人生"系列通过涌现机制完成叙事，又称"涌现叙事"，它需要精心统筹游戏的多种机制并将其串联起来，需要耗费极大的精力和成本。由影视改编而来的游戏继承了影视媒介的线性叙事属性，同时为了规避较高的学习成本以吸引更多玩家，它们大部分采用渐进机制。

美国艺电发行的《哈利·波特与火焰杯》(Harry Potter and the Goblet of Fire)同名改编游戏，舍去了烦琐的地形跑酷与开放式地图的搜寻机制，以关卡制的形式加快游戏节奏，把重点放在直接的线性流程。"哈利·波特"

---

① 亚当斯.游戏机制：高级游戏设计技术［M］.石曦,译.北京：人民邮电出版社，2014：36.

② 信息来自《游戏机制：高级游戏设计技术》。

系列游戏从本作开始，剧情都跟随电影拍摄流程，从世界杯上的食死徒遭遇战，到三强争霸赛目睹塞德里克·迪戈里的死亡，直面伏地魔的复活。

国内许多影视改编的手机游戏，在核心机制之外加入过多独立且与主线无甚关联的涌现机制，要素之间没有得到很好的交互，在这种用户留存设计之下透露的是游戏设计者对于流程薄弱的掌控力。中国影视改编游戏诸如《琅琊榜》《花千骨》《天居》等都有着一套相当完整的结构体系，游戏机制设计简陋，在感官层的浅显修改基础上利用现有框架代码换皮，例如自动升级、打怪、吃药、任务一体化，重复性极高的副本，以及修炼、武技、坐骑等冗余机制。

三、价值层

如同电影之于机器时代，游戏是之于数字时代的艺术，为了扛起新艺术形式这面伟大的旌旗，游戏的设计者在创作世界观中，更高的追求是加入自己对世界的独特思考与主张。

从电子游戏的全局视角来看，小岛秀夫的《死亡搁浅》，想要呈现给玩家一场关乎灵魂碰撞的"盛宴"，它将我们在游戏中彼此连接，共同献上彼此的希望与爱的曙光。《文明》在无形中向玩家倾诉"人类的发展殊途同归，必然走向一个未知的结局"这一观点。"刺客信条"系列游戏通过刺客组织的口号"万物皆虚，万事皆允"宣告自由的价值主张。可惜的是，这种厚重的、具有人文主义色彩的价值主张似乎在影视改编游戏作品中被全然消解。

《漫威蜘蛛侠》（2018）叙事节奏非常明快，从前期铺垫到后期转折一气呵成，宛如一部惊心动魄的动作爆米花商业片，然而即便整个流程都精彩纷呈，有营养、值得思考的内涵仍然缺乏。彼得·帕克并不需要依靠一件紧身衣来成为自己，于是制作者选择让玩家去接触蜘蛛侠背后的凡人，而价值观的呈现就在平凡的成长与蜕变中体现出来，一方面是对电影价值观的还原与简化，另一方面为游戏叙事提供了成长的空间。反观中国，同样是网文改编高人气古装电视剧，《琅琊榜》手游与《花千骨》手游呈现出不同的命运。《花千骨》手游上线起40天之内，iOS畅销榜总榜平均排名第五，而《琅琊榜》手游远在其后，上线40天平均排名第81。"琅琊榜"并未像"花千骨"一样从游戏中迅速变现IP价值。《花千骨》手游的题材为仙侠、后宫类，本身有很强的动作、修仙、门派斗争情节，在价值观层面上浅显地停留在过关斩将、门派纠葛、爱恨纠缠。而《琅琊榜》手游的剧情多为烧脑的纵横捭阖，动作性和游戏性较弱，价值观层面体现为沉重与艰深的政治斗争、智博奸佞、沉冤昭雪等。

可以发现，国内外影视改编游戏在价值观转化的策略上均偏向于简化与相对保守，在影视改编游戏的市场中价值观通常让位于游戏性与快感。

第二节　影视改编游戏的策略选择

所谓类型乃是对话性的（dialogic），评论者通过比较，既对游戏类型的历史有所响应，也对特定的游戏文本加以考察，他们作为玩同一款游戏的人，或以对"你"诉说的口吻，直接与读者进行交流。①

在游戏领域，复杂的类型划分充分证明了游戏文本的混杂性质。它们以不同的分类标准承认多种元素的糅合，例如以游戏系统有驾驶、射击，以游戏提供的社会经验有单人、大型多人在线，以游戏角色的视点选择有第一人称视角、第三人称视角，以及从文学与电影继承而来的类型范式如恐怖、幻想、动作等。

根据伽马数据发布的《2021中国自研游戏IP研究报告》，头部50款IP改编游戏无论是按布局IP数量还是流水，都集中在"大型多人在线"与"角色扮演"两种类型。② 对于游戏阵容庞大的网易公司来说，对IP改编游戏的运营思路已经颇为清晰，社交和多人对战（PVP）是他们手中的两大

---

① 卡尔，白金汉，伯恩，等.电脑游戏：文本、叙事与游戏［M］.丛治辰，译.袁长庚，审校.北京：北京大学出版社，2015：25.

② 伽马数据：2021中国自研游戏IP研究报告［EB/OL］.（2021-08-19）［2024-05-06］. https://xueqiu.com/9061162584/194803024.

法宝。针对不同的游戏，网易侧重以不同的方式来设计游戏系统，这也是网易IP改编游戏能持续获得高流水、最终超越腾讯的原因所在。从市场的选择可以发现，"角色扮演"与"大型多人在线"已成为影视改编游戏的首要策略，于是本节将从化身系统与社交系统两个方面展开论述。

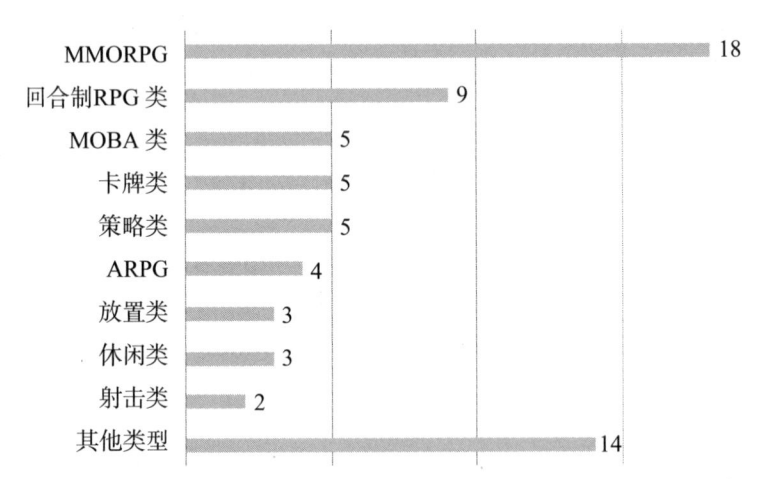

类型	数量
MMORPG	18
回合制RPG类	9
MOBA类	5
卡牌类	5
策略类	5
ARPG	4
放置类	3
休闲类	3
射击类	2
其他类型	14

图4-1　2020年TOP50自研游戏IP玩法类型分布（按布局IP数量）①

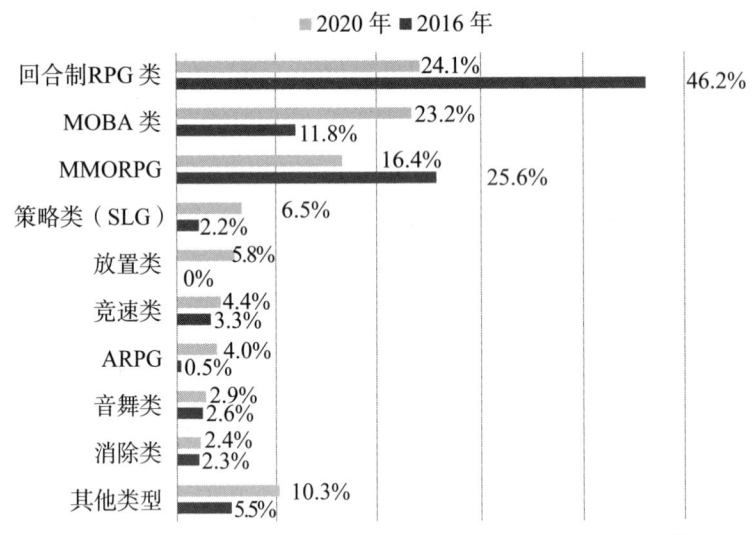

类型	2020年	2016年
回合制RPG类	24.1%	46.2%
MOBA类	23.2%	11.8%
MMORPG	16.4%	25.6%
策略类（SLG）	6.5%	2.2%
放置类	5.8%	0%
竞速类	4.4%	3.3%
ARPG	4.0%	0.5%
音舞类	2.9%	2.6%
消除类	2.4%	2.3%
其他类型	10.3%	5.5%

图4-2　2020年TOP50自研游戏IP玩法类型分布（按流水）②

---

① 数据来自伽马数据。
② 数据来自伽马数据。

一、化身系统的设置

2020年，在中国游戏市场中细分游戏类型的比例中，角色扮演类游戏在整体市场收益和所有产品类型中仍占较高份额，在收入排名前100的移动游戏产品类型中占比28%。[①]在角色扮演游戏火热的市场表象之下，洞悉角色扮演游戏与影视背后的转码机理成为必要，它将有助于改善跨媒介改编游戏的品质。

数字化环境允许我们通过数字技术创造的"化身"（avatar）与影视中人物的修正版进行互动，化身是"血统"（descent）的梵语词，意指神在人间的化身，玩家正是以化身参与游戏，扮演游戏的主角。游戏可以分为游戏系统与再现系统，游戏系统是基于一定规则建立的系统，通过游戏引擎的程序运作而产生；而再现系统指的是游戏呈现世界的方式，包括视听方面的游戏世界，以及架构于游戏系统上的叙事和角色，这两个系统通过协作共同制造了玩家的游戏体验。本部分想要探讨的是，玩家的化身如何在两个系统中运行。

从社会符号学的视角来看，叙事的自然语气应当是直陈式，而在指涉化身时的语法处理显示，在角色扮演游戏中叙事的某些部分，是以祈使语气向玩家发出命令，如"阻止大门关闭"，此时玩家成为主角。由此可见，游戏不仅提供叙事性陈述，而且在文本与受众之间建立一种联系——通常是一种需求关系，即文本召唤玩家去做某件事情，而事实上也对游戏发出了命令，要求其回应。经此，游戏系统与再现系统互相融合，以互动的方式实现"化身"的双重意义，而这也表明了角色扮演游戏体验的核心——玩家既是化身，却又不是化身。

从文化研究的视角来看，文化研究经常强调"能动性"这一概念，这

---

① 游戏葡萄. 2020中国游戏产业报告：收入2786.87亿同比涨20%，海外突破千亿大关［EB/OL］.（2020-12-18）［2024-05-06］. https://baijiahao.baidu.com/s?id=1686346004223115827&wfr=spider&for=pc.

是受众主动接收信息时具备的积极素质,在这个层面上,对化身行动的操控自由程度可以代表广泛意义上的对于文化权力的掌控程度。然而,正如佩里·安德森(Perry Anderson)所说,能动性包含两个相反的含义:其一,我们是自主有力的社会行为者;其二,我们仅仅是他者的再现(如FBI的探员)①。人机交互的信息性观念特征就是"控制",游戏给予玩家自主选择与操控的全力,玩家为对于文本前所未有的参与度而欢呼,仿佛他们具有掌握他人人生、感情与意识形态的权力。然而在控制剧情发展与人物选择的表象之下,玩家仍然受限于游戏设计者提供的游戏文本,这种能动性的问题变得相当暧昧而富有争议。

化身的身份选择也是跨媒介叙事一个重要的论题。富有生命力和影响力的故事世界总是围绕一个或几个受欢迎的核心人物展开,然而核心人物的生命周期也直接限制了故事世界的周期,意在无限扩展下去的故事世界必然要跨越现存角色的生命周期,去超越一代人的观众代际周期,以打破故事世界的周期限制。因此,可以发现许多影视改编游戏,会建构一个新生代的全新主角,如《星球大战绝地:陨落的武士团》(*Star Wars Jedi: Fallen Order*)以一名被抛弃的绝地学徒为主角,以他的修行为主线,强化玩家的身份与成长的要素。

二、社交系统的建构

电影与大多数传统媒介一样,都是一对多、单向的传输通道,有个传输中心组织信息,并且通过独有的社会文化管道,将信息传到消费者脑中,而消费者通常是容易被影响的社会大众。但接受者仍可以透过自己的语境与经历去消化,在意义的诠释过程中没有纠正系统,因此,虽然部分影片具有意识形态意味,比如战争片的政治宣教,但观众对于信息的反应以及接收的结果可能与影片的内涵无必然联系。单机游戏依然继承了此模

---

① 卡尔,白金汉,伯恩,等.电脑游戏:文本、叙事与游戏[M].丛治辰,译.袁长庚,审校.北京:北京大学出版社,2015:110.

型，只在个别的游戏设计环节给予玩家更多的操纵空间，并没有诞生特定的信息及意义。然而，多人在线的电子游戏让游戏本身作为信息通道，赋予自身多元的沟通特质，在游戏内散布的各式沟通平台、对话框、虚拟社区给予玩家沟通、讨论、闲聊的空间。

多人在线游戏的独特性及革命性在于，玩家在游戏环节中彼此交互的机会可以促成游戏设计者的职能转向，即游戏设计者必须提供一种对称与均衡的交流可能性，并且为其构筑平台，且这种互动的结果很可能不受其直接影响和控制。另外，区别于电影或者单人游戏，多人在线游戏为玩家提供了一个解构的过程，玩家不仅在游戏进程中设法理解整个游戏系统，持续挖掘与揭示其功能，并且努力领会与系统产生联系与互动的方式，从玩游戏扩展到解构玩家社区。为了在游戏世界中获得更多的收益与成就，他们不得不尝试理解多面性的社会系统，以及虚拟社区的内部工作方式与其不为现实生活所知的规则。在这样的虚拟社区中，其他玩家对于自身的游戏体验起到了至关重要的作用，游戏世界对于每位玩家的动作与变化做出反应，多人分享并共建公共虚拟环境。在如今风云变幻的游戏市场，尤其是移动端，决定游戏能够维持并存活多久的是游戏社区，社区提供了一种"回家"的感觉，这种感觉是私人化的，即使在伪装的虚拟身份之下，社区可以把人特征化，与其他玩家分享共同的历史与背景，并抱有某种特定的期待。

对于网易公司来说，社交成为留住用户的一大利器。从游戏设计、内置论坛以及游戏外传播中便能发现，社交属性已经融入影视IP改游戏《哈利·波特：魔法觉醒》的血液之中，而这也让游戏吸引了大量非核心向用户。游戏中设置了"宿舍"和"社团"，在宿舍中玩家可以看到舍友的服装、相框、猫头鹰和家具陈设，这些直观的展示很容易激发玩家的攀比心理，导向游戏时间的延长与内购。游戏内置论坛同样是网易的惯常打法，这里成为玩家交流感情以及UGC传播发酵的阵地。另外，游戏外社交，例如新年占卜、分院测试以及设定集交换已成为聚拢玩家并提升用户黏性的重要手段。

在社交设计之外，多人在线游戏是另一个延长用户游玩时间并提升黏性的重要手段，富有挑战性的游戏内容催生了一批KOL（关键意见领袖）制作的游戏攻略视频和文章，通过微博、微信、短视频平台，形成了新的传播链路，也可以在游戏社区派生更多的讨论内容。

三、影游IP互化的视听呈现

哈琴认为，"对于电子游戏最重要的是被改编的异世界，玩家进入的数字动画世界"，在游戏学家杰斯珀·尤尔看来，这一异世界或宇宙不仅是一个虚拟的空间，而是由图像、声音、文字、剪辑、触觉、规则等多种构件组接，其中"视觉和听觉（声音和音乐）效果的沉浸式体验创造了一种参与度，这在大多数其他媒介中是无与伦比的"[1]。当电子游戏从互动模式向展示模式的影视"降维"时，影视视听语言的再造与加码就显得尤为重要。互动机制的缺失可能会导致游戏沉浸感的流失，但影视可以通过其独特的视听语言来弥补这一不足。风格场景的视觉奇观能够给观众带来强烈的视觉冲击，而话语对白的叙事逻辑则能够引导观众深入理解故事情节，从而在感官沉浸与叙事沉浸之间找到平衡。

游戏和影视媒介"材料效果"间的差异决定了"游戏—影视"的视觉转向是一个加法过程，乔治·桑塔耶纳（George Santayana）从美感的角度指出："任何一种形式的效果都可以通过材料的效果来提升，而且材料效果是形式效果的基础，它会进一步提高后者的力量，给客观对象的美形成某种冲击力、彻底性和无限性，否则它就会缺乏这些效果。"[2] 与电脑显像甚至手机显像的电子游戏相比，影院通常超100平方米的单个屏幕尺寸对电影的视效画面有更高的要求，毋论巴赞等电影学家宣称"电影图像

---

[1] HUTCHEON L，O'FLYNN S. A theory of adaptation [M]. 2nd ed. London and New York: Routledge，2012: 51.

[2] 桑塔耶纳.美感 [M].杨向荣，译.北京：人民出版社，2013: 58.

不是象征世界而是真实世界"的影像真实性追求。正是基于影院大尺寸屏幕所带来的视觉冲击力。在影院中，观众可以更加深入地沉浸在电影的世界中，感受到更加真实、细腻的视觉效果。在数码时代，通过模拟和虚构两种路径，游戏和影视之间的技术造像得到了进一步融合。模拟路径主要是通过技术手段模仿真实世界的场景和物体，使得游戏和影视画面更加逼真。而虚构路径则是通过创造完全虚构的世界和场景，为观众带来全新的视觉体验。这两种路径的结合，使得"游戏—影视"的技术造像更加丰富和多样。

模拟视效，是在改编影视过程中利用数字技术和美术工艺对游戏中既有模型和风格的模拟与再现。一方面，游戏符号的模拟传递一种视知觉信号，暗示影视图文与游戏图文间某种关联着的同一性，唤醒接受主体的认知经验进而确立视图世界的合理性，同时进行影视化的再创作，使之"看起来很像，但不完全是"。在电影《极品飞车》中，模拟视效的运用可谓达到了极致。影片不仅还原了游戏中众多的超跑品牌、型号、外形、颜色，还模拟了比赛环境、赛道、车辆等细节，使得观众仿佛置身于游戏世界之中。尤其是《极品飞车9：最高通缉》中警察与车手周旋的名场面，影片通过精确的模拟，还原了漂移后的轮胎印记和车后视角，让观众感受到了"真实竞速"的刺激与快感。这种模拟视效的运用，不仅提升了影片的观赏性，也增强了观众对游戏世界的代入感，实现了影视与游戏的视图互文。而模拟视效也对游戏符号进行了一种奇观式再造。这种再造符合后现代重快感、非理性、图像主因的表意逻辑。在电影《生化危机》中，受病毒感染的人类和虫形怪物形象被巧妙地融合为海星状锯齿口器的丧尸，这种形象设计极具视觉和心理冲击力，给观众带来了强烈的震撼和刺激。这种奇观式再造不仅展示了模拟视效的技术实力，也丰富了影片的叙事语言和视觉效果。与模拟视效不同，虚拟视效是利用CG、3D、虚拟制作等特效技术构建虚拟场景。苏珊·朗格（Susanne Langer）指出"艺术形象是一种幻相，这仅仅是指艺术形象是非物质的……是由互相达到平衡的形状所组成的空间构成的，在这些形状中蕴涵着能动的关系、张力和弛力等"[1]，虚拟图形的叠加、阴影的表现、色彩的变化和明暗对比形成的"透视感"成为影像空间感的基础。虚拟技术不是创造了现实世界复制品与仿制品，而是一个混淆了真实与虚幻二者间界限的拟象社会，并从中演绎某种文化的功能样式和运作机制。

而改编影视中话语对白的听觉功能则推翻了游戏视效对叙事的"暴政"，使影游改编实现感官沉浸与叙事沉浸间的平衡。周宪认为："话语性突出的正是叙事电影的主因，奇观电影走的是与此不同的另一路径，它以图像性为主因，突出了电影自身的影像性质，会淡化甚至弱化话语。"[2]这一观点在电子游戏改编影视的过程中显得尤为贴切。电子游戏中，话语往往以屏上文字的形式出现，其表达方式和作用相对有限。而在改编影视中，话语对白通过语调的变化、情感的传递和风格的塑造，为观众提供了更加生动、立体的叙事体验。话语对白在改编影视中不仅承担了叙事衔接的功能，还通过演员的表演和台词的编写，深化了角色的性格塑造和情感表达。观众可以通过话语对白更加直观地感受到角色的内心世界和情感变化，进而更加深入地理解和体验故事的发展。在影游改编的过程中，话语对白的运用不仅能够平衡游戏视效在叙事上的影响，还能够提升影视作品的叙事水平和观赏体验。通过话语对白的精心设计和演绎，我们可以实现感官沉浸与叙事沉浸间的平衡，为观众带来更加丰富、深刻的影视艺术享受。

---

[1] 朗格.艺术问题[M].滕守尧，朱疆源，译.北京：中国社会科学出版社，1983：27.

[2] 周宪.论奇观电影与视觉文化[J].文艺研究，2005(3)：18-26，158.

第五章　影游 IP 互化的复合传播系统

影游改编意味着媒介内容和媒介主体的融合，与之相伴的是信息传播模式的革新。美国麻省理工学院的伊契尔·德·索勒·普尔（Ithiel de Sola Pool）在其惊世之作《自由的科技》中提出"传播形态融合"，认为"数字技术的发展使得历来分散的传播形态日渐融合……传统的传播方式正被融合为一个一体系统"[①]。一方面，浸润于参与式文化的电子游戏呈现复合性与分散性的传播样态，在与影视艺术的联结中，打破了大众传播媒介的单向信息流通模式。另一方面，影视创作者同时作为游戏玩家兼具传受者的双重身份，而本身就是游戏玩家的观影者必然具有其独特的需求、动机、选择机制以及反馈机制。信息传播链的延长形成由游戏传播者/影视创作者、游戏媒介/影视媒介、游戏玩家/影视观众构成的复合传播系统。

第一节　文本编解码：游戏开发者、玩家（电影创作者）到观众的编解码

影游改编的复合传播系统是影视大众传播媒介和电子游戏计算机中介

[①] POOL I D S. Technologies of freedom [M]. Cambridge：Harvard University Press，1983：24.

传播系统（Computer-Mediated Communication）联结与碰撞的结果，因此，对影游改编的内容生产、流通的传播研究应分三步走：一为电子游戏的信息传播；二为影视的信息传播；三为电子游戏与影视相互作用的信息传播。

在互联网语境中，新技术创造了越来越多独特的媒介形式，与传播学诞生时参照的传统媒介不同，这些新媒介呈现愈加复杂的传播和认知模式。电子游戏与其他大众传播媒介一样，都是在传播主体、传播对象、传播媒介、传播内容、传播效果这五大要素组成的框架下进行信息流动，同时符合一般传播学中传播模式的普遍特点。由于电子游戏依托计算机介质进行内容创作与信息传播，计算机的中介传播系统（CMC）可以演示电子媒介的传播特征、传受关系与传播逻辑，这使得电子游戏的信息传播样态必然带有计算机的中介传播特色。另外，电子游戏打破了传统大众传播媒介的传者—受者的二元格局，也突破了自机构（上）向公众（下）的垂直信息流动，玩家既是电子游戏内信息传播的受者，同时在反馈机制、互动机制以及人际交互机制驱动下成为编码主体，呈现"去中心化"的新型信息传播格局。

关萍萍在《互动媒介论：电子游戏多重互动与叙事模式》中采用斯图亚特·霍尔（Stuart Hall）的"编码解码"理论勾勒电子游戏内容生产的外层编解码传播模型。[①]

电子游戏的传播结构顺应拉斯维尔针对大众传播媒介所提出的"谁、说了什么、通过什么渠道、对谁、取得了什么效果"的单一线性结构。"作为游戏的设计人员，游戏设计者是游戏产品的主要编码者，信息传播行为主要是通过完成游戏产品的设计为玩家的游戏行为提供一个平台和渠道，其设计行为包括游戏故事背景策划、游戏场景设计、游戏角色外形与能力设计、游戏规则设计等；游戏开发与测试完成之后，通过营销传播将游戏介绍给玩家"[②]。

[①] 关萍萍.互动媒介论：电子游戏多重互动与叙事模式[D].杭州：浙江大学，2010：89.

[②] 关萍萍.互动媒介论：电子游戏多重互动与叙事模式[D].杭州：浙江大学，2010：89.

计算机载体的"超媒介计算机中介传播模式"不仅使玩家反馈信息得以反向流转直达"媒介中枢",更重要的是,由传与受二元关系不平衡性所确立的传播秩序被消解,游戏玩家的反馈如此重要以至于被游戏研发者视为"一种战略资产"并主动解码(见图5-1)。

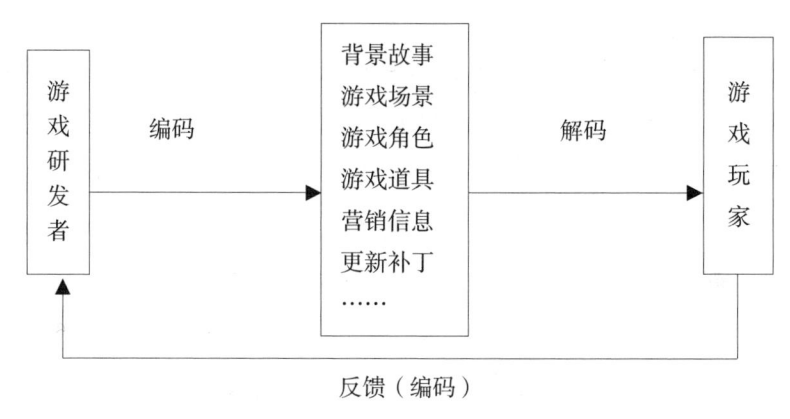

图5-1　电子游戏外层编解码:游戏研发者与玩家的信息传播

目前来看,当前由游戏改编的影视还停留于传统渠道,尚未涉足"网剧"或"网大",因此,依然将影视的传播结构聚焦于传统的大众传播模式。影视创作者凭借个体认知与组织共识将故事、画面、声音等原材料加以"制码",生成"作为意义话语的传播内容"的影视作品,经由"专业化的媒介组织"和平台型媒介传达至观众(见图5-2)。

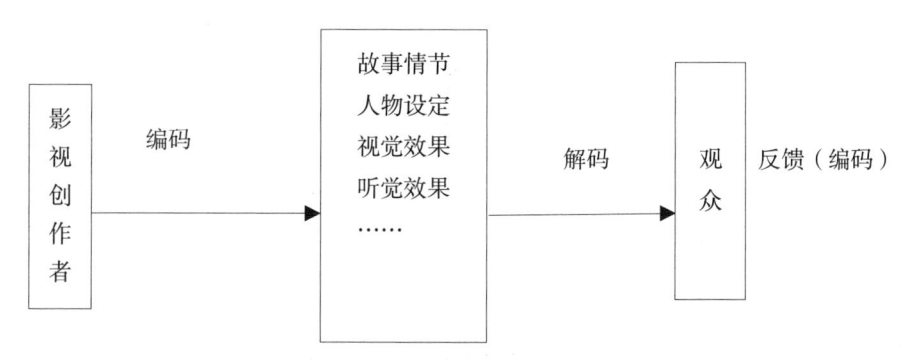

图5-2　传统影视的内容生产传播模型

影游改编过程中，影视创作者是影视作品的主要编码者，其信息来源于三方面。首先，作为游戏玩家的影视创作者对游戏作品进行解码，对游戏内容、游戏文化、游戏规则、游戏社区交互等诸多方面进行个人解读。其次，游戏研发者为影视创作者提供游戏手册和调研数据，包括但不仅限于角色个人志、游戏世界背景、用户偏好调研等。以上的信息来源成为影视创作者的编码素材，影视创作团队中的各工种经过自身的行业经验和创作意图将其进行初级编码并向授权机构反馈，授权机构通常是版权机构下属的影视公司，也是影视作品的投资方（如电影《征途》的出品方上海巨人影业有限公司）。授权机构担任游戏研发者和影视创作者的意见反馈中枢，分阶段、分时段地向版权机构汇报影视创作成果，并将反馈意见送达影视制作公司。在影视筹备、创作乃至正式放映之后，游戏创作者、授权机构、影视创作者之间一直会进行持续不断的双向反馈。中外电影工业体系和IP授权体系的差异决定了影游改编主体间的差异，有些影游改编项目版权机构直接对接影视制作公司，无须授权机构从中协调。因此，本书认为，影游改编内容生产的传播主体与传播对象间的编码与解码如图5-3所示。

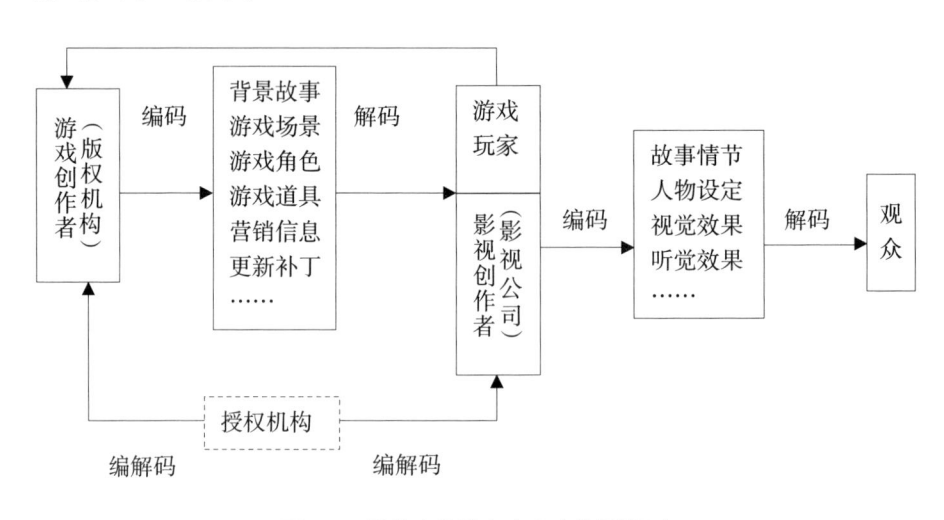

图5-3 影游改编的内容生产传播模型

斯图亚特·霍尔认为，传播者和受众之间的关系与地位存在结构性的差异，具体表现在三种解码立场：主导—霸权立场（Dominantr-hegemonnic Position）、协商立场（Negotiated Code）、对抗立场（Oppositional Position）[①]，解码立场的差异将导致符码间缺乏相宜性，从而影响传播交流中"理解"和"误解"的程度。在影游改编中，版权机构与影视制作公司间的权力博弈直接关乎编码和解码的符码对称程度。当游戏作品正处于巅峰时期或具有较强的品牌形象，游戏版权方必然具有更大的话语权而占据"主导"立场，影视创作者在"主导符码范围内"进行解码实践。简单来说，影游改编的"主导—霸权立场"就是"完全明晰的传播"，影视创作者的解码立场与游戏创作者的编码立场完全一致。而当游戏作品不再时兴，版权机构与影视制作公司将持有"协商立场"，斯图亚特·霍尔解释说："在协调的看法内解码包含着相容因素与对抗因素的混合：它认可旨在形成宏大意义的霸权性界定的合法性，然而，在一个更有限的、情境的层次上，它制定自己的基本规则——依据背离规则的例外运作。它使自己的独特地位与对各种事件的主导界定相一致，同时，保留权力以更加协调地使这种主导界定适合于'局部条件'、适合于它本身团体的地位。"[②]也就是说，影视制作公司一方面承认游戏版权方的权威及其提供的信息和意见反馈的正当性，但另一方面也强调自己的专业立场——创作一部好电影，而非游戏宣传片。因此，斯图亚特·霍尔的解码立场从信息传播的角度深刻回应了当前关于影游改编成败的深层次原因。

---

① 霍尔.编码、解码［M］//罗钢，刘象愚.文化研究读本.北京：中国社会科学院出版社，2000：359.

② 霍尔.编码、解码［M］//罗钢，刘象愚.文化研究读本.北京：中国社会科学院出版社，2000：364.

第二节　主体编解码：玩家与影视创作者的编解码

计算机中介系统对大众传播结构的解构最直观地发生在信息传者与受者二元关系的解体当中，"网络空间中审美主体性理论开始让位于审美的交互主体性理论。交互主体性或叫主体间性，经胡塞尔、海德格尔等现象学大师阐发后成为哲学领域里一个非常重要的概念。交互主体性理论与主体性理论不同，它以主体—主体模式或主体—中介—主体模式来确立人与人的交往关系，表明一种新型人我关系的确立"①。在影游改编的信息生产中，传者与受者的关系发生了根本性的变化，不再是对立的主客关系，而是主体与主体的同一关系。

在电子游戏信息传播结构中，玩家在解码与互动活动中承担着双重身份。作为信息的受者，他们对游戏内容进行个人解读，以具体的游戏行为践行游戏规则，对游戏角色进行个人化的塑造，并且不断消化游戏开发者不定期推送的游戏补丁和相关信息。作为信息的传者，"玩家会根据自己的游戏体验对游戏设计进行反馈，其反馈途径包括通过GM（Game Master）的传达或游戏中的信息版"，反馈影响甚至决定游戏的内容建构，并且自发地在宏观社区、微观社区和朋友三个维度进行信息交互。②

在影游改编的复合信息传播结构中，主体的双重身份使其信息编解码生成两条路径。一方面，普通玩家或抱以休闲放松的心境，或以专业玩家的角度审视游戏场景、故事、扮演的角色和体验游戏机制，并参与游戏内与游戏外的人际互动。影视创作者为满足游戏玩家的"审美期待"，通常以调研和样片的形式进行信息采集，以此为参考进行影视创作的编码。电

---

① 余开亮.网络空间美学理论的嬗变[J].河南社会科学，2003（4）：11-13.
② 关萍萍.互动媒介论：电子游戏多重互动与叙事模式[D].杭州：浙江大学，2010：89.

影《刺猬索尼克》放出的预告片在全球掀起热议，仅在YouTube平台就收获了高达49万的差评，焦点集中于原游戏粉丝对预告中索尼克的"类人造型"感到不适，针对游戏玩家的批评声，影片导演回应将进行调整。另一方面，兼具玩家身份的影视创作者则会根据主体立场对游戏语言和话语规则进行解码，譬如关注可供用于影视改编的游戏主题和角色关系等诸多要素，在此基础上，凭借实际需求和专业标准对主体的游戏体悟进行再加工（如图5-4所示）。

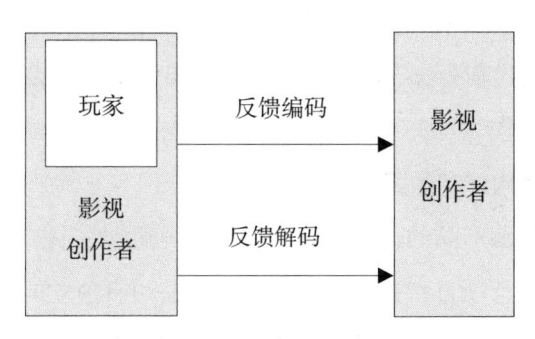

图5-4　影游改编的主体编解码

第三节　衍生编解码：游戏与影视营销的信息绑定与传达

正如传播学家沃纳·J.赛佛林（Werner J. Severin）强调，"我们正在从将传播内容灌输给大众的泛传播转变为针对群体或者个人的需求设计传播的窄传播，我们正在从单向的传播媒介转变为互动传播媒介"[①]。随着计算机和互联网的大规模介入，卖方主控的传统营销体系被一种权力下移的新型市场体系所取代，换句话说，更加通达的传播渠道和更加丰富的产品选择使得市场已不再像过去一般简单可控，消费者不仅可以根据需求选择

---

① 赛佛林，坦卡德.传播理论：起源、方法与应用［M］.郭镇之，等译.北京：华夏出版社，2000：4.

279

商品甚至会主动再生产，这些UGC内容拓展了媒介在信息表达的可能性，经过信息发散从而拓展了长尾市场的空间。显然，全方位的交流换向取代了以往自上而下的线性营销模式，控制权的变化引起了营销传播的革命，整合营销传播成为市场状况和信息传播环境发展的必然产物。

影游改编的整合营销实质上是一种"关系利益人"的营销模式，汤姆·邓肯（Tom Duncan）认为，"整合营销传播指企业或品牌通过发展或协调战略传播活动，使自己借助各种媒介或其他接触方式与员工、顾客、投资者、普通公众等关系利益人建立建设性的关系，从而建立和加强他们之间的互利关系的过程"[1]。影游改编作为一种IP授权形式具备品牌效力，因此，游戏版权方作为"关系利益人"通常参与影视产品的传播营销以实现品牌形象的传播构建和品牌效力的塑造维护。

作为影游改编产品的创作主体，影视公司通常在制片尾声委托影视营销和发行公司进行项目营销宣传，也有影视公司有独立的宣发部门负责此项事宜。通常来说，传统影视宣发是走"拓展渠道—市场铺开"两步策略，通过社交媒体，线下活动、广告投放等营销渠道进行口碑营销、娱乐营销、事件营销、娱乐营销和情感营销。然而，影游改编的生产方式决定了这种传统的营销传播无法满足项目整体的发展需求，无法充分激发产业价值链的拓展与延伸，因此，"影视营销的目光开始转向一种能够对多种营销工具和手段加以系统化结合，并能在不同情境中根据不同需求对营销策略进行动态修正的、更能使影视产业在与消费者之间的价值交互中实现价值增益及品牌塑构的集成性营销传播理论与策略"[2]。

作为影视营销的委托方，影视公司或委托影视宣传公司，或派遣宣传人员将营销需求传达至游戏公司，游戏公司读取营销需求后将营销方案投放至游戏内、游戏外两类渠道。游戏外渠道不局限于社交平台、线

---

[1] 邓肯.广告与整合营销传播原理[M].廖以臣，张广玲，译.2版.北京：机械工业出版社，2006：44.

[2] 张静.中国影视产业整合化营销研究[D].济南：山东师范大学，2013.

下活动、广告投放等传统营销的公共渠道，还包括游戏公司的专属渠道，如网易邮箱、网易的玩家社区——网易大神App，甚至IP联动等，将影视信息与游戏信息捆绑实现关联营销。游戏内渠道是指将游戏世界本身作为平台进行影视营销信息的传达，包括游戏内信息版推送、游戏道具、游戏任务、游戏内文本和视效符号，甚至调研等，营销信息的精准投放的同时与游戏外渠道形成信息通路。以《古剑奇谭》游戏与淘票票共同推出的"影游联动——淘票票《古剑奇谭》社区活动"为例，玩家在"淘票票"App中的电影《古剑奇谭之流月昭明》页面中点击"想看"，即可参与"砸彩蛋"活动从而获得《古剑奇谭》游戏的礼包，玩家可在游戏内置界面中输入礼包代码来获得游戏中的装备与道具。另外，在电影上映一周前，活动场景"星河鉴洲"限时幻化为流月城主题，为电影进行预热和流量引导。

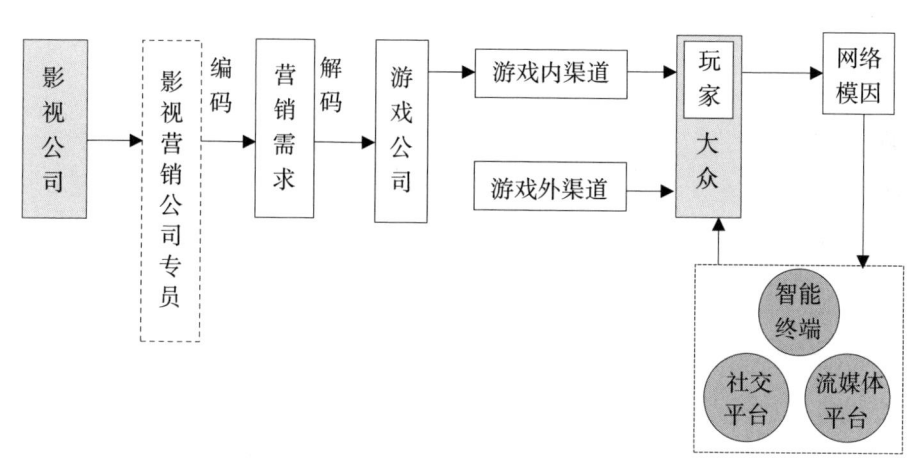

图5-5 游戏与影视整合营销的信息传播模型

出于寻求社交需求的满足、尊重需求的满足、自我实现需求的满足，玩家还会在接收影视营销信息之后自发的以图像、视频、段子等形式进行重新编码，这些用户生产内容的符号文本集群构成了网络模因。玛尔塔·代纳尔（Marta Dynel）认为，网络模因是"任何出现在互联网上并被无数传播参与者模仿、重混合迅速扩散而产生无数衍生物的人工信息"[1]，这种强调"长寿、繁殖力以及复制性"的概念使部分学者将网络模因与"病毒信息"（viral）传播等同，在数字媒介中迅速传播的属性使得符号文本集群所携带的衍意与约定流转于智能终端、社交平台、流媒体平台等渠道，最终传达至广泛大众。

---

[1] DYNEL M. "I has seen image macros!" advice animal memes as visual-verbal jokes[J]. International Journal of communication，2016，10(10)：518-524.

第六章　国内外影游 IP 互化案例对比、问题指示与经验借鉴

第一节　国内外影游 IP 互化案例对比

一、类型对比

从改编理论来看，一方面，改编是对特定作品的"转码"，涉及媒介、类型或结构的改变，类型自然成为分析影游改编的重要角度。类型范式是艺术创作过程中的现象，影视与电子游戏有时表现出相似的分类方式，并共享特定类型的视觉表征与内在机理，尤其是电影类型研究，自20世纪中期发轫以来收获了丰厚的成果。另一方面，游戏在不同的媒介平台上的发展历史具有差异，表现出截然不同的运行逻辑与市场趋向。影视和游戏类型划分的多元性意味着我们需要寻找不同的标准来论证以下议题：跨媒介改编作品的内容元素分类趋向，以及游戏作品的媒介平台趋向。

（一）以内容元素作为分类标准

综合 Rock Paper Shotgun、Gaming Bolt 等国外知名媒体对于影视改编游戏的排名榜单，可以总结出以下国外影视 IP 改编游戏的经典案例：《指

环王》《星际传奇》《异形大战铁血战士》《星球大战》《侏罗纪公园》《银翼杀手》等，几乎无一超出动作、科幻、魔幻、冒险等类型。反观中国，电影改编游戏的案例较少，完美世界2006年推出的改编自电视剧《武林外传》的同名游戏，是国内最早的剧改游的案例。中国电视剧的市场化程度比较高，电视观众规模大，营销效果较好，由此形成具有中国特色的剧游融合模式，此后一段时间的影视IP热，无论是客户端游戏、移动游戏还是集中产出古装仙侠类的角色扮演游戏，皆与影视剧市场形成一种结构对位。

根据"世界"和"情节"的相对偏向我们可以将叙述体裁大致分为两大类，情节导向（plot-dominant）的代表是戏剧，世界导向（world-dominant）的代表是幻想类小说，跨媒体偏爱塑造本体论上的陌生世界（ontologically remote worlds），是由于在情节导向的体裁中，人物与行动更多作为前景发生在世界的容器中，而以世界为导向的故事里，情节以通往故事世界的通路存在，它显现出故事世界的绮丽地理形态、生物系统与社会结构的复杂特性，世界越宏大越能为更多不同的故事提供场景，也给予用户更多的探索契机。这就是为何被选择改编为游戏的影视剧大多带有架空和幻想的色彩，它们是跨媒介叙事的温床，一开始要选取一个好故事，因为无好故事则无好电影。而续集一旦发行，就需要选一个好人物，好的人物能撑起一大堆的故事。再进一步则选择一个世界，因为好的世界能通过多种媒介滋润一众人物和生发一堆故事。

（二）以媒介平台作为分类标准

作为中介物和技术载体的媒介平台规训了用户接收、反馈信息的行为模式，甚至同一款游戏在不同平台上会呈现出截然不同的运行逻辑。一般来说，游戏可以按照媒介平台划分为电脑（PC）、主机（Console）、街机（Arcade）、手机（Mobile Game）四类。

国外影视改编的游戏具有平台分布广泛的特点，以电影"指环王"系列为例，《指环王：北方战争》（*The Lord of the Rings: War in the North*）基于PC平台，《指环王：阿拉贡的冒险》（*The Lord of the Rings: Aragorn's Quest*）基于主机平台，而《乐高指环王》基于移动手机平台，这固然离不开国外发展较为成熟的游戏市场体系，它们从不同的游戏终端、场景、受众类别等市场元素着手，进行综合性开发与立体全方位的市场传播，辐射多种场所和终端的观众或玩家，将相关影视IP文化渗透推进到更大的范围。

相比之下，在20世纪早期，由于客户端游戏、主机/单机游戏高额的开发成本和中国不完善的技术和市场现状，以及这类游戏长线运营的需求与影视IP讲究快速回报相背离的趋势，影游改编并未重视当时媒介平台单一的游戏市场。然而，随着2014年至今中国移动游戏产业发展与增量扩张，中国移动游戏市场实际销售收入持续上升，2020年客户端游戏市场和网页游戏市场继续萎缩，实际销售收入和市场占比下降较为明显，移动游戏收入占据中国市场主要份额，实际销售收入2096.76亿元，占比为75.24%。更多企业留意到IP在移动游戏领域所具备的较高的变现收益，手游成为大多数影视改编游戏的选择。

图6-1 中国移动游戏市场实际销售收入及增长率[①]

---

① 图片来自中国音数协游戏工委《2020年中国游戏产业报告》。

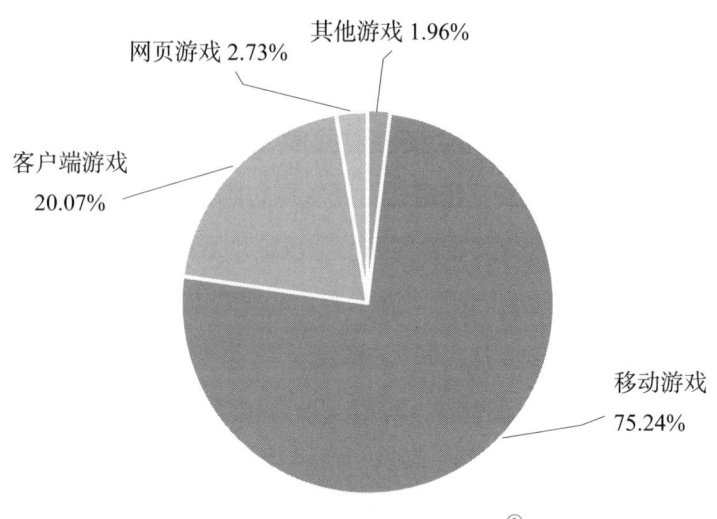

图6-2　中国游戏市场收入占比[1]

二、世界观的转化对比

无论是在影像叙事还是数字叙事中，都是围绕一个作为系统中心的世界进行认知建构，它是故事情节发展的动力也是逻辑自洽的模态结构。改编理论家哈琴曾指出，"对于电子游戏最重要的是被改编的异世界，玩家进入的数字动画世界"[2]，这一"异世界"是游戏规则设定作为计算机算法的可视化表达方式，核心就是电子游戏中的世界观，是通过一系列的主观先验性假设所建构的世界。在影游改编中，电子游戏和影视是相同世界观下的相似故事，这种互文关系本质上是虚构世界之间的关系，尤其是虚构世界的时空模式（如背景）、个体（如人物、物品）[3]，可见，世界观是影游改编作品的信念感源泉，也是本节的研究对象。

在成熟的游戏设计中，"游戏的世界观—游戏的价值观—游戏系统"

---

[1] 图片来自中国音数协游戏工委《2020年中国游戏产业报告》。
[2] HUTCHEON L，O'FLYNN S. A theory of adaptation[M]. 2nd ed. London and New York：Routledge，2012：51.
[3] 张新军.数字时代的叙事学：玛丽-劳尔·瑞安叙事理论研究[M].成都：四川大学出版社，2017：74.

呈现一个"X"形体系，形成这一体系的基础就是游戏世界观，它像金字塔坚实的底座一样，托起了其上的价值观和游戏系统，构筑成一个完整稳定的游戏结构。[1]游戏世界观在电子游戏中是普遍存在的，绝对不存在没有世界观的游戏，即使像《愤怒的小鸟》《街头霸王》这类偏重操作的游戏都具备构成世界观的基本要素，这也是其得以改编的根本原因。因此，下面将从游戏世界观的层次与要素出发，结合具体案例，探讨中外影游改编不同的世界观互化策略。

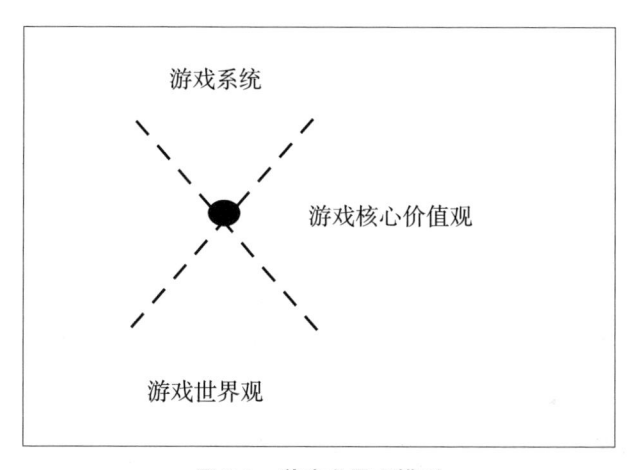

图6-3 游戏世界观模型

（一）世界背景

世界背景，是游戏世界观最为表象的层次，就是可以直接被人的感官所感知的世界元素和背景故事。如游戏设计者克里斯·克劳福德（Chris Crawford）所言，游戏不是"客观现实的表象"，而只是"对部分现实进行主观表征的封闭系统"[2]，是通过色彩、形象、动作和镜头等最基础的表达方式来建构世界自然与人文的设定。自然即客观的存在，包括天文、地

---

[1] 默城君. 什么是游戏世界观？[EB/OL].（2015-07-26）[2024-05-06]. https://gameinstitute.qq.com/community/detail/100854.

[2] CRAWFORD C. The art of computer game design [M]. Berkeley：Osborne/McGraw-Hill，1984：4-6.

理、生物、种族等物质层面的构成，人文即文化性的存在，比如起源、大事件编年史、阵营志、人物志等。

相较于国外灵活多元的世界背景改编方式，国内的移植手段显得较为保守。首先，仅在国外的经典影游改编案例"古墓丽影"系列中我们就能发现两种截然不同的世界观移植路径。于2001年上映的《古墓丽影》改编自初代同名电脑游戏，类似于其他早期的电子游戏以及桌面游戏、益智游戏等操作型游戏，游戏《古墓丽影》的世界背景较为单一与扁平，讲述了在一个平行现实域中，女考古学家劳拉受科技公司老板委托寻找一块传说中被埋藏在秘鲁古墓中的神秘器物，涵盖了秘鲁、希腊、埃及和失落的亚特兰蒂斯大陆这四大场域及其视觉文化符号。改编电影在这种简单世界元素和背景故事的基础上进行了世界观的再创，建构了神秘组织光明会、三角钥匙与宇宙之谜，这种策略不仅超出游戏文本所无法提供的情节深度与故事背景，还将人物命运与神话设定相关联，是对原世界观的丰富。而2017年推出的《古墓丽影：源起之战》则显示出相反的改编路径，在保留核心神话故事的前提下，将鬼武士部下、第二次世界大战死者部队和灵魂献祭等超现实幻想成分进行大刀阔斧的裁剪，保留了劳拉、三圣一兄弟会二元对立的立场结构的同时，将游戏中与劳拉同行的七人团队替换为一人。可以说，《古墓丽影：源起之战》是对游戏世界背景的提炼，这种策略被广泛使用于MMORPG等宏大世界观或世界背景内容丰富的游戏改编中。相比之下，国内影游改编对世界背景的移植显得较为保守，电影《征途》再现了游戏世界中虚构的中原大陆，在天下大乱、皇权衰落的背景下演绎国家斗争、家族博弈、英雄群起的故事，还原了风景秀丽的清源村、繁华富丽的凤凰城、山水险恶的兽王谷、诡秘莫测的迷踪林、暗藏杀机的南郊沙漠等游戏中的经典地貌，是对游戏世界背景的忠实还原。

（二）世界机制

世界机制，是游戏世界观的支撑层次，通过游戏规则、数据和算法等底层逻辑在游戏环节中提供给玩家一系列动作、行为和控制能力，连同游戏的内容支撑起全部的游戏动态。世界机制告诉我们这个虚构的游戏世界的运动逻辑，是更深入地描绘游戏世界场景的必要手段。

狭义的"机制"表现为游戏动态，是作用于玩家输入和机制合作的即时行为。像"古墓丽影"系列、"波斯王子"系列等动作冒险类游戏中的抓握、攀登、奔跑、跳跃、格斗等操作机制，像《杀手》《毁灭战士》等射击类游戏中的射击行为都是较为普遍的游戏玩法，这种游戏动态被忠实呈现于改编电影中，甚至成为电影的重要分类指标。然而，"这种通过限制及后果设定产生意义的规则，与符号（包括叙事）通过标识产生意义的路径具有根本不同"[1]，一些玩法在遵守游戏得分规则和胜负规则之后，还衍生了额外的符号意义。射击游戏《马克思·佩恩》（Max Payne）具有一套"子弹时间"系统，当主角开启子弹时间之后，玩家可以一边非常潇洒地躲避敌人急射而来的子弹，一边利用充足的时间瞄准目标射击，这种快感是传统的潜入射击或机枪割草类射击无法比拟的，当这种玩法被纳入电影时，甚至转化成了某种具有高科技话语的影像风格与符号，不仅被运用于《马克思·佩恩》的改编电影，还凭借这种以"时间、空间的极端变化"为特点的影像语言进一步赋予了"黑客帝国"系列、"怪物史莱克"系列、"霹雳娇娃"系列、《少林足球》等电影游戏属性。而在国内的改编电影中难觅具有象征性的玩法符号，"仙剑奇侠传"系列中经典的法术技能、多变的闯关玩法、丰富的道具功能，都被消解为改编作品中的类型化话语，丧失由互文所裹挟的游戏意蕴。

广义的"机制"表现为游戏世界的运行逻辑，如果说游戏动态是基于互动的即时反馈行为，那么胜负和奖惩、时空管理、通货功能就是统领整个游戏世界的宏观机制。某种程度上，这种宏观机制的重要性决定了影游改编作品的整体结构和故事核，游戏"波斯王子"系列中对于"时间"的

---

[1] 陈静，周小普.规则与符号的关系：游戏传播的另一个研究视角——以《王者荣耀》为例［J］.当代传播，2018（4）：41-44.

看法是一个很重要的主题，玩家可以操纵一个扭转时空的神秘沙漏在过去和现在之间来回穿梭，这在改编电影中甚至直接关乎"生与死"的结局，近似于"存档"的叙事逻辑赋予观众游戏式的"化身认同"。这种基于时空游戏的世界机制并非鲜见，《寂静岭》中的三元世界、"刺客信条"系列的时空虫洞、"生化危机"系列的时空穿越都显示出国外影游改编作品丰富的内在机理。此外，国外影游改编作品关乎"生死""胜负"的表达也更为多元，例如《极品飞车》追求竞速成功、"愤怒的小鸟"系列的目标在于击中对手、《大侦探皮卡丘》探索真相等。相较之下，国内游戏的世界机制在改编影视中呈现同质化、类型化的症候，一方面，《征途》和《古剑奇谭之流月昭明》的核心叙事驱动力都来自"打败对手""获得宝物"这种探险类、武侠类电影的常用故事核，这使得影片不免落入俗套。另一方面，《仙剑奇侠传》《轩辕剑之天之痕》这类影视作品过于依赖游戏的原文本，缺乏对"游戏性"的提炼与再现。

（三）世界价值

世界价值，是游戏世界最深层的思想层次。一方面，"由于现实与虚拟同享一套世界构建规则，故无可避免地折射出母体的主流意识形态和权力关系"，游戏成为所处文化或社会的价值体系的拟像；另一方面，游戏设计者通过游戏传达自己对世界的见解与主张，将政治、社会、道德价值观经由游戏设计呼唤某种反思性讨论与实践。"刺客信条"系列游戏通过刺客组织的口号"万物皆虚，万事皆允"宣告"自由"的价值主张，与圣殿骑士意图通过牺牲自由意志来争取权力、以求建立完美新世界相反，刺客组织为确保自由意志的幸存而战，因为自由意志允许新思想的发展和独立个性的成长，然而影片并非一味渲染两种价值观的对立，而是生发关于自由与秩序平衡关系的思考。改编电影《寂静岭》也紧紧抓住游戏的核心精髓——"魔由心生"，从精神分析学角度阐释潜意识对人性的催化，在此基础上，对其中的人物关系做了利于突出主题的改动和重组。主角的父女关系变成了母女关系并带出了电影要探讨的一个主题——母爱，即"母亲是孩子眼中的上帝"，然而影片并未落入以往歌颂"母爱"的俗套，而是又向观众抛出另一个价值探讨——"背离正义原则的母爱还能算母爱吗"。借由对伪善的反思引出了电影关于"善与恶""罪与罚"的思考。关乎哲学、政治、社会权利、性别意识的主题在国外的影游改编中并不鲜见，然而这种厚重的、颇具人文主义的色彩的价值向度似乎在国内的影游改编作品中缺位。游戏《古剑奇谭二：永夜初晗凝碧天》的主题是"问道"，问出了古往今来的疑惑，也问出了玩家的疑惑。每个人身处的环境、遭遇不同，为了达成心中所愿，总是要做出选择，探求自身之道。然而，这种颇具哲学意味的叩问在改编电影中被全然消解，寻宝打怪式的商业类型话语将观众置于"从话语中心模式向图像中心模式、从理性文化向快感文化的转变"[①]。不可否认的是，国内的影游改编在大声疾呼国产特效进步的背后，并非全然放弃价值表达与探讨，但仅停留于较为肤浅和符号化的情感印刻。电影《征途》不满足于游戏文本关于家国情怀的核心价值，塑造楚魂与南赵国关太师的冲突突出"大义与私仇"之选择，通过碧奴与楚魂之间凸出"执念与释怀"的境界，经由东一龙与楚魂的身份立场凸显"友情的立场性"思考，观众知道编剧要讲兄弟情、战友情、家族情，但无论哪一种情都不会打动人，因为一部包罗万象的影片无法深刻讲述某一主题，甚至造成叙事离散与紊乱的反效果。

三、情节的叙事转码

从叙事角度审视影视与游戏的 IP 互化，主要体现为互文性视角下的文本"纯与非纯"问题，以及"游戏性"裹挟下的叙事逻辑在影像中的现代性表达。一方面，在新媒介趋势下，大文学视野下追求"忠实性"的改编

[①] 周宪.论奇观电影与视觉文化[J].文艺研究，2005(3)：18-26，158.

理论正面临修正,"以适应这种崭新的、存取更为流畅的多维媒体景观的面貌"[1],电子游戏这类数字媒介呈现的可能世界使得改编由"意在于不同的媒介中讲述同一个故事"转向"围绕一个给定的故事世界讲述不同的故事"[2],从而破除了对原文本的膜拜。另一方面,游戏是非叙事式媒介,影视是非交互式媒介,两者之间存在天然的鸿沟。当IP互化从表层的内容融合转向媒介融合之后,影像的话语结构是如何受电子游戏的"互动性""沉浸性""拟像性"原则的入侵从而获得所谓的"游戏感",进而赋予观众近乎游戏体验式的似曾相识之感。在国内外的影游改编实践中,对叙事的拿捏不仅直接反映国内外从IP运营、生产到营销所贯穿的电影工业成熟程度,也充分说明国内外对影像、对游戏的本质理解。

国外的案例清晰地显示出影游改编的叙事沿革,反映出"忠实原则",向"不冲突原则"和"最小偏离原则"转变。[3]国外影游改编的叙事策略可以简要概括为两类:一种属于原文本与改编文本的"一对一"对应关系,另一种属于原型世界下原文本与改编文本的"一加一"或"一加多"的关联关系。首先,"一对一"的对应关系是改编作品基于游戏的基本情节设定,在此基础上进行符合电影叙事风格的剧本创作。例如,从整部作品中撷取相对完整的一段加以改编的"节选"方式;从容量大体相近的中篇小说一类作品中,将主题、人物、情节"移植"过来的方式;将头绪纷繁或篇幅浩大的作品加以"浓缩"的方式。

在国外的案例中,我们已然看到了"节选、移植、浓缩、取材、借用"这五种影视改编的主要方法,显现出国外影游改编实践的探索路径以及对游戏研究、电影研究和改编理论研究的深刻认识。反观中国的影游改

---

[1] 斯塔姆.电影改编:理论与实践[J].刘宇清,李婕,译.北京电影学院学报,2015(2):38-48.

[2] 李诗语.从跨文本改编到跨媒介叙事:互文性视角下的故事世界建构[J].北京电影学院学报,2016(6):26-32.

[3] THON J N. Converging worlds: from transmedial storyworlds to transmedial universes[J]. Storyworlds: a journal of narrative studies, 2015, 7(2): 21-53.

第六章 国内外影游 IP 互化案例对比、问题指示与经验借鉴

编的叙事现状，正经历着文学理论视域下简单复刻的改编机制所包含的直接的、从属的关系，迅速被当下"跨媒介"的呼声所消融的转型阶段。尽管国内的影游改编起步较晚且数量较少，但显现出从强调文本忠实性的"节选"策略向追求跨世界同一性的"取材"策略的迅速发展。值得一提的是，接连上映的《征途》《侍神令》都采用了"取材"的叙事手段，基于同一故事蓝本在不同体裁媒介中的变换流转，要在不同媒介中讲述相同角色的不同故事[①]，通过续集、前传、外传、角色个人故事等书写文本的延展。不可否认的是，国内影游改编对叙事的掌握吸取了国外的经验从而获得快速发展，但仍尚未实现"借用"策略的突破，一方面受制于国内松散的 IP 所有权体系所造成的授权各方间的权力博弈，另一方面，国内游戏品牌缺乏打磨，导致改编电影过于依赖原文本并向畸形系列化发展。

尽管国内外影游改编都已步入类型化叙事的正轨，具有成熟的、可复制的叙事结构，但是两者在具体的叙事手段上还有一定差距。国外的影游改编吸纳了电子游戏"碎片式"和"拼贴感"的"不确定性"的属性，"打乱时间、空间、故事的性质和结构"[②]。改编电影《刺客信条》巧妙运用倒叙、回旋式镜头图景形成复杂叙事结构，形成现在与过去、此处与彼处的"时空逆转"。这种叙事的"嵌套"组合模仿了电子游戏中关于死亡与重生意味的"将角色重复带回相同场景"的机制，体现了国外对"游戏性"的充分认识和灵活运用。然而，国内的影游改编大多还是采用单线叙事贯穿"打怪闯关"式故事讲述，这在某种程度上限制了影片的层次和悬念感。

---

① 詹金斯.融合文化：新媒体和旧媒体的冲突地带［M］.杜永明，译.北京：商务印书馆，2012：161.
② 布鲁克尔.数字眼，CG眼：电子游戏与"电影化"［J］.于帆，译.世界电影，2011（1）：41.

第二节　中国影游 IP 互化的优势与困境

根据国内外经典影游改编案例的对比研究，可以发现中国在该领域正经历快速发展的中期阶段，但与成熟电影工业体系下的欧美影游改编之间尚存差距。一方面，国外已形成了从 IP 授权、生产、宣发，甚至衍生产品开发的完整发展阶段和产品结构；另一方面，国外游戏学的研究方法和术语已逐渐脱离电影和电视研究，在电影学与文学理论基础上对电子游戏特性认识的深入使得影游改编由符码的"转换"转变为机制的"再造"，这种产业和理论的启示使我们迫切需要审视国内影游改编的优势与不足。

一、中国影游改编的优势

（一）游戏市场广阔

在中国，游戏玩家具有庞大的规模，可以作为影视改编游戏的潜在受众。2020 年，中国游戏用户数量保持稳定增长，用户规模达 6.65 亿人，同比增长 3.7%。2020 年，中国游戏市场实际销售收入 2786.87 亿元，比 2019 年增加了 478.1 亿元，同比增长 20.71%，保持快速增长。现阶段，企业、用户均对 IP 改编游戏具有较高的关注度，尤其在移动游戏领域的优势最为明显，从伽马数据对 IP 用户行为关于"更倾向于哪些 IP 被改编为移动游戏"的调研结果来看，影视作品作为 36.5% 的样本用户心仪的 IP 改编来源，改编自影视的游戏具有较高的市场需求。网易发行的《哈利·波特：魔法觉醒》手游于 2021 年 9 月 6 日至 9 月 14 日在苹果商店游戏免费榜持续 9 天排名第一。9 月 9 日上线当天，游戏在全平台获得了 578 万的下载量，伽马数据预估游戏的首月流水达到 11 亿元，已经超过当初《阴阳师》的纪录。

（二）影视IP资源丰富

由于拥有较长的发展历程，中国影视剧产业在展现形式、题材、内容等方面已日臻成熟，拥有较为广泛、稳定的受众群体，丰富的用户资源和影视IP资源成为扩大游戏布局的有利条件。艺恩的数据显示，在2019年头部剧中，77%的网络剧和53%的电视剧都源自IP改编，IP改编剧已占领大半的影视剧市场，且近两年国内IP改编的电视剧、网络剧数量仍在继续攀升，增幅明显。2020年，各视频平台的头部内容中，IP改编剧在腾讯视频、爱奇艺占比均过半，在优酷、芒果TV也占比较大，其中芒果TV头部剧中，IP剧数量最少，为12部，但仍占平台市场份额的40%。

影视IP通过长期发展已完成受众积累，在游戏化改编的进程中，品牌影响力更强，通过原IP的自带受众，节约了玩家的认知成本及宣传成本，有效降低市场投资风险。

随着未来更多游戏企业对文化娱乐、影视剧领域的熟悉，其拓展性布局也会进一步及专业化，在资本实力的支持下，相应的影游IP改编产品质量有望进一步提升，进而吸纳更多用户，推动跨媒介产业的创新发展。

二、中国影游改编的不足

（一）IP价值浪费与供给乏力

"IP"一词包含精彩的故事设定、品牌影响力、粉丝效益、良好的延展性等属性。然而，中国泛娱乐产业对于IP资源开发具有较大的认知局限，在存量之外的影视IP供给也出现动力不足的问题。

首先，目前国内影游改编的IP链条呈现一种从上至下的单线关系，缺乏系统的开发规划，因此，在内容拓展和衍生变现等领域留有巨大的余地。不同于国外矩阵式协同叙事的IP结构，中国的IP授权与改编难以对原IP形成反哺，这使得影游改编过于依赖和消费原文本，长此以往有损IP的品牌构建与口碑，商业价值也终有一天会被透支。

其次，中国影游改编作品在武侠、爱情元素上的集中分布，以及中国游戏企业对国外影视IP改编游戏的布局，或许从另一个角度反映了中国影游行业IP供给不足的问题。

从市场表现来看，手机游戏IP版权来源呈现出多元化趋势，在客户端游戏、小说、动漫等多个领域都有代表性IP改编游戏产出，动漫、文学市场规模较大且精品输出较多，单机/主机游戏主要靠单款产品驱动流水占比的快速提升，但是很难看到影视版权来源的身影。同时，头部游戏企业从外部获取IP版权的难度正在逐年上升，而外部IP的价值难以从多维度进行探索，在衍生内容的开发上存在约束，因此，自研游戏IP成为头部游戏企业的优先选择，这有利于企业建立长期的文化内容品牌，并自主控制IP的发展方向，却使得留给改编自影视的游戏作品的研发资源十分有限。

值得注意的是，从中国现存改编为游戏的影视类型来看，主要集中在仙侠题材，与之对应的古装仙侠类影视剧，由于工业化生产过程中高昂的成本和不尽如人意的票房成绩而成为一个风险极高的买卖，于是中国市场中游戏与电影的碰撞在类型上形成一种结构性错位。这从类型上限制了影游改编作品的来源。

（二）单机/主机游戏缺位

综观中国影游产业，改编自影视的游戏作品在媒介平台分布上呈现出一个显而易见的问题——单机/主机游戏在影视IP改编游戏中几近缺位。伽马数据发布的《2019中国游戏产业年度报告》显示，中国单机游戏市场实际销售收入大幅涨至6.4亿元，增幅高达341.4%。Steam平台上，中国区活跃用户数量已超越美国，成为用户活跃量第一的地区。在单机游戏消费规模不断扩大的背景下，单机/主机游戏的历史遗留问题再次回到人们的视野。

2019年由中方牵头、日方制作的《大圣归来》是中国少数改编自影视的单机游戏案例，本作质量与定价差距悬殊，加上资本尝试进军单机游戏行业时采取过度宣传营销，口碑直线下滑与反噬，这引发了公众关于中国单机游戏问题的讨论。

自20世纪90年代以来，进口游戏市场始终处于灰色地带，无数玩家通过水货、山寨以及盗版等途径来体验国外主机与游戏，此后相当长一段时间，进口游戏机市场成为盗版横行的畸形生态圈。2000年6月，国务院办公厅转发文化部等七个部门发布的《关于开展电子游戏经营场所专项治理的意见》，开始了针对国内游戏机市场的治理工作，又在2014年允许通过文化主管部门内容审查的游戏、游艺设备面向国内市场销售。一方面，在长期缺少有效监管与合法地位的情况下，电子游戏的文化声望于主导文化等级中地位较低，加上感官美学和欲望化价值观的冲击，电子游戏成为公众口诛笔伐的对象。另一方面，盗版问题丛生，公众版权意识的发展处于转型期、阵痛期，单机游戏在市场上成本高、变现难，令资本对其热度不高。

一般来说，外界普遍认为，中国玩家缺乏消费主机游戏、正版游戏的习惯，并且中国玩家更喜欢玩手游、端游，主机文化断层也是频繁被各界提到的一个问题。这些问题指向一个根本矛盾，即主机游戏日益加重的中产阶级化趋势和中国国情之间的矛盾。根据2015年CHFS调查数据测算，中国中产阶级的数量实际为2.04亿人，中国中产阶级掌握的财富总量为28.3万亿，超过美国和日本，跃居世界首位。然而，中国中产阶级的富裕程度和人口占比远低于发达国家，财富分配结构呈"金字塔"形，这正是主机入华在中国面临困境的一个根本症结所在。

（三）盈利导向的创作思路

目前大多数影游改编作品质量参差不齐。首先，游戏作品囿于"改编IP消费情怀、简单堆叠玩法、诱导玩家重度消费"的套路。由于影视衍生游戏的开发周期相对较短且成本较低，IP在影视增值之后发行可以短时间快速回本并赢利，游戏厂商越发追逐这种赚"快钱"的商业模式，在游戏中大量设置内购窗口和铺天盖地的用户留存设计，以获取经济效益为游戏首要目标，甚至破坏了游戏平衡与体验。

从长远来看，这种行业风气对中国游戏产业而言弊大于利。内购原本是一种正常的游戏商业模式，但中国游戏产业发展走向歧途的原因是游戏公司在互相攻伐的同时忽视了知识产权并滥用公关营销手段，营销成本的压力一定程度上挤占了游戏在研发端的投入，劣币驱逐良币，其结果是真正高质量的国产单机游戏迟迟难以出现。2020年横空出世的一则《黑神话：悟空》实机演示视频，点燃了中国玩家的热情，集中展现了中国玩家对国产优质游戏的呼唤和长久以来的行业痛点。

如何保证一款游戏拥有长久的生命力，游戏企业能否自觉维护健康有序的市场环境，已经成为摆在影视改编游戏乃至整个游戏产业面前的难题。

第三节　中国影游 IP 互化发展的经验借鉴

一、打破类型局限，优化改编手段

作为一种媒介融合时代的影视新业态，影游改编显现出中国影视工业化的追求和对"想象力美学"[①]的自觉探索，然而这种标准化系统和丰沛的创造力仍然受限于类型化有余而类型范围不足的现状。一方面，中国的影游改编扎堆于奇幻动作类，这种类型同质化与单一的原游戏选择具有直接关联；另一方面，改编影视的同质化进一步造成了改编手段的固化，仙侠奇幻主题的 RPG 游戏因为具有庞大的世界观、翔实的叙事脉络和精美的界面视效自然被广泛用于影视改编，这造成了国内的改编过于依赖游戏原文

---

① 陈旭光，张明浩.形态格局、工业化追求与想象力美学表达：论近年中国剧集生产的影游融合新态势［J］.中国电视，2020（10）：38-42.

第六章　国内外影游 IP 互化案例对比、问题指示与经验借鉴

本。这种类型同质化及其延伸的深层次问题，不仅限制了中国影游改编的空间，甚至掣肘了中国影视工业的发展进程，因此，在借鉴国外的优秀做法的同时，还应与中国泛娱乐产业的整体发展以及受众审美/消费心理需求的变化相适应。

从题材类型来看，国外影游改编的内容创作依然延续了好莱坞的类型机制，以"类型丰富，强调视听奇观，具有电影想象力，而且叙述生动，人物形象鲜明，制作精良，有着比较强的影像张力"[1]为特点。作为好莱坞电影席卷全球市场的"三把利剑"，动作、恐怖、奇幻类型成为国外影游改编的主要三大类型，并且在此基础上融合多样元素来展现多重主题。虽然这些影片依然遵循着类型化的构建模式，却具有更加多元的主题和更加丰富的内涵，由此出现了"动作+恐怖"的"生化危机"系列、"动作+喜剧"的"愤怒的小鸟"系列等多重组合。这对于中国的影游改编是一种启示，尝试打破"奇幻"主题的类型局限，选取动作、恐怖、犯罪、爱情等多元的传统类型，并将不同的类型元素融合重组，赋予国内影游改编作品更多元的话语和更强的生命力。

从媒介类型来看，国外手机端游戏改编电影的成功案例，也能为中国的发展策略带来一定的启发。从《2020年中国游戏产业报告》来看，中国移动游戏市场实际销售收入达到2096.76亿元，同比增长32.61%。相比移动游戏的亮眼表现，客户端游戏市场和网页游戏市场均呈现了萎缩。[2]可见，当下可以说是移动手游的时代，然而目前的改编电影几乎都选择了客户端和网页游戏，一方面得益于客户端和网页游戏作为早期的电子游戏类型已沉淀了较好的玩家口碑与品牌内容；另一方面，依托计算机的处理速度和现象技术使得精美的视效和叙事可被直接作为改编素材。随着5G技

---

[1] 丁亚平.论21世纪中国电影发展面临的问题和选择[J].上海大学学报（社会科学版），2012，29（2）：15-31.
[2] 中国音数协游戏工委，中国游戏产业研究院.2020年中国游戏产业报告[EB/OL].（2020-12-17）[2024-05-06]. http://download.caixin.com/upload/youxibaogao.pdf.

术和智能手机发展，手机端游戏玩家已经超越客户端和网页游戏玩家，并且提供更加良好的游戏体验和玩法，一些优质的手游也频频出现，这为手游改编电影提供了潜在的条件。

当影游改编摆脱了题材和媒介类型的限制，既意味着超越固有游戏文本的可能性，同时也面临着多元改编策略的挑战。对现有故事线非常成熟的游戏，不必拘泥于对"忠实性"的执着追求，而是要对现有剧情进行凝练与简化，甚至在同一世界观下进行"跨媒介叙事"，对于叙事性较弱的游戏，则要抓住核心元素进行剧情原创，甚至更为激进的后现代重写"通过建构一个新的、替代性的虚构世界来与经典的原型世界对峙"[1]。值得注意的是，无论运用何种改编策略，都应对游戏的核心规则和玩法进行影视化再现，唤起观众近似于游戏经验的观影体验。

二、形成品牌意识，实现良性开发

在全球电影市场中，好莱坞电影工业化体系备受瞩目。它的成熟度不仅依赖于模式化、标准化的流程规范，更得益于先进的品牌化思维与建构能力。从某种角度来说，好莱坞电影工业化的成功，与其强烈的品牌意识相辅相成。反观中国，虽然中国影游改编IP的系列化生产具有品牌意识的雏形，但是IP透支与价值浪费的弊病被当下几近狂热的市场资本严重遮蔽。随着中国电影工业体系的日渐成熟，这种隐患必然会暴露无遗，严重影响中国影游改编电影的可持续发展，也使审美生态和商业逻辑面临严峻挑战。因此，本节以好莱坞品牌开发为参照，反思中国影游改编品牌化转型的发展路径。

"IP很多，而品牌很少"[2]精练概括了中国授权市场及包括影游改编在

---

[1] 张新军.数字时代的叙事学：玛丽-劳尔·瑞安叙事理论研究[M].成都：四川大学出版社，2017：73.

[2] 文汇报.被过度消耗的IP符号的价值还能有多大？[EB/OL].（2015-08-25）[2024-05-06].https://www.gameres.com/455612.html.

第六章　国内外影游 IP 互化案例对比、问题指示与经验借鉴

内的衍生赛道的现状。可以借用品牌建构理论[①]、品牌资产形成机制理论[②]和"内核—外壳—辐射"[③]电影品牌建构框架，从影游改编的 IP 选择与定位、品牌的运营和维护等角度，探讨未来中国影游改编的整体思路。

选择具有差异化的优质 IP 是影游改编品牌化生产的起点。国外优秀影游改编案例通常选取具有较长培育和开发周期的 IP，《刺猬索尼克》从游戏问世到改编电影间隔 24 年，《魔兽》间隔 22 年，即使是改编自手游的"愤怒的小鸟"系列也经过 7 年的沉淀，改编电影也经历了较长的开发周期而后上映。而中国在 IP 的开发和培育上被用于改编的游戏 IP 均未超过 10 年。此外，正如好莱坞工业在类型化开发的基础上针对不同人群加强内容的多元化，其目的就在于预先定位品牌。近些年，国外出现了诸如"愤怒的小鸟"系列、《大侦探皮卡丘》、《刺猬索尼克》之类具有合家欢、动画属性的改编电影，此前针对中青年游戏玩家的品牌调性是国内影游改编的固有惯例，国外率先突破了这一固化的品牌导向，差异化策略为中国影游改编的品牌定位起到了启示作用。

从品牌运营与维护角度看，中国的影游改编急需整体品牌战略与 IP 产业链延伸。国产影游改编无论是系列化创作和单个项目开发依旧停留在偶然立项或单打独斗的原始阶段，与该 IP 的其他垂直领域难以形成内容或营销层面的协同效应，也无法对原 IP 的品牌化建设做出贡献。因此，国内影游改编的品牌力塑造应该依靠一个与玩家、内容生态、市场趋势相匹配的品牌定位和战略布局，并且通过延长产业链带来更多的增值空间和更加持久的生命力。

游戏版权方、改编权所有方和制片方的权利博弈成为贯穿影游改编全

[①] 谢长海在《步步为赢：三步创建强势品牌》中提出品牌建构的战略步骤，即品牌基因规划、品牌的运营和维护以及品牌管理。

[②] 蔡清毅.品牌建设理论模型研究[J].武汉理工大学学报，2009，31(23)：177-181.

[③] 杨晓茹.华莱坞电影品牌构建研究[M].北京：中国传媒大学出版社，2017：53.

程的主导力量，甚至有从业人员将其直指为影游改编成败的关键因素。这种权利博弈在国内的影游改编中显得尤为突出，制片方始终强调自身的专业立场是创作一部好电影，而非游戏版权方控制下的游戏宣传片，截然不同的立场为整体开发设立了诸多障碍与限制。对此，海外成熟的IP开发模式或许可以给国内的影游改编做参考。在日本，针对特定IP将设立专门的开发委员会，委员会成员包括原版权持有者、游戏公司、制片公司、宣发公司、周边商品公司、电视台等所有相关方面。制作委员会本质上是一个风险共担、利益共享的共同体，因此，进行任何一种产品的开发都要经过委员会讨论，这样既保证了IP产业链的可持续开发，也降低了沟通成本与力量博弈，进而维护了各环节产品精神气质的一脉相承。

三、原创引进并行，扩大海外市场

中国影游改编作品的"出海"不仅是顺应中国电影产业"走出去"工程的重要使命，更具现实意义：电子游戏的普遍适用的话语弥补了商业电影海外传播所面临的诸多文化折扣困境，更具商业变现与品牌传播能力。但影游改编的"出海"并非意味着完全向海外市场倾斜，而是响应后疫情时代、新国际形势下中央号召的"逐步形成以国内大循环为主体、国内国际双循环相互促进的新发展格局"。

针对国内电影市场，需要进一步开发国产原创电子游戏IP进入影游改编产业链，同时借鉴好莱坞电影工业与日本游戏工业结合的成功案例，精心筛选国外游戏IP进行本土化改编。在前文中已反复阐释，目前国内的影游改编的诸多困境直指游戏主题类型的同质化，这是由中国游戏产业发展的历史局限所导致的。而国外多元类型的游戏IP库存和沉淀已久的用户量级与品牌价值有助于实现国产影游改编的路径突破，并且跨国合作将加深中国影游改编的工业化水准与品牌意识。其次，美国的商业大片和日本的动漫极大地规训了中国受众的审美习惯与意识，这使得以美国和日本为代表的国外游戏IP所传达的价值观与美学体验符合中国观众的期待视野，这为游戏IP的本土化改编减少了阻力。

针对国外电影市场，国产原创游戏所携带的文化基因赋予了改编电影的文化定位。一方面，根据《2020年中国游戏产业报告》，中国自主研发游戏海外市场实际销售收入达154.50亿美元，同比增长33.25%。而在中国自主研发移动游戏海外地区收入分布中，美国、日本、韩国收入占比位列前三，[①]中国原创游戏凭借差异化的产品定位与优良的游戏品质在海外广泛传播，这为这类游戏IP的改编影视在海外发行创造了受众基础。另一方面，出海的游戏IP中不乏《阴阳师》《率土之滨》《梦幻西游》等承载浓厚中国文化与价值观的优秀作品，这类影游改编实现差异化品牌建构的同时，承担了中国电影的文化传播功能与意识形态属性，尤其在具有相似文化的亚洲拥有广泛市场。

四、提升转化价值，多元整合传播

在如今的文化产业市场，当某电视、电影、网剧、动漫、游戏等作品开始流行，开发者便会利用其粉丝基础，借助新媒体平台和数字技术进行多元化开发，这无形中加深了版权产品的文化传播理念。因此，影游作品要想获得长足发展，就应该提升自身的转化价值与品牌效应，IP品牌化在一定程度上决定着文化产业的价值延伸以及走向。

好莱坞每年都有以漫威为代表的系列电影以及衍生游戏问世，虽然中国没有可以与迪士尼相提并论的传媒产业巨头，但是跨媒体叙事的门槛并不是高不可攀，IP的系列化是一个很好的切入点。华谊兄弟影视公司出品的《狄仁杰之神都龙王》在上映第11天票房就突破了5亿元，刷新了2013年一系列票房纪录。除了华谊兄弟影视公司的质量把关、徐克领头的优秀团队和营销方式的多元化，系列电影第一部《狄仁杰之通天帝国》为其积

[①] 中国音数协游戏工委，中国游戏产业研究院.2020年中国游戏产业报告［EB/OL］.（2020-12-17）［2024-05-06］.http://download.caixin.com/upload/youxibaogao.pdf.

攒的良好口碑发挥了关键作用，这就是其IP价值的体现。

提升IP转化价值、打造IP品牌、扩大IP版权产品的传播理念是可持续开发影游产品的必然趋势。中国电影市场已经是全球最大的影视市场，电影产业的综合水平处于上升阶段，而从影视行业的宏观角度观察，影游融合产业仍然是一片广阔的蓝海。

五、完善内容管理，保护知识产权

泛娱乐化在为影视、游戏产业带来联动繁荣的同时，也造成了诸如影视作品类型同质化、迎合市场而丧失文艺作品的严肃性等问题，所以在选择改编作品的时候，我们应当秉持"内容为王"的原则保障影视、游戏作品"源头"清澈。"内容为王"应该是指在符合国家政策的条件下、坚持以人民为中心的创作导向，弘扬社会主义核心价值观，强化影视、游戏作品的制作及评价体系，持续生产思想精深、艺术精湛、好看耐看、市场价值和颜值分数俱高的作品。

"内容为王"强调原创内容的质量的同时，也从另一个侧面突出"版权"的价值。媒介融合时代，关于版权问题的讨论从未停止，当影视、游戏的版权得到保护，创作者得到尊重，他们的积极性和主动性会得到进一步的激发。漫威在跨媒介叙事上的成功与美国一系列保护知识产权的政策法规不无关系。

完善的制度是保证高质量艺术创作的前提，中国现行市场环境下，缺少能够驾驭跨媒介叙事"自上而下"创作方式的编剧，以及拥有跨界整合能力的操盘手，若知识产权得到有效保护，未来中国定会出现合适的人才推动跨媒介叙事在内容生产中的运用。

六、联手科学技术，创新游戏形式

游戏类型繁多，影游改编形式灵活多变，然而中国游戏市场大量作品同质化严重并趋向饱和，难以激起观众和玩家的兴趣。幸运的是，随着前沿科技的深入发展，电子游戏得以从中获取更加广阔的发展空间。

当下热度较高的一个领域是游戏与VR技术的结合。在追求透明呈现的整个电影史中，人们努力的两个方向就是"感知沉浸"和"引人入胜的叙事"。电子游戏的优势在于互动性与沉浸感，电子游戏也始终在这两个方面追求更好的艺术效果，试图提升玩家的游戏体验，而VR是目前为止与游戏结合最为优秀和成熟的技术。

例如，HTC Vive与电影《头号玩家》共同推出8款高度还原影片中虚拟游戏宇宙"绿洲"的同名系列VR内容。为了预热同名电影的上映，Create VR制作了VR游戏《蜘蛛侠：英雄归来》，玩家在本作中扮演彼得·帕克，穿上高科技蜘蛛侠新战衣，新的战衣可以发射出不同种类的蛛丝，演示中还出现了《蜘蛛侠：英雄归来》中蜘蛛侠要面对的大反派秃鹰。另外，AR游戏的进程也十分火热，2016年由任天堂开发的手游Pokémon Go一经推出，任天堂的股价暴涨23%，这款游戏将AR技术与游戏内容创造性地结合，利用地图定位功能，玩家可以在现实世界找到游戏中的宝可梦。

技术进步是游戏产业高速发展的内在动力，人工智能、大数据、5G、云计算等技术应用引发了新一轮的产业革新，加速游戏产业换挡升级。

附　录　游戏改编影视剧简表

国际案例					
游戏名称	游戏发行年	游戏发行商	电影片名	电影发行年	电影出品方
超级马里奥世界	1990	任天堂	超级马里奥兄弟	1993	Hollywood Pictures Lightmotive Allied Filmmakers Cinergi Pictures
双龙奇兵	1987	Technōs Japan	双龙奇兵	1995	Imperial Entertainment Group
街头霸王	1987	Capcom	街头霸王	1994	Capcom
拳皇	1994	SNK	格斗之王	1995	Threshold Entertainment
拳皇3	1995	Midway Games	格斗之王：大歼灭	1997	New Line Cinema
铁翼司令	1990	Origin Systems	铁翼司令	1999	Digital Anvil Origin Systems
龙与地下城	1974	Tactical Studies Rules, Inc.	龙与地下城	2000	Behavior Worldwide Silver Pictures Sweetpea Entertainment
古墓丽影	1996	Eidos	古墓丽影1	2001	Paramount Pictures
最终幻想：灵魂深处	1987	Square Enix	最终幻想：灵魂深处	2001	Square Pictures
生化危机	1996	Capcom	生化危机1：变种生还	2002	Constantin Film Produktion GmbH

续表

国际案例							
游戏名称	游戏发行年	游戏发行商	电影片名	电影发行年	电影出品方
古墓丽影	1996	Eidos	古墓丽影2	2003	Mutual Film Company Lawrence Gordon Productions Eidos Interactive
死亡之屋	1996	Sega	死亡之屋	2003	Constantin Film
生化危机	1996	Capcom	生化危机2：启示录	2004	Constantin Film
鬼屋魔影	1992	Infogrames	孤胆义侠1	2005	Boll KG Entertainment Herold Productions Brightlight Pictures Infogrames Entertainment
毁灭战士	1993	id Software	毁灭战士	2005	John Wells Productions
吸血莱恩	2002	Majesco Entertainment	吸血莱恩	2005	Boll KG Productions
最终幻想：圣童降临	1997	Square	最终幻想：圣童降临	2005	Visual Works
寂静岭	1999	Konami Computer Entertainment Tokyo	寂静岭	2006	Davis Films&Konami
死或生	1996	TECMO	生死格斗	2006	Mindfire Entertainment
生化危机	1996	Capcom	生化危机3：灭绝	2007	Constantin Film Davis Films Impact Pictures
喋血街头	1997	Ripcord Games	邮政恐怖分子	2007	Pitchblack Pictures
杀手	2000	Eidos	杀手	2007	Dune Entertainment
地牢围攻	2002	Microsoft Studios	地牢围攻	2007	Brightlight Pictures
孤岛惊魂	2004	Ubisoft	孤岛惊魂	2008	Boll KG Productions
马克思·佩恩	2001	Rockstar Games	马克思·佩恩	2008	Dune Entertainment Firm Films Foxtor Productions

307

续表

国际案例							
游戏名称	游戏发行年	游戏发行商	电影片名	电影发行年	电影出品方
街头霸王	1987	Capcom	街头霸王：春丽传奇	2009	Legend Films Hyde Park Entertainment
铁拳	1994	Bandai Namco Games	铁拳	2010	Crystal Sky Pictures
波斯王子：时之刃	2003	Ubisoft	波斯王子：时之刃	2010	Jerry Bruckheimer Films Walt Disney Pictures
生化危机	1996	Capcom	生化危机4：战神再世	2010	Constantin Film Davis Film Impact Pictures
生化危机	1996	Capcom	生化危机5：惩罚	2012	Constantin Film Davis Film Impact Pictures
寂静岭3	2003	Konami	寂静岭2	2012	Konami Davis Films
极品飞车	1994	Electronic Arts	极品飞车	2014	DreamWorks Pictures Reliance Entertainment Bandito Brothers Electronic Arts
杀手	2000	Square Enix	杀手：代号47	2015	Daybreak Films Giant Pictures TSG Entertainment
魔兽争霸	1994	Blizzard Entertainment	魔兽	2016	Legendary Pictures Blizzard Entertainment Atlas Entertainment
刺客信条	2007	Ubisoft	刺客信条	2016	New Regency Productions Ubisoft Motion Pictures DMC Film The Kennedy/Marshall Company
愤怒的小鸟	2009	Rovio Entertainment	愤怒的小鸟	2016	Columbia Pictures Rovio Animation
生化危机	1996	Capcom	生化危机6：终章	2017	Constantin Film Davis Films Impact Pictures

续表

国际案例					
游戏名称	游戏发行年	游戏发行商	电影片名	电影发行年	电影出品方
刺客信条	2007	Ubisoft	刺客信条	2017	New Regency Productions Ubisoft Motion Pictures DMC Film The Kennedy/Marshall Company
古墓丽影：重启	2013	Square Enix	古墓丽影：源启之战	2018	Metro-Goldwyn-Mayer Warner Bros. Pictures GK Films Square Enix
狂暴巨兽	1986	Warner Bros. Interactive Entertainment	狂暴巨兽	2018	New Line Cinema Flynn Picture Company Wrigley Pictures ASAP Entertainment Seven Bucks Productions
刺猬索尼克	1991	Sega	刺猬索尼克	2019	Original Film Sega Blur Studio Marza Animation Planet Paramount Animation Hedgehog Films, Inc. DJ2 Entertainmen
侦探皮卡丘	2016	Creatures Inc.	大侦探皮卡丘	2019	Legendary Pictures Toho
愤怒的小鸟	2009	Rovio Entertainment	愤怒的小鸟2	2019	Columbia Pictures Rovio Animation Sony Pictures Animation
真人快打	1992	Midway	真人快打	2021	New Line Cinema
神秘海域	2007	Sony Interactive Entertainment	神秘海域	2022	Columbia Pictures
中国案例					
仙剑奇侠传	1995	大宇资讯	仙剑奇侠传（剧）	2005	上海唐人电影制作有限公司、云南广播电视台、上海影视有限公司
古剑奇谭	2010	上海烛龙信息科技有限公司	古剑奇谭（剧）	2013	欢瑞世纪影视传媒股份有限公司、北京光线传媒股份有限公司、中国国际电视总公司

续表

中国案例					
游戏名称	游戏发行年	游戏发行商	电影片名	电影发行年	电影出品方
轩辕剑	1990	大宇资讯股份有限公司	轩辕剑之天之痕（剧）	2012	上海唐人电影制作有限公司
龙之谷	2009	盛大游戏	龙之谷：破晓奇兵	2014	长影集团有限责任公司、华夏电影发行有限责任公司、金鹰卡通、盛大游戏、Mili Pictures（米粒影业）、横店影视、优漫卡通
古剑奇谭二：永夜初晗凝碧天	2013	上海烛龙信息科技有限公司	古剑奇谭之流月昭明	2017	上海淘票票影视文化有限公司、博纳影业集团股份有限公司、珠江影业传媒股份有限公司
梦三国	2009	杭州电魂	梦三国之暖男事务所（剧）	2016	东阳网传天下文化传媒有限公司、北京灿如星空文化发展有限公司
好色千金	2018	橙光	绝世千金（剧）	2019	上海酷影文化传媒有限公司、浙江龙果映画影视科技有限公司、映美传世（北京）文化传媒有限公司
征途	2006	巨人网络	征途	2020	星皓影业有限公司、上海巨人影业有限公司、上海淘票票影视文化有限公司、中国电影股份有限公司
阴阳师	2016	网易移动游戏	侍神令	2021	工夫影业（宁波）有限公司、北京网易影业文化有限公司、华谊兄弟电影有限公司、中国电影股份有限公司
真·三国无双	2001	日本光荣株式会社	真·三国无双	2021	中国3D数码娱乐有限公司

数据来源：Wikipedia、IMDb以及其他公开网页。

备注：由于中国电影案例较少，因此将电视剧一并展示。

参考文献

一、中文参考文献

（一）专著类

[1] 巴拉兹.电影美学［M］.何力，译.北京：中国电影出版社，1979.

[2] 克拉考尔.电影的本性：物质现实的复原［M］.邵牧君，译.北京：中国电影出版社，1981.

[3] 邵牧君.西方电影史概论［M］.北京：中国电影出版社，1982.

[4] 朗格.艺术问题［M］.滕守尧，朱疆源，译.北京：中国社会科学出版社，1983.

[5] 西顿.爱森斯坦评传［M］.史敏徒，译.北京：中国电影出版社，1983.

[6] 巴赞.电影是什么？［M］.崔君衍，译.北京：中国电影出版社，1987.

[7] 陈犀禾.电影改编理论问题［M］.北京：中国电影出版社，1988.

[8] 本雅明.评歌德的《亲合力》［M］.王炳钧，杨劲，译.天津：百花文艺出版社，1999.

[9] 鲍德里亚.消费社会［M］.刘成富，全志刚，译．南京：南京大

学出版社，2000.

［10］贝拉.可见的人：电影文化、电影精神［M］.安利，译.北京：中国电影出版社，2000.

［11］赛佛林，坦卡德.传播学理论：起源、方法与应用［M］.郭镇之，等译.北京：华夏出版社，2000.

［12］麦基.故事：材质、结构、风格和银幕剧作的原理［M］.周铁东，译.北京：中国电影出版社，2001.

［13］波德莱尔.1846年的沙龙：波德莱尔美学论文选［M］.郭宏安，译.桂林：广西师范大学出版社，2002.

［14］菲尔德.电影剧本写作基础：从构思到完成剧本的具体指南［M］.鲍玉珩，钟大丰，译.北京：中国电影出版社，2002.

［15］范志忠.影视剧创作理论与实践［M］.北京：作家出版社，2004.

［16］邓肯.广告与整合营销传播原理［M］.廖以臣，张广玲，译.2版.北京：机械工业出版社，2006.

［17］弗里德里.在线游戏互动性理论［M］.陈宗斌，译.北京：清华大学出版社，2006.

［18］彭吉象.艺术学概论［M］.北京：高等教育出版社，2006.

［19］戴锦华.电影理论与批评［M］.北京：北京大学出版社，2007.

［20］贾内梯.认识电影［M］.焦雄屏，译.北京：世界图书出版公司，2007.

［21］亚当斯，等.游戏设计基础［M］.王鹏杰，等译.北京：机械工业出版社，2009.

［22］杨利慧.神话与神话学［M］.北京：北京师范大学出版社，2009.

［23］卡莱尔.论历史上的英雄、英雄崇拜和英雄业绩［M］.周祖达，译.北京：商务印书馆，2010.

［24］斯格尔.过度劳累的美国人［M］.赵惠君,蒋天敏,译.重庆:重庆大学出版社,2010.

［25］郭庆光.传播学教程［M］.2版.北京:中国人民大学出版社,2011.

［26］麦特白.好莱坞电影:美国电影工业发展史［M］.吴菁,何建平,刘辉,译.北京:华夏出版社,2011.

［27］荣格.原型与集体无意识［M］.徐德林,译.北京:国际文化出版公司,2011.

［28］梅.祈望神话［M］.王辉,罗秋实,何博闻,译.北京:中国人民大学出版社,2012.

［29］詹金斯.融合文化:新媒体和旧媒体的冲突地带［M］.杜永明,译.北京:商务印书馆,2012.

［30］查特曼.故事与话语:小说和电影的叙事结构［M］.徐强,译.北京:中国人民大学出版社,2013.

［31］卡西尔.人论［M］.甘阳,译.上海:上海世纪出版社,2013.

［32］桑塔耶纳.美感［M］.杨向荣,译.北京:人民出版社,2013.

［33］戴锦华,滕威.《简·爱》的光影转世［M］.上海:上海人民出版社,2014.

［34］麦基.故事:材质、结构、风格和银幕剧作的原理［M］.周铁东,译.天津:天津人民出版社,2014.

［35］瑞安.故事的变身［M］.张新军,译.南京:译林出版社,2014.

［36］亚当斯,多尔芒.游戏机制:高级游戏设计技术［M］.石曦,译.北京:人民邮电出版社,2014.

［37］贾磊磊.电影学的方法与范式［M］.北京:北京时代华文书局,2015.

［38］卡尔,白金汉,伯恩,等.电脑游戏:文本、叙事与游戏［M］.丛治辰,译.袁长庚,审校.北京:北京大学出版社,2015.

［39］巴特.神话修辞术［M］.屠友祥,译.上海:上海人民出版社,2016.

［40］本雅明.评歌德的《亲合力》［M］.王炳钧,刘晓,译.北京:北

京师范大学出版社，2016.

［41］王一川.艺术公赏力：艺术公共性研究［M］.北京：北京大学出版社，2016.

［42］张辉，董健.游戏策划与开发方法［M］.北京：清华大学出版社，2016.

［43］杨晓茹.华莱坞电影品牌构建研究［M］.北京：中国传媒大学出版社，2017.

［44］张新军.数字时代的叙事学：玛丽-劳尔·瑞安叙事理论研究［M］.成都：四川大学出版社，2017.

［45］瑞安.跨媒介叙事［M］.张新军，林文娟，等译.成都：四川大学出版社，2019.

［46］中国音像与数字出版协会游戏出版工作委员会，国际数据公司.2019年中国游戏产业报告［M］.北京：中国书籍出版社，2019.

［47］弗洛伊德.达·芬奇与白日梦：弗洛伊德论美［M］.张唤民，陈伟奇，译.上海：上海译文出版社，2020.

［48］马诺维奇.新媒体的语言［M］.车琳，译.贵阳：贵州人民出版社，2020.

［49］育碧娱乐公司，墨菲-希斯科克.刺客信条：万物［M］.小圆圆，黄培原，译.北京：新星出版社，2020.

（二）论文类

1.学位论文

［1］曹渊杰.电影与电子游戏的融合［D］.上海：上海交通大学，2008.

［2］李忆川.论游戏世界观对游戏概念设计的影响［D］.上海：东华大学，2009.

［3］关萍萍.互动媒介论：电子游戏多重互动与叙事模式［D］.杭州：

浙江大学，2010.

［4］毛攀云.中国电影改编理论研究［D］.吉首：吉首大学，2010.

［5］张静.中国影视产业整合化营销研究［D］.济南：山东师范大学，2013.

［6］熊超琨.电子游戏超文本叙事研究［D］.武汉：华中师范大学，2020.

2.期刊、报纸

［1］王忠全.改编贵在创造：兼评影片《人到中年》的改编［J］.电影艺术，1983（12）：18-23.

［2］麦茨.现代电影与叙事性：上［J］.李恒基，王蔚，译.世界电影，1986（2）：4-28.

［3］章明.猜测电影创作的本质对电影改编原则的不同看法［J］.电影艺术，1988（12）：44-48.

［4］戴锦华.本文的策略：电影叙事研究［J］.电影艺术，1994（1）：58-63.

［5］彼耐多.娱乐性恐怖：当代恐怖电影的后现代元素［J］.王群，译.世界电影，1998（3）：16-38.

［6］杨剑明.论好莱坞类型电影的"经典叙事方式"［J］.戏剧艺术，1998（3）：100-110.

［7］周泽雄.英雄与反英雄［J］.读书，1998（9）.

［8］邹红.如何对待名著的改编［J］.戏剧文学，1998（2）：4-7.

［9］普罗普.英雄史诗的一般定义［J］.李连荣，译.民族文学研究，2000（2）：91-94.

［10］余开亮.网络空间美学理论的嬗变［J］.河南社会科学，2003（4）：11-13.

［11］秦海鹰.互文性理论的缘起与流变［J］.外国文学评论，2004（3）：19-30.

［12］张辉锋.传媒业中的规模经济与范围经济［J］.国际新闻界，

2004（6）：57-61.

[13] 弗罗东.电影的不纯性：电影和电子游戏[J].杨添天，译.世界电影，2005（6）：169-173.

[14] 冉红.《哈利·波特》现象与受众文化心理研究[J].当代电影，2005（3）：101-104.

[15] 周宪.论奇观电影与视觉文化[J].文艺研究，2005（3）：18-26，158.

[16] 黄梦阮.论游戏与电视传播相结合的价值：以《仙剑奇侠传》为例[J].电视研究，2006（1）：76-77.

[17] 顾晓燕.合谋的禁锢：从萨特的《禁闭》看自我的"异化"[J].安徽文学（下半月），2008（10）：165-166.

[18] 李铭，廖芳.试论蒙太奇手法的类型[J].电影文学，2008（17）：25.

[19] 王莹.身份认同与身份建构研究评析[J].河南师范大学学报（哲学社会科学版），2008（1）：50-53.

[20] 巴尔巴拉.梅洛-庞蒂：意识与身体[J].张尧均，译.同济大学学报（社会科学版），2009，20（1）：1-5.

[21] 蔡清毅.品牌建设理论模型研究[J].武汉理工大学学报，2009，31（23）：177-181.

[22] 任俊，施静，马甜语.Flow研究概述[J].心理科学进展，2009，17（1）：210-217.

[23] 韩思齐.日本"治愈系"的文化分析[J].南昌教育学院学报，2010，25（2）：48-50.

[24] 蒋兆雷，叶兵.关于都市"萌文化"现象的研究[J].中国青年研究，2010（3）：75-77.

[25] 游飞.电影叙事结构：线性与逻辑[J].北京电影学院学报，2010（2）：75-81.

[26] 张春雨.电影中的色彩：穿梭在现实和梦幻之间——兼析姜文电

影中色彩的运用［J］.大众文艺，2010（3）：28，39.

［27］布朗，克里兹温斯卡.电影—游戏与游戏—电影：走向一种跨媒介的美学［J］.范倍，译.电影艺术，2011（3）：100-107.

［28］布鲁克尔.数字眼，CG眼：电子游戏与"电影化"［J］.于帆，译.世界电影，2011（1）.

［29］蔡骐.大众传播中的明星崇拜和粉丝效应［J］.湖南师范大学社会科学学报，2011，40（1）：131-134.

［30］冯露.论苹果IOS中愤怒的小鸟超级卡通形象的体验价值［J］.新闻传播，2011（7）：106-107.

［31］葛瑞威奇.互动电影：数字吸引力时代的影像术和"游戏效应"［J］.孙绍谊，译.电影艺术，2011（4）：84-92.

［32］刘娟.新浪体育微博的"明星效应"探析［J］.传媒观察，2011（5）：40-41.

［33］张元欢.游戏和电视剧的互动与共赢［J］.中国电视，2011（2）：68-71.

［34］陈旭光，吴言动.关于中国电影想象力缺失问题的思考［J］.当代电影，2012（11）：98-101.

［35］丁亚平.论21世纪中国电影发展面临的问题和选择［J］.上海大学学报（社会科学版），2012，29（2）：15-31.

［36］李炜.从游戏到动漫影视及其它：跨媒介文化现象论析［J］.中国电视，2012（2）：87-91.

［37］李闻思.没有假正经，只有散德行：第二次世界大战后欧美与华语邪典电影探析［J］.文化研究，2012（0）：221-236.

［38］曾胜，王娟萍.身体意象：电影影像中的空间认同与主体建构［J］.理论观察，2012（4）：70-71.

［39］孙霁.关于"萌文化"的现状分析：从青年亚文化到被主流文化认可之路［J］.今传媒，2013，21（10）：146-147.

［40］潘曙雅，张煜祺.虚拟在场：网络粉丝社群的互动仪式链［J］.国际新闻界，2014，36（9）：35-46.

［41］胡新宇.德勒兹与巴迪欧电影理论比较研究：以文德斯《虚假的运动》为例［J］.文艺理论研究，2015，35（6）：201-207.

［42］李彬.公路片："反类型"的"类型"——关于公路片的精神来源、类型之辩与叙事分析［J］.当代电影，2015（1）：39-43.

［43］斯塔姆.电影改编：理论与实践［J］.刘宇清，李婕，译.北京电影学院学报，2015（2）：38-48.

［44］吴茜.浅析古装电视剧中的服装设计［J］.当代电视，2015（3）：66-67.

［45］王一川.艺术美学穷困与商业美学丰盈及二者之调和：2015年度国产片美学景观［J］.当代电影，2016（3）：19-25.

［46］李诗语.从跨文本改编到跨媒介叙事：互文性视角下的故事世界建构［J］.北京电影学院学报，2016（6）：26-32.

［47］聂伟，杜梁.泛娱乐时代的影游产业互动融合［J］.中国文艺评论，2016（11）：62-70.

［48］王春辉.游戏改编的电影风格及叙事模式研究［J］.电影文学，2016（23）：39-41.

［49］吴迪，严三九.网络亚文化群体的互动仪式链模型探究［J］.现代传播（中国传媒大学学报），2016，38（3）：17-20.

［50］谢玮.泛娱乐产业链下IP衍生产品设计开发刍议［J］.传媒，2016（1）：82-85.

［51］刘鑫.论音乐舞蹈在电视剧中的重要性：以电视剧《仙剑奇侠传三》为例［J］.黄河之声，2017（24）：111-112.

［52］彭兰.移动互联网时代的"现场"与"在场"［J］.湖南师范大学社会科学学报，2017，46（3）：142-149.

［53］晏晓东.混淆的边界：游戏与影视融合之路［J］.南方电视学刊，

2017（3）：67-71.

[54] 詹金斯.作为叙事建筑的游戏设计［J］.吴萌，译.电影艺术，2017（6）：101-109.

[55] 张斌，莫茵.国产剧与电子游戏：从文本改编到产业联动——以《古剑奇谭》与《花千骨》为例的讨论［J］.中国电视，2017（10）：55-60.

[56] 陈静，周小普.规则与符号的关系：游戏传播的另一个研究视角——以《王者荣耀》为例［J］.当代传播，2018（4）：41-44.

[57] 陈旭光.新时代新力量新美学：当下"新力量"导演群体及其"工业美学"建构［J］.当代电影，2018（1）：30-38.

[58] 陈旭光，李黎明.从《头号玩家》看影游深度融合的电影实践及其审美趋势［J］.中国文艺评论，2018（7）：101-109.

[59] 沈茵菲.对抗性电子游戏的多重叙事模式：以手游"绝地求生：刺激战场"为例［J］.视听，2018（7）：152-153.

[60] 谭皓中."影游融合"背景下《头号玩家》的美学之维［J］.出版广角，2018（22）：76-78.

[61] 王喆."为了部落"：多人在线游戏玩家的结盟合作行为研究［J］.国际新闻界，2018，40（5）：40-56.

[62] 温立红.媒介融合时代游戏化电影的叙事策略分析［J］.电影文学，2018（18）：35-37.

[63] 杨世真.电子游戏改编电影的基因裂变与跨界风险［J］.当代电影，2018（10）：32-37.

[64] 弋亚娜."互联网+"下的"非好莱坞"商业电影新模式：以《刺客信条》为例［J］.电影评介，2018（4）：110-112.

[65] 陈旭光.论"电影工业美学"的现实由来、理论资源与体系建构［J］.上海大学学报（社会科学版），2019，36（1）：32-43.

[66] 陈旭光.游戏与电影的融合：新趋势、新形态、新美学［J］.现

代视听，2019（10）：86.

［67］陈亦水.降维之域："影像3.0时代"下的游戏电影改编［J］.电影艺术，2019（1）：79-87.

［68］范志忠，张李锐.影游融合：中国电影工业美学的新维度［J］.艺术评论，2019（7）：25-35.

［69］姜宇辉.互动，界面与时间性：电影与游戏何以"融合"？［J］.电影艺术，2019（6）：85-91.

［70］金韶.影游融合的发展现状和趋势研究［J］.当代电视，2019（10）：73-77.

［71］林煜圻.游戏改编电视剧《仙剑奇侠传》系列的叙事策略研究：基于热奈特的叙事理论［J］.新闻研究导刊，2019，10（11）：110-112.

［72］瑞安.跨媒体叙事：行业新词还是新叙事体验？［J］.赵香田，程丽蓉，译.北京电影学院学报，2019（4）：13-20.

［73］滕小娟.亦真亦假，亦虚亦实：当代中国影视剧与游戏融合研究述评［J］.东吴学术，2019（1）：58-66.

［74］王军峰，孙玮.电影与游戏双重嵌入的叙事与审美嬗变［J］.电影文学，2019（3）：22-25.

［75］魏洁宇.资本逻辑影响下微博热搜娱乐化现象分析：基于传播学的视角［J］.中国报业，2019（12）：26-27.

［76］杨笑宇.互联网时代影游产业的互动融合分析［J］.视听界，2019（3）：102-104.

［77］赵瑜，范静涵.怀旧影片中集体记忆的呈现与建构［J］.当代电影，2019（5）：112-115.

［78］支晓阳.双向需求、多维空间与多重路径：论电影与游戏的融合［J］.东吴学术，2019（1）：43-47，57.

［79］朱小枫.叙事影像在数字游戏中的再媒介化：以《致命框架》系

列为例［J］.当代电影，2019（12）：164-166.

［80］曹利涛.东西方家园意识在电影中的差异化表现：以影片《流浪地球》和《星际穿越》为例［J］.声屏世界，2020（9）：125-126.

［81］陈旭光.论互联网时代电影的"想象力消费"［J］.当代电影，2020（1）：126-132.

［82］陈旭光，张明浩.影游融合、想象力消费与美学的变革：论媒介融合视域下的互动剧美学［J］.中原文化研究，2020，8（5）：49-57.

［83］陈旭光，张明浩.形态格局、工业化追求与想象力美学表达：论近年中国剧集生产的影游融合新态势［J］.中国电视，2020（10）：38-42.

［84］黄石，张信哲.跨媒介叙事：游戏改编电影创作探析［J］.视听，2020（2）：66-67.

［85］贾舒.粉丝文化视角下的电影改编策略研究：以漫威和DC系列电影为例［J］.电影文学，2020（22）：142-145.

［86］姜建伊.影游融合中多重的互文性电影实践：以《头号玩家》为例［J］.传播力研究，2020，4（15）：60-62.

［87］李诗语.时间的辩证法：影游融合视野下电影与游戏的连续性问题及其比较［J］.未来传播，2020，27（4）：35-44.

［88］路雅丽.从漫画到电影的跨媒介叙事：以《阿丽塔：战斗天使》为例［J］.今古文创，2020（29）：67-68.

［89］刘梦霏.叙事VS互动：影游融合的叙事问题［J］.当代电影，2020（10）：50-59.

［90］钱馥莹.论游戏改编剧本的人物塑造［J］.文化产业，2020（9）：1-13.

［91］孙悦.游戏IP影视化改编的问题研究［J］.明日风尚，2020（10）：

121-122，147.

［92］王楠.数字沉浸的空间诗学：游戏叙事中的场景研究［J］.当代动画，2020（1）：36-42.

［93］杨扬，孙可佳.影游融合与参与叙事：互动剧的发展、特征及趋势［J］.编辑之友，2020（9）：75-82.

［94］张路.影游融合演进历程及对策分析［J］.现代电影技术，2020（10）：15-20.

［95］刘衍泽.电子游戏艺术的交互性表达及其启示［J］.中国文艺评论，2021（4）：105-113.

［96］杨俊蕾.游戏电影：传统文化的可体验动作影像再现［N］.文汇报，2017-03-08（10）.

二、英文参考文献

（一）专著类

［1］POOL I D S. Technologies of freedom［M］. Cambridge：Harvard University Press，1983.

［2］CRAWFORD C. The art of computer game design［M］. Berkeley：Osborne/McGraw-Hill，1984.

［3］KRISTEVA J. Word，dialogue and novel［M］. Oxford：Blackwell，1986.

［4］AARSETH E J. Cybertext：perspectives on ergodic literature［M］. Baltimore：The Johns Hopkins University Press，1997.

［5］MURRAY J H. Hamlet on the holodeck：the future of narrative in cyberspace［M］. Cambridge：The MIT Press，1997.

［6］RODOWICK D N. Gilles Deleuze's time machine［M］. Durham：Duke University Press，1997.

[7] FLAXMAN G. The brain is the screen: Deleuze and the philosophy of cinema [M]. Minneapolis: University of Minnesota Press, 2000.

[8] RHEINGOLD H. The virtual community: homesteading on the electronic frontier [M]. Cambridge: The MIT Press, 2000.

[9] AUSTIN J H M, MUJOOMDAR A, POWELL C A, et al. Hollywood Planet: global media and the competitive advantage of narrative transparency [M]. Oxford: Oxford University Press, 2001.

[10] BASSNETT S. Translation studies [M]. 3rd ed. London: Routledge, 2002.

[11] RYAN M L. Narrtive as virtual reality: immersion and interactivity in literature and electronic media [M]. Baltimore: Johns Hopkins University Press, 2003.

[12] WOLF M J P, PERRON B. The video game theory reader [M]. London, New York: Routledge, 2003.

[13] JUUL J. Half-real: video games between real rules and fictional worlds [M]. Cambridge, Massachusetts: The MIT Press, 2005.

[14] GALLOWAY A R. Gaming: essays on algorithmic culture [M]. Minneapolis: University of Minnesota Press, 2006.

[15] JENKINS H. Convergence culture: where old and new media collide [M]. New York: New York Unviersity Press, 2006.

[16] BISHOP K W. American Zombie Gothic: the rise and fall (and rise) of the walking dead in popular culture [M]. North Carolina: Mc Farland & CompanyInc Publishers, 2010.

[17] COVER J G. The creation of narrative in tabletop role-playing games [M]. Jefferson, North Carolina, London: McFarland & Company, 2010.

[18] HARMAN C. Zombie Capitalism: global crisis and the relevance of Marx[M]. Chicago: Haymarket Books, 2010.

[19] HUTCHEON L, O'FLYNN S. A theory of adaptation[M]. 2nd ed. London and New York: Routledge, 2012.

(二)论文类

[1] RYAN R M, DECI E L. Self-determination theory and the facilitation of intrinsic motivation, social development, and well-being[J]. American psychologist, 2000, 55 (1): 68-78.

[2] HUNICKE R, LEBLANC M, ZUBEK R. MDA: a formal approach to game design and game research[J]. Proceedings of the AAAI workshop on challenges in game AI, 2004, 4 (1).

[3] LEE K M. Presence, explicated[J]. Communication theory, 2004, 14 (1): 27-50.

[4] ROBERTSON B. Against the grains[J]. Computer graphics world, 2010, 33 (6): 10-16.

[5] RYAN M L. Transmedia storytelling and transfictionality[J]. Potics today, 2013, 34 (3): 361-388.

[6] THON J N. Converging worlds: from transmedial storyworlds to transmedial universes[J]. Storyworlds: a journal of narrative studies, 2015, 7 (2): 21-53.

[7] CORRIEA A R. Nintendo trademarks "Great Detective Pikachu"[J]. Polygon, 2016 (1).

[8] EISENBEIS R. Detective Pikachu: pokemon becomes Sherlock Holmes in weird Japanese game[N]. The sydney morning herald, 2020-12-16.

后　记

　　这本书的成型印证了丛书中的一个关键词"融合"，不仅凝聚了"范团"课题组的"全团之力"，更在于课题组观点的完美结合与升华。这种融合不仅仅体现在内容的深度和广度上，也体现在整个创作过程中的团结协作与共同努力。

　　本书第二章、第四章的转化机制和策略选择部分、第六章的优势困境和经验借鉴部分由喻文轩和潘国辉撰写。第三章影游IP互化实例部分，"波斯王子"系列的案例分析由宋丹丹撰写，《仙剑奇侠传》的案例分析由盛勤撰写，"哈利·波特"系列的案例分析由金玲吉撰写，"刺客信条"系列的案例分析由倪苗苗撰写，《花千骨》的案例分析由童晓康撰写，"蜘蛛侠"系列的案例分析由魏安东撰写，"愤怒的小鸟"系列的案例分析由仇璜撰写，《征途》的案例分析由汤雨晴撰写，"生化危机"系列的案例分析由汪杉杉撰写，《穿越火线》的案例分析由郭登攀撰写，《大侦探皮卡丘》的案例分析由于欣平撰写，《极品飞车》的案例分析由高含默撰写。全书稿由范志忠、张李锐统稿并定稿。

　　最后，感谢中国国际广播出版社的编辑，让这本书的出版和面世成为可能。

2024年6月

于杭州

图书在版编目（CIP）数据

影游融合下的IP互化与改编研究/范志忠，张李锐著.--北京：中国国际广播出版社，2024.12.--（影游融合研究丛书）.--ISBN 978-7-5078-5651-4

Ⅰ.I207.351；G898.3

中国国家版本馆CIP数据核字第20245MC725号

影游融合下的IP互化与改编研究

著　　者	范志忠　张李锐
责任编辑	笑学婧
校　　对	张　娜
版式设计	陈学兰
封面设计	张　通

出版发行	中国国际广播出版社有限公司〔010-89508207（传真）〕
社　　址	北京市丰台区榴乡路88号石榴中心2号楼1701
	邮编：100079
印　　刷	北京联兴盛业印刷股份有限公司

开　　本	710×1000　1/16
字　　数	330千字
印　　张	21.5
版　　次	2024年12月 北京第一版
印　　次	2024年12月 第一次印刷
定　　价	65.00元

版权所有　盗版必究